Laços de Fogo

Nora Roberts

A Pousada do Fim do Rio
O Testamento
Traições Legítimas
Três Destinos
Lua de Sangue
Doce Vingança
Segredos
O Amuleto
Santuário
Resgatado pelo Amor
A Villa
Tesouro Secreto
Pecados Sagrados
Virtude Indecente
Bellissima
Mentiras Genuínas

*

Trilogia das Flores

Dália Azul
Rosa Negra
Lírio Vermelho

Trilogia do Sonho

Um Sonho de Amor
Um Sonho de Vida
Um Sonho de Esperança

Trilogia do Coração

Diamantes do Sol
Lágrimas da Lua

Trilogia da Magia

Dançando no Ar
Entre o Céu e a Terra
Enfrentando o Fogo

Trilogia da Gratidão

Arrebatado pelo Mar
Movido pela Maré
Protegido pelo Porto

Trilogia da Fraternidade

Laços de Fogo
Laços de Gelo
Laços de Pecado

Trilogia do Círculo

A Cruz de Morrigan
O Baile dos Deuses
O Vale do Silêncio

Nora Roberts

Laços de Fogo

Volume 1 da Trilogia da Fraternidade

3ª edição

Tradução
Vera Bandeira Medina

BERTRAND BRASIL

Copyright © 1994 *by* Nora Roberts

Título original: *Born in Fire*

Capa: Leonardo Carvalho

Editoração: DFL

2013
Impresso no Brasil
Printed in Brazil

CIP-Brasil. Catalogação na fonte
Sindicato Nacional dos Editores de Livros – RJ

R549L	Roberts, Nora, 1950-
3ª ed.	Laços de fogo/Nora Roberts; tradução Vera Bandeira Medina. – 3ª ed. – Rio de Janeiro: Bertrand Brasil, 2013.
	322p. : – (Trilogia da fraternidade; v. 1)
	Tradução de: Born in fire
	ISBN 978-85-286-1326-1
	1. Romance americano. I. Medina, Vera Bandeira. II. Título. III. Série.
08-1411	CDD – 813
	CDU – 821.111(73)-3

Todos os direitos reservados pela:
EDITORA BERTRAND BRASIL LTDA.
Rua Argentina, 171 – 2º andar – São Cristóvão
20921-380 – Rio de Janeiro – RJ
Tel.: (0xx21) 2585-2070 – Fax: (0xx21) 2585-2087

Atendimento e venda direta ao leitor
mdireto@record.com.br ou (21) 2585-2002

Para Amy Berkower,
por uma década de
dedicação aos negócios.

Nunca casarei, não serei esposa de um homem;
pretendo ficar solteira pelo resto da vida.

— CANÇÃO IRLANDESA (SÉCULO XIX)

Queridos Leitores:

Toda a minha vida quis visitar a Irlanda. Meus ancestrais vieram da Irlanda e da Escócia e sempre desejei estar lá, poder ver por mim mesma as colinas verdes e sentar num pub enfumaçado, ouvindo a música tradicional. Quando pude fazer esta viagem com minha família, senti que estava em casa desde o primeiro momento em que desci no aeroporto de Shannon.

Ambientar uma história na Irlanda foi uma decisão natural. Tanto a terra como as pessoas inspiram e também despertam histórias. A idéia era escrever sobre o país e sobre a família, pois eles se entrelaçam no meu coração. Em cada livro desta nova trilogia, optei por caracterizar uma das três irmãs, diferentes em personalidade, mas ligadas pelo sangue. A vida de cada uma seguiu um curso diferente, embora seja sempre a Irlanda a inspirá-las, como me inspira.

Laços de Fogo destaca Margaret Mary Concannon, a irmã mais velha, uma artista do vidro com um traço tão independente como seu temperamento volátil. É uma mulher ao mesmo tempo confortada e ferida pela família, cujas ambições a levam a se descobrir e a seus talentos. Vidro soprado feito à mão é uma arte difícil e exigente, e, embora produzindo o delicado e o frágil, Maggie é uma mulher forte e obstinada, uma mulher de Clare, com toda a turbulência daquele fascinante condado do Oeste. Sua relação com o sofisticado proprietário de uma galeria de Dublin, Rogan Sweeney, não será calma, mas espero que vocês a achem divertida.

E espero que gostem, neste primeiro livro da minha tão querida *Trilogia da Fraternidade*, da viagem ao Condado de Clare, uma terra de montanhas verdes, penhascos selvagens e eterna beleza.

Slainté,

Nora

Capítulo Um

Ele, com certeza, estaria no pub. Onde mais poderia um homem inteligente se aquecer numa tarde fria e com ventos? Certamente não em casa, com sua própria lareira...

Não, Tom Concannon era um homem inteligente, pensou Maggie, e não estaria em casa.

Seu pai estaria no pub, entre amigos e risos. Era um homem que adorava rir e chorar e imaginar sonhos improváveis. Um tolo, alguém poderia dizer. Mas não Maggie, nunca Maggie.

Dirigindo seu barulhento caminhão pela última curva que levava ao vilarejo de Kilmihil, ela não viu nenhuma alma na estrada. Nada estranho, já que passava da hora do almoço e não era um dia para ficar perambulando pelas ruas, com o inverno vindo do Atlântico. A costa oeste da Irlanda tremia sob o frio e sonhava com a primavera.

Ela avistou o Fiat antigo do pai, entre outros carros conhecidos. O pub de Tim O'Malley tinha um bom público naquele dia. Estacionou o mais perto possível da entrada, alinhado entre outras lojas.

Quando caminhava pela rua, a ventania batia em suas costas, obrigando-a a se agasalhar dentro da jaqueta de pêlo e a baixar o gorro de lã preta sobre o rosto. A temperatura ruborizou sua face. Havia um odor de umidade sob o frio, como uma ameaça desagradável. Teriam geada antes do anoitecer.

Não se lembrava de um janeiro tão rigoroso ou algum outro com ventos tão infernais soprando o hálito gelado sobre o Condado de Clare. O pequeno jardim, por onde passou rapidamente..., pagara caro por isso. O que havia sobrado dele estava enegrecido pelo vento e pelo gelo, e permanecia no solo penosamente encharcado.

Ficava entristecida com isso, mas a novidade que trazia dentro de si era tão grandiosa e brilhante que ela imaginou as flores crescendo e desabrochando na primavera.

Havia bastante calor no O'Malley's. Sentiu-o atingi-la no momento em que abriu a porta. Podia perceber o aroma do carvão queimando na lareira, o núcleo vermelho-escuro ardendo alegremente, e o da carne cozida que a esposa de O'Malley, Deirdre, tinha servido no almoço. Além de tabaco, cerveja e a camada de névoa que as batatas fritas deixavam no ar.

Localizou primeiro Murphy, sentado a uma mesa de metal, suas botas estiradas, enquanto entoava uma canção tirada de um acordeão irlandês, que combinava com a suavidade de sua voz. As outras pessoas ouviam, sonhando um pouco, sobre as cervejas. A canção era triste, como a maioria das canções irlandesas, melancólica como lágrimas de amantes. Era uma melodia que tinha seu nome e falava sobre envelhecer.

Murphy a viu, sorriu um pouquinho. Os cabelos pretos caíam sobre as sobrancelhas, e ele precisava sacudir a cabeça para poder enxergar. Tim O'Malley estava atrás do bar, um homem corpulento, cujo avental mal conseguia rodear a cintura. Tinha o rosto largo, enrugado e olhos que desapareciam nas dobras da pele, quando ria.

Polia os copos e, ao avistar Maggie, continuou a tarefa, sabendo que ela agiria educadamente, só fazendo seu pedido quando a canção terminasse.

Viu David Ryan, tragando um de seus cigarros americanos, que o irmão enviava de Boston todos os meses, e a Sra. Logan, muito bem arrumada, em agasalho de lã cor-de-rosa, batendo o pé, ao compasso da música. Havia o velho Johnny Conroy, sorrindo, desdentado, sua mão nodosa segurando a da esposa de seus cinqüenta anos. Sentavam juntinhos, como recém-casados, perdidos na melodia de Murphy.

O aparelho de televisão acima do balcão do bar estava silencioso, mas as imagens de uma novela inglesa apareciam cintilantes e lustrosas. Pessoas em roupas bonitas e cabelos brilhantes discutiam em torno de uma mesa de madeira maciça, iluminada com candelabros de prata e cristal.

Sua história esplendorosa era mais, muito mais do que um pequeno pub, com o balcão cheio de marcas e paredes em tom cinza-escuro.

O desdém de Maggie pelos ilustres personagens, discutindo em sua sala suntuosa, foi rápido e automático como um reflexo no joelho. Assim também a ligeira pontinha de inveja. Se *ela* possuísse toda aquela riqueza, embora naturalmente não se importasse com isso, saberia, com certeza, o que fazer com ela.

Então, ela o viu sentado no canto, sozinho. Não propriamente separado, era parte daquele espaço, como a cadeira onde sentava. Tinha um braço sobre o encosto da cadeira, enquanto com a outra mão segurava uma xícara que, ela sabia, devia conter irish coffee.

Podia ser um homem imprevisível, dado a partidas, paradas e retornos rápidos, mas ela o conhecia. De todos os homens com quem se relacionara, nunca tinha amado nenhum, com toda a confiança de seu coração, como amava Tom Concannon.

Não falou nada, dirigiu-se a ele, sentou-se e descansou a cabeça em seu ombro.

O amor por ele cresceu dentro dela, um fogo que esquentava os ossos, sem nunca queimar. Seu braço deixou o encosto da cadeira e envolveu-a mais para perto. Os lábios beijaram-lhe a testa. Quando a música terminou, ela tomou a mão dele nas suas e a beijou.

— Sabia que você estava aqui.

— Como sabia que eu estava pensando em você, Maggie, meu amor?

— Deve ser porque eu pensava em você.

Recostou-se na cadeira e sorriu para ele. Era um homem pequeno, mas de constituição robusta. Como um touro anão, como ele sempre falava de si próprio, com uma de suas risadas ressonantes. Havia linhas em torno dos olhos, que se aprofundavam quando ria. Aos olhos de Maggie, elas o faziam parecer mais bonito. Os cabelos tinham sido gloriosamente vermelhos e fartos. Haviam rareado um pouco com o tempo e o prateado permeava o fogo como fumaça. Para Maggie, era o homem mais corajoso do mundo.

Era seu pai.

— Papai, tenho novidades.

— Claro que tem, posso ver em seu rosto.

Piscando, ela tirou o boné e então seus cabelos caíram selvagemente vermelhos sobre os ombros. Ele sempre gostava de olhá-los, brilhantes e volumosos. Ainda podia lembrar quando a segurara nos braços pela primeira vez, o rosto enrugado pela violência do parto, os pequenos punhos fechados. E os cabelos cintilantes como uma moeda nova.

Ele não ficara desapontado por não ter tido um filho homem; ficara orgulhoso por ter ganho uma filha de presente.

— Traga um drinque para minha filha, Tim.

— Prefiro chá — disse ela. — Está muito frio.

Agora que ela estava aqui, queria ter o prazer de contar a novidade, saboreando-a.

— Por que está aqui cantando e bebendo, Murphy? Quem está cuidando de suas vacas?

— Elas cuidam umas das outras — respondeu ele. — E se o clima continuar assim, terei mais bezerros nascendo do que posso cuidar, pois as vacas fazem o que o resto do mundo faz durante uma longa noite de inverno.

— Ah, sentam-se perto do fogo, com um bom livro, não é? — Maggie disse e ouviu sua risada ecoar no espaço.

Não era segredo, só um pequeno embaraço para Murphy, que o amor dele pela leitura fosse tão conhecido.

— Ultimamente, tentei interessá-las pela alegria da literatura, mas elas preferem ver televisão. — Sacudiu seu copo vazio. — Estou aqui pela tranqüilidade, em parte por causa da lareira, rugindo como trovão. Por que não está em casa, trabalhando com seus vidros?

— Pai... — Quando Murphy caminhou para o bar, Maggie tomou a mão do pai de novo. — Eu precisava lhe contar antes. Sabe que levei algumas peças para a McGuinness's, aquela loja em Ennis, esta manhã?

— Fez isto hoje? — Ele pegou o cachimbo e bateu-o de leve. — Devia ter me contado antes. Faria companhia a você.

— Queria fazer isso sozinha.

— Minha pequena ermitã... — E apertou o nariz dela com o dedo.

— Pai, ele as comprou! — Seus olhos, verdes como os do pai, brilhavam. — Comprou quatro delas, todas as que levei. Pagou na hora.

— Não me diga, Maggie, não me diga! — Levantou-se, levando a filha consigo, girando-a pelo salão. — Ouçam, senhoras e senhores: minha filha, minha própria filha, Margaret Mary, vendeu suas peças de vidro em Ennis.

Houve aplausos rápidos, espontâneos e uma louca enxurrada de perguntas.

— Na McGuinness's — ela falou, disparando respostas em todas as direções. — Quatro peças, e ele olhará outras mais. Dois vasos, um pote e um... acho que a última pode ser chamada de peso para papel.

Riu quando Tim colocou no balcão copos de uísque para ela e o pai.

— Tudo bem, então! — Levantou o copo e brindou. — A Tom Concannon, que acreditou em mim!

— Oh, não, Maggie! — Seu pai balançou a cabeça e havia lágrimas nos olhos dele. — A você! Tudo a você! — Bateram os copos e deixaram o uísque rolar garganta abaixo.

— Som na caixa, Murphy. Quero dançar com minha filha.

Murphy o obsequiou com uma dança. Sob os sons de gritos e batidas de palmas, Tom conduziu sua filha pelo salão. Deirdre veio da cozinha, secando as mãos no avental. O rosto estava rosado do fogão quando ela puxou o marido para dançar. Desta dança para outra típica da Escócia, e desta para outra, Maggie passava de par em par até suas pernas doerem. Outros chegaram ao pub, atraídos pela música ou pela oportunidade de companhia. A novidade se espalhou. Ao cair da noite, num raio de vinte quilômetros, todos saberiam da boa-nova.

Esse era o tipo de fama que sempre quisera. E era seu segredo ainda mais desejado.

— Ah, chega! — Deixou-se cair na cadeira e bebeu o chá gelado. — Meu coração está a ponto de explodir.

— E o meu também. De orgulho por você. — O sorriso de Tom permaneceu iluminado, mas os olhos baixaram um pouco. — Devíamos ir contar à sua mãe, Maggie. E à sua irmã também.

— Contarei à Brianna esta noite. — Seu próprio humor alterou-se à menção da mãe.

— Está bem, então. — Sentou-se, massageando o rosto com a mão. — É o seu dia, Maggie Mae, nada irá estragá-lo.

— Não. É nosso dia. Nunca teria soprado nenhuma peça de vidro sem você.

— Então vamos dividi-lo, só nós dois, por um pequeno momento.

Ele se sentiu sufocar por um minuto, tonto e febril. Pensou perceber um pequeno estalo nos olhos, antes de clarearem. Ar, pensou. Precisava de um pouco de ar.

— Estou a fim de dar uma volta. Quero sentir o cheiro do mar, Maggie. Vem comigo?

— Claro que vou, mas... — Ela levantou-se imediatamente. — Está frio lá fora e um vento danado. Tem certeza de que quer ir até os penhascos hoje?

— Eu preciso.

Ele apanhou seu casaco e, enrolando um cachecol no pescoço, voltou-se para o pub. Tudo escuro, as cores enfumaçadas pareciam girar em seus olhos. Pesaroso, pensou que estava um pouquinho bêbado. Novamente, hoje era um dia para isso.

— Vamos ter uma festa. Será amanhã à noite. Com boa comida, boa bebida, boa música, para celebrar o sucesso de minha filha. Espero todos os amigos lá.

Maggie esperou até que saíssem na noite fria.

— Uma festa? Pai, você sabe que ela não concordará.

— Ainda sou o chefe de minha própria casa.

Seu queixo, semelhante ao da filha, empinou-se.

— Haverá uma festa, Maggie. Acertarei com sua mãe. Você quer dirigir agora?

— Dirijo sim.

Não haveria argumento, ela sabia, uma vez que Tom Concannon já decidira. Ficava feliz por isso, ou nunca teria viajado para Veneza e freqüentado uma escola para aprender a fabricar peças de vidro. Nunca teria podido aprender o que sonhara fazer e ter seu próprio estúdio. Sabia que sua mãe fizera o pai pagar miseravelmente o dinheiro que aquilo custara. Mas ele se manteve firme.

— Conte-me no que está trabalhando.

— Bem, é uma espécie de garrafa. Quero fazê-la bem alta e bem esguia. Afilada, entende, desde o fundo até a boca, então ela ficaria cintilante. Algo como um lírio. E a cor deve ser bem delicada, como o interior de um pêssego.

Ela podia vê-la, clara, como a mão que usava para descrevê-la.

— São coisas lindas que você vê em sua cabeça.

— É fácil vê-las lá. — Deu-lhe um sorriso. — O difícil é torná-las reais.

— Você as fará bem reais. — Bateu na mão dela e mergulhou no silêncio.

Maggie tomou a estrada sinuosa e estreita em direção ao mar. A oeste, as nuvens voavam, suas velas movidas pelo vento e escurecidas pela tormenta. Retalhos de céu mais claros eram devorados e lutavam por um espaço livre para brilhar entre tons de estanho. Ela viu uma nuvem, semelhante a um pote, amplo e profundo, rodopiar com aqueles tons de guerra e começou a tecer coisas na cabeça.

A estrada virava e então surgia reta, como se jogasse o barulhento caminhão em direção aos barrancos amarelados pelo inverno e mais altos do que um homem. Uma capela erguia-se nos arredores de uma vila. A face da Virgem era serena no frio, seus braços abertos num generoso acolhimento, flores baratas de plástico brilhante a seus pés.

Um suspiro do pai fez Maggie olhar em sua direção. Parecia um pouco pálido, um pouco abatido ao redor dos olhos.

— Você parece cansado, papai. Tem certeza de que não quer que eu o leve para casa?

— Não, não. — Pegou o cachimbo, bateu-o na palma da mão. — Quero ver o mar. Há uma tormenta se aproximando Maggie Mae Teremos um espetáculo dos penhascos, em Loop Head.

— Estaremos lá.

Depois da vila, a estrada estreitava alarmantemente outra vez, até que parecia conduzir o caminhão como se fosse linha passando no buraco da agulha. Um homem, bastante agasalhado contra o frio, arrastava-se em direção a eles, o cachorro fiel seguindo-o estoicamente em seus calcanhares. Ambos, homem e cachorro, afastaram-se para a margem da estrada para que o caminhão passasse a apenas alguns centímetros de suas botas. Ele sacudiu a cabeça para Tom e Maggie, num cumprimento.

— Sabe o que estava pensando, papai?

— O quê?

— Se conseguisse vender mais algumas peças, apenas mais algumas, eu poderia comprar outro forno. Gostaria de trabalhar com mais cores, sabe? Trabalhando com mais cores, poderia fazer mais combinações. Tijolos refratários não são muito caros, não mesmo. Mas eu precisaria de mais duzentos.

— Tenho um pouco guardado.

— Não e não. — Desta vez ela foi firme. — Amo você por isso, mas eu mesma comprarei.

No mesmo instante ele mostrou-se ressentido e, com o cenho franzido, voltou-se para o cachimbo.

— Para que serve um pai? Gostaria de saber... senão para atender seus filhos? Você nunca teve roupas maravilhosas ou lindas bugigangas. Então, se é um forno de tijolos que deseja, é o que você terá.

— Terei — respondeu ela —, mas eu mesma vou comprar. Preciso fazer isto, eu mesma. Não preciso de dinheiro, mas de confiança.

— Você já me devolveu dez vezes mais. — Recostou-se abrindo um pouquinho a janela, de modo que o vento entrasse, e acendeu o cachimbo. — Sou um homem rico, Maggie. Tenho duas filhas adoráveis, cada uma delas uma jóia. E, embora um homem não deva querer mais do que isto, tenho uma boa casa e muitos amigos.

Maggie observou que ele não incluíra sua mãe entre seus tesouros.

— E sempre há um pote de ouro no fim do arco-íris.

— Sempre.

Ele caiu em silêncio, novamente meditando. Passaram por antigas cabanas de pedra, destelhadas e desertas à margem dos campos verdes acinzentados, que se alargavam, infindáveis e inacreditavelmente belos, na iluminação bucólica. E ali havia uma igreja, firme contra o vento que não dava trégua, protegida apenas por poucas árvores retorcidas e desfolhadas.

Para a maioria, era uma paisagem triste e solitária, mas Tom a achava bonita. Ele não compartilhava o gosto de Maggie pela solidão, mas, quando olhava uma paisagem como aquela, com o céu mais baixo sobre campos vazios, podia entender isto.

Através do vento que assobiava pela janela, ele podia sentir o cheiro do mar. Um dia, sonhara que atravessaria o oceano.

Sonhara com muitas coisas, um dia.

Ele sempre procurara pelo pote de ouro e sabia que o fracasso era culpa sua. Tornara-se fazendeiro por nascimento, mas não por vocação. Agora não tinha mais do que uns poucos hectares, suficientes apenas para as flores e os vegetais que sua filha Brianna cultivava habilidosamente. Suficientes apenas para lembrá-lo de que havia fracassado.

Muitos planos, ele pensou, agora que outro suspiro lhe escapava do peito. A esposa, Maeve, estava certa sobre aquilo. Sempre fora cheio de planos, mas nunca tivera capacidade ou sorte para fazê-los funcionar.

Passaram por outro amontoado de casas e um prédio cujo dono se vangloriava de ser o último pub antes de Nova York. O humor de Tom melhorou ao ter aquela visão, como sempre acontecia.

— Vamos velejar até Nova York, Maggie, e tomar uma cerveja? — perguntou, como sempre.

— Pago a primeira rodada.

Ele sorriu. Uma sensação de urgência tomou conta dele, quando ela conduziu o caminhão ao fim da estrada, onde só havia grama e pedras, e, finalmente, ao mar encapelado que se estendia até a América.

Desembarcaram ao som trovejante do vento chicoteando furiosamente contra dentes e punhos da rocha negra. De braços dados, cambalearam como bêbados, e então, rindo, começaram a caminhar.

— Loucura vir até aqui num dia como este!

— Doce loucura! Sinta o ar, Maggie! Sinta-o! Ele quer nos carregar daqui até Dublin. Lembra quando fomos a Dublin?

— Vimos um malabarista brincando com bolas coloridas. Amei quando você aprendeu a fazer aquilo sozinho.

A risada dele ressoou como as ondas do mar.

— Ah, quantas maçãs estraguei!

— Tivemos tortas e pastéis por várias semanas!

— E eu imaginava que podia ganhar uma libra ou duas com minha nova habilidade e me mandei para a feira de Galway.

— E gastou todos os centavos que ganhou em presentes pra mim e Brianna.

A cor do pai estava de volta, ela observou, e seus olhos brilhavam. Avançou de modo determinado com ele pela grama irregular, sob o ranger de dentes ao vento. Pararam à margem do poderoso Atlântico, com suas ondas guerreiras lutando impiedosamente contra a rocha. A água batia, voltava de novo, deixando dúzias de cataratas caindo entre as fendas. Acima, gaivotas gritavam e rodopiavam, gritavam e rodopiavam, o som ecoando contra o trovão das ondas.

A espuma jorrava alto, branca como a neve, clara como cristal nas gotas dispersas no ar gelado. Nenhum barco jogava na superfície enrugada do mar. As fortes ondas com cristas de espuma giravam no mar, sozinhas.

Ela imaginou se o pai viera ali muitas vezes, porque a fusão entre mar e rocha simbolizava casamento e guerra, aos olhos dele. E seu casamento sempre fora uma batalha, a constante amargura e raiva da sua esposa sempre açoitando o coração dele, e gradualmente, ah!, muito gradualmente, desgastando-o.

— Por que fica com ela, papai?

— Como? — Ele voltou sua atenção do mar e do céu.

— Por que fica com ela? — Maggie repetiu. — Brie e eu já somos adultas. Por que vive onde não é feliz?

— Ela é minha esposa — disse simplesmente.

— Por que isto deve ser uma tortura? Por que não dá um fim? Não há amor entre vocês, nem amizade. Até onde posso lembrar, ela fez da sua vida um inferno.

— Você é muito severa com ela. — Isto também estava em seu pensamento. Por amar muito a filha, ele pensou, era impossível não aceitar seu amor incondicional por ele. Um amor, ele sabia, onde não havia lugar para entender o desapontamento da mulher que a tinha gerado. — O que há entre mim e sua mãe é mais culpa minha do que dela. O casamento é algo delicado, Maggie, um equilíbrio entre dois corações, duas esperanças. Muitas vezes, o peso torna-se muito grande em um dos lados e o outro não consegue suportá-lo. Você entenderá, quando casar.

— Nunca casarei — disse ela, firmemente, como uma promessa a Deus. — Nunca darei a ninguém o direito de me fazer infeliz.

— Não diga isto! Não! — Ele apertou a mão dela com força, preocupado. — Não há nada mais precioso do que o casamento e a família. Nada nesse mundo.

— Se é assim, como pode ser uma prisão?

— Não deve ser assim. — A fraqueza abateu-se sobre ele novamente, de repente, sentiu os ossos gelarem. — Não temos dado a vocês um bom exemplo, sua mãe e eu, e sinto muito por isso. Mais do que posso dizer. Mas tenho certeza de uma coisa, Maggie, minha menina. Quando você ama com todo o seu ser, não arrisca só a infelicidade. É o paraíso também.

Ela apertou o rosto contra o casaco dele, sentindo o conforto de seu perfume. Não podia lhe dizer que sabia, sabia havia anos, que não fora o paraíso para ele. E que ele nunca fugira dessa prisão conjugal por causa dela.

— Você a amou alguma vez, papai?

— Sim, um amor tão quente quanto um de seus fornos. Você veio dali, Maggie Mae. Você nasceu do fogo, como uma de suas estatuetas mais lindas e vistosas. Embora muito desse fogo tenha gelado, ele foi intenso um dia. Talvez, se não tivesse sido tão ardente, tão forte, pudéssemos tê-lo feito durar.

Algo em seu tom de voz fez com que ela olhasse para ele novamente, examinando seu rosto.

— Houve alguém mais.

Como uma lâmina adocicada, a memória era cortante e doce. Tom olhou para o mar novamente, como se pudesse enxergar através dele e encontrar a mulher que deixara partir.

— Sim, houve, uma vez. Mas não devia ter acontecido. Não tinha o direito. Eu lhe digo uma coisa: quando o amor chega, quando a flecha acerta seu coração, não há como detê-la. E mesmo sangrar dá prazer. Então, não me fale em nunca, Maggie. Desejo a você o que não tive.

Ela não disse a ele, mas havia pensado nisso.

— Tenho vinte e três anos, papai, e Brie tem um ano a menos. Sei o que a Igreja diz, mas não consigo acreditar que exista um Deus que sinta alegria em punir um homem, por toda a vida, simplesmente por um engano.

— Engano?! — Suas sobrancelhas subiram. Prendeu o cachimbo entre os dentes. — Meu casamento não foi um engano, Margaret Mary, e você não dirá isso agora, nem nunca mais. Você e Brie nasceram dele. Um engano? Não, um milagre. Eu passava dos quarenta quando você nasceu, sem ter em mente nenhum pensamento de começar uma família. Imagino como minha vida teria sido sem vocês duas. O que eu seria agora? Um homem próximo dos setenta. Sozinho. — Tomou o rosto dela em suas mãos e seus olhos fitaram-na ardentemente. — Agradeço a Deus, todos os dias, por ter encontrado sua mãe e por termos feito algo que eu possa deixar. De todas as coisas que fiz e deixei de fazer, você e Brianna são minhas primeiras e verdadeiras jóias. Então, não se falará mais em enganos e infelicidade, estamos entendidos?

— Amo você, papai.

Seu rosto se abrandou.

— Sei disso, e como sei, mas não posso me arrepender. — A sensação de urgência o invadiu novamente, como um vento cochichando para se apressar. — Tem uma coisa que quero te perguntar, Maggie.

— O quê?

Ele estudou seu rosto, seus dedos emoldurando-o como se, de repente, tivesse necessidade de guardar todos aqueles traços: o queixo acentuado e firme, a delicada curva da face, os olhos verdes e incansáveis como o mar que golpeava abaixo deles.

— Você é forte, Maggie. Firme e forte, com um coração verdadeiro, batendo numa couraça de aço. Só Deus sabe como você é inteligente. Não entendo coisas que você sabe, ou como você sabe. Você é minha estrela, Maggie, assim como Brie é meu botão de rosa. Quero que vocês, as duas, sigam seus sonhos. Desejo isso mais do que posso dizer. E, quando os alcançarem, façam-no mais por mim do que por si mesmas.

O barulho do mar cobriu seus ouvidos, como a luz fazia com seus olhos. Por um momento, o rosto de Maggie anuviou-se e desvaneceu.

— O que houve? — Alarmada, ela o segurou. Ele tornara-se cinza como o céu e, de repente, pareceu terrivelmente velho. — Está passando mal, papai? Deixe-me levá-lo de volta ao caminhão.

— Não. — Era vital, por alguma razão que ele não conhecia, que permanecesse ali, bem ali, na extremidade mais distante de seu país, e concluísse o que havia começado. — Estou bem. Apenas uma leve tontura.

— Você está congelando!

Realmente, ele se sentia pouco mais do que um saco de ossos gelados nas mãos dela.

— Ouça-me! — A voz dele era cortante. — Não deixe ninguém impedi-la de ir aonde precisa ir para fazer o que precisa fazer. Imprima sua marca no mundo e faça-a profunda para durar. Mas não...

— Pai! — O pânico brotou dentro dela, quando ele caiu de joelhos. — Ó Deus, papai, o que houve? Seu coração?

Não, não meu coração, ele pensou em meio a uma névoa de dor difusa. Porque ele podia ouvir o coração bater firme e rápido em seus próprios ouvidos. Mas ele sentiu algo dentro de si quebrando, incendiando e evaporando. — Não machuque a si mesma, Maggie. Prometa-me. Nunca perca o que há dentro de você. Cuide de sua irmã. E de sua mãe. Prometa-me.

— Você precisa levantar! — Ela se acercou dele, lutando contra o medo. O ruído do mar soava agora como uma tempestade desabando, uma tempestade de pesadelo que os varreria do penhasco em direção às rochas. — Você me ouviu, papai? Você precisa levantar, agora.

— Prometa-me.

— Sim, prometo. Juro perante Deus. Cuidarei das duas, sempre. — Seus dentes batiam, lágrimas de dor já rolavam pelas suas faces.

— Preciso de um padre — ele pediu.

— Não, não, você só precisa sair deste frio.

Mas ela sabia que era mentira. Ele estava escapando dela; embora ela o segurasse com firmeza, o que havia dentro dele estava evaporando.

— Não me deixe assim. Não assim.

Desesperada, correu os olhos pelos campos, pelas trilhas onde pessoas caminhavam ano após ano para ver o mar, como eles. Mas não havia nada, ninguém. Então ela conteve um grito de socorro.

— Tente, papai, vamos, tente levantar, agora. Nós iremos a um médico.

Ele recostou a cabeça no ombro dela e suspirou. Não havia dor agora, apenas entorpecimento.

— Maggie... — Então, ele sussurrou outro nome, um nome estranho, e tudo acabou.

— Não!

Como se quisesse protegê-lo do vento que ele não sentia mais, ela passou seus braços fortemente em torno dele, embalando-o, embalando-o, embalando-o enquanto soluçava.

E o vento se chocava contra o mar e trazia as primeiras fagulhas de chuva gelada.

Capítulo Dois

O sepultamento de Thomas Concannon seria comentado por anos. Havia boa comida e boa música, como ele planejara para a festa de comemoração de sua filha. A casa onde vivera seus últimos anos estava cheia de gente.

Tom não fora um homem rico, poderiam dizer, mas era um homem rico de amigos. Eles vieram da vila e das localidades próximas. Das fazendas, lojas e chalés. Trouxeram comida, como os amigos fazem nessas ocasiões, e a cozinha foi rapidamente estocada com pães, carnes e bolos. Eles beberam à sua vida e ouviram músicas por seu passamento.

O fogo queimava na lareira para enfrentar o temporal que sacudia as janelas e a frieza do luto.

Mas Maggie sabia que nunca se sentiria aquecida novamente. Sentou-se perto do fogo, na pequena sala, enquanto os amigos enchiam a casa ao redor dela. Nas chamas, via os penhascos, o mar borbulhante e ela, segurando o pai morto.

— Maggie.

Sobressaltada, virou-se e viu Murphy, agachado à sua frente. Ele apertava uma caneca fumegante nas mãos.

— O que é isso?

— Irish coffee para esquentar. — Seus olhos eram cordiais e pesarosos. — Beba isto, agora. Vamos, minha menina! Beba um pouco, vai se sentir melhor.

— Não consigo! — Mas acabou cedendo ao apelo e bebeu. Poderia jurar que sentia cada gota ardente que descia por sua garganta. — Eu não devia tê-lo levado lá, Murphy. Devia ter percebido que estava fraco.

— Você sabe que isso é um absurdo. Ele estava bem quando deixou o pub. Céus... ele até dançou, não foi?

Dançar, ela pensou. Dançou com o pai no dia em que ele morreu. Encontraria conforto nisso, algum dia? Mas se eles não estivessem tão longe, tão sozinhos...

— O médico disse claramente, Maggie. Não teria feito diferença. O aneurisma o matou e foi piedosamente rápido.

— Sim, foi rápido.

A mão tremia e ela tomou mais um gole. Lento foi o tempo que levaram para voltar. O apavorante momento em que trouxe seu corpo da beira do mar, a respiração ofegante e as mãos geladas ao volante.

— Nunca vi um homem com tanto orgulho como ele em relação a você. — Murphy hesitou, baixando os olhos para as mãos. — Ele era como um segundo pai pra mim, Maggie.

— Sei disso. — Levantou-se, afastando os cabelos dele da testa. — E ele também sabia.

Então, agora, ele havia perdido o pai duas vezes, pensou Murphy. E, pela segunda vez, sentiu o peso da tristeza e da responsabilidade.

— Quero lhe dizer, para ter certeza de que você saiba, que se houver alguma coisa, qualquer coisa mesmo, que você ou sua família precisem, você deve me dizer.

— É bondade sua dizer isso e se propor a nos ajudar.

Ele levantou os olhos de novo, os olhos de um azul céltico, encontrando os dela.

— Sei que foi difícil quando ele teve que vender a terra. E difícil, para mim, comprá-la.

— Não — Maggie colocou as mãos sobre as dele —, a terra não era importante pra ele.

— Sua mãe...

— Ela censuraria um santo por tê-la comprado — disse Maggie, bruscamente. — Embora o dinheiro da venda lhe tenha colocado comida na boca. Brie e eu não invejamos sequer um palmo de sua grama, esta é a verdade, Murphy.

Ela se obrigou a sorrir, porque ambos precisavam disso.

— Você conseguiu fazer o que ele não fez e o que ele simplesmente não queria fazer. Você fez a terra crescer. Não vamos mais falar nisso.

Ela olhou ao redor, como se tivesse saído de uma sala vazia para outra cheia de gente. Alguém tocava flauta e a filha de O'Malley, grávida de seu primeiro filho, cantava algo delicado. Havia um gorjeio de risadas, vindo da sala, vivo e livre. Um bebê chorava. Homens se misturavam aqui e ali, falando sobre Tom, sobre o tempo, sobre a égua doente de Jack Marley e sobre o vazamento no telhado do chalé dos Donovan.

As mulheres falavam de Tom, e também do tempo, das crianças, de casamentos e vigílias.

Ela viu uma idosa, uma prima mais velha e distante, com sapatos gastos e meias remendadas, contando uma história a um grupo de jovens curiosos, enquanto tricotava um suéter.

— Ele amava ter pessoas ao redor, você sabe. — O pesar estava presente, pulsando com dor em sua voz. — Ele teria enchido a casa com gente diariamente se pudesse. Admirava-se sempre de eu preferir estar só. — Respirou fundo e esperou que a voz soasse casual. — Você o ouviu falar de alguém com o nome de Amanda ou algo parecido?

— Amanda? — Murphy franziu a testa. — Não, por quê?

— Por nada. Provavelmente eu me enganei.

Ela encolheu os ombros. Certamente a última palavra de seu pai não fora um desconhecido nome de mulher.

— Preciso ir até a cozinha ajudar Brie. Muito obrigada pela bebida, Murphy. E por tudo.

Beijou-o e levantou.

Não foi fácil atravessar a sala. Tinha de parar aqui e ali, ouvir palavras de conforto, ou uma rápida história sobre o pai, ou, no caso de Tim O'Malley, oferecer seu consolo.

— Jesus, sentirei falta dele! — disse Tim, os olhos cheios de lágrimas. — Nunca tive um amigo tão querido, e nunca terci. Ele brincava sobre abrir um pub, você sabe, para me fazer concorrência.

— Eu sei. — Também sabia não ter sido uma brincadeira, mas outro sonho.

— Ele queria ser poeta — disse alguém, enquanto Maggie abraçava Tim, afagando suas costas. — Dizem que só lhe faltavam as palavras para ser um.

— Ele tinha o coração de poeta — disse Tim, bruscamente. — Coração e alma de poeta, para ser mais exato. Homem melhor do que Tom Concannon nunca pisou esta terra.

Maggie trocou algumas palavras com o padre sobre o enterro, acertado para a manhã seguinte, e finalmente se esgueirou para a cozinha.

Estava tão cheia como o resto da casa, com mulheres preparando ou servindo comida. Sons e aromas eram vida ali, chaleiras cantando, sopas fervendo, um presunto assando. Crianças andavam de um lado para outro de modo que as mulheres — com a misteriosa graça maternal com que pareciam já ter nascido — esquivavam-se ao redor delas ou acolhiam-nas, quando necessário.

O cachorrinho que Tom dera a Brianna, em seu último aniversário, rosnava feliz, embaixo da mesa da cozinha. A própria Brianna estava junto ao forno, seu rosto sereno, suas mãos competentes. Maggie podia notar os sutis sinais de tristeza nos olhos calmos e na boca delicada e séria.

— Vá pegar um prato. — Uma das vizinhas avançou para Maggie e começou a lhe servir comida. — E vai comer ou terá que se entender comigo.

— Vim aqui só para ajudar.

— Você ajudará comendo um pouco. Há comida para um exército. Lembra que seu pai, uma vez, me vendeu um galo, afirmando que era o melhor galo do país e que faria as galinhas felizes por muito tempo? Ele tinha um jeito que fazia você acreditar em suas palavras, mesmo sabendo que eram absurdas. — Enquanto falava, ela ia servindo grandes porções de comida e ainda conseguia tirar uma criança do caminho, sem perder o ritmo.

— Bem, ele se tornou um bicho grande e preguiçoso, e nunca nem sequer cantou em sua vida miserável! — concluiu ela.

Maggie sorriu um pouquinho e disse o que se esperava dela, embora conhecesse bem a história.

— E o que fez com o galo que papai lhe vendeu, Sra. Mayo?

— Torci seu maldito pescoço e o cozinhei. Dei uma porção dele a seu pai também. Falou que nunca comera nada melhor em sua vida. — Ela riu com vontade e passou o prato a Maggie.

— E estava bom mesmo?

— A carne estava gorda e dura como um pedaço de couro velho. Mas Tom comeu até a última colherada. Abençoado seja!

Então Maggie comeu, pois não havia nada mais que pudesse fazer senão viver e seguir adiante. Ela ouvia as histórias e contava outras. Quando o sol desapareceu e a cozinha foi aos poucos esvaziando, ela se sentou e pegou o cachorrinho no colo.

— Ele era querido — disse Maggie.

— Era mesmo.

Brianna parou ao lado do forno, a toalha na mão e o olhar entorpecido. Não havia ninguém mais para alimentar ou atender, nada para manter sua mente e suas mãos ocupadas. A tristeza invadiu seu coração como uma abelha faminta. Para expulsá-la, começou a lavar a louça.

Era esguia, quase magra, tinha um modo todo próprio de se mover, calmo e controlado. Se tivesse contado com dinheiro e meios, poderia ter se tornado dançarina. Sua espessa cabeleira de um louro avermelhado enrolava-se graciosamente na altura do pescoço. Um avental branco cobria seu vestido preto e liso.

Em contraste, os cabelos de Maggie eram um emaranhado faiscante ao redor do rosto. Usava uma saia que esquecera de passar e um suéter que precisava ser cerzido.

— O dia não estará claro amanhã. — Brianna esquecera os pratos nas mãos e olhava pela janela a noite escura.

— Não, não estará, mas as pessoas virão de qualquer maneira, como vieram hoje.

— Nós as teremos de volta aqui, depois. Há muita comida. Não sei o que faremos com tudo isto... — A voz de Brianna sumiu.

— Ela já saiu do quarto?

Brianna permaneceu parada por um momento; então, retornou lentamente para a louça.

— Ela não está bem.

— Ah, Deus, não! Seu marido está morto e todos que o conheciam vieram aqui hoje. Será que ela não pode nem mesmo se mexer para fingir que se importa com isto?

— Claro que ela se importa. — A voz de Brianna tornou-se mais firme. Sentia que não poderia suportar uma discussão agora, não quando seu coração parecia inchado como um tumor no peito. — Ela viveu com ele mais de vinte anos.

— E o que mais ela fez por ele? Por que você a defende? Mesmo agora...

A mão de Brianna apertava tanto um prato que imaginou que ele se partiria em dois. A voz permaneceu absolutamente calma, absolutamente equilibrada. — Não estou defendendo ninguém, apenas dizendo a verdade. Não podemos ficar em paz? Ao menos até o sepultarmos, não podemos manter a paz nesta casa?

— Nunca houve paz nesta casa. — Maeve falou da soleira da porta. Seu rosto não estava abatido pelas lágrimas, mas estava frio, duro, impassível. — Ele via isto. Ele via isto, assim como está vendo agora. Mesmo morto, está fazendo da minha vida um sofrimento.

— Não fale dele! — A raiva que Maggie estivera controlando durante todo o dia disparou como uma pedra pontiaguda contra um vidro frágil. Empurrou a mesa, fazendo com que o cachorro fugisse em busca de abrigo. — Não se atreva a falar mal dele.

— Falo como quiser! — As mãos de Maeve fecharam-se sobre o xale que usava, apertando-o na garganta. Era de lá e ela sempre quisera seda. — Ele não me deu nada, a não ser tristeza, enquanto viveu. Agora está morto e me dá mais tristeza ainda.

— Não vejo lágrimas em seu rosto, mãe.

— E não verá. Nunca viverei nem morrerei como uma hipócrita, mas sempre falando a verdade de Deus. Ele irá para o inferno pelo que me fez. — Seus olhos, amargos e azuis, passaram de Maggie para Brianna. — E como Deus não o perdoará, eu também não.

— Conhece a vontade de Deus agora? — Maggie perguntou. — Seu livro de rezas e seu rosário lhe deram uma linha direta ao Senhor?

— Não blasfeme! — As faces de Maeve avermelharam-se com a raiva. — Você não blasfemará nesta casa!

— Falo como quiser! — Maggie repetiu as palavras da mãe com um sorriso amargo. — E vou lhe dizer que Tom Concannon não precisava de seu perdão mesquinho.

— Chega! — Embora tremendo por dentro, Brianna colocou uma mão firme no ombro de Maggie. Respirou profundamente para ter certeza de que sua voz estaria calma. — Eu lhe disse, mãe, eu lhe darei a casa. Não há nada com que se preocupar.

— Como é que é? — Maggie voltou-se para a irmã. — O que disse sobre a casa?

— Você ouviu o que foi dito no testamento. — Brianna começou, mas Maggie sacudiu a cabeça.

— Não prestei atenção em nada daquilo. Palavras de advogado. Não estava prestando atenção.

— Ele deixou a casa para ela. — Ainda tremendo, Maeve levantou um dedo e sacudiu-o como uma acusação. — Ele deixou a casa para ela. Todos estes anos de sofrimento e sacrifício, e até isto ele tirou de mim.

— Ela se acalmará quando entender que tem um teto seguro sobre a cabeça e que não há necessidade de fazer nada para mantê-lo — disse Maggie, quando sua mãe saiu.

Era verdade e Brianna pensou que poderia manter a paz. Tinha a experiência de uma vida inteira.

— Manterei a casa e ela ficará aqui. Posso cuidar das duas.

— Santa Brianna — murmurou Maggie, mas não havia malícia em sua observação. — Darei um jeito nisso, entre nós. — O novo forno teria de esperar, decidiu. Mas, enquanto a McGuinness's continuasse comprando, haveria o suficiente para manter as duas casas.

— Estive pensando sobre... Papai e eu falamos sobre isso pouco tempo atrás, e estive pensando... — Brianna hesitava.

Maggie deixou de lado os próprios pensamentos:

— Vamos, fale o que é.

— Precisa de alguns reparos, eu sei, e tenho só um pouco do que vovô me deixou. E ainda há a hipoteca.

Eu pagarei a hipoteca.

— Não, não é correto.

— É perfeitamente correto. — Maggie levantou-se para pegar o bule de chá. — Ele hipotecou a casa para me mandar a Veneza, não foi? Hipotecou a casa e suportou o terremoto que mamãe despejou sobre sua cabeça por ter feito isso. Pude estudar durante três anos graças a ele. E vou pagar por isso.

— A casa é minha. — A voz de Brianna soou firme. — E a hipoteca também.

A irmã olhou-a carinhosamente, mas Maggie sabia que Brianna podia ser como uma mula teimosa, quando tinha vontade.

— Bem, podemos discutir isso até morrer. Nós duas pagaremos. Se você não me deixar fazer isto por você, Brie, deixe-me fazer por ele. Eu preciso.

— Decidiremos em breve. — Brianna tomou a xícara de chá que Maggie lhe servira.

— Em que andou pensando?

— Nada de mais. — Parecia tolice. Ela apenas esperava que não soasse como tal. — Quero transformar a casa numa pousada.

— Um hotel?! — Atônita, Maggie só conseguiu manter o olhar fixo. — Você quer ter hóspedes fazendo barulho nesta casa? Não terá privacidade alguma, Brianna, e ficará trabalhando de manhã até à noite.

— Gosto de ter pessoas à minha volta. — Brianna falou calmamente. — Nem todos querem ser ermitões como você. E tenho jeito para isto, eu acho, para proporcionar conforto às pessoas. Está no meu sangue. — Ela firmou o queixo. — Vovô tinha um hotel, não tinha? E vovó tocou-o depois que ele morreu. Eu posso fazer o mesmo!

— Nunca falei que você não podia. Apenas não consigo imaginar por que você desejaria fazê-lo. Estranhos entrando e saindo todos os dias. — Estremeceu só de imaginar aquilo.

— Só espero que eles venham mesmo. Os quartos, no andar de cima, precisam ser renovados, claro. — Os olhos de Brianna enevoaram-se, enquanto ela imaginava os detalhes. — Alguma pintura, algum papel de parede. Um tapete novo ou dois. E só Deus sabe o quanto o encanamento precisa de reparos. O fato é que precisaremos de outro banheiro completo, mas acho que o espaço do closet que fica no hall, ao fim das escadas, poderia servir. Eu poderia ter um pequeno apartamento anexo à cozinha, para mamãe, assim ela não seria perturbada. Poderia aumentar um pouco os jardins, colocar uma pequena placa. Nada em grande escala, entende? Apenas pequeno, confortável e de bom gosto.

— Você quer isto... — Maggie murmurou, vendo a luz nos olhos da irmã. — ... de verdade?

— Sim, quero.

— Então vá em frente. — Maggie pegou as mãos da irmã. — Mete as caras, Brie. Renove seus quartos e conserte o encanamento. Coloque uma placa. Ele gostaria de vê-la fazendo isso.

— Sei que gostaria. Riu quando lhe falei sobre isso, com aquele seu sorriso enorme.

— É, ele tinha um sorriso largo.

— E me beijou e brincou dizendo que eu era neta de uma dona de hotel e manteria a tradição. Se eu começar logo, posso abrir já no verão deste ano. Os turistas vêm dos estados do Oeste, especialmente no verão, e procuram um lugar bonito e confortável para passar a noite. E posso... — Brianna fechou os olhos. — Ah, eu sei que posso.

— É justamente o que ele gostaria de ouvir. — Maggie conseguiu sorrir novamente. — Um grande plano como este. Ele vibraria com você!

— Nós, os Concannon! — Brianna sacudiu a cabeça. — Somos experts em planos.

— Brianna, naquele dia no penhasco ele falou em você, disse que você era seu botão de rosa. Queria que você desabrochasse.

E ela fora a estrela dele, Maggie pensou. Faria o possível para brilhar.

Capítulo Três

Estava sozinha — como ela mais gostava. Da porta de seu chalé, olhava a chuva cair sobre as terras de Murphy Muldoon, açoitando selvagemente a grama e as pedras, enquanto o sol despontava esperançosa e teimosamente atrás dela. Havia a possibilidade de uma dúzia de climas diferentes, todos rápidos e inconstantes.

Isto era a Irlanda.

Mas, para Margaret Mary Concannon, a chuva era uma coisa boa. Sempre preferia a chuva ao pesado calor do sol e à claridade brilhante do céu sem nuvens. A chuva era uma leve cortina cinzenta, afastando-a do mundo. Ou, mais importante, removendo o mundo para além de sua visão da montanha e do campo com suas vacas de pêlo macio e manchado.

Enquanto a fazenda, com muros de pedra e grama verde atrás do emaranhado de fúcsias, não pertencia mais a Maggie ou à sua família, aquele lugar, com seu pequeno jardim selvagem e úmido, era seu.

Era filha de fazendeiro, sem dúvida. Mas não era fazendeira. Há cinco anos, desde que seu pai morrera, decidira ter seu próprio canto e a marca que ele desejaria que ela fizesse. Talvez ainda não fosse tão intensa, mas continuava a vender o que fabricava, em Galway e agora em Cork e Ennis.

Não precisava de mais do que tinha. Talvez desejasse mais, porém sabia que desejos, não importava quão profundos, não pagavam contas. Também sabia que ambições, quando realizadas, tinham um preço elevado.

Quando, às vezes, se sentia frustrada e cansada, bastava apenas lembrar a si mesma que estava onde devia estar e fazendo o que escolhera fazer.

Mas em manhãs como esta, com chuva e sol disputando o céu, lembrava-se do pai e dos sonhos que ele nunca realizara.

Ele morrera sem riqueza, sem sucesso e sem a fazenda que tinha sido arada e ceifada pelas mãos dos Concannon durante gerações.

Ela não se ressentia do fato de que boa parte de sua herança fora consumida por impostos, dívidas e mirabolantes fantasias do pai. Talvez houvesse uma ponta de pesar pelos penhascos e campos por onde ela correra com toda a arrogância e inocência da juventude. Mas isso era passado. Realmente não desejava nem o trabalho nem a preocupação com aquilo. Nutria pouca afeição pelas coisas que brotavam para sua irmã, Brianna, e que a motivavam. Naturalmente gostava de seu jardim, das flores que desabrochavam e dos aromas que exalavam. Mas as flores cresciam, apesar de seus períodos de negligência.

Tinha seu canto, e qualquer outra coisa além disso estava fora de seu reino e, portanto, mais exatamente fora de seus pensamentos. Maggie preferia não necessitar de nada, nada que não pudesse proporcionar a si mesma.

Dependência, ela sabia, e vontade de ter mais do que se tem conduziam à infelicidade e ao descontentamento. Ela tivera o exemplo dos pais.

Parada ali, diante da porta aberta na chuva fria, ela respirava o ar e sua umidade doce, tingida pelo desabrochar das ameixeiras que formavam uma cerca a leste e as rosas precoces lutando para florescer, a oeste. Era uma mulher pequena, modelada por uma calça jeans e camisa aflanelada. Sobre sua impetuosa cabeleira, na altura dos ombros, usava um chapéu descontraído, cinzento como um dia nublado. Abaixo da aba, seus olhos tinham o temperamental e místico verde do mar.

A chuva umedecia seu rosto, a suave curva das faces e do queixo, a larga e melancólica boca, que formava a compleição ruiva e combinava com as sardas douradas espalhadas sobre o nariz.

Ela bebia o chá forte e doce do desjejum, numa caneca de vidro que ela mesma fabricara, e ignorava o telefone que começara a tocar na cozinha. Ignorar os chamados era tanto um método quanto um hábito, particularmente quando seu pensamento estava concentrado no trabalho. Havia uma escultura se desenhando em seu cérebro, clara como uma gota de chuva, ela pensou. Pura e sedosa, com vidro mergulhando em vidro no coração da peça.

O impacto da visão chamou sua atenção. Ignorando o telefone, caminhou pela chuva em direção a seu ateliê e ao suave ruído do forno para vidros.

Dos seus escritórios em Dublin, Rogan Sweeney ouviu a campainha do telefone através do receiver e praguejou. Era um homem ocupado, ocupado demais para desperdiçar tempo com uma artista temperamental e rude que se recusava a atender ao chamado da oportunidade.

Tinha negócios para cuidar, chamadas para responder, arquivos para ler, números para calcular. Enquanto ainda era cedo, tinha de descer à galeria e supervisionar a última remessa. A Cerâmica Nativa Americana era sua cria e ele despendera meses selecionando o melhor do melhor.

Mas isso, naturalmente, era um desafio já superado. Essa exposição, em particular, deveria, mais uma vez, assegurar que a Worldwide era uma galeria de nível internacional. Enquanto isso, a maldita mulher, a teimosa mulher do Condado de Clare, estava causando confusão em sua cabeça. Entretanto, tinha de se encontrar com ela, cara a cara; ela e seu gênio temperamental ocupavam demais seus pensamentos.

A nova remessa, naturalmente, receberia muito mais de sua habilidade, energia e tempo do que requereria. Mas uma nova artista, particularmente alguém cujo trabalho atraíra por completo sua imaginação, estimulava-o em um nível diferente.

O suspense da descoberta era tão vital para Rogan como o cuidado-so desenvolvimento de marketing e venda dos trabalhos de um artista.

Queria Concannon exclusivamente para as Galerias Worldwide. Assim como ocorria com a maioria de seus desejos, todos razoavel-mente gerenciados por ele, Rogan não descansaria enquanto este não estivesse realizado.

Fora educado para o sucesso, a terceira geração de prósperos comerciantes que encontravam alternativas inteligentes de transformar centavos em milhões. O negócio que seu avô fundara sessenta anos antes florescia sob sua liderança porque Rogan Sweeney não aceitava um não como resposta. Alcançaria seus objetivos com charme, doçura e tenaci-dade ou qualquer outro meio que achasse adequado.

Margaret Mary Concannon e seu talento sem limites eram seus alvos mais novos e mais frustrados.

Em sua própria concepção, não era um homem insensato, e se sen-tiria chocado e insultado ao se descobrir descrito assim por seus conhe-cidos. Se esperava longas e árduas horas de trabalho de seus emprega-dos, não esperava menos de si mesmo. Liderança e dedicação não eram meras virtudes de Rogan, eram necessidades que haviam sido desen-volvidas em seu íntimo.

Poderia ter entregue as rédeas da Worldwide para um gerente e vivido confortavelmente com os lucros. Então poderia viajar, não a tra-balho, mas por prazer, aproveitando os frutos de sua herança sem se preocupar com a colheita.

Poderia, mas sua responsabilidade e ambição eram sua herança.

E M. M. Concannon, artista em vidro, ermitã e excêntrica, era sua obsessão.

Ele estava fazendo mudanças nas Galerias Worldwide, mudanças que refletiriam sua própria visão, que celebrariam seu próprio país. M. M. Concannon era seu primeiro passo e ele se recusaria a aceitar que a teimosia dela representasse um obstáculo.

Ela desconhecia — porque se recusava a ouvir, Rogan pensava severamente — que ele tencionava fazer dela a primeira estrela nativa irlandesa da Worldwide. No passado, com seu avô e seu pai no coman-do, as galerias se haviam especializado em arte internacional. Rogan não pretendia diminuir o raio de ação, mas pretendia alterar o foco e dar ao mundo o melhor de sua terra natal.

Arriscaria tanto seu dinheiro quanto sua reputação para fazer isso.

Se seu primeiro artista fosse um sucesso, como pretendia que ela fosse, seu investimento teria sido pago, seus instintos teriam sido justificados e seu sonho, uma nova galeria que exibisse exclusivamente trabalhos de artistas irlandeses, poderia tornar-se realidade.

Para começar, ele queria Margaret Mary Concannon.

Amuado consigo mesmo, levantou-se de sua antiga mesa de carvalho e caminhou até a janela. A cidade estendia-se à sua frente, suas ruas largas e praças verdes, o brilho prateado que era o rio e as pontes que o atravessavam.

Lá embaixo o tráfego movia-se num fluxo disciplinado, trabalhadores e turistas fundindo-se na rua, num colorido à luz do sol. Eles pareciam muito distantes dele agora, andando em grupos ou aos pares. Ele observou um jovem casal se abraçar, uma casual união de braços, encontro de lábios. Ambos carregavam mochilas e tinham expressões de vertiginosa alegria.

Afastou-se da janela, atingido por uma estranha e pequena pontinha de inveja.

Não costumava se sentir cansado, como estava agora. Havia trabalho em sua mesa e compromissos na agenda, mas, mesmo assim, não voltou a eles. Desde a infância fora impelido por um objetivo, da educação à formação profissional, de sucesso em sucesso. Como tinha sido esperado dele. Como ele esperara de si mesmo.

Perdera ambos os pais sete anos atrás, quando o pai sofrera um ataque cardíaco ao volante do carro e se chocara contra um poste. Podia lembrar ainda o terrível pânico e a sensação de irrealidade que o atingira durante o vôo Dublin—Londres, para onde os pais tinham viajado a negócios, e o terrível e estéril cheiro de hospital.

O pai morrera no impacto. A mãe durara uma hora mais. Ambos morreram antes de sua chegada, antes também que ele fosse capaz de entender e aceitar a tragédia. Mas eles haviam deixado um grande ensinamento, antes que os perdesse, sobre família e orgulho pela herança, sobre amor à arte, amor aos negócios e como combiná-los.

Aos vinte e seis anos, viu-se diretor das Galerias Worldwide e suas subsidiárias, responsável pela equipe de funcionários, pelas decisões, pela arte colocada em suas mãos. Durante sete anos, trabalhara não somente para desenvolver os negócios, mas para fazê-los brilhar. Isso fora mais do que suficiente para ele.

Esta situação de incerteza, este dilema, convenceu-se, tivera suas raízes na manhã de inverno, quando vira, pela primeira vez, o trabalho de Maggie Concannon.

Aquela primeira peça, vista durante um costumeiro chá com sua avó, fora o início de sua odisséia para possuir, não, ele pensou, desconfortável com a palavra, para controlar, corrigiu. Ele desejava controlar o destino e a carreira da artista. Desde aquela tarde, pudera comprar somente duas peças do trabalho dela. Uma era tão delicada como um sonho acordado, uma coluna esguia e quase sem volume, envolvida em arco-íris de brilhos tremulantes que não seriam mais espessos do que a medida de sua mão entre o pulso e os dedos.

A segunda, pela qual ele se reconhecia intimamente encantado e seduzido, era um violento pesadelo, nascido de uma mente passional, em um emaranhado de vidro. Devia ter nascido de um desequilíbrio, pensou, agora que estudava a peça sobre a sua mesa. Devia ter sido horrível por sua violenta guerra de cores e formas, as gavinhas retorcidas se agarrando à base mais larga.

Entretanto, era fascinante e desconfortavelmente sensual. E isso o levou a imaginar que espécie de mulher poderia criar ambas as peças com igual habilidade e poder.

Embora tivesse podido adquiri-la há pouco mais de dois meses, não obtivera sucesso em contatar a artista e oferecer-lhe patrocínio.

Nos dois rápidos contatos por telefone, ela fora muito breve, quase beirando a indelicadeza. Ela não precisava de um patrocinador, especialmente um negociante de Dublin, com muita educação e pouco gosto artístico.

Ah! Fora estressante!

Ela dissera a ele, em seu sotaque musical do Oeste, que estava contente em criar em seu próprio ritmo e vender seu trabalho quando e onde desejasse. Não precisava de contrato, nem de alguém que lhe dissesse o que devia ser vendido. Isto era seu trabalho, não era? Então, por que ele não voltava para seus negócios, os quais ela tinha certeza de que eram muitos, e não a deixava em paz?

Pequena insolente!, pensou, esbravejando outra vez. Aqui estava ele oferecendo um apoio, um apoio que muitos outros artistas teriam pedido e ela desdenhava.

Devia deixá-la, Rogan pensou. Deixá-la criar na obscuridade. Era certo que nem as galerias nem ele precisavam dela.

Mas... droga! Ele a *queria*.

Num impulso, pegou o telefone e chamou a secretária:

— Eileen, cancele meus compromissos por alguns dias. Vou viajar.

Era raro para Rogan ter negócios nos estados do Oeste. Lembrou-se de férias em família, na infância. Em geral, seus pais optavam por viajar para Paris ou Milão, ou, ocasionalmente, uma parada numa vila que possuíam na França mediterrânea. Fizeram viagens que combinavam negócios e lazer. Nova York, Londres, Bonn, Veneza, Boston. Mas uma vez, quando tinha nove ou dez anos, viajaram de carro para Shannon, para desfrutar o selvagem e glorioso cenário do Oeste. Recordou os caminhos, as estonteantes paisagens dos penhascos de Mohr, maravilhosas paisagens e águas brilhantes, pequenas cidades calmas e o infindável verde das fazendas.

Era lindo. Mas também inconveniente. Já estava se arrependendo da decisão impulsiva de tomar a estrada, particularmente porque as informações que obtivera numa vila próxima o haviam levado a estradas não muito boas. Seu Aston Martin saía-se bem, mesmo quando encontrava lama sob a incessante chuva. Seu humor não aceitava tão bem as poças d'água como seu carro.

Somente a teimosia impediu que voltasse. A mulher ouviria a razão, por Deus! Ele veria isto. Se ela queria se enterrar atrás de cercas e espinhos, era problema dela. Mas sua arte era problema dele. Ou passaria a ser.

Seguindo a direção que lhe haviam informado na agência dos correios, ele passou pela pousada Blackthorn Cottage, com seus gloriosos jardins e suas elegantes venezianas azuis. Mais adiante, havia algumas cabanas, abrigos para animais, celeiros com feno, um abrigo com telhado de ardósia onde um homem trabalhava em um trator.

O homem ergueu a mão numa saudação e voltou ao trabalho, enquanto Rogan manobrava o carro pela curva estreita. O fazendeiro era o primeiro sinal de vida, além da criação de animais, que avistava, desde que deixara a cidade.

Como alguém podia sobreviver em uma droga de lugar como este? Preferia Dublin, com suas ruas cheias de gente e suas comodidades todos os dias da semana, mesmo com a chuva incessante e os campos sem-fim. O cenário que se danasse.

Ela se esconde muito bem, pensou ele. Mal conseguia avistar o portão do jardim e o chalé branco através dos arbustos de alfenas e fúcsias.

Rogan reduziu a marcha, embora estivesse já em marcha lenta. Havia um pequeno caminho, ocupado por um caminhão azul desbotado. Deixou seu Aston branco estacionado e desembarcou.

Circulou o portão, descendo o curto caminho entre as flores vigorosas, brilhantes, que balançavam na chuva. Bateu à porta, que era pintada de um magenta forte, três rápidos toques, então outros três, até que a impaciência o fez espreitar pela janela para olhar lá dentro.

Havia fogo crepitando baixo na lareira e uma cadeira um pouco afastada. Um sofá surrado, coberto com uma estampa floral que mesclava vermelhos, azuis e púrpura, ocupava um canto. Ele poderia pensar que errara a casa, não fossem as peças trabalhadas em vidro espalhadas por toda a sala. Estatuetas e garrafas, vasos e potes, dispostos em todas as superfícies disponíveis.

Rogan limpou a umidade da vidraça e espiou o candelabro com inúmeros braços posicionado bem ao centro, sobre a lareira. Era feito de um vidro tão claro, tão puro, que parecia água congelada. Os braços curvados num movimento fluido; a base, uma cascata. Sentiu o súbito impulso, o estado interior que precedia a aquisição.

Ah, ele a encontrara!

Então, se ela pelo menos atendesse a porta.

Ele desistiu da porta da frente e caminhou pela grama molhada até atrás do chalé. Mais flores, crescendo selvagens como ervas daninhas. Ou, corrigiu, crescendo selvagens *com* ervas daninhas. A srta. Concannon, obviamente, não dedicava muito tempo a seus canteiros.

Havia um galpão, ao lado da porta, sob o qual blocos de carvão estavam empilhados. Uma bicicleta velha com um pneu vazio estava parada ao lado deles e, perto dela, um par de botas, enlameadas até o tornozelo.

Ele voltou a bater, quando o som vindo de trás de si o fez olhar em direção ao balcão. O ruído constante e baixo era quase como o do mar. Podia ver nuvens de fumaça saindo da chaminé para o céu acinzentado.

O prédio tinha várias janelas e, apesar da umidade fria do dia, algumas estavam abertas. Seu estúdio, sem dúvida, Rogan pensou, e dirigiu-se para lá, contente de ver que a encontrara e confiante no resultado do encontro.

Bateu e, embora não recebesse resposta alguma, empurrou a porta aberta. Deteve-se um momento para registrar a onda de calor, os cheiros fortes e a pequena mulher sentada em uma grande cadeira de madeira, com uma longa pipeta nas mãos.

Ele pensou em fadas e encantamentos mágicos.

— Feche a porta! Droga! Há uma corrente de ar.

Obedeceu automaticamente, aturdido pela cortante fúria da ordem.

— Suas janelas estão abertas!

— Ventilação. Corrente de ar. Idiota.

Ela não falou mais nada e não dirigiu sequer um olhar a ele. Mantinha a pipeta na boca e soprava.

Ele olhou a bolha se formar, involuntariamente fascinado. Um processo simples, pensou, só respirar e moldar o vidro. Os dedos dela trabalhavam na pipeta, girando, girando, lutando contra a gravidade, usando a gravidade, até que estivesse satisfeita com a forma.

Não deu nenhuma atenção a ele enquanto continuava seu trabalho. Afinou a bolha usando alavancas para entalhar uma rasa abertura logo atrás da cabeça da pipeta. Havia passos, dúzias deles para completar, mas ela já podia ver o trabalho terminado, tão claramente como se o tivesse, frio e sólido, em sua mão.

No forno, ela empurrou a bolha sob a superfície de vidro moldado e aquecido para fazer a segunda fusão. Atrás ela rolou a espátula num bloco de madeira para esfriar o vidro e formar a "pele". Todo o tempo ela ia movendo a pipeta, movendo, firme, sob o controle das mãos, como nos estágios iniciais do trabalho tinha sido controlada por sua respiração.

Repetiu o mesmo processo várias vezes com uma paciência infinita, completamente concentrada, enquanto Rogan observava da porta.

Ela usava grandes blocos para moldar, enquanto a forma crescia. Como o tempo passava e ela não dizia uma só palavra, ele tirou seu casaco e esperou.

O lugar estava aquecido pelo calor do forno. Ele sentia como se suas roupas estivessem secando no corpo. Ela parecia sublimemente impassível, imersa em seu trabalho, de vez em quando buscando uma ferramenta nova, enquanto, com uma das mãos, mexia constantemente a pipeta.

A cadeira onde estava sentada era obviamente feita em casa, com um assento profundo e braços longos, ganchos colocados aqui e ali onde estavam penduradas as ferramentas. Havia potes por perto, cheios de água, areia ou cera quente.

Ela apanhou uma ferramenta que pareceu a Rogan um par de línguas afiadas e pontudas e colocou-a na ponta do vaso que estava criando. Parecia que elas o atravessariam, o vidro quase como água, mas ela conduziu a forma, engrossando-a, afinando-a.

Quando ela levantou-se novamente, ele começou a falar, mas um som vindo dela, algo como um rosnado, levou-o a levantar a sobrancelha e manter-se em silêncio.

Tudo bem, pensou. Podia ser paciente. Uma hora, duas horas, o tempo necessário. Se ela podia suportar aquele ar quente e viciado, ele também poderia.

Ela nem mesmo sentia isso, tão envolvida estava. Mergulhou uma ponta com outra porção de vidro moldado no lado do vaso que estava criando. Quando o vidro quente amoleceu, empurrou nele uma espátula pontuda coberta com cera. Delicadamente. Delicadamente.

Chamas brilharam sob suas mãos, quando a cera inflamou. Agora, ela precisava trabalhar rapidamente, mantendo a ferramenta sem furar o vidro. A pressão devia ser exata para obter o efeito que desejava. A parede de dentro entrou em atrito com a de fora, incorporando-a, criando a forma interior, o balanço do anjo.

Vidro sobre vidro, transparente e fluido.

Ela quase sorriu.

Cuidadosamente soprou outra vez a forma antes de achatá-la com uma espátula. Anexou o vaso a um pontel quente. Mergulhou uma lixa num balde d'água, afundando-a até o entalhe do pescoço do vaso.

Então, com um puxão que fez Rogan balançar, golpeou a lixa contra a pipeta.

Com o vaso agora preso ao pontel, ela mergulhou-o no forno para aquecer a beirada. Levando o vaso ao forno, bateu o pontel com a lixa para quebrar o selo.

Programou o tempo e a temperatura, então caminhou direto para um pequeno refrigerador.

Este era baixo, de modo que ela teve de se curvar. Rogan inclinou a cabeça a esta visão. A calça jeans estava começando a ficar justa em diversos lugares interessantes. Ela empertigou-se e, voltando-se para ele, atirou uma das duas latas de refrigerante que pegara na geladeira.

Rogan agarrou o míssel por puro instinto, antes que lhe atingisse o nariz.

— Ainda aqui? — Ela abriu a lata e bebeu avidamente. — Você deve estar assando neste terno. — Agora que seu trabalho havia liberado seus sentidos, e seus olhos estavam livres de visões, ela o estudava.

Alto, magro, moreno. Ela tomou outro gole. Bom corte de cabelo, negro como asas de corvo, e olhos azuis como o lago Kerry. Nada mau para admirar, pensou, batendo com o dedo na lata, enquanto se encaravam. Ele tinha uma senhora boca, linda e generosamente esculpida. Mas imaginou que não a usasse muito para sorrir. Não com aqueles olhos. Tão azuis quanto apelativos, eles eram frios, calculistas e confiantes.

Um rosto anguloso com ossos bem-feitos. Bons ossos, bom berço, como sua avó costumava dizer. E este, a não ser que se enganasse muito, possuía sangue azul sob os ossos.

O terno era bem cortado, provavelmente inglês. A gravata, discreta. Havia um filete de ouro nas abotoaduras. E tinha a postura de um soldado, do tipo que recebera muitas medalhas.

Ela sorriu para ele, contente de ser afável agora que seu trabalho fora concluído com sucesso.

— Então, está perdido?

— Não. — O sorriso a fazia parecer um duende, capaz de todo tipo de mágica e travessura. Ele preferia a carranca que usava, enquanto estava trabalhando. — Fiz um longo caminho para conversarmos, Srta. Concannon. Sou Rogan Sweeney.

O sorriso dela modificou-se, adquirindo um certo ar de escárnio. Sweeney, pensou. O homem que queria mandar em seu trabalho. "O tal", ela usou a expressão nada lisonjeira para um habitante de Dublin.

— Bem, o senhor é um homem teimoso, Sr. Sweeney, esta é a verdade. Espero que tenha feito uma boa viagem, só assim não terá perdido seu tempo.

— Foi uma viagem miserável.

— Que pena...

— Mas não considero a viagem perdida. — Embora preferisse uma xícara de chá forte, ele abriu a lata de refrigerante. — A senhorita tem instalações interessantes aqui.

Ele observou o espaço, com seu forno chamejante, estufas e bancos, a confusão de ferramentas de metal e madeira, as hastes, pipetas, estantes e balcões que, ele imaginou, guardavam seus materiais químicos.

— Eu me organizo o suficiente, como acredito ter falado ao senhor, pelo telefone.

— Aquela peça em que estava trabalhando quando entrei. É linda... — Ele parou próximo à mesa atravancada de blocos de desenho, lápis, carvão e giz. Pegou o desenho da escultura de vidro que estava no forno. Era delicada, fluida. — A senhorita vende seus desenhos?

— Sou uma artista do vidro, Sr. Sweeney, não uma desenhista.

Ele lançou-lhe um olhar, colocando o desenho sobre a mesa.

— Se a senhorita o assinasse, eu poderia vendê-lo por algumas centenas de libras.

Olhando-o com descrédito, ela jogou a lata vazia na cesta de lixo.

— E a peça que acabou agora? Quanto pedirá por ela?

— E por que isso lhe diria respeito?

— Talvez eu quisesse comprá-la.

Ela refletiu, apoiando-se na beirada do balcão, balançando o pé. Ninguém poderia calcular o valor de seu trabalho, nem ela própria. Mas um preço, algum preço teria de ser determinado, ela bem o sabia. Artista ou não, ela precisava comer.

Sua maneira de calcular preço era indefinida e flexível. Diferente de suas fórmulas para executar peças em vidro e misturas coloridas, isto nada tinha a ver com ciência. Podia considerar o tempo gasto na produção da peça, o próprio sentimento em relação a ela e ainda sua opinião sobre o comprador.

Sua opinião sobre Rogan Sweeney custaria bastante a ele.

— Duzentas e cinqüenta libras — decidiu. Uma pequena percentagem do que poderiam valer suas abotoaduras de ouro.

— Eu lhe farei um cheque. — Então ele sorriu e Maggie pensou estar grata por ver que ele parecia não usar esta sua arma com freqüência. Letal, ela pensou, observando como seus lábios se curvavam, seus olhos escureciam. Todo ele flutuava em charme, sem esforço, como uma nuvem. — E embora eu vá adicioná-la à minha coleção pessoal, por motivos sentimentais, posso falar assim?... Poderia facilmente conseguir o dobro por ela, em minha galeria.

— Não sei como mantém seus negócios, Sr. Sweeney, explorando assim seus clientes.

— A senhorita se subestima, Srta. Concannon. — Ele atravessou a sala em sua direção, como se subitamente soubesse que tinha levado a melhor. Esperou que ela voltasse a cabeça para ter os olhos nivelados com os seus. — Eis por que precisa de mim.

— Sei exatamente o que estou fazendo.

— Apenas aqui. — Ele levantou um braço para abranger o espaço. — Pude ver isto claramente, por mim mesmo. Mas o mundo dos negócios é algo diferente.

— Não estou interessada em negócios.

— Precisamente. — Sorriu outra vez, como se ela tivesse respondido a uma questão bem delicada. — E eu, ao contrário, sou fascinado por isso.

Ela estava em desvantagem, sentada no banco, com ele olhando de cima, mas não se importou com isso.

— Não desejo ninguém se intrometendo em meu trabalho, Sr. Sweeney. Faço o que escolho, quando escolho, e vou indo muito bem assim.

— Você faz o que decide, e quando decide. — Ele apanhou uma peça de madeira da bancada, como se fosse admirar os veios. — E faz isto muito bem. Que desperdício seria para alguém com seu talento simplesmente progredir. Quanto a... me intrometer em seu trabalho, não tenho essa intenção. Embora ver você trabalhar seja algo interessante. — Seus olhos passaram do molde de madeira para ela com uma rapidez que a fez estremecer. — Muito interessante...

Levantou-se de um pulo; seria melhor estar de pé. Para se movimentar pela sala, empurrou-o para o lado.

— Não quero um empresário.

— Ah, mas você precisa de um, Srta. Margaret Mary. Você precisa muito de um.

— Como sabe tanto sobre o que estou precisando? — ela resmungou e começou a caminhar. — Um cara esperto de Dublin, com sapatos caros.

O dobro, ele dissera; sua mente repetiu as palavras dele, sobre o valor da peça. Duas vezes o que ela tinha cobrado. E havia a mãe para sustentar, contas a pagar e, meu Deus, o preço dos produtos químicos era um assalto.

— Preciso é de paz e tranqüilidade... e espaço. — Voltou-se para ele. Sua mera presença no estúdio a estava deixando perturbada. — Espaço, entende? Não preciso ter alguém como você vindo me falar que precisamos de três vasos para a próxima semana, ou vinte pesos para papel, ou meia dúzia de taças com nuanças rosadas. Não sou uma linha de montagem, Sweeney. Sou uma artista.

Muito calmo, tirou um bloco e uma caneta de ouro de seu bolso e começou a escrever.

— O que você está fazendo?

— Estou anotando que você não quer receber pedidos de vasos, pesos para papéis ou taças com nuanças rosadas.

Sua boca se contraiu uma vez antes que ela pudesse retomar o controle.

— Não receberei ordens de modo algum.

Os olhos dele se voltaram para os dela.

— Acredito que isto já está entendido. Tenho fábricas, Srta. Concannon, e sei a diferença entre uma linha de montagem e arte. Ganho a vida com ambas.

— Ótimo pra você, então. — Sacudiu os braços antes de colocar as mãos nos quadris. — Parabéns! Por que, então, precisa de mim?

— Não preciso. — Ele guardou o bloco e a caneta. — Mas quero você.

Ela ergueu o queixo.

— Mas eu não quero você.

— Não, mas você precisa de mim. E é aí que vamos completar um ao outro. Farei de você uma mulher rica, Srta. Concannon. E mais do que isso, uma mulher famosa.

Ele observou alguma coisa brilhar nos olhos dela ao ouvir aquilo. Ah, pensou, ambição. E então girou a chave facilmente na fechadura.

— Você cria somente para esconder seu dom em suas próprias estantes e armários? Para vender umas poucas peças, aqui e ali, para sobreviver, ocultando o resto? Ou quer ver seu trabalho apreciado, admirado, até aplaudido? — A voz se alterou sutilmente, em um tom de sarcasmo tão leve que a apunhalava cruelmente. — Ou... você tem medo de isto não acontecer?

Os olhos dela suavizaram quando a lâmina a atingiu.

— Não tenho medo. Meu trabalho tem valor. Passei três anos praticando numa fábrica de vidro em Veneza, suando como qualquer menino aprendiz. Aprendi a técnica lá, mas não a arte. A arte está em mim. — Ela bateu com a mão no peito. — Está em mim e vivo e respiro arte em vidro. E quem não apreciar meu trabalho pode ir para o inferno.

— Muito justo. Ofereço a você uma exposição em minha galeria e veremos quantos irão para o inferno.

Uma provocação, maldito seja. Não estava preparada para isto.

— Só um bando de esnobes em arte pode desprezar meu trabalho, enquanto bebem champanhe.

— Você está com medo.

Ela sibilou entre os dentes e apontou para a porta.

— Vá embora! Vá embora, só então poderei pensar. Você está me confundindo

— Voltaremos a falar pela manhã. — Ele apanhou o casaco. — Talvez possa me recomendar algum lugar para eu passar a noite. Próximo daqui.

— Blackthorn Cottage, no fim da rua.

— Sim, eu a vi. — Ele deslizou para dentro do casaco. — Lindos jardins, muito bem cuidados.

— Limpa e confortável. Encontrará uma cama macia e boa comida. Pertence à minha irmã e ela é uma autêntica dona-de-casa.

Ele levantou a sobrancelha, diante do tom de voz dela, mas não disse nada.

— Acredito, então, que ficarei bem confortável até amanhã.

— Agora vá. — Abriu a porta para a chuva. — Ligarei para a pousada pela manhã se quiser falar com você novamente.

— Prazer em conhecê-la, Srta. Concannon. — Mesmo sem que ela tivesse oferecido, tomou a mão dela entre as suas, segurando-as, enquanto a olhava nos olhos. — Foi um enorme prazer vê-la trabalhando.

Num impulso que surpreendeu a ambos, ele levou a mão dela até seus lábios, detendo-se por instantes ante o sabor de sua pele.

— Voltarei amanhã.

— Espere pelo convite — ela disse, fechando a porta rapidamente atrás dele.

Capítulo Quatro

Em Blackthorn Cottage, os bolinhos eram sempre quentes, as flores sempre frescas e a chaleira estava sempre a ferver. Embora fosse cedo para a temporada de hóspedes, Brianna Concannon fez Rogan sentir-se confortável, com seus modos serenamente eficientes, como fazia com todos os outros hóspedes, sempre bem-vindos, desde o primeiro verão depois da morte de seu pai.

Serviu-lhe o chá na sala arrumada e limpa, onde um fogo crepitava alegremente e um vaso de frísias perfumava o ar.

— Servirei o jantar às sete, se assim estiver bem para o senhor, Sr. Sweeney. — Ela já estava pensando na maneira de aumentar a receita de frango que planejara preparar, para poder alimentar mais um.

— Por mim está ótimo, Srta. Concannon. — Sorveu o chá e achou-o perfeito, completamente diferente do refrigerante gelado que Maggie lhe atirara. — A senhorita tem um lugar adorável.

— Obrigada. — Era mesmo, se não o seu único motivo de orgulho, talvez sua única alegria. — Se precisar de alguma coisa, qualquer coisa mesmo, basta pedir.

— Eu poderia usar o telefone?

— Naturalmente.

Ela estava saindo para dar-lhe privacidade, quando ele levantou a mão, num gesto de comando.

— Aquele vaso sobre a mesa é trabalho de sua irmã?

Brianna, surpresa com a pergunta, arregalou os olhos.

— Sim, é. O senhor conhece o trabalho de Maggie?

— Conheço. Eu mesmo tenho duas peças. E comprei uma outra, tão logo foi feita. — Sorveu o chá de novo, observando Brianna. Tão diferente de Maggie quanto eram diferentes suas peças, uma da outra. O que significava que elas eram parecidas em algum aspecto que os olhos não podiam ver. — Acabei de vir do estúdio dela.

— Esteve no estúdio de Maggie? — Apenas um verdadeiro choque levaria Brianna a fazer uma pergunta a um hóspede naquele tom de descrédito. — Lá dentro?

— É assim tão perigoso?

O esboço de um sorriso atravessou o rosto de Brianna, iluminando seus traços.

— O senhor parece ter sobrevivido.

— Muito bem. Sua irmã é uma mulher imensamente talentosa. — Ele percebeu o mesmo orgulho e contrariedade contidos que tinha notado em Maggie, quando se referira à irmã. — A casa possui outras peças dela?

— Poucas. Ela traz algumas, quando seu humor permite. Se não precisa de mais nada, Sr. Sweeney, vou adiantar o jantar.

Sozinho, Rogan continuou bebendo o chá. Uma dupla interessante, pensou, as irmãs Concannon. Brianna era mais alta, mais esguia e certamente mais adorável do que Maggie. Seus cabelos eram de um ouro avermelhado e caíam em cachos delicados sobre seus ombros. Seus olhos eram grandes, verdes e claros, quase translúcidos. Calmos, ele pensou, embora um tanto arredios, como seus modos. Suas feições eram mais refinadas, seus membros mais delicados, e ela cheirava a flores silvestres mais do que a fumaça e suor.

No todo, seria muito mais o tipo de mulher que chamaria a atenção dele.

No entanto, percebia seu pensamento dirigindo-se a Maggie, com seu corpo compacto, seus olhos temperamentais, seu humor instável.

Artistas, pensou, com seus egos e inseguranças, necessitavam de uma mão firme que os guiasse. Deixou o olhar vagar sobre o vaso rosado com suas espirais de vidro indo da base até a boca. Esperava ansiosamente guiar Maggie Concannon.

— Então ele está aqui?

Maggie escapou da chuva para o interior quente e perfumado da cozinha. Brianna continuou a descascar as batatas. Estava esperando aquela visita.

— Ele quem?

— Sweeney. — Dirigindo-se ao balcão, Maggie pegou uma cenoura descascada e a mordeu. — Alto, moreno, bonito e rico como o pecado. Não se pode deixar de notá-lo.

— Na sala. Você pode pegar uma xícara e acompanhá-lo no chá.

— Não quero falar com ele. — Maggie apoiou-se no balcão, cruzando os tornozelos. — O que eu quero, Brie, querida, é sua opinião sobre ele.

— É educado e bem falante.

Maggie rolou os olhos.

— Então é um coroinha de igreja.

— É um hóspede em minha casa...

— Pagante ou convidado?

— E não pretendo — Brianna continuou, sem pausa — fazer fofoca sobre ele nas suas costas.

— Santa Brianna! — Maggie abocanhou a cenoura e gesticulou com o restante dela. — E se eu lhe contar que ele está querendo empresariar minha carreira?

— Empresariar? — As mãos de Brianna fraquejaram, antes que ela pudesse tomar o ritmo de novo. As cascas caíram pesadamente em cima do jornal que ela colocara sobre o balcão. — De que modo?

— Financeiramente, para começar. Mostrando meu trabalho em suas galerias e falando a ricos patrocinadores para comprá-lo por altas somas de dinheiro. — Ela agitou o que ainda sobrava da cenoura, antes de comê-la toda. — O homem só pensa em ganhar dinheiro!

— Galerias? Ele tem galerias de arte?

— Em Dublin e Cork. Tem participação em outras em Londres e Nova York. Paris também, acho. Em Roma, provavelmente. No mundo da arte, todos conhecem Rogan Sweeney.

Galerias de arte estavam tão distantes do mundo de Brianna como a lua. Mas logo sentiu um fervoroso orgulho por sua irmã querer isto.

— E ele tem interesse em seu trabalho...

— Meter seu nariz aristocrático nele é o que tem feito — vociferou Maggie. — Telefonando, enviando cartas, querendo direitos sobre o que faço. Hoje apareceu em minha porta, dizendo que eu preciso dele. Ah!

— E você, é lógico, não precisa.

— Não preciso de ninguém.

— Não, realmente você não precisa. — Brianna carregou os legumes até a pia para lavá-los. — Não você, Margaret Mary.

— Ah, odeio aquele tom, todo frio e superior. Você parece mamãe falando. — Ela deslizou do balcão para dar uma olhada na geladeira. E, por causa disso, encheu-se de culpa. — Estamos indo bem o suficiente — acrescentou, enquanto pegava uma cerveja. — As contas estão pagas, há comida na mesa e um teto sobre nossas cabeças.

Maggie olhou para as costas empertigadas da irmã e deixou um comentário escapar com certa impaciência:

— As coisas não podem ser como eram, Brie.

— Pensa que não sei? — O tom de voz de Brianna se tornou irritado. — Você está achando que eu preciso de mais? Que não estou contente com as coisas como estão? De repente, intoleravelmente triste, ela deixou os olhos correrem pelos campos à sua frente. — Não sou eu, Maggie, não sou eu.

Maggie franziu a testa olhando a cerveja. Era Brianna quem sofria, ela sabia. Sempre era Brianna que ficava no meio. Agora, Maggie pensou, ela tinha a chance de mudar aquilo. Tudo o que precisava fazer era vender parte de sua alma.

— Ela tem reclamado?

— Não, não realmente. — Brianna prendeu um grampo no coque atrás do pescoço.

— Por sua expressão, dá para ver que ela tem andado de mau humor e feito cobranças a você.

Antes que Brianna pudesse responder, Maggie agitou a mão.

— Ela nunca será feliz, Brianna. Você não pode fazê-la feliz. Deus sabe que eu não posso! Ela nunca o perdoará por ter sido como foi.

— E o que ele foi? — Brianna perguntou, enquanto se voltava. — O que nosso pai foi?

— Humano. Com falhas. — Ela deixou a cerveja sobre a mesa e aproximou-se da irmã. — Maravilhoso. Lembra quando ele comprou a mula e achou que faria fortuna com os turistas, tirando fotos com ela de boné e nosso cachorro velho, esparramado em suas costas?

— Lembro... — Brianna ia se afastar, mas Maggie pegou suas mãos. — E lembro que ele gastou mais dinheiro alimentando aquela mula maldita e mal-humorada do que já tinha gasto com qualquer outro de seus planos.

— Ah, mas foi divertido! Fomos aos penhascos de Mohr num dia ensolarado de verão! Turistas andando de um lado para outro e música tocando. E lá estava papai, segurando aquela mula estúpida e o velho Joe, pobre cachorro, apavorado com a mula, como se estivesse vendo um leão rugindo.

Brianna enterneceu-se. Não podia evitar.

— Pobre Joe, sentado no dorso da mula e tremendo de medo. Então apareceu aquele alemão querendo uma foto com Joe e a mula.

— E a mula deu um coice. — Maggie riu e pegou a cerveja para acompanhar uma torrada. — E o alemão gritava em três línguas diferentes, enquanto pulava num pé só. E Joe, apavorado, saltou e aterrissou junto a uma vitrina, e a mula disparou, dispersando os turistas.

— Ah, que cena! Pessoas gritando e correndo, mulheres chorando. Havia um violinista lá, lembra? Ele continuou tocando aquela música escocesa, como se, a qualquer momento, fôssemos começar a dançar.

— E aquele garoto gentil de Killarney pegou a correia da mula e trouxe-a de volta. Papai tentou vendê-la em toda parte.

— E quase vendeu. São boas lembranças, Brie.

— Ele ainda fez outras coisas de fazer rir, mas não se pode viver só de risos.

— E não se pode viver sem risos, como ela. Ele estava vivo. Agora parece que esta família está mais morta do que ele.

— Ela está doente — disse Brianna, laconicamente.

— Como tem estado por mais de vinte anos... E doente ela continuará, enquanto tiver você para atendê-la sempre.

Era verdade, mas conhecer a verdade não alterava o coração de Brianna.

— Ela é nossa mãe.

— É o que ela é. — Maggie acabou a cerveja e deixou-a de lado. O gosto da levedura misturou-se ao amargo em sua língua. — Vendi outra peça. Terei dinheiro para você até o final do mês.

— Sou grata por isso. E ela também é.

— Ao inferno se ela é grata! — Maggie olhou nos olhos da irmã com toda a paixão, raiva e sofrimento que fervilhavam em seu interior. — Não faço isso por ela. Quando houver o suficiente, você contratará uma enfermeira e ela mudará para a própria casa.

— Isto não é necessário...

— É sim. É este o acordo, Brie. Não posso ficar vendo você dançar conforme a música dela pelo resto de sua vida. Uma enfermeira e uma casa na cidade.

— Se for isto que ela quiser.

— É isto que ela terá. — Maggie inclinou a cabeça. — Ela não deixou você dormir na noite passada.

— Estava nervosa. — Embaraçada, Brianna voltou a preparar o frango. — Uma de suas enxaquecas.

— Ah, sim!

Maggie lembrava-se das dores de cabeça da mãe e quando elas surgiam. Uma discussão em que Maeve estava perdendo, enxaqueca instantânea. Um passeio em família que ela não aprovava — o latejar começava.

— Eu sei como ela é, Maggie. — A cabeça da própria Brianna começou a latejar. — Isto não a torna menos minha mãe.

"Santa Brianna!", Maggie pensou novamente, mas com afeição. Sua irmã podia ser um ano mais nova do que os seus próprios vinte e oito anos, mas era sempre ela quem arcava com as responsabilidades.

— E você não pode mudar o que é, Brie. — Maggie abraçou a irmã. — Papai sempre dizia que você era o anjo bom e eu, o mau. Finalmente, ele estava certo em alguma coisa. — Fechou os olhos por um momento. — Diga ao Sr. Sweeney para aparecer no chalé pela manhã. Vou conversar com ele.

— Você o deixará empresariá-la, então?

A frase fez Maggie estremecer.

— Vou conversar com ele — repetiu e voltou a enfrentar a chuva.

Se Maggie tinha alguma fraqueza, era a família. Esta fraqueza podia mantê-la acordada durante a noite ou fazê-la levantar-se na madrugada fria, ao despontar da aurora. Para o mundo exterior, preferia fingir que só tinha responsabilidades consigo mesma e com sua arte, mas por baixo desta fachada estavam o constante amor pela família e a busca, às vezes amarga, das responsabilidades que vinham com isso.

Em primeiro lugar, por princípio, ela queria recusar Rogan Sweeney. Em sua opinião, arte e negócios não podiam e não deveriam se misturar. Em segundo lugar, desejava recusá-lo porque seu tipo — próspero, confiante e de boa estirpe — a irritava. Em terceiro, e mais importante, desejava recusá-lo porque, de outra maneira, estaria admitindo sua falta de habilidade para conduzir seus negócios sozinha.

Ah, esta era a espinha presa em sua garganta.

Ela não o recusaria. Tomara esta decisão, durante a longa e desgastante noite, para permitir que Rogan fizesse dela uma mulher rica.

Não que ela não pudesse se manter, e bem. Vinha fazendo isso havia mais de cinco anos. A pousada de Brianna estava indo bem e manter as duas casas não era problema. Mas seria impossível manter uma terceira.

O objetivo de Maggie, sua missão realmente, era estabelecer a mãe em uma residência separada. Se Rogan podia ajudá-la a atingir essa meta, negociaria com ele. Negociaria com o próprio diabo.

Mas o diabo poderia vir a se arrepender da barganha.

Em sua cozinha, com a chuva caindo suave e constante, ela preparava chá. E refletia sobre o assunto.

Era preciso lidar com Rogan Sweeney com inteligência, pensava. Com a dose certa de desdém artístico e lisonjas femininas. O desdém não seria problema, mas o outro ingrediente poderia ser difícil.

Ficou imaginando Brianna cozinhando, cuidando do jardim, enroscada lendo um livro perto do fogo, sem a voz chorosa e exigente da mãe a estragar sua paz. Brianna casaria, teria filhos. Era um sonho que Maggie sabia que a irmã guardava trancado em seu coração. E trancado ficaria enquanto Brianna fosse responsável por uma hipocondríaca crônica.

Embora Maggie não pudesse compreender a necessidade da irmã de se unir a um homem e ter meia dúzia de crianças, ela faria qualquer coisa para ajudar Brianna a realizar seu sonho.

Era possível, bem possível, que Rogan Sweeney pudesse agir como um padrinho encantado.

A batida à porta da frente do chalé era firme e impaciente. Este padrinho encantado, pensava Maggie, enquanto ia atender, não faria sua entrada com poeira de anjos ou luzes coloridas.

Ao abrir a porta, ela deu um breve sorriso. Ele estava molhado, como no dia anterior, e elegantemente vestido. Imaginou se ele dormiria de terno e gravata.

— Bom-dia, Sr. Sweeney!

— Bom-dia, Srta. Concannon! — Ele entrou, saindo da chuva e da umidade.

— Posso pegar seu casaco? Ele secará próximo ao fogo.

— Obrigado.

Ele deslizou de seu sobretudo e ficou olhando, enquanto ela colocava o casaco em uma cadeira próxima ao fogo. Ela estava diferente hoje, pensou. Agradável. A mudança o colocou em guarda.

— Diga-me, não faz outra coisa senão chover no Condado de Clare?

— Apreciamos uma chuva leve na primavera. Não se preocupe, Sr. Sweeney. Mesmo um dublinense não se derrete numa chuva do Oeste. — Deu um sorriso rápido e encantador, mas seus olhos estavam maliciosamente divertidos. — Estou preparando chá. Se quiser um pouco.

— Gostaria.

Antes que ela voltasse para a cozinha, ele a deteve — a mão em seu braço. Sua atenção não estava nela, mas na escultura sobre a mesa ao lado deles. Era uma longa e sinuosa curva num profundo azul gelado. A cor de um lago ártico. Vidro se sobrepondo ao vidro, em ondas que fluíam como gelo líquido nas extremidades.

— Uma peça interessante.

— Acha mesmo?

Maggie conteve a vontade de se livrar da mão dele. Ele a segurava de leve, com uma possessão subentendida que a deixava ridiculamente desconfortável. Podia sentir o perfume, a sutil colônia amadeirada que ele provavelmente usara após fazer a barba, com vestígios do sabonete da ducha. Quando ele percorreu com o dedo o comprimento do vidro curvo, ela reprimiu um tremor. Por um momento, um tolo momento, foi como se sentisse o toque dele, da garganta ao umbigo.

— Obviamente feminina — ele murmurou.

Embora os olhos dele estivessem concentrados no vidro, ele estava bem atento a ela. A pressão dos dedos em torno do braço, o rápido estremecimento que ela tentou disfarçar, o perfume forte e selvagem dos cabelos dela.

— Poderosa. Uma mulher se rendendo sexualmente a um homem.

Aquilo a perturbou, porque ele estava absolutamente certo.

— Como encontra poder na rendição?

Ele olhou para ela, os profundos olhos azuis presos em seu rosto. A mão dele permanecia leve no braço dela.

— Nada é mais poderoso do que uma mulher momentos antes da entrega. — Ele voltou a acariciar o vidro. — Obviamente, a senhorita sabe disso.

— E o homem?

Então ele sorriu, apenas um leve movimento dos lábios. Os dedos em volta do braço dela agora pareciam mais uma carícia. Um pedido. E seus olhos divertidos, interessados, percorriam o rosto dela.

— Isto, Margaret Mary, dependeria da mulher.

Ela não se moveu, absorveu a ferroada sexual, registrando-a com um leve aceno de cabeça.

— Bem, concordamos em alguma coisa. Sexo e poder geralmente dependem da mulher.

— Não foi exatamente o que eu disse ou quis dizer. O que a leva a criar alguma coisa desse tipo?

— É difícil explicar arte a um homem de negócios.

Quando ela pretendia recuar, ele aumentou a pressão dos dedos em seu braço.

— Tente.

Uma sensação de aborrecimento invadiu-a.

— O que vem a mim simplesmente vem. Não há projeto, não há plano. Tem a ver com emoção, com paixão, e não com praticidade nem lucro. De outra maneira, eu estaria fazendo cisnezinhos de vidro para lojas de presentes. Jesus, que idéia!

O sorriso dele se alargou.

— Terrível! Felizmente não estou interessado em cisnezinhos de vidro. Mas gostaria de tomar o chá.

— Vamos tomá-lo na cozinha. — Ela começou a andar novamente e mais uma vez ele a deteve com um aperto no braço. A irritação brilhou nos olhos dela como um lampejo. — Você está impedindo meu caminho, Sweeney.

— Acho que não, estou é querendo facilitá-lo para você. — Soltou o braço dela e seguiu-a, em silêncio, até a cozinha.

O chalé dela era muito diferente do conforto campestre de Blackthorn. Não havia os saborosos aromas de assados no ar, nem almofadas fofas ou madeiras polidas. Era espartano, utilitário e desarrumado. Supunha que, por conta disso, a arte descuidadamente colocada aqui e ali parecia muito mais significativa e surpreendente.

Imaginava onde ela dormia e se sua cama seria tão convidativa e macia como aquela onde ele passara a noite. E imaginava se ele a dividiria com ela. Não, não *se*, ele se corrigiu, mas *quando*.

Maggie colocou o bule de chá sobre a mesa com duas grossas canecas.

— Você gostou da hospedagem em Blackthorn Cottage? — perguntou, enquanto servia o chá.

— Sim, sua irmã é encantadora e sua comida é inesquecível.

Maggie abrandou-se, colocando três generosas colheres de açúcar em seu chá.

— Brie é uma dona-de-casa no verdadeiro sentido da palavra. Ela fez seus pãezinhos de passas pela manhã?

— Comi dois deles.

Novamente descontraída, Maggie riu e apoiou o pé calçado com bota sobre o joelho.

— Nosso pai costumava dizer que Brie tinha todo o ouro e eu, todo o bronze. Lamento que você não vá ter pães feitos em casa aqui, Sweeney, mas posso conseguir uma lata de biscoitos.

— Não é necessário.

— Você provavelmente prefere ir direto aos negócios. — Tomando a caneca em ambas as mãos, Maggie inclinou-se para a frente. — O que faria se eu lhe dissesse claramente que não estou interessada em sua proposta?

Rogan considerou a pergunta, bebendo o chá preto e forte.

— Teria de chamá-la de mentirosa, Maggie. — Riu ao observar a chama que surgia nos olhos dela. — Porque, se não estivesse interessada, não teria concordado em me ver agora de manhã. E eu, provavelmente, não estaria tomando chá em sua cozinha. — Levantou a mão antes que ela pudesse falar. — Concordamos, entretanto, que você gostaria de não estar interessada.

Homem inteligente, ela pensou, ligeiramente abrandada. Homens inteligentes são perigosos.

— Não tenho vontade de ser produzida, gerenciada ou guiada.

— Geralmente não desejamos aquilo de que necessitamos.

Ele a observou, sobre a borda de sua caneca, calculando se gostava do modo como o leve rubor parecia lhe amaciar a pele, tornando mais profundos os olhos verdes.

— Vou explicar mais claramente. Sua arte é seu domínio. Não tenho nenhuma intenção de interferir no que você faz em seu estúdio. Você cria o que está inspirada para criar, no momento em que estiver inspirada para criar.

— E se o que eu criar não for do seu gosto?

— Tenho mostrado e vendido inúmeras peças que não gostaria de ter em minha casa. Isto é negócio, Maggie. E assim como não interferirei em sua arte, você não interferirá em meus negócios.

— Não terei que falar com quem comprará minhas peças?

— Não — ele disse simplesmente. — Se você tiver algum envolvimento com determinada peça, terá que superá-lo ou manter a peça para si mesma. Uma vez que estiver em minhas mãos, será minha.

Ela cerrou os dentes.

— E qualquer um que tenha dinheiro poderá comprá-la.

— Exatamente.

Maggie colocou a caneca sobre a mesa e com um movimento brusco pôs-se a caminhar. Ela usava todo o corpo, hábito que Rogan admirava. Pernas, braços, ombros, tudo ritmicamente se movendo com irritação. Ele terminou seu chá e sentou-se para apreciar a exibição.

— Tiro algo de dentro de mim, crio, torno-o sólido, tangível, real, e qualquer idiota de Kerry, Dublin ou, Deus me livre, Londres, vem e compra para o aniversário da esposa, sem ter o mínimo entendimento sobre o que é, o que significa.

— Você desenvolve uma relação pessoal com todos que compram seus trabalhos?

— Ao menos sei para onde estão indo, quem está comprando. — Quase sempre, acrescentou para si mesma.

— Preciso lembrar-lhe que comprei duas de suas peças, antes de nos conhecermos.

— Sim, e veja aonde isto me levou.

Temperamental, ele pensou com um suspiro. Desde que trabalhava com artistas, nunca tinha conseguido entender.

— Maggie — começou, ensaiando o mais razoável dos tons. — A razão de ter um empresário seria eliminar estas dificuldades. Você não terá que se preocupar com a venda, somente com a criação. E, sim, se alguém de Kerry, Dublin ou, Deus a livre, de Londres vier a uma de minhas galerias e se interessar por uma de suas peças, será dele, desde que concorde com o preço. Sem precisar apresentar currículos ou referências pessoais. E até o final do ano, com a minha ajuda, você será uma mulher rica.

— É isto que você acha que eu quero? — Insultada, enfurecida, voltou-se para ele. — Você pensa, Rogan Sweeney, que pego minha pipeta e calculo qual o lucro que terei ao final do dia?

— Não, não penso isso. É precisamente aí que eu entro. Você é uma artista excepcional, Maggie. E, correndo o risco de fazer inflar o que parece já ser um ego gigantesco, vou admitir que fui cativado desde que vi seu primeiro trabalho.

— Talvez você tenha um gosto decente — ela falou com um irritado sacudir de ombros.

— Já me disseram isso. Minha opinião é que seu trabalho merece muito mais do que o que você está dando a ele. Você merece muito mais do que está dando a si mesma.

Ela se inclinou sobre o balcão, observando-o atentamente.

— E você vai me ajudar a conseguir mais, pela bondade de seu coração.

— Meu coração nada tem a ver com isso. Vou ajudá-la porque seu trabalho vai acrescentar prestígio às minhas galerias.

— E ao seu talão de cheques.

— Um dia você terá de me explicar a raiz do seu desdém pelo dinheiro. Enquanto isso, seu chá está esfriando.

Maggie deixou escapar um grande suspiro. Não estava, pensou, e voltou para a mesa.

— Rogan. — Ela se permitiu sorrir. — Estou certa de que você é muito bom no que faz. Suas galerias têm reputação de qualidade e integridade, que, tenho certeza, são reflexos de você mesmo.

Ela se saiu bem, ele pensou, passando a língua nos dentes.

— Gosto de pensar assim.

— Sem dúvida, qualquer artista se sentirá lisonjeado ao ser considerado por você. Mas estou habituada a negociar por mim mesma, a lidar com todas as fases do meu trabalho, desde o preparo do vidro até a venda da peça pronta ou, ao menos, até colocá-la nas mãos de alguém que conheço e em quem confio para vendê-la. Eu não conheço você.

— Ou não confia em mim?

Ela levantou uma mão e deixou-a cair.

— Seria tolice não confiar nas Galerias Worldwide. Mas é difícil para mim imaginar um negócio nesta proporção. Sou uma mulher simples.

Ele riu tão rápida e sugestivamente que ela pestanejou. Antes que ela pudesse se recompor, ele inclinou-se para ela, tomando suas mãos nas dele.

— Ah, não, Margaret Mary, simples é exatamente o que você não é. Esperta, obstinada, brilhante, mal-humorada, bonita, tudo isso você é. Mas simples, nunca.

— Eu disse que sou. — Livrou a mão e esforçou-se para não se mostrar agradável. — Eu me conheço mais do que você conhece ou conhecerá.

— Toda vez que você termina uma escultura, grita para o mundo que aquilo é o que você é. Pelo menos até hoje. E isso é o que torna sua arte verdadeira.

Não podia discutir com ele. Era uma observação que não esperava de um homem com sua prática. Fazer dinheiro com arte não implicava conhecê-la. E, aparentemente, ele a conhecia.

— Sou uma mulher simples — disse novamente, desafiando-o a contradizê-la pela segunda vez. — E prefiro continuar assim. Se eu concordar com sua proposta, haverá regras. Minhas.

Ele a tinha ganho e sabia disso. Mas um negociante sábio nunca é uma pessoa presunçosa.

— Quais são elas? — perguntou.

— Não farei nenhuma publicidade, a não ser que me convenha. E posso garantir que isso não acontecerá.

— Isto aumentará o mistério, não?

Ela quase riu, antes de se recompor.

— Não me vestirei de acordo com padrões estereotipados para exposições, se eu vier a participar de alguma.

Dessa vez, ele tocou firmemente a bochecha com a língua.

— Tenho certeza de que o seu senso de estilo refletirá sua natureza artística.

Isso podia ser um insulto, mas ela não tinha certeza.

— E não serei gentil com as pessoas se não quiser ser.

— Temperamento artístico de novo! — Ele a brindou com o chá. — Isso deve aumentar as vendas.

Embora estivesse se divertindo, ela recostou-se e cruzou os braços sobre o peito.

— Nunca, nunca mesmo reproduzirei uma peça ou criarei algo de acordo com a fantasia de alguém.

Ele franziu a testa e sacudiu a cabeça.

— Isto podia ser uma quebra de contrato. Tenho idéia de um unicórnio com um toque de folhas douradas nos chifres. De muito bom gosto.

Ela conteve o riso, mas então desistiu e deixou escapar uma gargalhada.

— Está bem, Rogan. Talvez, por um milagre, possamos trabalhar juntos. Como fazemos, então?

— Vou providenciar o contrato. A Worldwide vai querer direito de exclusividade sobre o seu trabalho.

Ela estremeceu. Era como se estivesse renunciando a uma parte de si mesma. Talvez a melhor parte.

— Direito de exclusividade sobre as peças que eu escolher para vender.

— Naturalmente.

Ela olhou atrás dele, fora da janela, os campos ao longe. Um dia, tempos atrás, eles, assim como sua arte, haviam feito parte de sua vida. Hoje eram apenas parte de uma linda paisagem.

— O que mais?

Ele hesitou. Ela parecia intoleravelmente triste.

— Isto não vai mudar o que você faz. Não vai mudar o que você é.

— Você está enganado — ela murmurou. — Com esforço, afastou o mau humor e olhou para ele. — Vamos adiante. O que mais?

— Organizarei uma exposição, no prazo de dois meses, na galeria de Dublin. Naturalmente vou precisar ver as peças que você tem prontas e cuidarei de fazer a remessa. Também preciso que me mantenha informado sobre as peças que terminar nas próximas semanas. Definiremos os preços, e qualquer mercadoria que sobrar depois da mostra será exposta em Dublin e em nossas outras galerias.

Ela respirou longa e calmamente.

— Eu ficaria grata se você não se referisse a meu trabalho como "mercadoria". Pelo menos, não na minha presença.

— Combinado. — Ele mexeu com os dedos. — Você, naturalmente, receberá um relatório completo das peças vendidas. Se preferir, pode escolher as peças que serão fotografadas para o nosso catálogo. Ou pode deixar por nossa conta.

— E quando e como serei paga? — Precisava saber disso.

— Posso comprar as peças de uma só vez. Não faço qualquer objeção a isso, já que tenho confiança em seu trabalho.

Ela lembrava o que ele dissera antes, sobre ganhar duas vezes mais do que havia pago pela escultura que ela terminara de fazer. Podia não ser uma mulher de negócios, mas não era boba.

— De que outra forma você gerencia as vendas?

— Por comissão. Quando e se a peça for vendida, deduzimos uma percentagem.

Mais do que um jogo, ela pensou. E ela apreciava jogos.

— Qual a percentagem que você deduz?

Imaginando uma reação, manteve os olhos à altura dos dela.

— Trinta e cinco por cento.

Ela sufocou um gemido.

— Trinta e cinco? Trinta e cinco? Isso é um assalto. Você é um ladrão. — Empurrou a mesa e levantou-se. — Você é um abutre, Rogan Sweeney. Que se danem seus trinta e cinco e você também.

— Eu assumo todos os riscos, cubro todas as despesas. — Ele abriu as mãos e fechou-as novamente. — Você tem apenas que criar.

— Ah, como se eu tivesse apenas que ficar sentada esperando que a inspiração venha como gotas de chuva. Você não entende nada, nada sobre isso. — Ela voltou a caminhar, movendo-se com irritação e energia. — Lembro a você que não teria nada pra vender sem mim. E é pelo meu trabalho, meu suor, meu sangue, que os clientes pagarão. Terá quinze por cento.

— Terei trinta!

— Maldito seja você, Rogan, seu... seu... mes... Vinte!

— Vinte e cinco! — Ele levantou então, para ficar frente a frente com ela. — As Galerias Worldwide ganharão um quarto de seu trabalho e de seu sangue, Maggie. Prometo a você.

— Um quarto. — Suspirou entre dentes. — Você é um homem de negócios se apoderando da arte.

— E tornando o artista financeiramente seguro. Pense nisso, Maggie. Seu trabalho será visto em Nova York, Roma e Paris. E, depois de ver, ninguém vai esquecê-lo.

— Oh, como você é inteligente, Rogan, transformando uma rápida investida de dinheiro em fama. — Fez uma careta para ele e abanou a mão. — Ao inferno com isto e com você. Você terá seus vinte e cinco por cento.

Essa era exatamente a percentagem que ele havia planejado. Tomou a mão dela e segurou-a.

— Vamos ter sucesso juntos, Maggie.

Ela só esperava que fosse o bastante para instalar a mãe na cidade, longe de Blackthorn Cottage.

— Se não der certo, Rogan, farei com que pague por isso.

Como tinha gostado do sabor dela, levou sua mão aos lábios.

— Arriscarei!

Os lábios dele se demoraram o bastante para fazer acelerar o pulso dela.

— Se você pretende me seduzir, teria sido mais esperto começar antes de termos um negócio.

O comentário, ao mesmo tempo que o surpreendeu, aborreceu-o também:

— Prefiro manter relacionamentos pessoais e comerciais, separadamente.

— Outra diferença entre nós. — Agradou a ela ver que tinha arranhado sua imaculada aparência polida. — Minha vida pessoal e profissional está sempre se fundindo. E satisfaço aos dois lados, quando tenho vontade. — Sorrindo, ela soltou a mão da dele. — Não tive vontade ainda, pessoalmente falando. Avisarei você quando e se acontecer.

— Está me provocando, Maggie?

Ela parou, como se estivesse pensando nisso.

— Não, estou só explicando a você. Agora vou levá-lo ao estúdio de vidros e poderá escolher o que desejar para fazer a remessa para Dublin. — Voltou para vestir uma jaqueta pendurada num cabide próximo à porta dos fundos. — Você deve precisar do seu casaco. Seria uma pena molhar este terno tão bonito.

Ele encarou-a por um momento, querendo descobrir por que se sentira tão insultado. Sem uma palavra sequer, deu meia-volta e dirigiu-se à sala para apanhar o casaco.

Maggie aproveitou a oportunidade para sair e esfriar o sangue na chuva gelada. Ridículo, disse a si mesma, sentir-se tão sexualmente abalada por um beijo na mão. Rogan Sweeney era insinuante, muito insinuante. Sorte sua que não era o tipo dela.

De jeito nenhum.

Capítulo Cinco

A grama alta, ao lado da antiga abadia, era um lugar agradável e calmo para a morte. Maggie empenhara-se para sepultar o pai ali, em lugar do solo simétrico e frio ao lado da igreja da vila. Desejara a paz e o toque de realeza para seu pai. Dessa vez, Brianna discutira com ela, até que a mãe tivesse fechado sombriamente a boca e lavado as mãos em relação às decisões a serem tomadas.

Maggie visitava o lugar somente duas vezes ao ano: uma vez no aniversário do pai e outra em seu próprio. Para agradecer a ele o dom de sua vida. Nunca vinha no aniversário da morte dele, nem se permitia ficar triste.

Não chorara por ele agora, mas sentara na grama, ao lado dele, abraçando os joelhos dobrados. O sol lutava entre camadas de nuvens para dourar os túmulos e o vento era fresco, cheirando a flores silvestres.

Ela não trouxera flores, nunca o fazia. Brianna plantara um canteiro logo acima e, mal a primavera aquecia a terra, seu túmulo resplandecia em cor e beleza. Os botões estavam apenas se formando nas roseiras. Os brotos de aqüilégias pendiam graciosamente entre os delicados galhos de crisântemos e petúnias. Ela viu uma gralha pulando sobre as pedras e voando em direção ao campo. Uma pela tristeza, ela pensou, e procurou infrutiferamente no céu pela segunda, que seria pela alegria.

As borboletas esvoaçavam ao redor, abanando as asas transparentes e silenciosas. Ela as olhou por um momento, sentindo-se confortada pela cor e pelo movimento. Não conseguira lugar algum para enterrá-lo próximo ao mar, mas, pensou, este lugar teria agradado a ele.

Maggie recostou-se confortavelmente ao lado do túmulo do pai e cerrou os olhos.

Desejava que você estivesse aqui ainda, pensou, então poderia lhe contar o que estou fazendo. Não que eu fosse seguir algum de seus conselhos, mas seria bom ouvi-los.

Se Rogan Sweeney for um homem de palavra — e não posso acreditar que ele seja de outra forma —, serei uma mulher rica. Como você gostaria disso. Haveria o suficiente para você abrir seu pequeno pub, como sempre desejou. Ah, que fazendeiro pobre você foi, querido. Mas o melhor dos pais. O melhor de todos.

Estava se esforçando ao máximo para manter a promessa feita a ele, pensou. Tomar conta de sua mãe e de sua irmã e partir em busca de seu sonho.

— Maggie.

Abriu os olhos e viu Brianna. Impecável, ela pensou, estudando a irmã. Seus cabelos adoráveis estavam presos, suas roupas perfeitamente passadas.

— Você parece uma professora. — Maggie riu da expressão da irmã. — Uma professora adorável.

— E você parece uma catadora de lixo. — Brianna replicou, reprovando a escolha de Maggie, vestida num jeans roto e num suéter desfiado. — Uma catadora adorável.

Brianna sentou-se ao lado da irmã e cruzou as mãos. Não para orar, apenas por elegância.

Ficaram sentadas em silêncio por um momento, enquanto o vento sibilava através da grama e flutuava entre as pedras dos túmulos.

— Um dia lindo para visitar túmulos. — Maggie comentou. Ele faria setenta e um anos hoje, pensou. — Suas flores estão despontando lindamente.

— É preciso tirar as ervas daninhas. — E Brianna começou a fazê-lo.

— Encontrei o dinheiro no balcão da cozinha esta manhã, Maggie. É muito.

— Foi uma boa venda. Guarde um pouco.

— Preferiria que você desfrutasse dele.

— E estou, por saber que você está mais perto de colocá-la em outra casa.

Brianna suspirou.

— Ela não é um peso pra mim. — Percebendo a expressão da irmã, sacudiu os ombros. — Não tanto como você pensa. Apenas quando ela se sente mal.

— O que acontece na maior parte do tempo. Brie, amo você!

— Eu sei.

— O dinheiro é a melhor maneira de lhe mostrar isso. Papai queria que eu a ajudasse a cuidar dela. E só Deus sabe que eu não poderia viver com ela, como você. Ela teria me feito ir para um hospício ou eu teria acabado na prisão por assassiná-la durante o sono.

— Esse negócio com Rogan Sweeney, você fez isso por ela.

— Não, não fiz. — Maggie arrepiou-se ao pensar nisso. — Por causa dela, talvez, o que faz uma diferença enorme. Logo que ela esteja acomodada e você tenha sua vida de volta, você se casará e me dará vários sobrinhos e sobrinhas.

— Você poderia ter seus próprios filhos.

— Não quero casar. — Sentindo-se relaxada, Maggie fechou os olhos de novo. — Não mesmo. Prefiro ir e vir, como me convém, sem ter que explicar nada a ninguém. Mimarei seus filhos e eles virão correndo para a tia Maggie, sempre que você for muito severa com eles. — Ela abriu um dos olhos. — Você poderia casar com Murphy.

A risada de Brianna ecoou lindamente através da grama alta.

— Ele ficaria chocado ao saber disso.

— Ele sempre foi bastante delicado com você.

— Sim, ele foi, quando eu tinha treze anos. Não, ele é um homem maravilhoso e gosto dele, como gostaria de um irmão, mas não é o tipo de homem que procuro para marido.

— Você já tem tudo planejado, então?

— Não planejei nada — disse Brianna afetadamente. — E estamos fugindo do assunto. Não quero que você se alie ao Sr. Sweeney só por se sentir obrigada por minha causa. Eu poderia considerar isso a melhor coisa que você poderia fazer por seu trabalho, mas não quero vê-la infeliz porque pensa que estou infeliz. Porque não estou.

— Quantas vezes teve que lhe servir refeições na cama, neste mês?

— Não fico contando...

— Você deveria — Maggie interrompeu. — Em todo caso, isso já está feito. Assinei o contrato com ele, uma semana atrás. Agora, serei gerenciada por Rogan Sweeney, das Galerias Worldwide. Em duas semanas, terei uma exposição na galeria de Dublin.

— Duas semanas! Tão rápido!

— Ele não parece ser um homem que perde tempo. Venha comigo, Brianna! — Maggie tomou as mãos da irmã. — Faremos Sweeney pagar por um ótimo hotel, comeremos em restaurantes e compraremos algumas bobagens.

Lojas. Comidas que ela mesma não tinha feito. Uma cama que não precisaria ser arrumada. Brianna se sentiu atraída, mas apenas por um breve instante.

— Adoraria ir com você, Maggie, mas não posso deixá-la desse jeito.

— Ao diabo que você não pode! Jesus, ela pode cuidar de si mesma por uns poucos dias.

— Não posso. — Brianna hesitou e então se sentou sobre a perna. — Ela caiu na semana passada.

— Machucou-se? — Os dedos de Maggie seguraram com mais firmeza os da irmã. — Droga, Brie, por que não me contou? Como aconteceu?

— Não contei a você porque não houve maiores conseqüências. Ela estava fora de casa, saiu sozinha, enquanto eu estava no andar de cima, arrumando os quartos. Pisou de mau jeito, parece. Machucou o quadril, bateu o ombro.

— Você chamou o Dr. Hogan?

— Claro que chamei, ele disse que não havia nada para nos preocuparmos. Ela perdeu o equilíbrio, foi só isso. E que se ela fizesse mais exercícios, se alimentasse melhor e tudo o mais, ficaria mais forte.

— Quem não sabe disso? — Diabos a levem, Maggie pensou. E amaldiçoou também a constante e incessante culpa que guardava no próprio coração. — E aposto que ela voltou para a cama. E está lá até agora.

Os lábios de Brianna esboçaram um sorriso.

— Não tenho conseguido fazê-la se levantar. Diz que tem um problema interno no ouvido e quer ir a um especialista em Cork.

— Ah! — Maggie jogou a cabeça para trás e mirou o céu. — É típico dela. Nunca vi alguém com mais queixas do que Maeve Concannon. E ela mantém você com rédea curta, minha menina. — Ela cutucou Brianna.

— Não vou negar isso, mas não tenho coragem de mudar a situação.

— Eu tenho! — Maggie levantou-se, limpando os joelhos. — A resposta é dinheiro, Brie. É o que ela sempre quis. Deus sabe que ela fez da vida dele um tormento porque não podia bancar o que ela queria. — Num gesto de proteção, Maggie colocou a mão sobre a lápide do pai.

— É verdade, e ele fez da vida dela um tormento também. Nunca vi duas pessoas menos afinadas do que eles. Casamentos não são sempre feitos no céu ou no inferno. Algumas vezes, apenas emperram no purgatório.

— E algumas vezes as pessoas são muito bobas ou corretas demais para irem embora. — A mão sobre o túmulo acariciou-o uma vez mais e então afastou-se. — Prefiro as bobas às mártires. Guarde o dinheiro, Brie. Haverá mais no futuro. Verei isso em Dublin.

— Você vai vê-la antes de viajar?

— Sim — respondeu Maggie, rispidamente.

— Acho que você gostará dela. — Rogan mergulhou seu bolinho no creme denso e sorriu para a avó. — É uma mulher interessante.

— Interessante... — Christine Rogan Sweeney levantou uma sobrancelha branca. Ela conhecia seu neto muito bem, podia interpretar todas as nuanças de tom e expressão. No assunto Maggie Concannon, entretanto, ele fora enigmático. — Em que aspecto?

Ele mesmo não estava bem certo e resolveu ganhar algum tempo, tomando o chá.

— Ela é uma artista brilhante. Sua visão é extraordinária. Embora more sozinha numa cabana no Condado de Clare, cuja decoração é esteticamente única. É apaixonada por seu trabalho, mas se mostra relutante em mostrá-lo. Ela às vezes é atraente, outras vezes rude, e os dois lados parecem ser autênticos em sua natureza.

— Uma mulher contraditória.

— Muito.

Ele tornou a sentar-se, um homem completamente à vontade em sua sala, a xícara de porcelana de Sèvres na mão e a cabeça recostada na almofada de brocado na cadeira Queen Anne. O fogo crepitava suavemente na lareira. As flores e os bolinhos eram frescos.

Ele gostava desses chás ocasionais com a avó, assim como ela. A paz e a ordem da casa dela eram apaziguadoras, assim como ela, com sua dignidade perpétua e sua beleza delicada e suave.

Ele sabia que ela estava com setenta e três anos e tinha um orgulho pessoal de aparentar ser dez anos mais nova. A pele era clara como marfim. Marcada, sim, mas as marcas da idade só acrescentavam serenidade à sua face. Os olhos eram de um azul brilhante. Os cabelos macios e brancos como as primeiras neves.

Tinha a mente aguçada, um gosto inquestionável, um coração generoso e um humor seco e muitas vezes picante. Ela era, como Rogan já lhe dissera várias vezes, seu ideal de mulher.

Este era um sentimento que lisonjeava Christine tanto quanto a preocupava.

Ele só a desapontava em um aspecto: encontrar satisfação na vida pessoal que se igualasse ao seu lado profissional.

— Como estão os preparativos para a exposição?

— Muito bem. Estariam melhores, se a artista do momento atendesse o maldito telefone. — Ele tentou afastar a irritação. — As peças que foram remetidas são maravilhosas. Você tem que ir à galeria e ver por si mesma.

— Irei. — Mas ela estava mais interessada na artista do que na arte. — Você falou que ela é jovem?

— Humm?

— Maggie Concannon. Você disse que ela era jovem?

— Ah, uns vinte e poucos, eu acho. Jovem, certamente, para o nível de seu trabalho.

Deus, era como tirar leite de pedra.

— E vistosa também? Como... qual era seu nome... Miranda Whitfield-Fry, aquela que fazia esculturas de metal e usava todas aquelas jóias pesadas e echarpes coloridas?

— Ela não é como Miranda. — Graças a Deus. Lembrou com um tremor como a mulher o havia perseguido cansativa e embaraçosamente. — Maggie faz mais o tipo botas e camisa de algodão. Os cabelos parecem ter sido golpeados com uma tesoura de cozinha.

— Pouco atraente, então.

— Não, muito atraente... de uma forma incomum.

— Masculinizada?

— Não. — Recordou, pouco à vontade, o inebriante apelo sexual, o perfume dela. Essa lembrança fez com que sentisse um súbito e involuntário tremor nas mãos. — Longe disso.

Ah..., Christine pensou. Definitivamente daria um jeito de conhecer a mulher que pusera aquele olhar no rosto de Rogan.

— Ela intriga você.

— Certamente. Caso contrário, eu não a teria contratado. — Percebeu o olhar de Christine e levantou uma das sobrancelhas, num gesto idêntico. — Negócios, vovó, apenas negócios.

— Naturalmente. — Sorrindo para si mesma, serviu mais chá para ele. — Conte-me o que mais você tem feito.

Rogan chegou à galeria às oito na manhã seguinte. Aproveitara a noite para ir ao teatro e jantar com uma companhia esporádica. Como sempre, tinha achado Patricia atraente e encantadora. Viúva de um velho amigo, ela era, em seu pensamento, mais uma prima distante do que uma namorada. Eles falaram sobre a peça de Eugene O'Neill, acompanhando salmão e champanhe, e despediram-se com um beijo platônico logo após a meia-noite.

E ele não conseguira pregar o olho.

Não fora a risada alegre de Patricia ou seu perfume sutil que o tinham deixado agitado.

Maggie Concannon, ele pensou. Naturalmente, a mulher ocupava seu pensamento, já que, agora, grande parte de seu tempo e esforço estava concentrada na exposição. Não admira que estivesse pensando nela, principalmente porque era impossível falar com ela.

A aversão dela por telefones levara-o a recorrer a telegramas, que ele começou a enviar para o Oeste, com uma freqüência irritante.

Sua única resposta fora breve e direta: PARE DE IMPORTUNAR!

Imagine, pensou Rogan, enquanto abria a elegante porta de vidro da galeria. Ela o acusara de importuná-lo, como uma criança mimada e chorona. Ele era um homem de negócios, por Deus, capaz de dar à carreira dela um astronômico empurrão. E ela não encontrava tempo para pegar o maldito telefone e ter uma conversa razoável.

Estava habituado aos artistas. Os céus sabiam que ele lidava com suas excentricidades, inseguranças e exigências infantis. Era seu trabalho e ele se considerava competente nessa área. Mas Maggie Concannon estava esgotando sua habilidade e sua paciência.

Trancou as portas e respirou o ar levemente perfumado da galeria. Construído por seu pai, o prédio era majestoso e imponente, um admirável testemunho à arte, com suas linhas góticas e balaústres esculpidos.

O interior consistia em doze salas, algumas pequenas, outras grandes, todas fluindo para a seguinte através de grandes arcos. Escadas em curva levavam ao segundo andar, onde havia um salão com salas íntimas mobiliadas com sofás antigos.

Lá ele exibiria o trabalho de Maggie. No salão ficaria uma pequena orquestra. Enquanto os convidados desfrutassem a música, o champanhe e os canapés, poderiam andar e observar suas peças de vidro, estrategicamente distribuídas. As peças maiores e mais audaciosas ele iluminaria mais, mostrando as menores em espaços mais íntimos.

Com isso em mente e ajustando as imagens, caminhou pela galeria do térreo em direção ao escritório e às salas de estoque.

Encontrou o gerente da galeria, Joseph Donahoe, servindo-se de café na pequena cozinha.

— Você chegou cedo. — Joseph riu, mostrando o reflexo de um dente de ouro. — Café?

— É, preciso checar o andamento dos serviços no andar de cima, antes de ir para o escritório.

— Está indo tudo bem. — Joseph garantiu-lhe.

Embora os dois homens fossem da mesma idade, os cabelos de Joseph estavam mais ralos no alto da cabeça. Compensava a perda deixando-o longo o suficiente para prendê-lo em um rabo-de-cavalo. Seu nariz fora quebrado uma vez em um torneio de pólo e ficara levemente inclinado para a esquerda. O resultado era o visual de um pirata num terno Savile Row.

As mulheres o adoravam.

— Você parece um pouco abatido.

— Insônia — disse Rogan e tomou o café. — A remessa de ontem já está desempacotada?

Joseph fez uma careta.

— Estava com medo de que você perguntasse isso. — Ele levantou a xícara e resmungou: — Não chegou.

— O quê?

Joseph revirou os olhos. Ele trabalhava para Rogan havia mais de uma década e conhecia aquele tom.

— Não chegou ontem. Tenho certeza de que chegará ao longo desta manhã. Por isso vim mais cedo...

— O que esta mulher está fazendo? As instruções eram muito específicas, muito simples. Ela teria que remeter as últimas peças a noite passada.

— Ela é uma artista, Rogan. Provavelmente ficou sem inspiração e se atrasou para enviar. Temos tempo de sobra.

— Não vou tolerar que ela faça o que bem entender. — Descontrolado, Rogan pegou o telefone da cozinha. Não precisava ver o número de Maggie em sua agenda. Sabia de cor. Apertou os botões e ouviu o telefone tocar. E tocar... — Irresponsável!

Joseph pegou um cigarro, enquanto Rogan batia o telefone no gancho.

— Temos mais de trinta peças... — Falava enquanto acendia um isqueiro esmaltado. — Mesmo sem a última remessa, é o suficiente. E o trabalho dela, Rogan, mesmo um velho conhecedor como eu fica maravilhado.

— Este é exatamente o ponto, não?

Joseph expeliu a fumaça, apertando os lábios.

— Realmente é sim.

— Combinamos quarenta peças, nem trinta e cinco nem trinta e seis. Quarenta. E é o que terei!

— Rogan! Aonde vai? — gritou, quando Rogan se precipitou para fora da cozinha.

— Para o maldito Condado de Clare!

Joseph tragou mais uma vez seu cigarro e brindou o ar com seu café.

— *Bon voyage!*

O vôo foi curto e não deu a Rogan tempo para se acalmar. O fato de o céu estar gloriosamente azul e o ar agradável não mudou nada. Quando bateu com força a porta do carro alugado e deixou o aeroporto de Shannon, ainda estava amaldiçoando Maggie.

Quando chegou ao chalé dela, sua cabeça estava fervendo.

Que audácia da mulher, pensava, enquanto chegava à porta da frente. Afastando-o de seu trabalho, de suas obrigações. Ela pensava que era a única artista que ele representava?

Bateu à porta até seu punho doer. Ignorando os bons modos, empurrou a porta.

— Maggie! — gritou, a voz ecoando da sala à cozinha. — Sua... Sua... — Sem parar, saiu pela porta dos fundos em direção ao estúdio.

Devia saber que ela estaria lá.

Ela ergueu os olhos de uma bancada com uma pilha de papéis em tiras.

— Ótimo! Estava mesmo precisando de uma ajuda com isso.

— Por que raios você não responde ao maldito telefone? Para que serve essa porcaria, se você o ignora?

— Muitas vezes eu me pergunto a mesma coisa. Você pode me passar o martelo?

Ele o levantou da bancada, avaliou o peso, enquanto a imagem muito agradável de martelar a cabeça dela passava-lhe pela mente.

— Onde, diabos, está minha remessa?

— Bem aqui. — Ela passou a mão pelos cabelos desalinhados, antes de tomar o martelo dele. — Estou justamente empacotando.

— Isto devia estar em Dublin ontem.

— Bem, não poderia estar, porque eu ainda não havia remetido.

Com movimentos rápidos e experientes, começou a martelar pregos no engradado que estava no chão.

— E, se você fez todo esse trajeto apenas para checar isso, sou obrigada a pensar que não deve ter muito o que fazer com seu tempo.

Ele a levantou do chão e deixou-a cair sobre o banco. O martelo ressoou no concreto, quase caindo sobre seu pé. Antes que ela tomasse fôlego para reagir, ele tomou o queixo dela nas mãos.

— Tenho mais do que o suficiente para ocupar meu tempo — disse. — E paparicar uma mulher desmiolada e irresponsável atrapalha minha agenda. Tenho funcionários na galeria, cujo horário é meticulosamente planejado. Tudo o que você tinha que fazer era seguir as instruções e remeter a maldita mercadoria!

Ela afastou as mãos dele.

— Não dou a menor importância a seus malditos horários e agendas. Você contratou uma artista, Sweeney, não uma droga de funcionário qualquer.

— E que esforço artístico impediu você de seguir uma simples instrução?

Ela mostrou os dentes, considerando dar um soco nele, mas simplesmente apontou.

— Aquilo.

Ele olhou na direção indicada e gelou. Somente a cegueira da raiva poderia ter impedido que ele a visse, e perdeu a voz ao entrar no estúdio.

A escultura erguia-se no fundo do estúdio, com quase um metro de altura, em cores exuberantes e formas sinuosas. Um emaranhado de membros, ele pensou, desavergonhadamente sexual, lindamente humano. Atravessou a sala para estudá-la sob um ângulo diferente.

Ele podia quase mostrar a emoção no rosto. As formas pareciam se fundir na imaginação, deixando somente a sensação de absoluto preenchimento. Era impossível ver onde começava uma forma e terminava outra, tão perfeitamente estavam entrelaçadas.

Era, pensou, a celebração do espírito humano e da sexualidade animal.

— Como você a chama?

— *Rendição.* — Ela sorriu. Parece que você me inspira, Rogan.

Dominada por uma energia nova, ela empurrou a bancada. Estava um pouco aturdida, zonza e se sentia gloriosa.

— Levei uma eternidade para acertar as cores. Você não imagina o que fundi e desmanchei. Mas eu podia vê-la perfeitamente e tudo precisava ser exato. — Ela riu novamente e pegou o martelo para colocar outro prego. — Não lembro quando foi a última vez que dormi. Há dois dias, três... — Riu outra vez, enterrando as mãos nos cabelos desalinhados. — Não estou cansada. Sinto-me incrivelmente bem. Cheia de uma desesperada energia. Parece que não posso parar.

— É magnífico, Maggie!

— É o melhor trabalho que já fiz. — Voltou-se para estudar a escultura de novo, batendo com o martelo na palma da mão. — Provavelmente o melhor que já fiz.

— Providenciarei um engradado. — Olhou para ela por sobre o ombro. Estava pálida como cera pela fadiga que o cérebro ainda não havia transmitido ao corpo. — Tratarei da remessa pessoalmente.

— Eu ia fazer uma caixa. Não demoraria.

— Você não pode ser levada a sério.

— Claro que posso. — Seu humor estava tão festivo que ela nem mesmo notou a ofensa. — E é mais rápido para mim fazer uma caixa do que para você conseguir uma já pronta. Já tenho as medidas.

— Quanto tempo?

— Uma hora.

Ele sacudiu a cabeça.

— Usarei seu telefone para conseguir um caminhão. Seu telefone deve funcionar, presumo.

— Sarcasmo. — Rindo, ela caminhou em sua direção. — Combina com você. Tanto quanto esta impecável gravata.

Antes que qualquer um deles tivesse oportunidade de pensar, ela pegou a gravata e o puxou em direção a ela. Sua boca quente se prendeu à dele, deixando-o imóvel pela estupefação. A mão livre dela deslizou com força pelos cabelos dele, enquanto seu corpo se aproximava mais. O beijo chiou, faiscou, ardeu. Então, tão rápido como tinha investido, ela se afastou.

— Só uma extravagância. — Ela disse e sorriu para ele. O coração devia estar saltando no peito como um coelho, mas ela iria pensar nisso mais tarde. — Culpa da falta de sono e do excesso de energia. Agora...

Ele lhe agarrou o braço antes que ela pudesse se afastar. Não escaparia tão facilmente, pensou. Não o deixaria paralisado num momento e o desdenharia no seguinte.

— Também tenho uma extravagância — ele murmurou.

Enquanto deslizava uma das mãos para pegar a parte de trás do pescoço dela, notou seus olhos registrarem uma surpresa desconfiada. Ela não resistiu. Ele pensou ter visto um sinal de divertimento em seus olhos, antes de colar sua boca na dela.

O divertimento desvaneceu-se rapidamente. O beijo foi delicado, doce, poderoso. Tão inesperado como pétalas de rosa no calor do forno, esfriou, acalmou e recrudesceu. Ela pensou ter ouvido um som, algo entre um gemido e um suspiro. O fato de que havia saído de sua garganta em chamas a surpreendeu.

Mas ela não se afastou, nem mesmo quando o som se repetiu, calmo, indefeso e seduzido. Não, ela não se afastou. A boca dele era tão hábil, tão gentilmente persuasiva. Ela se abriu para ela e sugou-a.

Ela parecia fundir-se com ele, gradualmente. Aquela primeira explosão de calor suavizou-se, transformando-se num fogo baixo e duradouro. Ele esqueceu que estava irritado ou que havia sido desafiado e soube apenas que estava vivo.

Maggie tinha um sabor enigmático, perigoso, e a boca dele estava cheia desse gosto. A mente dele subitamente se voltava para tomar, conquistar, arrebatar. O homem civilizado, aquele que tinha crescido para seguir um estrito código ético, retrocedeu, aterrorizou-se.

A cabeça dela girava. Colocou uma das mãos na bancada para manter o equilíbrio, pois as pernas fraquejavam. Um suspiro longo, seguido de outro, ajudou a clarear-lhe a visão. E ela o viu, olhando para ela, um misto de desejo e sobressalto em seus olhos.

— Bem — ela conseguiu dizer —, é certamente alguma coisa para se pensar a respeito.

Seria tolice desculpar-se por seus pensamentos, Rogan disse a si mesmo. Ridículo culpar-se pelo fato de que sua imaginação o tinha levado a eróticas e vívidas imagens de atirá-la ao chão e despi-la da camisa e dos jeans. Não fizera isso. Apenas a beijara.

Mas pensou que era possível, e até preferível, culpá-la.

— Temos uma relação de negócios — ele começou, diretamente. — Seria pouco inteligente e possivelmente destrutivo deixar algo interferir nisso a tal ponto.

Ela girou a cabeça, balançando os pés.

— E dormir juntos confundiria as coisas?

Amaldiçoou-a por fazê-lo sentir-se um tolo. Amaldiçoou-a duas vezes por deixá-lo abalado e terrivelmente cheio de desejo.

— Neste ponto, acho que deveríamos nos concentrar em organizar sua exposição.

— Humm. — Ela se virou com o pretexto de arrumar a bancada. Na verdade, ela precisava de um tempo para se acalmar. Não era promíscua, de modo algum, e certamente não caía na cama com todos os homens que a atraíam. Mas gostava de pensar em si mesma como independente o bastante, liberada e esperta o suficiente para escolher os amantes com cuidado.

E tinha, deu-se conta, escolhido Rogan Sweeney.

— Por que me beijou?

— Você me irritou.

A boca grande e generosa dela se curvou.

— Como parece que faço isso a toda hora, vamos passar muito tempo com nossas bocas coladas.

— É uma questão de controle. — Sabia estar soando cerimonioso e constrangido, e odiou-a por isso.

— Tenho certeza de que você tem montes disso. Eu não. — Ela jogou a cabeça para trás e cruzou os braços sobre o peito. — Se eu decidir que desejo você, o que vai fazer a respeito? Me repelir?

— Duvido que chegue a tanto. — A imagem trazia pontadas de humor e desespero. — Nós dois temos que nos concentrar nos negócios. Isto pode ser o ponto decisivo de sua carreira.

— Sim. — Seria inteligente lembrar aquilo, ela pensou. — Então usaremos um ao outro, profissionalmente.

— *Valorizaremos* um ao outro, profissionalmente — ele corrigiu. Cristo, ele precisava de ar. — Vou ligar para o caminhão.

— Rogan... — Ela esperou que ele alcançasse a porta e se voltasse para ela. — Gostaria de ir com você.

— Para Dublin? Hoje?

— Sim, posso estar pronta até o caminhão chegar. Só preciso parar um momento na pousada de minha irmã.

Ela era uma mulher de palavra. Tão logo despacharam a encomenda, estava atirando uma mala na traseira do carro alugado de Rogan.

— Se você me der só dez minutos... — falou quando Rogan começou a descer o caminho estreito. — Tenho certeza de que Brie terá chá ou café pronto.

— Tudo bem. — Ele parou o carro em Blackthorn e seguiu com Maggie.

Ela não bateu à porta, mas foi direto para a cozinha, nos fundos. Brianna estava lá. Avental branco amarrado à cintura e as mãos sujas de farinha.

— Ah, Sr. Sweeney. Olá, Maggie. Desculpem a desordem. Estamos com hóspedes e estou fazendo umas tortas para o jantar.

— Estou indo para Dublin.

— Tão cedo? — Brianna pegou uma toalha de prato para limpar as mãos. — Pensei que a exposição fosse na próxima semana.

— E é. Estou indo mais cedo. Ela está no quarto?

O sorriso educado de Brianna se abrandou. — Está. Posso dizer a ela que você está aqui?

— Eu mesma vou. Talvez você possa oferecer a Rogan um café.

— Claro. — Ela lançou um olhar preocupado a Maggie, enquanto a irmã saía da cozinha para o apartamento anexo. — Se ficar mais confortável na sala, Sr. Sweeney, levarei o café lá agora mesmo.

— Não se preocupe. — A curiosidade dele estava aumentando. — Tomarei aqui mesmo, se não a estiver atrapalhando — disse, com um sorriso. — E, por favor, me chame de Rogan.

— Você gosta dele forte, se bem me lembro.

— Tem uma boa memória. — E está bastante nervosa, observou, vendo Brianna procurar uma xícara e um pires.

— Tento lembrar a preferência dos meus hóspedes. Gostaria de um pedaço de bolo? É de chocolate, fiz ontem.

— A lembrança de sua comida torna difícil a recusa. — Sentou-se à mesa de madeira escovada. — Você mesma faz tudo?

— Sim, eu... — Ouviu a primeira voz alterada e atrapalhou-se. — Eu faço. Acendi a lareira na sala. Tem certeza de que lá não ficaria mais confortável?

O ruído de vozes da peça vizinha aumentou, trazendo um rubor de embaraço ao rosto de Brianna. Rogan apenas ergueu sua xícara.

— Com quem ela está gritando dessa vez?

— Com a mamãe. Elas não se dão muito bem. — Brianna esboçou um sorriso.

— Maggie se dá bem com alguém?

— Somente quando agrada a ela. Mas ela tem coração, um grande e generoso coração. Apenas o guarda bem escondido.

Brianna suspirou. Se Rogan não estava embaraçado com a gritaria, ela também não ficaria.

— Vou lhe servir um pedaço de bolo.

— Você nunca muda. — Maeve fitava a filha mais velha com os olhos apertados. — Igualzinha a seu pai.

— Se pensa que isto é um insulto, está enganada.

Maeve fungou e tocou as rendas na manga de sua camisola. Os anos e sua própria insatisfação haviam roubado a beleza de seu rosto. Era gordo e pálido, com linhas profundas em torno da boca franzida. Os cabelos, um dia brilhantes como a luz do sol, haviam desbotado para um tom cinza e estavam puxados atrás, impiedosamente, num coque.

Ela estava esparramada sobre uma pilha de travesseiros, a Bíblia numa das mãos e uma caixa de chocolates na outra. A televisão, do outro lado do quarto, murmurava baixo.

— Então é Dublin, não é? Brianna me disse que você iria viajar. Desperdiçando dinheiro em hotéis, imagino.

— É meu dinheiro.

— Ah, e você nunca me deixará esquecer isso. — Um certo aze-
dume soava na voz, enquanto Maeve se erguia na cama. Durante toda
sua vida, alguém controlara o fecho de sua carteira. Seus pais, seu marido e agora, mais humilhante do que todos, sua própria filha. — E pensar em todo o dinheiro que ele desperdiçou com você, comprando
vidro, enviando você para um país estrangeiro. E para quê? Para você
poder brincar de ser artista e mostrar-se superior a nós.

— Ele não desperdiçou nada comigo. Deu-me a chance de aprender.

— Enquanto eu ficava na fazenda, me matando de trabalhar.

— Nunca trabalhou nem um bendito dia em sua vida. Era Brianna
que fazia tudo, enquanto você ficava na cama com uma doença após a
outra.

— Você acha que gosto de ser frágil?

— Ah, sim — Maggie disse com prazer. — Acho que você adora
esse papel.

— É minha cruz tolerar isso. — Maeve pegou a Bíblia e apertou-a
contra o peito, como um escudo. Pagara por seu erro, ela pensou. Ela
pagara cem vezes mais por ele. Mesmo que o perdão tivesse lugar, não
traria alívio, nunca. — Você é uma filha ingrata.

— E por que eu deveria ser grata? Por você reclamar todos os dias
de sua vida? Por deixar claro em cada palavra, cada olhar, sua insatisfação com meu pai e seu desapontamento comigo?

— Eu lhe dei a vida! — Maeve gritou. — Quase morri para dar
você à luz. E por carregar você em meu ventre. Casei com um homem
que não me amava e a quem eu não amava. Sacrifiquei tudo por você!

— Sacrificou? — falou Maggie, cansada. — Que sacrifícios você
fez?

Maeve protegeu-se na fúria amarga de seu orgulho:

— Mais do que você sabe. E minha recompensa foi ter filhos que
não me amam.

— Acha que porque ficou grávida e se casou para me dar um nome
eu teria que esquecer tudo o que fez? E tudo o que não fez? — Como
me amar ao menos um pouco, Maggie pensou, e bruscamente afastou
o sentimento de dor. — Você é responsável por seus atos, mãe. Sou
apenas um resultado, não a causa.

— Como ousa falar assim comigo? — O rosto de Maeve enrubesceu, seus dedos se enterraram no cobertor. — Você nunca teve nenhum respeito, nenhuma delicadeza, nenhuma compaixão!

— Não! — Seus olhos estavam ardendo, sua voz era ríspida, como uma chicotada. — E tudo isso que me falta herdei de você. Só vim aqui hoje lhe dizer para não atormentar Brie enquanto eu estiver fora. Se eu descobrir que você fez isso, suspendo sua mesada.

— Vai tirar a comida da minha boca?

Maggie inclinou-se para apontar a caixa de chocolates.

— Sim, esteja certa disso.

— Honrarás pai e mãe. — Maeve abraçou a Bíblia fechada. — Você está quebrando um mandamento, Margaret Mary, e entregando sua alma ao inferno.

— Desistirei do meu lugar no céu se tiver que ser uma hipócrita na Terra.

— Margaret Mary! — Maeve gritou, quando Maggie se dirigiu para a porta. — Você nunca terá consideração por nada. É igualzinha a ele. A maldição de Deus está sobre você, Maggie, por ter sido concebida fora do sacramento do matrimônio.

— Não vi nenhum dos sacramentos de matrimônio em minha casa. Apenas a agonia dele. E se houve um pecado em minha concepção, não foi meu.

Ela bateu a porta atrás de si e recostou-se nela para se acalmar.

Era sempre a mesma coisa, pensou. Não podiam dividir o mesmo espaço sem trocar insultos. Sabia, desde seus doze anos, por que sua mãe não gostava dela, por que a condenava. Sua simples existência fora motivo que transformara a vida de Maeve, de sonho em uma terrível realidade.

Um casamento sem amor, um bebê de sete meses e uma fazenda sem fazendeiro.

Fora *isto* que sua mãe lhe atirara no rosto quando chegara à adolescência.

Era *isto* que elas não podiam perdoar uma à outra.

Endireitando os ombros, ela caminhou de volta à cozinha. Não sabia que seus olhos estavam ainda zangados e excessivamente brilhantes no rosto pálido. Caminhou até a irmã e beijou-a rapidamente no rosto.

— Ligarei para você, de Dublin.

— Maggie... — Havia muito e ao mesmo tempo nada a ser dito. Brianna apenas apertou suas mãos. — Gostaria de ter feito isso por você...

— Você poderia, se quisesse o suficiente. Rogan, você está pronto?

— Sim. — Ele levantou-se. — Até logo, Brianna. Obrigado.

— Vou levar vocês... — Brianna interrompeu-se, quando a mãe a chamou.

— Vá vê-la — disse Maggie, e caminhou rapidamente para fora de casa. Estava sacudindo a porta do carro de Rogan, quando ele pôs a mão em seu ombro.

— Você está bem?

— Não, mas não quero falar nesse assunto. — Com um último puxão, ela abriu a porta e entrou no carro.

Ele se apressou por trás do carro e deslizou para o assento do motorista.

— Maggie...

— Não fale nada. Absolutamente nada. Não há nada que você possa dizer ou fazer para alterar o que já está feito. Apenas dirija o carro e me deixe quieta. Seria um grande favor.

Então começou a chorar, nervosa e amargamente, enquanto ele se debatia entre o impulso de confortá-la e o desejo de atender a seu pedido. Afinal, ele dirigiu sem falar nada, apenas segurando a mão dela. Estavam se aproximando do aeroporto quando os soluços cessaram e os dedos, tensos, relaxaram. Num relance, ele viu que ela estava dormindo.

Ela não acordou quando ele a carregou para o interior do avião da empresa ou quando a acomodou no assento. E não acordou durante todo o vôo, enquanto ele a observava. E imaginava.

Capítulo Seis

aggie acordou no escuro. A única coisa de que teve certeza, naqueles primeiros e enevoados momentos, era de que não estava na própria cama. O perfume dos lençóis e sua textura eram diferentes. Não precisava dormir habitualmente em linhos finos para notar a diferença ou sentir o perfume suave e relaxante de verbena que exalava do travesseiro onde tinha seu rosto enterrado.

Enquanto um pensamento desconfortável dominava sua mente, esticou uma mão cautelosa para ter certeza de que era a única ocupante da cama. O colchão flutuava, verdadeiro lago de lençóis macios e cobertores fofos. Um lago vazio, graças a Deus, ela pensou, e rolou para o meio da cama.

Sua última lembrança clara era de chorar no carro de Rogan e da sensação de vazio que a deixou como um junco levado pela correnteza.

Um bom expurgo, ela sabia, para fazê-la sentir-se incrivelmente melhor, firme, descansada e limpa.

Era tentador dar-se ao luxo de ficar na penumbra em suaves lençóis e suaves perfumes. Mas achou que seria melhor descobrir onde estava e como havia chegado ali. Deslizando o corpo até a beirada da cama, tateou pela madeira lisa do criado-mudo, levando os dedos até encontrar a lâmpada e o interruptor.

A luz era elegantemente suave num tom quente de dourado que iluminava sutilmente o amplo quarto, com teto em forma de domo, um gracioso papel de parede em tons rosados e a própria cama, imponente em suas quatro colunas.

Uma legítima cama de rainha, pensou com um sorriso. Pena que estivera tão cansada para apreciar aquilo. A lareira, do outro lado do quarto, estava apagada, mas polida como uma moeda nova e preparada para o fogo. Rosas cor-de-rosa, com hastes longas, frescas como uma manhã de verão, colocadas num vaso Waterford sobre uma penteadeira majestosa, junto com um conjunto de escovas de prata e lindos vidrinhos coloridos com rolhas enfeitadas.

O espelho sobre o móvel refletia Maggie com o rosto amarrotado e um olhar sério, em meio aos lençóis.

Você parece um pouco deslocada, minha menina, decidiu, e riu puxando a manga de sua camisola de algodão. Parecia que alguém tivera o bom senso de trocá-la, antes de colocá-la naquela cama real.

Uma empregada, talvez, ou o próprio Rogan. Isso não importava muito, pensou, já que a façanha estava feita e ela certamente fora beneficiada. De toda maneira, suas roupas estavam penduradas no armário de jacarandá. Tão deslocadas lá, concluiu com um sorriso, quanto ela naquele glorioso lago de delicados lençóis.

Se fosse um hotel, certamente seria o mais fino em que já se hospedara. Levantou-se e arrastou-se até a porta mais próxima, sobre um felpudo Aubusson.

O banheiro era tão suntuoso quanto o quarto, todo em cor-de-rosa cintilante e pastilhas de mármore, uma imensa banheira projetada para recostar e um chuveiro separado, construído em tijolos de vidro.

Com um suspiro de puro entusiasmo, despiu a camisola e abriu o chuveiro.

Era o céu, a água quente batendo-lhe nos ombros, na nuca, como os dedos firmes de um massagista experiente. Uma diferença enorme dos pingos escassos de seu chuveiro de casa. O sabonete cheirava a limão e deslizava como seda em sua pele.

Com um olhar divertido, viu que seus poucos objetos de toalete tinham sido arrumados sobre a generosa bancada cor-de-rosa do lavatório. Seu roupão até estava pendurado em um cabide de metal atrás da porta.

Bem, alguém estava cuidando dela, deduziu, e até o momento não havia motivo para reclamações.

Após vaporosos quinze minutos em que a água corria quente, apanhou uma toalha felpuda, dobrada sobre uma barra aquecida. Era grande o suficiente para envolvê-la dos seios até o meio das pernas.

Penteou os cabelos molhados, afastando-os do rosto, usou o creme de um pote de cristal, então trocou a toalha por seu esfarrapado roupão de flanela.

Descalça e curiosa, começou a explorar o lugar.

Seu quarto ficava em um longo e largo hall. Luzes fracas lançavam sombras sobre o piso brilhante e uma suntuosa passadeira vermelha. Não ouviu nenhum som ao se aproximar da escadaria que subia numa curva graciosa a outro pavimento e descia ao térreo. Optou por descer, deixando os dedos correrem pelo corrimão polido.

Obviamente, não estava hospedada num hotel luxuoso, mas numa residência particular. A casa de Rogan, concluiu, com um olhar invejoso para as obras de arte que decoravam o hall principal. O homem tinha um Van Gogh e um Matisse, observou, enquanto sua boca salivava.

Encontrou a sala da frente, com as imensas janelas abertas para o ar perfumado da noite, uma sala de estar com cadeiras e sofás dispostos em grupo para conversações. Após o hall, estava o que ela supôs pudesse ser chamado de sala de música, onde se destacavam um grande piano e uma harpa dourada.

Tudo era bonito, com obras de arte suficientes para manter Maggie extasiada por vários dias. Mas, no momento, tinha outra prioridade.

Perguntava-se quanto teria de procurar até encontrar a cozinha.

A luz sob uma porta levou-a a se aproximar. Quando olhou para dentro, viu Rogan sentado atrás de uma mesa, papéis empilhados de modo organizado à sua frente. Era uma peça com dois níveis, com sua mesa no primeiro, onde degraus levavam a um espaço para sentar. As paredes eram cobertas de livros.

Quilômetros deles, pensou com um olhar de relance, numa peça que cheirava a couro e cera de abelhas. A sala era decorada em madeira escura, que combinava com o homem, assim como combinava com literatura.

Ela o observou, interessada na maneira como ele percorria a página à sua frente, tomando notas rápidas e decididas. Pela primeira vez, desde que se conheceram, estava sem paletó e gravata. Certamente ele os tinha usado, pensou, mas agora seu colarinho estava desabotoado, as mangas enroladas na altura dos cotovelos.

Os cabelos, escuros e brilhantes à luz da lâmpada, estavam um pouco desarrumados, como se tivesse passado as mãos por eles impacientemente enquanto trabalhava. Enquanto ela o observava, ele repetiu o gesto, remexendo nos cabelos com os dedos e franzindo a testa.

Seja lá o que fosse aquilo em que estava trabalhando, absorvia-o totalmente, pois trabalhava num ritmo intenso e concentrado, que era estranhamente fascinante.

Não era um homem que permitisse à mente vagar, pensou. Ao que quer que decidisse fazer dedicaria toda a concentração e habilidade.

Lembrou o modo como a beijara. Realmente, com concentração e habilidade.

Rogan leu o parágrafo seguinte no contrato e franziu as sobrancelhas. A redação não estava perfeitamente correta. Uma modificação... Fez uma pausa, riscou a frase e reescreveu-a. A expansão de sua fábrica em Limerick era crucial para os negócios e precisava ser implementada antes do fim do ano.

Centenas de empregos seriam criados e com a construção de apartamentos de baixo custo, que a subsidiária da Worldwide estava planejando, centenas de famílias teriam suas casas.

Um ramo de seus negócios alimentaria diretamente o outro, pensou. Seria uma pequena mas importante contribuição para manter os irlandeses — tristemente a maior exportação de seu país — na Irlanda.

Sua mente voltou-se para a cláusula seguinte, praticamente a esgotou, quando se deu conta de que seu pensamento estava se desviando dali. Alguma coisa atraíra sua atenção, desviando-a do trabalho. Olhou em direção à porta e concluiu que não era *alguma* coisa, e sim *alguém*.

Devia tê-la percebido, parada ali, descalça e sonolenta, com um imenso roupão cinza. Os cabelos estavam penteados para trás, em tom vermelho-fogo, brilhantes, num estilo que devia parecer severo, mas, em vez disso, era curioso.

Sem maquiagem e recém-lavado, seu rosto era como marfim com um fundo rosado. Os cílios úmidos sobressaíam em seus olhos sonolentos.

A reação dele foi rápida, brutal e humana. Mesmo quando a excitação o fulminou, ele a observou, sem emoção.

— Desculpa por interromper. — Lançou-lhe um sorriso tímido e rápido que torturou sua já ativa libido. — Estava procurando a cozinha. Estou meio faminta.

— Não é de admirar. — Ele foi forçado a limpar a garganta. A voz dela era rouca, tão sonolentamente sexy quanto seus olhos. — Quando comeu pela última vez?

— Não sei ao certo. — Encostando-se no vão da porta, ela bocejou. — Ontem. Ainda estou um pouco confusa.

— Não, ontem você dormiu. Todo o dia de ontem, desde o momento em que saiu da casa de sua irmã e todo o dia de hoje.

— Puxa... — Sacudiu os ombros. — Que horas são?

— Já passa das oito... Terça-feira.

— Bem...

Ela entrou na sala e enroscou-se numa enorme cadeira de couro diante da escrivaninha, como se houvesse anos que vinha encontrar-se com ele ali.

— Você sempre dorme por trinta horas seguidas?

— Só quando fico acordada durante muito tempo. — Esticou os braços para espantar a cãibra que começava a sentir. — Às vezes, uma peça pega você pela garganta e não o deixa até que a tenha terminado.

Resolutamente, ele desviou o olhar das formas do corpo que o roupão revelava e olhou cegamente para os papéis à sua frente. Temia reagir como um adolescente cheio de hormônios.

— É perigoso em seu ramo de atividade.

— Não, porque você não fica cansado. Apenas intoleravelmente desperto. Quando você trabalha durante muitas horas, perde o limite.

Precisa parar, descansar. E isto é diferente. Quando termino, apago e fico assim, até ter dormido o necessário. — Ela sorriu outra vez. — A cozinha, Rogan? Estou faminta.

Em vez de responder, ele pegou o telefone e teclou um número.

— A Srta. Concannon já acordou. Ela gostaria de uma refeição. Na biblioteca, por favor.

— Isto é ótimo — ela disse quando ele desligou telefone —, mas eu mesma posso fazer uns ovos mexidos, sem incomodar seus empregados.

— Eles são pagos para ser incomodados.

— Claro... — A voz dela estava seca como pó. — Você deve ser muito convencido para manter funcionários disponíveis o dia todo.

Ela agitou a mão, antes que ele respondesse.

— Melhor não entrar nesses detalhes com meu estômago vazio. Diga-me, Rogan, como exatamente fui parar naquela cama enorme, no andar de cima?

— Eu a coloquei lá.

— Você mesmo? — Se ele esperava algum rubor ou embaraço, ficou desapontado. — Tenho que lhe agradecer.

— Você dormiu como uma pedra. Cheguei a colocar um espelho perto de sua boca, para ter certeza de que estava viva. — Certamente estava viva agora, vibrante, iluminada por uma lâmpada. — Quer um drinque?

— Melhor não, não antes de comer.

Ele levantou-se, foi até a cristaleira e serviu uma dose de uma garrafa.

— Você estava aborrecida antes de sairmos.

Ela ergueu a cabeça.

— Aí está uma forma delicada e diplomática de falar.

A lembrança do choro não a deixou embaraçada. Era simplesmente emoção, paixão, tão real e tão humana como uma risada ou a luxúria. Mas recordou-se de que ele pegara sua mão e não dissera palavras inúteis para acalmar a tormenta.

— Sinto muito se fiz você sentir-se desconfortável.

Infelizmente ela o fizera, mas ele apenas sacudiu os ombros.

— Você não queria falar a respeito do assunto.

— Não queria e não quero. — Suspirou, pois sua voz soara ríspida. Ele não merecia tal grosseria após ter sido tão gentil. — Nada a ver com você, Rogan, apenas velhos dramas familiares. Estou me sentindo mais leve e quero lhe dizer que foi reconfortante você ter segurado minha mão. Não imaginava que fosse do tipo capaz de um gesto assim.

Os olhos dele voltaram-se para ela.

— Creio que ainda não nos conhecemos o bastante para generalizar.

— Sempre me considerei uma juíza rápida e perspicaz, mas você deve estar certo. — Colocou o cotovelo sobre um braço da cadeira, apoiando a cabeça sobre a mão. — Então, me diga... quem é você, Rogan Sweeney?

Ele sentiu-se aliviado quando a necessidade de uma resposta foi adiada pela chegada do jantar dela. Uma empregada impecavelmente uniformizada empurrou um carrinho até Maggie, não mais que um leve rumor e o tilintar da prataria. Ela inclinou a cabeça quando Maggie agradeceu e desapareceu tão logo Rogan falou que aquilo era tudo.

— Ah... que aroma... — Maggie atacou a sopa primeiro, um caldo suculento e substancioso com pedaços de legumes. — Quer um pouco?

— Não, já jantei. — Em vez de voltar à mesa, ele sentou-se na cadeira ao lado dela. Notou que era estranhamente agradável sentar-se ao lado dela enquanto ela comia, e a casa parecia bastante silenciosa em torno deles. — Como está de volta à vida, talvez queira ir à galeria, pela manhã.

— Humm... — Concordou com a boca cheia de farelos de pão. — Quando?

— Oito horas. Tenho um compromisso no meio da manhã, mas posso levá-la e deixar um carro à sua disposição.

— Um carro à minha disposição... — Satisfeita, cobriu a boca com a mão, enquanto ria. — Ah, acho que vou me acostumar a isso rapidinho. E o que vou fazer com um carro à minha disposição?

— O que quiser. — Ele não entendeu por que sua resposta o incomodou, mas sentiu isto. — Você pode andar por Dublin a pé, se preferir.

— Estamos um tanto suscetíveis esta noite, não acha? — Ela passou da sopa de entrada para o prato principal, frango caramelado. — Seu cozinheiro é um tesouro, Rogan. Acha que consigo persuadi-lo a me dar esta receita para Brie? Aliás, ele ou ela?

— Ele. Sinta-se à vontade para tentar. Ele é francês, insolente e dado a acessos de raiva.

— Então temos tudo em comum, menos a nacionalidade. Por falar nisso, vou para um hotel amanhã?

Ele tinha pensado muito nisso. Certamente seria bem mais confortável para ele se ela estivesse hospedada longe, numa suíte no Westbury. Mais confortável, pensou, e muito mais sem graça.

— A suíte de hóspedes está às suas ordens, se você achar adequada.

— É perfeita. — Ela o estudava, enquanto espetava uma batata. Ele parecia relaxado ali, observou. Como um rei complacente em seu castelo. — Você mora sozinho nesta casa enorme?

— Sim. — Ele ergueu uma sobrancelha. — Isto a incomoda?

— Me incomodar? Ah, você quer dizer porque pode vir bater à minha porta numa noite de luxúria? — Deu um sorrisinho de satisfação, enfurecendo-o. — Sou capaz de dizer sim ou não, Rogan, assim como você, se eu fosse bater à sua. Só perguntei porque parece ter muitos cômodos para um homem sozinho.

— É a casa de minha família — ele respondeu secamente. — Morei aqui toda a minha vida.

— E é um lugar lindo. — Empurrou o carrinho e foi até a cristaleira. Levantando a tampa de uma garrafa, ela a cheirou. Recendia a bom uísque irlandês. Depois de se servir de uma dose, voltou e sentou-se com as pernas dobradas. — Saúde! — Brindou e bebeu de um só gole o uísque. Um fogo forte e agradável incendiou suas entranhas.

— Quer outro?

— Um está ótimo pra mim. Um esquenta a alma, dois esquentam o cérebro, meu pai costumava dizer. Estou querendo manter a cabeça fria. — Colocou o copo vazio no carrinho e ajeitou o corpo mais confortavelmente. Seu roupão surrado abriu na altura da curva do joelho. — Você não respondeu à minha pergunta.

— Qual era?

— Quem é você?

— Sou um empresário, como você me faz lembrar com regularidade. — Sentou-se, esforçando-se para evitar que a mente ou o olhar se fixasse nas pernas nuas dela. — Terceira geração. Nascido e criado em Dublin, com respeito e amor pela arte nutridos desde o berço.

— E este amor e respeito pela arte foram aumentados pela idéia de lucro.

— Isso mesmo. — Ele girou o drinque, bebericou-o e mostrou exatamente o que era. Um homem confortável com sua própria fortuna e satisfeito com sua vida. — Enquanto lucrar nos negócios traz satisfação, existe outro lado mais espiritual, que vem de incentivar e promover um artista novo. Particularmente alguém em quem você acredita passionalmente.

Maggie tocou o lábio superior com a língua. Ele era inteiramente confiante, deduziu, muito seguro de si mesmo e de seu lugar no mundo. Tudo tão arrumadinho certamente pedia por uma sacudidela.

— Então estou aqui para satisfazê-lo, Rogan?!

Ele observou seu olhar, divertido, e assentiu.

— Não tenho dúvidas de que você finalmente estará, Maggie. Em todos os níveis.

— Finalmente! — Ela não tivera realmente a intenção de sugerir que fossem ao chão, mas aquilo parecia irresistível, sentada com ele, na casa silenciosa, com seu corpo tão relaxado e a mente tão desperta. — Sua escolha de tempo e lugar, então?

— Acredito que é uma tradição o homem escolher quando deve avançar.

— Ah! — Irritada, inclinou-se sobre o cotovelo, para enfiar o dedo no peito dele. Todos os pensamentos que tivera sobre romance se desfizeram como fumaça. — Enfie suas tradições no... bolso e faça bom uso. Não me enquadro nelas. Você devia estar interessado em saber que em pleno século XXI as mulheres fazem suas próprias escolhas. O fato é que temos feito isso desde o início dos tempos, somos espertas o suficiente, e os homens estão apenas se dando conta disso um pouco tarde.

— Atirou-se para trás na cadeira. — Eu terei você, Rogan, no meu tempo e no meu lugar.

Desconcertou-o o fato de aquela incrível afirmativa ser capaz, ao mesmo tempo, de provocá-lo e deixá-lo desconfortável.

— Seu pai tinha razão, Maggie, sobre você ser atrevida. E você é de sobra.

— E daí? Ah, conheço bem seu tipo. — O desprezo dominou o tom de voz dela. — Gostaria de uma mulher que ficasse sentada quietinha, reclamasse pouco, satisfizesse seus caprichos enquanto o romântico coração bate desesperadamente no peito, segura e esperançosa de que você olhará duas vezes na direção dela. Ela se comportará sempre adequadamente em público, nunca permitindo nenhuma palavra ríspida ser pronunciada por seus lábios rosados. Então, naturalmente, quando você decidir o momento e o lugar, ela se transformará em um tigre, satisfazendo suas mais estranhas fantasias, até que as luzes se acendam outra vez e ela volte ao estágio anterior.

Rogan esperou para ter certeza de que ela havia terminado, então sorriu sobre o conhaque.

— Isso resume a situação surpreendentemente bem.

— Imbecil!

— Megera! — ele retrucou com prazer. — Quer alguma sobremesa?

A risada encheu a garganta dela. Ela engoliu o riso, até que não se conteve. Quem poderia imaginar que ela viria a gostar dele?

— Não, não vou tirar sua pobre empregada de frente da TV ou do namoro com o mordomo, ou com quem ela passa as noites!

— Meu mordomo tem setenta e seis anos. Logo, está a salvo de namoros com uma empregada.

— Você sabe de tudo.

Maggie levantou-se e aproximou-se da estante de livros. Organizados em ordem alfabética, por autor, observou com um sorriso. Ela deveria saber.

— Qual o nome dela?

— De quem?

— Da empregada.

— Você quer saber o nome da minha empregada?

Maggie tocou em um volume de James Joyce.

— Não, quero saber se *você* sabe o nome de sua empregada. É um teste.

Ele abriu a boca e fechou-a de novo, agradecendo por Maggie estar de costas. Que diferença faria se ele soubesse o nome de uma de suas empregadas? Colleen? Maureen? Diabos! A equipe de empregados era atribuição do mordomo. Bridgit? Não, maldição! Era...

— Nancy. — Ele achou que tinha quase certeza. — Ela é nova. Acho que está aqui há cinco meses. Quer que eu a chame para uma apresentação?

— Não. — Displicentemente, Maggie mudou de Joyce para Keats. — Era só uma curiosidade minha. Ei, Rogan, você tem alguma outra coisa aqui além de clássicos? Sabe, algum bom suspense que eu pudesse passar algum tempo lendo?

Sua biblioteca de primeiras edições era considerada uma das melhores do país e ela o estava criticando por não ter um livrinho policial. Com grande esforço, controlou o humor e a voz:

— Acho que você vai encontrar alguma coisa de Agatha Christie.

— A inglesa... — Deu de ombros. — Em geral, não é violento o bastante, com exceção de castelos saqueados, como aqueles danados sobre Cromwell. O que é isto? — Ela se abaixou examinando um livro.

— É Dante em italiano.

— Creio que sim.

— Você consegue ler em italiano ou está aqui só para se exibir?

— Posso lê-lo razoavelmente bem.

Ela passou adiante, procurando algo mais contemporâneo.

— Não consegui entender muito da língua quando estive em Veneza. Cheia de gírias e muito pouco do socialmente correto. Ela o olhou sobre o ombro e sorriu.

— Artistas são pitorescos em qualquer país.

— Já notei. — Ele levantou-se e dirigiu-se a outra estante de livros. — Isto deve ter mais a ver com o que você está procurando. — Ofereceu a Maggie um exemplar de *Red Dragon*, de Thomas Harris. — Acredito que muitas pessoas são assassinadas de modo violento.

— Maravilhoso! — Pôs o livro embaixo do braço.

— Vou lhe dar boa-noite. Assim, você pode voltar a seu trabalho. Agradeço a cama e a comida.

— Não há o que agradecer. — Sentando-se atrás da mesa novamente, segurou a caneta, rolando-a entre os dedos, enquanto a observava. — Gostaria de sair às oito em ponto. A sala de jantar fica à esquerda, depois do hall. O café será servido a qualquer hora, depois das seis.

— Posso garantir que não será servido para mim a esta hora, mas estarei pronta às oito.

Num impulso, ela aproximou-se de Rogan, colocou as mãos nos braços da cadeira e inclinou o rosto bem próximo ao dele.

— Sabe, Rogan, somos exatamente o que não necessitamos ou desejamos em termos pessoais.

— Não posso deixar de concordar. Em termos pessoais. — A pele dela, delicada e branca onde a flanela do roupão se abria à altura da garganta, cheirava a pecado.

— E é por isso, a meu ver, que vamos ter uma relação fascinante. Quase nada em comum, não acha? Não seguimos os mesmos caminhos.

— Não mais do que um. — Os olhos dele se detiveram em sua boca e voltaram aos olhos novamente. — Um bem incerto, por sinal.

— Gosto de caminhos perigosos. — Inclinou-se um pouco para a frente e tocou com os dentes o lábio inferior dele.

Uma brasa atingiu-lhe o ventre.

— Prefiro manter meus pés no chão.

— Eu sei. — Ela levantou-se, deixando-o com o lábio ardendo e o coração na garganta. — Vamos experimentar do seu jeito primeiro. Boa-noite.

Saiu da sala sem olhar para trás. Rogan esperou até ter certeza de que ela tinha ido, antes de levantar as mãos e esfregá-las no rosto.

Santo Deus, a mulher o estava deixando louco, completamente preso em sua trama de pura luxúria. Não acreditava no impulso de agir só por luxúria, pelo menos não desde a adolescência. Era, acima de tudo, um homem civilizado, um homem de bom gosto e educado.

Respeitava as mulheres, admirava-as. Certamente tivera relações que culminaram na cama, mas sempre procurava esperar que a relação progredisse, antes de fazer amor. Razoável, mútua e discretamente. Ele não era um animal para ser guiado só pelo instinto.

Nem mesmo estava certo se gostava de Maggie Concannon como pessoa. Então, que tipo de homem ele seria, se fizesse o que estava morrendo de vontade de fazer naquele momento? Se subisse as escadas, abrisse a porta do quarto dela e a arrebatasse?

Um homem satisfeito, pensou com um humor cruel.

Ao menos até a manhã seguinte, quando tivesse de encará-la e a si mesmo, e ao negócio que precisava ser concluído.

Talvez fosse mais difícil tomar o caminho certo. Talvez sofresse, como estava terrivelmente certo de que ela esperava que acontecesse. Mas, quando chegasse o momento de levá-la para a cama, ele estaria por cima.

Para isto ele estava certo, valia a pena qualquer sacrifício. Até mesmo, pensou, enquanto afastava alguns papéis, uma miserável noite de insônia.

Maggie dormiu como um bebê. Apesar das imagens evocadas pelo romance que Rogan lhe dera, caíra no sono pouco depois da meia-noite e dormira, sem sequer ter sonhos, até quase às sete.

Cheia de expectativa, procurou a sala de jantar e ficou contente ao encontrar um completo café-da-manhã irlandês, aquecido sobre o aparador.

— Bom-dia, senhorita. — A mesma empregada que a havia servido na noite anterior surgiu da cozinha. — Quer que lhe traga alguma coisa?

— Não, obrigada. Eu mesma posso me servir. — Maggie pegou um prato sobre a mesa e dirigiu-se aos aromas tentadores sobre o aparador.

— Prefere chá ou café, senhorita?

— Chá seria ótimo. — Maggie ergueu a tampa de um *réchaud* de prata e aspirou o aroma saboroso das fatias de bacon. — Nancy, é este seu nome?

— Não, senhorita, Noreen.

Errou, galante Rogan, pensou Maggie.

— Noreen, você poderia dizer ao cozinheiro que nunca tive um jantar melhor do que o de ontem?

— Com todo prazer, senhorita.

Maggie ia de um quitute a outro, enchendo seu prato. Ela costumava saltar as refeições, tão indiferente era à cozinha, mas, quando havia comida disponível em tal quantidade, e de tal qualidade, ia à forra.

— O Sr. Sweeney tomará café comigo? — perguntou, enquanto levava seu prato de volta à mesa.

— Ele já comeu, senhorita. O Sr. Sweeney toma seu café pontualmente às seis e meia todos os dias.

— Um homem de hábitos, não é? — Maggie sorriu para a empregada e espalhou geléia em sua torrada.

— Sim, é mesmo — Noreen respondeu, enrubescendo um pouco. — Preciso lembrá-la, senhorita, que ele estará pronto para sair às oito.

— Obrigada, Noreen, não vou me esquecer disso.

— Se precisar de alguma coisa, basta tocar a campainha.

Quieta como um camundongo, Noreen desapareceu na cozinha. Maggie concentrou-se no café-da-manhã, que percebia ser digno de uma rainha, e passou os olhos por um exemplar do *Irish Times*, cuidadosamente dobrado ao lado de seu prato.

Devia ser bem confortável viver com todos aqueles empregados atendendo a um simples estalar de dedos. Mas não deixaria Rogan maluco saber que eles estavam sempre pela casa? Que nunca estava sozinho?

A simples idéia fez com que estremecesse. Ela, com toda certeza, enlouqueceria sem a solidão. Deixou os olhos percorrerem a sala, com seus lambris escuros e lustrosos, o brilho do par de candelabros de cristal, o polimento da prata sobre o aparador antigo, o brilho da porcelana e dos copos Waterford.

Sim, mesmo neste cenário luxuoso ela se tornaria uma louca furiosa.

Demorando-se em uma segunda xícara de chá, leu todo o jornal do início ao fim, comendo até o último farelo de seu prato. De algum lugar na casa, um relógio soava as horas. Hesitou quanto a comer um pouco mais de bacon, mas acabou não resistindo, chamando a si mesma de gulosa.

Levou alguns instantes examinando as obras de arte nas paredes. Havia uma aquarela que ela achou particularmente encantadora. Dando uma última e rápida volta na sala, retornou ao hall.

Rogan estava na entrada, impecável, com um terno cinza e uma gravata azul-marinho. Examinou-a e consultou seu relógio.

— Você está atrasada.

— Estou?

— São oito e oito.

Ela levantou as sobrancelhas, viu que ele estava sério e educadamente sufocou uma risada.

— Eu devia ser chicoteada.

Ele lançou-lhe um olhar, das botas de cano curto e leggings escuras até a camisa branca, masculina, que chegava ao meio das coxas, presa por dois cintos de couro. Pedras translúcidas e brilhantes balançavam em suas orelhas e dessa vez usara um toque de maquiagem. Entretanto, não tinha se preocupado com um relógio.

— Se você não usa relógio, como vai conseguir chegar no horário?

— Ponto para você. Talvez por isso eu não tenha chegado agora.

Ainda olhando para ela, pegou uma caderneta e sua caneta.

— O que você está fazendo?

— Anotando que devo providenciar um relógio para você, uma secretária eletrônica e um calendário.

— Muita generosidade de sua parte, Rogan. — Esperou até ele abrir a porta e acenar para que saísse. — Por quê?

— O relógio, para você estar pronta no horário. A secretária eletrônica, para poder, ao menos, deixar uma maldita mensagem quando você ignorar o telefone, e o calendário, para saber a droga do dia em que solicitei uma remessa.

Ele ruminara a última palavra, como se fosse uma carne fibrosa, Maggie pensou.

— Já que você está tão bem-humorado nesta manhã, me arrisco a lhe dizer que nenhum desses objetos vai me modificar em nada. Sou irresponsável, Rogan. Você precisa, simplesmente, saber o que diz a minha família.

Ela voltou-se, ignorando seu grunhido de impaciência, e observou a casa.

Exibia um lindo verde-pastel — St. Stephens, ela saberia depois — e se destacava altiva, algo arrogante, contra o céu azul.

Embora as paredes de pedra fossem antigas, as linhas eram tão graciosas como o corpo de uma mulher. Era uma combinação de dignidade e elegância que, Maggie sabia, só os ricos podiam ostentar. Todas as janelas, e havia muitas, brilhavam como diamantes ao sol. O gramado verde bem cortado levava a um jardim encantador, arrumado como um jardim de igreja e duas vezes mais formal.

— Linda vista você tem aqui. Não pude vê-la quando cheguei.

— Sei disso. Você terá de esperar para fazer um tour, Margaret Mary. Não gosto de me atrasar.

Segurando seu braço, conduziu-a ao carro.

— Você fica irritado com atrasos, então?

Ele não respondeu. Ela riu e recostou-se para desfrutar a viagem de carro.

— Você é sempre grosseiro pela manhã, Rogan?

— Não sou grosseiro — retrucou. Ou não seria, pensou, se tivesse conseguido dormir mais do que duas horas. E a responsabilidade disso, malditas todas as mulheres, recaía, realmente, sobre a cabeça dela.

— Tenho muito o que fazer hoje.

— Ah, é claro que tem. Impérios a construir, fortunas a ganhar.

Aconteceu. Ele não soube dizer o motivo, mas o ligeiro tom de desdém rompeu seu último elo de controle. Desviou para o lado da estrada, fazendo com que o carro que vinha atrás buzinasse furiosamente. Pegando Maggie pela gola, levantou-a do banco e grudou sua boca na dela.

Ela não estava esperando esse tipo de reação, embora isso não significasse que não gostara. Podia vê-lo num mesmo nível, quando ele não se mostrava tão controlado, tão profissional. Sua cabeça podia estar girando, mas a sensação de poder permanecia. Nenhuma sedução, pura necessidade friccionando-se, como fios elétricos vivos ameaçando explodir.

Jogando a cabeça dela para trás, roubou-lhe a boca. Só uma vez, ele prometeu a si mesmo. Só uma vez, para aliviar a tensão viciosa que serpenteava em seu corpo, como uma cobra.

Mas beijá-la não trouxe alívio. Em vez disso, a reação dela, completa e ansiosa, seu entusiasmo, aumentou ainda mais sua tensão, até não poder respirar.

Por um momento ele sentiu como se tivesse sido sugado por um túnel aveludado e sem ar. Estava apavorado por sentir que não queria ou não precisava de luz novamente. Voltando-se, agarrou-se ao volante como uma braçadeira. Retornou à estrada como um bêbado que tentasse andar em linha reta.

— Presumo que isso seja a resposta para algumas coisas.

A voz dela estava estranhamente calma. Não fora o beijo dele que a deixara nervosa, mas o modo como ele o havia terminado.

— Era isto ou teria estrangulado você.

— Prefiro ser beijada a ser estrangulada. Embora tivesse gostado mais se você não ficasse tão bravo por me desejar.

Mais calmo agora, ele se concentrou na estrada e calculou o tempo que ela lhe tinha custado naquela manhã.

— Expliquei antes. O momento é inadequado.

— Inadequado! E quem está em busca de adequação?

— Prefiro conhecer com quem estou dormindo. Ter afeição e respeito mútuos.

Os olhos dela se estreitaram.

— Há uma longa distância entre um beijo nos lábios e ir para a cama. Vou lhe mostrar que não sou de pular na cama de alguém em um piscar de olhos.

— Nunca disse...

— Ah, você não disse agora? — Sentia-se ainda mais ofendida por saber que não hesitaria em ir para a cama com ele. — Pelo que percebi, você já concluiu que sou uma mulher bem livre, não é? Bem, não vou ficar contando a você meu passado. E quanto à afeição e ao respeito, só digo uma coisa, meu caro: você ainda vai ter que fazer por merecer.

— Ótimo, então. Estamos de acordo nisso.

— Estamos de acordo que você deve ir direto para o inferno. E sua empregada se chama Noreen!

Aquilo o surpreendeu a ponto de fazer com que tirasse os olhos da estrada e a olhasse fixamente.

— O quê?

— Sua empregada, seu idiota, seu aristocrata de nariz empinado. Não se chama Nancy. É Noreen.

Maggie cruzou os braços e olhou resolutamente pela janela ao lado.

Rogan apenas sacudiu a cabeça.

— Agradeço por me esclarecer isso. Sabe Deus como seria embaraçoso se eu tivesse de apresentá-la aos vizinhos.

— Sangue azul esnobe! — resmungou.

— Víbora, língua de serpente!

Mergulharam num silêncio desagradável durante o resto da viagem.

Capítulo Sete

Impossível não se deixar impressionar pela Galeria Worldwide de Dublin. Só a arquitetura compensava a visita. Realmente, fotografias do prédio apareciam em dúzias de revistas e livros de arte, em todo o mundo, como exemplo brilhante do estilo georgiano que fazia parte do legado arquitetônico de Dublin.

Embora Maggie a tivesse visto reproduzida nas revistas em páginas acetinadas, a visão dela, sua grandeza absoluta em três dimensões, deixou-a sem ar.

Investira horas de seu tempo livre, durante seu aprendizado em Veneza, visitando galerias. Mas nada se comparava ao esplendor da de Rogan.

Entretanto, não fez nenhum comentário enquanto ele abria a imponente porta da frente e fazia um gesto para que ela entrasse.

Precisou resistir à vontade de ajoelhar-se, tal era a quase sagrada quietude, o jogo de luzes, o perfume no ar na sala principal. A exposição das peças indígenas americanas era linda e cuidadosamente montada — potes de cerâmica, cestas maravilhosas, máscaras folclóricas, chocalhos e trabalhos em contas. Nas paredes, desenhos ao mesmo tempo primitivos e sofisticados. A atenção e a admiração de Maggie foram atraídas por um vestido de pele animal, de cor creme, adornado com contas e delicadas pedras brilhantes. Rogan pendurara-o como uma tapeçaria. Maggie sentiu as mãos comichando de vontade de tocá-lo.

— Impressionante... — Foi só o que ela disse.

— Fico sensibilizado com sua aprovação.

— Nunca tinha visto a arte indígena fora dos livros. — Ela inclinou-se sobre um vaso de água.

— Justamente por isso quis trazer a mostra à Irlanda. Geralmente nos concentramos na história e na cultura européias e esquecemos que existem muito mais coisas no mundo.

— Difícil acreditar que as pessoas que criaram isso foram os selvagens que vemos nos velhos filmes de John Wayne. Apesar de que — ela sorriu — meus ancestrais eram bastante selvagens, andavam nus e pintavam o corpo de azul, antes de cavalgarem para as batalhas. Eu vim daí. — Ela inclinou a cabeça para fitá-lo, o empresário perfeitamente polido. — Nós dois viemos.

— Pode-se dizer que essas tendências se tornam mais atenuadas em alguns do que em outros ao longo dos séculos. Há anos não sinto vontade de me pintar de azul.

Ela riu, mas ele já estava consultando o relógio outra vez.

— Vamos usar o segundo pavimento para os seus trabalhos. — Ele se dirigiu às escadas.

— Alguma razão particular?

— Várias razões particulares.

Com a impaciência vibrando como uma onda de calor ao seu redor, ele parou até que ela o alcançasse na escadaria.

— Prefiro que uma exposição como esta tenha um caráter de acontecimento social. As pessoas tendem a apreciar a arte, pelo menos a achá-la mais acessível, se estiverem relaxadas, divertindo-se.

Deteve-se ao pé da escadaria, erguendo uma sobrancelha ao ver a expressão dela.

— Algum problema nisso?

— Gostaria que meu trabalho fosse visto seriamente, não em uma festa beneficente.

— Asseguro a você que as pessoas vão levá-lo a sério.

Principalmente com os preços que ele havia decidido colocar e a estratégia que pretendia empregar.

— O marketing do seu trabalho está sob minha responsabilidade.

Voltando-se, abriu uma porta dupla, dando um passo atrás para que Maggie pudesse entrar primeiro.

Ela simplesmente quase perdeu a voz. A sala, maravilhosamente ampla, era inundada pela luz que entrava através de um domo central, no alto do forro. A claridade derramava-se sobre o piso escuro e polido e, como um espelho, devolvia reflexos das peças que Rogan havia escolhido para expor.

Em todos os seus sonhos, em suas mais ardentes e secretas esperanças, nunca imaginara que seu trabalho pudesse ser exposto de maneira tão sensível e grandiosa.

Pedestais com pesadas bases de mármore branco estavam dispostos pela sala, elevando as peças de vidro à altura dos olhos. Rogan tinha escolhido apenas doze peças para enfeitar o imponente espaço. Uma visão astuta, ela pensou, sentindo que cada peça parecia ser única. E lá, no centro da sala, brilhando como gelo aquecido por um núcleo de fogo, estava *Rendição*, de Maggie.

Ela sentiu uma dor aguda no coração ao observar a escultura. Alguém a compraria. Algum dia, alguém pagaria o valor que Rogan estava pedindo e a roubaria completa e finalmente de sua vida.

A sensação de perda parecia maior, pensou, por abrir mão de algo que já possuíra. Ou, talvez, por abrir mão de si própria.

Quando ela se calou e limitou-se a caminhar, o som das botas ecoando pela sala, Rogan enfiou as mãos nos bolsos.

— As peças menores estão expostas nas salas do andar de cima. É um lugar mais intimista.

Rogan parou, esperando uma resposta, então assobiou, quando não recebeu nenhuma.

— Teremos uma orquestra durante o vernissage. Instrumentos de corda. E champanhe e canapés, é claro.

— É claro — Maggie admitiu.

Ela mantinha-se de costas para ele, imaginando por que estava nesta sala magnífica e sentia vontade de chorar.

— Pediria a você que ficasse aqui, ao menos por algum tempo. Não precisa fazer ou dizer nada que possa comprometer sua integridade artística.

O coração de Maggie batia forte demais para que pudesse notar o tom de aborrecimento dele.

— Parece...

Ela não conseguia pensar em nada para dizer, simplesmente não podia.

— Bem — disse, afinal, sem muita convicção. — Tudo parece estar bem.

— Bem?

— É.

Ela se voltou, com os olhos sérios e, pela primeira vez em sua memória recente, aterrorizada.

— Você tem um ótimo senso estético.

— Um ótimo senso estético... — ele repetiu, surpreso com a resposta morna. — Bem, Margaret Mary, estou muito gratificado. Afinal, foram só três semanas incrivelmente difíceis e os esforços conjugados de mais de uma dúzia de pessoas altamente qualificadas para fazer tudo parecer "bem".

Maggie passou as mãos trêmulas pelos cabelos. Ele não era capaz de perceber que ela estava sem fala, que estava completamente fora de seu domínio e assustada como um coelho diante de cães de caça?

— O que gostaria que eu dissesse? Fiz meu trabalho e dei-lhe minha arte. Você fez o seu, utilizando-a. Nós dois temos que nos congratular, Rogan. Quem sabe agora eu poderia dar uma olhada em suas salas mais íntimas?

Ele tomou a frente, bloqueando a passagem, quando ela se dirigiu para a porta. A fúria que o dominou era tamanha que ele se surpreendeu por não reduzir as peças de vidro a cacos de brilho e cor.

— Você é uma camponesa ingrata.

— Ah, então eu sou uma camponesa?

Emoções redemoinhavam dentro dela, contraditórias, assustadoras.

— Você tem razão, Sweeney. E se sou ingrata por não cair a seus pés e beijar seus sapatos vou continuar sendo ingrata. Não quero nem espero de você nada além do que está no maldito contrato, com suas cláusulas nojentas, e você também não terá nada de mim além disso.

Podia sentir as lágrimas quentes, borbulhando, prontas para explodir. Tinha certeza de que, se não saísse imediatamente da sala, seus pulmões romperiam pela pressão. Num esforço desesperado para escapar, ela o empurrou.

— Vou lhe dizer o que espero. — Agarrando-a pelo ombro, fez com que se voltasse. — E o que eu terei.

— Desculpa... — disse Joseph, da porta. — Acho que estou interrompendo.

Ele não poderia estar mais perplexo ou mais fascinado, vendo seu equilibrado patrão cuspindo fogo e com raiva por causa de uma pequena e aparentemente perigosa mulher cujos punhos já estavam em posição de ataque.

— Não interrompeu nada.

Usando toda a sua força de vontade, Rogan soltou o braço de Maggie e deu um passo atrás. Num piscar de olhos, ele tinha passado da fúria à calma.

— A Srta. Concannon e eu estávamos apenas discutindo os termos de nosso contrato. Maggie Concannon, Joseph Donahoe, gerente da galeria.

— Muito prazer. — Bastante sedutor, Joseph aproximou-se para apertar a mão de Maggie. Embora tremesse um pouco, ele a beijou generosa e elegantemente, deixando aparecer seu dente de ouro, com um sorriso. — É um grande prazer, Srta. Concannon, conhecer a pessoa que está por trás do gênio.

— E é um prazer para mim, Sr. Donahoe, conhecer um homem tão sensível à arte e ao artista.

— Deixo Maggie em suas habilidosas mãos, Joseph. Tenho alguns compromissos.

— Está me concedendo uma honra, Rogan. — Os olhos de Joseph piscaram, enquanto ele mantinha, delicadamente, a mão de Maggie na sua.

O gesto não passou despercebido a Rogan, nem o fato de que ela não fizera um movimento sequer para romper o contato. Estava, na verdade, sorrindo maliciosamente para Joseph.

— Você só terá de dizer a Joseph quando quiser usar o carro — Rogan disse secamente. — O motorista está a seu dispor.

— Obrigada, Rogan. — Ela falou sem olhar para ele. — Mas tenho certeza de que Joseph pode me manter entretida por algum tempo.

— Para mim não há melhor maneira de passar o dia. — Joseph acrescentou rapidamente. — Já viu as salas de estar, Srta. Concannon?

— Não, ainda não. E, por favor, me chame de Maggie.

— Claro. — Com a mão dela ainda na sua, Joseph conduziu-a até a porta. — Creio que você gostará do que fizemos. Com poucos dias para a exposição, queremos ter certeza de que ficará satisfeita. Qualquer sugestão será bem-vinda.

— Haverá uma alteração. — Maggie deteve-se, olhando por sobre o ombro para Rogan, que continuava parado. — Não vá se atrasar por nossa causa, Rogan. Tenho certeza de que está com pressa. — Voltando-se bruscamente, ela sorriu para Joseph. — Conheço um Francis Donahoe, de um lugar perto de Ennis. É um comerciante, com olhos iguais aos seus. Será que é seu parente?

— Tenho primos em Clare, pela família do meu pai e de minha mãe. Eles se chamam Ryan.

— Conheço muitos Ryan. Oh! — Suspirou ao atravessar o arco que dava numa salinha decorada com uma lareira e cadeiras adoráveis. Várias de suas peças menores, incluindo a que Rogan comprara no primeiro encontro, enfeitavam as mesas antigas.

— Um ambiente elegante, eu acho... — Joseph se deslocou pela sala para acionar a luz dos spots. O vidro ganhou vida sob os raios de luz, parecia pulsar. — O salão de danças compõe um ambiente deslumbrante... Este é mais delicado.

— Sim... — Ela suspirou novamente. — Você se importa se eu sentar um pouco, Joseph? Para falar a verdade, fiquei sem fôlego.

Acomodou-se na delicada cadeira e fechou os olhos.

— Uma vez, quando eu era criança, meu pai comprou um filhotinho de cabra, pensando numa possível criação. Uma manhã, estava com ele no campo, sem prestar muita atenção a nada, quando ele mostrou seu mau humor. Jogou-me no alto com uma senhora chifrada. Tive exatamente a mesma sensação quando pisei naquela outra sala. Como se algo tivesse me chifrado e me lançado pro alto.

— Você está nervosa, não é?

Abriu os olhos e viu compreensão nos de Joseph.

— Estou morrendo de medo. E dane-se se Rogan ficar sabendo disso. Ele se acha o máximo, não é?

— Rogan é bem seguro de si. E com toda razão. Tem um faro excepcional para comprar a peça certa e patrocinar o artista certo.

Homem curioso — e amante de uma boa fofoca, Joseph sentiu-se confortável ao lado dela. Estendeu as pernas, cruzando-as nos tornozelos, numa postura que convidava ao relaxamento e à confiança.

— Notei que vocês dois estavam discutindo, quando interrompi.

— Parece que não temos muito em comum. — Maggie sorriu. — É bem autoritário o nosso Rogan.

— Verdade, mas, de maneira geral, de um jeito tão sutil que a gente nem percebe.

Maggie assoviou, entre dentes.

— Mas não tem sido nada sutil comigo.

— Já notei isso. Interessante... Sabe, Maggie, acho que não estou violando nenhum segredo corporativo se lhe contar que Rogan estava determinado a contratar você para a Worldwide. Trabalho com ele há mais de dez anos e não me lembro de tê-lo visto tão interessado num artista.

— Devia sentir-me lisonjeada. — Ela suspirou e fechou os olhos novamente. — E realmente estou, na maior parte do tempo, a não ser quando fico furiosa com seu jeito de patrão. Sempre de príncipe para camponesa.

— Ele está habituado a conseguir as coisas desse modo.

— Bem... não conseguirá nada de mim desse jeito. — Abriu os olhos e levantou-se. — Você pode me mostrar o resto da galeria?

— Com prazer. E talvez você me conte sua história.

Maggie inclinou a cabeça e observou-o. Um fofoqueiro, pensou, com esses olhos indefinidos e seu jeito de pirata. Sempre gostara de um amigo fofoqueiro.

— Muito bem, então. — Enlaçou seu braço no dele enquanto cruzavam a arcada seguinte. — Era uma vez um fazendeiro que queria ser poeta...

* * *

Havia gente demais em Dublin para o gosto de Maggie. Impossível dar um passo sem esbarrar em alguém. Era uma cidade encantadora, não podia negar, com sua baía linda e torres de igrejas cobertas de hera. Podia admirar a magnificência da arquitetura, tijolos vermelhos e pedras acinzentadas, o charme das fachadas coloridas.

Brian Duggin, o motorista, havia falado que os antigos dublinenses tinham um senso de ordem e beleza tão agudo como seu senso de lucro. E então, pensou, a cidade era perfeita para Rogan e vice-versa.

Recostada no carro, admirou os deslumbrantes jardins e cúpulas de cobre, as sombras das árvores verdes e o rio Liffey, que dividia a cidade em duas partes.

Sentiu o coração acelerar com o movimento a seu redor, reagindo à multidão e à pressa. Mas o alvoroço a excitou apenas por pouco tempo, antes de deixá-la exausta. O grande número de pessoas na rua O'Connell, onde todo mundo parecia correr desesperadamente para chegar a algum lugar, fez com que sentisse falta das ruas quietas e preguiçosas do Oeste.

Mesmo assim, achou espetacular a vista da ponte O'Connell, os navios atracados no cais, a majestosa cúpula das Quatro Cortes, brilhando ao sol. Seu motorista parecia bem satisfeito em atender a seus pedidos, apenas seguir em frente ou estacionar e esperar, enquanto ela caminhava pelos parques e praças.

Parou na rua Grafton, em meio a lojas elegantes, e comprou um broche para Brianna, uma simples lua crescente em prata com uma curva de pedras avermelhadas. Agradaria, pensou enquanto colocava a caixinha na bolsa, ao gosto tradicional da irmã. Para si mesma, pensou num par de brincos de fios de ouro, prata e cobre com opalas cor-de-fogo nas duas extremidades. Ela não desperdiçava muito tempo nem dinheiro nesses enfeites frívolos. Nem em outros, lembrou a si mesma, já que não tinha garantia de quando poderia vender outra peça. Então, é claro que comprou os brincos, mandando o orçamento para o inferno.

Para completar o dia, visitou museus, perambulou ao longo do rio e tomou chá numa pequena loja na praça FitzWilliam. Aproveitou sua última hora na ponte Half Penny olhando o pôr-do-sol e seus reflexos, desenhando num bloco que comprara numa papelaria.

Passava das sete quando retornou à casa de Rogan. Surgindo da sala da frente, ele a deteve, antes que chegasse às escadas.

— Já estava achando que você tinha feito Duggin levá-la de volta a Clare.

— Cheguei a pensar nisso uma vez ou duas... — Passou a mão pelos cabelos desarrumados. — Fazia anos que não visitava Dublin.

Lembrou-se do malabarista que tinham encontrado e, naturalmente, do seu pai.

— Já tinha esquecido de como a cidade é barulhenta.

— Imagino que você não comeu nada.

— Não, não comi... — Se não considerasse o biscoito que havia comido com o chá.

— Pedi que o jantar fosse servido às sete e meia, mas posso atrasá-lo para as oito, se você quiser se juntar a nós para uns aperitivos.

— Nós?

— Minha avó. Ela está ansiosa para conhecer você.

— Ah... — O humor de Maggie escureceu. Mais alguém para conhecer, com quem falar, com quem conviver. — Não quero prendê-lo.

— Não há problema. Se você quiser se trocar, estaremos na sala.

— Trocar para quê? — Resignada, enfiou o bloco debaixo do braço. — Receio ter deixado minhas roupas formais em casa. Mas, se minha aparência o deixa embaraçado, posso levar uma bandeja para o meu quarto.

— Não ponha palavras na minha boca, Maggie. — Tomando-a firmemente pelo braço, Rogan conduziu-a para a sala.

— Vovó — dirigiu-se à mulher empertigada em uma cadeira de brocado, com espaldar alto. — Gostaria de apresentar-lhe Margaret Mary Concannon. Maggie, Christine Sweeney.

— Que grande prazer! — Christine ofereceu a mão bem-feita, enfeitada com uma safira brilhante. — Você fez bem em vir aqui, minha querida, já que comprei a primeira peça de seu trabalho, que intrigou Rogan.

— Obrigada. A senhora é uma colecionadora, então?

— Está no sangue. Sente-se, por favor. Rogan, traga alguma coisa para a menina beber.

Rogan foi até as garrafas brilhantes. — O que gostaria, Maggie?

— Qualquer coisa. — Resignada a ser gentil por mais uma hora ou duas, Maggie colocou o bloco e a bolsa ao lado.

— Deve ser emocionante fazer sua primeira grande exposição... — Christine começou. Bem, a garota é surpreendente, pensou. Discreta, vestindo camisa e legging, quando dúzias de mulheres tentariam se cobrir de diamantes e sedas.

— Para ser honesta, Sra. Sweeney, para mim ainda é difícil pensar nisso. — Aceitou o copo de Rogan e desejou que o conteúdo fosse suficiente para lhe dar ânimo para conversar durante uma noite.

— Conte-me o que achou da galeria.

— É maravilhosa! Uma catedral à arte.

— Oh! — Christine inclinou-se, apertando a mão de Maggie. — Como meu Michael teria adorado ouvir o que você disse. É exatamente o que desejava. Ele era um artista frustrado, você sabe.

— Não. — Maggie lançou um olhar a Rogan. — Não sabia.

— Ele queria pintar. Só que tinha a visão, mas não a aptidão. Então, criou o ambiente e os meios para celebrar outros que pintavam. — O tailleur de seda de Christine farfalhou quando ela se recostou. — Era um homem maravilhoso. Rogan se parece com ele, tanto na aparência quanto no temperamento.

— Isto deve deixá-la muito orgulhosa.

— Sim, como estou certa de que o que você faz com sua vida deve deixar sua família orgulhosa de você.

— Não sei se orgulho seria a palavra certa.

Maggie bebericou o drinque, descobrindo que Rogan lhe servira um martíni, e lutou para não fazer careta. Felizmente, o mordomo chegou à porta, para anunciar o jantar.

— Bem na hora. — Aliviada, Maggie colocou o copo ao lado. — Estou faminta.

— Então vamos logo. — Rogan ofereceu o braço à avó. — Julien está felicíssimo por você estar apreciando a comida dele.

— Oh, ele é um ótimo cozinheiro, esta é a verdade. Só não teria a coragem de lhe dizer que sou péssima e que comeria qualquer coisa que eu não precisasse preparar.

— Não contaremos a ele. — Rogan puxou a cadeira para Christine sentar-se e depois para Maggie.

— Não, não contaremos. — Maggie concordou. — Até porque decidi trocar algumas receitas de Brie por algumas dele.

— Brie é irmã de Maggie. — Rogan explicou, enquanto o prato de sopa era servido. — Ela tem uma pousada em Clare e, por experiência própria, posso atestar que sua comida é excelente.

— Então sua irmã é mais artista numa cozinha do que num estúdio.

— Sim — Maggie concordou, sentindo-se muito mais à vontade na companhia de Christine Sweeney do que esperava. — É um toque mágico que Brianna tem para cama e mesa.

— Em Clare, você falou. — Christine aceitou quando Rogan lhe ofereceu vinho. — Conheço bem a área. Sou de Galway.

— A senhora? — Surpresa e prazer transpareceram no rosto de Maggie. Era mais um motivo para lembrá-la de como sentia falta de casa. — De que parte?

— Da cidade de Galway. Meu pai estava a bordo... Encontrei Michael em um de seus negócios com meu pai.

— Minha avó, por parte de mãe, era de Galway. — Embora, em muitas circunstâncias, Maggie preferisse comer a falar, estava gostando da combinação de boa comida e boa conversa. — Ela viveu lá até casar. Mais ou menos sessenta anos atrás. Era filha de um comerciante.

— Então... qual o nome dela?

— Era Sharon Feeney antes do casamento.

— Sharon Feeney... — Os olhos de Christine brilharam, mais profundos agora e faiscando tanto quanto suas safiras. — Filha de Colin e Mary Feeney?

— Isso! A senhora a conheceu então?

— Oh, sim. Morávamos a poucos metros uma da outra. Eu era um pouco mais nova do que ela, mas passávamos bastante tempo juntas. — Christine piscou para Maggie, então olhou para Rogan para incluí-lo na conversa. — Eu era perdidamente apaixonada pelo tio-avô de Maggie, Niall, e usava Sharon desavergonhadamente para ficar perto dele.

— Tenho certeza de que você não precisava usar nada nem ninguém para atrair a atenção de qualquer homem — Rogan afirmou.

— Oh... você é tão delicado em seus comentários. — Christine riu e afagou a mão dele. — Tome cuidado com ele, Maggie.

— Ele não gasta muito açúcar comigo.

— Transforma-se em vinagre. — Rogan retrucou num tom dos mais agradáveis.

Decidida a ignorá-lo, Maggie voltou-se para Christine.

— Não vejo meu tio há muitos anos, mas sei que, quando jovem, era um homem bom, bonito e que tinha um jeito todo especial com as damas.

— É verdade. — Christine riu de novo e o som de sua risada ecoou jovem e alegre. — Passei muitas noites sonhando com Niall Feeney, quando era garota. Na verdade — ela dirigiu os olhos brilhantes para Rogan e havia um toque de malícia neles que Maggie admirou —, se Michael não tivesse aparecido e caído aos meus pés, eu teria lutado até a morte para me casar com Niall. Interessante, não? Vocês dois poderiam ser primos, se as coisas tivessem acontecido de modo diferente.

Rogan olhou para Maggie, erguendo seu vinho. Terrível, foi tudo em que ele conseguiu pensar. Absolutamente terrível.

Maggie riu discretamente e terminou sua sopa.

— Sabe que Niall Feeney nunca se casou e vive como um solteirão em Galway? Talvez a senhora tenha partido o coração dele, Sra. Sweeney.

— Gostaria de pensar assim. — A beleza tão evidente no rosto de Christine aumentou com um rubor pela lisonja. — Mas a triste verdade é que Niall nunca prestou atenção em mim.

— Era cego, então? — Rogan perguntou e ganhou um radiante sorriso da avó.

— Cego não — Maggie suspirou ao aroma do peixe que era servido —, mas talvez um homem mais tolo do que a maioria.

— E nunca casou, você disse?

A pergunta de Christine, Rogan observou, franzindo ligeiramente as sobrancelhas, fora, talvez, infantilmente casual demais.

— Nunca. Minha irmã se corresponde com ele. — Um lampejo de malícia reluziu nos olhos de Maggie. — Vou pedir a ela que mencione a senhora na próxima carta. Veremos se a memória dele é melhor do que seu julgamento, quando jovem.

Embora seu sorriso fosse um pouquinho sonhador, Christine sacudiu a cabeça.

— Cinqüenta e cinco anos, desde que deixei Galway por Dublin e por Michael. Nossa Senhora!

O pensamento sobre os anos passados trouxe-lhe uma agradável tristeza, a mesma que ela sentia quando via um navio se afastar do porto. Ainda sentia falta do marido, embora ele tivesse partido há mais de doze anos. Num gesto automático que Maggie achou comovente, Christine pôs a mão sobre a de Rogan.

— Sharon casou-se com um hoteleiro, não foi?

— Sim, e ficou viúva nos últimos dez anos de sua vida.

— Sinto muito, mas tinha a filha para confortá-la.

— Minha mãe. Não sei se era algum conforto.

Os resquícios de amargura afetaram o delicado sabor da truta na boca de Maggie. Afastou-os com um bom gole de vinho.

— Nós nos correspondemos por vários anos após o seu casamento. Ela sentia muito orgulho da filha. Maeve, não é?

— Sim. — Maggie tentou imaginar a mãe como uma garota e não conseguiu.

— Uma criança adorável, Sharon falava, com admiráveis cabelos louros. Temperamento de demônio, ela dizia, e voz de anjo.

Maggie engoliu rapidamente, engasgando-se.

— Voz de anjo? Minha mãe?

— Sim, Sharon dizia que ela cantava como um anjo e desejava seguir carreira como cantora. Acho que chegou a ser, ao menos por algum tempo. — Christine fez uma pausa, pensando, enquanto Maggie simplesmente a fitava. — Sim, ela foi sim. Na verdade, ela foi cantar em Gort, mas não pude vê-la. Eu tinha alguns recortes que Sharon me enviou, mas isto foi há trinta anos. — Sorriu, curiosa. — Ela não canta mais?

— Não.

Maggie deixou escapar um suspiro desconcertado. Nunca vira a mãe levantar a voz, a não ser para reclamar ou criticar. Uma cantora? Uma profissional com voz de anjo? Certamente, estavam falando de pessoas diferentes.

— Bem, imagino que ela tenha sido feliz, cuidando da família.

Feliz? Fora, com certeza, outra Maeve Feeney Concannon que cuidara dela.

— Creio — Maggie falou vagarosamente — que ela fez sua escolha.

— Como todos nós. Sharon fez a sua quando casou e mudou-se de Galway. Tenho que admitir que senti muita falta dela, mas Sharon amava Johnny e seu hotel.

Com grande esforço, Maggie afastou os pensamentos sobre a mãe. Voltaria a eles, mais tarde, detidamente.

— Lembro-me do Gran Hotel de quando eu era criança. Trabalhamos lá, num verão, Brie e eu, como camareiras. Arrumando e servindo, não gostei muito.

— Felizmente para o mundo da arte.

Maggie agradeceu o cumprimento de Rogan.

— Talvez, mas foi certamente um alívio para mim.

— Nunca perguntei a você como se interessou pela arte em vidro.

— A mãe de meu pai tinha um vaso de vidro veneziano, em forma de flauta, de um verde clarinho, nebuloso. Cor de folha em broto. Eu achava que era a coisa mais bonita que já tinha visto. Ela me contou que era feito com sopro e fogo. — Maggie sorriu àquela lembrança, perdendo-se nela por alguns instantes. E então seus olhos se tornaram tão nebulosos quanto o vaso que descrevera. — Era como um conto de fadas para mim. Usar sopro e fogo para criar algo que você podia pegar com as mãos. Então ela me trouxe um livro que tinha gravuras de um ateliê de vidro, com as pessoas trabalhando, as pipetas e os fornos. Daquele momento em diante, pensei que não havia outra coisa no mundo que eu quisesse, a não ser possuir meu próprio ateliê.

— Com Rogan aconteceu o mesmo. Tão jovem e já tinha certeza de como seria sua vida. — Christine deixou seu olhar vagar de Maggie para seu neto e de novo para ela. — E agora, vocês encontraram um ao outro.

— É o que parece. — Rogan falou e partiu para o outro prato.

Capítulo Oito

Maggie não conseguia ficar longe da galeria. Parecia não haver razão para isso. Joseph e sua equipe eram muito receptivos, até mesmo pedindo sua opinião sobre algumas disposições.

Embora isso a agradasse muito, não podia competir com o olho de Rogan para detalhes e disposição das peças. Deixou a equipe sob as ordens dele e acomodou-se, de modo a não atrapalhar, para desenhar os trabalhos de arte indígena americana.

Aquilo a fascinava. As cestas e os adereços de cabeça, o trabalho meticuloso com contas e as intrincadas máscaras de rituais. Idéias e imagens saltitavam em sua mente como gazelas, pulando, voando, e ela se apressava em transferi-las para o papel.

Preferia enterrar-se no trabalho a fazer qualquer outra coisa. Quando parava para pensar, sua mente voltava ao que Christine lhe contara sobre Maeve. Imaginava quanto da vida de seus pais estava sob a superfície, e ela nunca se deu conta? Sua mãe com uma carreira, seu pai amando outra mulher? E ambos encarcerados, por causa dela, numa prisão que lhes havia negado os desejos mais profundos

Ela precisava descobrir mais, porém tinha medo, pois o que quer que descobrisse poderia demonstrar o fato de que ela realmente não conhecia as pessoas que a haviam criado. Não os conhecera.

Deixou essa preocupação de lado e foi passear pela galeria.

Quando não havia objeções, ela usava o escritório de Rogan como estúdio temporário. A luz era boa e, como se localizava no fundo do prédio, ela raramente era perturbada. Espaçoso não era. Obviamente Rogan preferira utilizar todo o espaço possível para expor arte.

Ela não podia discordar dessa decisão.

Cobriu a mesa de nogueira polida com um pedaço largo de plástico e alguns cadernos de jornal. Os desenhos a lápis e crayon que tinha feito estavam ainda no início. Trabalhava agora, adicionando ondas de cor. Comprara algumas tintas acrílicas numa loja próxima à galeria, mas freqüentemente a impaciência com as imperfeições do material a levava a usar outros utensílios que estavam à mão, e então mergulhava seu pincel em resíduos de café e cinzeiros úmidos ou usados, fazendo esboços com lápis de sobrancelha ou pincéis para batom.

Considerava seus esboços apenas uma primeira etapa. Embora se considerasse uma desenhista razoável, Maggie nunca se qualificaria como uma mestra da pintura. Era apenas uma maneira de manter sua percepção bem acurada, da concepção até a execução. O fato de Rogan ter selecionado vários de seus esboços para a exposição mais a embaraçava do que agradava.

Entretanto, ela pensava que as pessoas comprariam qualquer coisa, se as fizessem acreditar em seu valor e qualidade. Tornara-se cínica, pensava, estreitando os olhos, enquanto estudava seu trabalho. E um contador de tostões registrando os lucros antes de ter o produto pronto. Deus do céu, pensou, fora apanhada no sonho que Rogan também tecera e se odiaria mais do que a ele, se voltasse fracassada para casa.

Será que o fracasso estava em seu sangue?, perguntava-se. Seria ela igual ao pai e falharia tentando alcançar um alvo que significava tanto para ela? Estava tão absorta no trabalho e em seus pensamentos sombrios que reclamou, surpresa e aborrecida, quando a porta do escritório abriu.

— Fora! Fora! Será que vou ter que trancar esta maldita porta?

— Estava pensando exatamente nisso. — Rogan fechou a porta atrás de si. — Que diabos você está fazendo?

— Uma experiência em física nuclear — ela respondeu bruscamente. — Não parece? — Frustrada pela interrupção, ela afastou a franja arrepiada dos olhos e olhou, atônita. — O que você está fazendo aqui?

— Creio que esta galeria, incluindo este escritório, é minha.

— Não dá pra esquecer isso. — Maggie mergulhou seu pincel numa mistura de tinta que ela derramara sobre um balcão antigo. — Não quando todos aqui só sabem dizer "Sr. Sweeney isto, Sr. Sweeney aquilo". Inspirada pelo pequeno ataque verbal, ela limpou a tinta que estava no papel grosso, pregado no outro balcão.

Enquanto fazia isto, o olhar dele baixou do rosto dela para as mãos e, por um momento, ficou sem fala.

— Em que maldita coisa está pensando? — Surpreso, ele respirou profundamente. Sua amada e inestimável escrivaninha estava coberta com jornais respingados de tinta, potes com pincéis, lápis e, a não ser que estivesse enganado quanto ao cheiro forte, bisnagas de tinta. — Você é louca! Não percebeu que esta é uma mesa George II?

— É uma peça bem resistente — respondeu, sem respeitar o rei inglês morto.

— Você está na frente da luz. — Distraída, ela gesticulou na direção dele, com a mão respingada de tinta. Ele se esquivou, instintivamente. — E bem protegida — acrescentou. — Coloquei um pedaço grande de plástico embaixo dos jornais.

— Ah! Muito bem. Está tudo certo, então!

Ele agarrou um punhado dos cabelos dela e puxou-os com força.

— Se você queria um maldito cavalete, eu teria arranjado um — falou, quando estavam cara a cara.

— Não preciso de cavalete, apenas de um pouco de privacidade. Então, se você não der as caras, como tem feito brilhantemente nos dois últimos dias... — Ela lhe deu um empurrão de incentivo. Ambos olharam para a mancha que ela deixou na lapela listrada dele.

— Oops! — ela disse.

— Sua idiota! — Os olhos dele estreitaram em perigosas fendas de cobalto quando ela soltou uma risada.

— Sinto muito. Realmente. — Mas as desculpas se diluíram numa gargalhada sufocada. — Sou meio bagunceira quando trabalho e me esqueci das minhas mãos. Mas, pelo que já percebi, você tem um monte de ternos. Não sentirá falta deste.

— Você é que pensa que não. — Rápido como uma serpente, ele mergulhou os dedos na tinta e lambuzou o rosto dela. Seu grito de surpresa foi terrivelmente satisfatório. — A cor fica bem em você.

Ela esfregou o dorso da mão no rosto, espalhando a tinta.

— Então você quer brincar, não é? — Rindo, pegou um tubo de amarelo-canário.

— Se você se atrever — Rogan disse, entre raivoso e divertido —, vou fazer com que engula tudo, até o tubo.

— Uma Concannon nunca recusa um desafio. — Seu sorriso alargou-se quando ela se preparou para apertar o tubo. As retaliações, de ambos os lados, foram interrompidas quando a porta do escritório se abriu.

— Rogan, espero que você não... — A mulher elegante, numa roupa Chanel, irrompeu na sala, os olhos azul-claros se arregalando. — Perdão... — Obviamente confusa, ela alisou para trás uma onda suave dos cabelos dourados. — Não sabia que você estava... ocupado.

— Sua interrupção veio em boa hora. — Frio como uma brisa de primavera, Rogan apanhou uma folha de jornal e esfregou nos dedos sujos de tinta. — Acredito que estávamos a ponto de fazer loucuras.

Talvez, pensou Maggie, colocando de lado o tubo de tinta, com uma ridícula sensação de pesar. Mas teria sido divertido.

— Patricia Hennessy, gostaria de lhe apresentar Margaret Mary Concannon, nossa artista especial.

Esta?, Patricia pensou, embora suas frágeis e bem-nascidas feições revelassem apenas um interesse polido. Esta mulher de cabelos selvagens, suja de tinta, era M. M. Concannon?

— Muito prazer em conhecê-la.

— O prazer é todo meu, Srta. Hennessy.

— Senhora — ela falou com seu sorriso mais suave —, mas, por favor, me chame de Patricia.

Como uma rosa única, atrás do vidro, Maggie pensou, Patricia Hennessy era adorável, delicada e perfeita. E, concluiu Maggie, estudando seu elegante rosto oval, infeliz.

— Já vou sair em um segundo. Aposto que você quer falar com Rogan a sós.

— Por favor, não se apresse por minha causa. — O sorriso de Patricia curvou seus lábios, mas quase não chegou aos olhos. — Agora mesmo estive no andar superior com Joseph, admirando seu trabalho. Você tem um talento inacreditável.

— Obrigada. — Maggie puxou o lenço de Rogan do bolso superior do casaco.

— Não... — A ordem morreu nos lábios dele, quando ela empapou o linho irlandês com tinta. Com alguma coisa semelhante a um rosnado, ele o tomou de volta e limpou o resto de tinta dos dedos.

— Meu escritório parece ter sido temporariamente transformado no sótão de um artista.

— Claro, mas eu nunca trabalhei num sótão na minha vida. — Maggie, deliberadamente, levantou sua bota. — Eu o aborreci, perturbando este solo sagrado aqui, sabe? Se você conhece Rogan há algum tempo, concordará que ele é um cara bem enjoado.

— Não sou enjoado. — Ele disse entre dentes.

— Claro que não. — Maggie revirou os olhos. — Um homem selvagem, tão imprevisível quanto as cores do nascer do sol.

— Um senso de organização e controle não é, geralmente, considerado um defeito. Uma total falta disso, normalmente, é.

Eles se encararam de novo. Efetivamente, se não intencionalmente, deixaram Patricia de fora, mesmo naquela sala tão pequena. Havia tensão no ar, era óbvio para Patricia. Não podia ignorar quão ardentemente ele demonstrava desejar a artista. Não podia ignorar, porque estava apaixonada por Rogan Sweeney.

— Peço desculpas se cheguei numa má hora. — Odiou que sua voz estivesse duramente formal.

— De maneira alguma... — A cara fechada de Rogan se transformou facilmente em um sorriso agradável ao voltar-se para ela. — Ver você é sempre um prazer.

— Só passei aqui por achar que você já teria terminado os negócios do dia. Os Carney me convidaram para um drinque e imaginei que você pudesse ir junto conosco.

— Perdoe, Patricia... — Rogan baixou os olhos para o seu lenço estragado, deixando-o cair sobre as folhas de jornal esparramadas. — Com o vernissage amanhã, ainda tenho uma porção de detalhes para acertar.

— Bobagem. — Maggie lançou um largo sorriso a Rogan. — Não quero interferir em sua vida social.

— Não é por sua causa. Simplesmente tenho outras obrigações. Peça desculpas a Marion e George.

— Pode deixar. — Patricia ofereceu seu rosto para o beijo de Rogan. O cheiro de tinta misturou-se até dominar o delicado perfume floral dela. — Foi bom conhecê-la, Srta. Concannon, estou ansiosa pela noite de amanhã.

— Me chame de Maggie — ela disse, com uma simpatia que vinha de um entendimento natural entre as mulheres. — E obrigada. Vamos torcer para que tudo corra bem melhor. Bom-dia para você, Patricia.

Maggie cantarolou para si mesma, enquanto limpava seus pincéis.

— Ela é adorável — comentou, depois da saída de Patricia. — Uma velha amiga?

— Isto mesmo.

— Velha amiga casada.

Rogan apenas levantou a sobrancelha com a provocação.

— Velha amiga viúva.

— Ah...

— Resposta muito sugestiva... — Por alguma razão, ele se manteve na defensiva: — Conheço Patricia há mais de quinze anos.

— Cristo! Você é muito devagar, Sweeney. — Apoiando o quadril na mesa, Maggie bateu com um lápis nos lábios. — Uma mulher linda, de gosto óbvio, uma mulher de sua própria classe, posso acrescentar, e em quinze anos você não fez nenhum movimento.

— Movimento? — Sua voz estava fria como gelo. — Um comentário particularmente desinteressante, mas, ignorando por um momento sua frase infeliz, como sabe que não fiz?

— Alguns indícios. — Sacudindo os ombros, Maggie desceu da mesa. — Relações íntimas e relações platônicas dão sinais inteiramente diferentes. — Seu olhar abrandou-se. Afinal de contas, ele era apenas um homem. — Aposto que são apenas grandes amigos.

— Claro que somos.

— Seu bobo! — Sentiu um lampejo de simpatia por Patricia. — Ela está mais do que apaixonada por você!

A idéia e o modo naturalmente seguro com que Maggie falou deixaram-no confuso.

— Isso é um absurdo.

— A única coisa absurda é você não perceber nada. — Ela começou a juntar rapidamente seu material. — A Sra. Hennessy tem minha simpatia ou parte dela. É difícil para mim oferecer isto a ela, já que eu mesma estou interessada em você e não gosto da idéia de vê-lo pulando da cama dela para a minha.

Ela era irritante, pensou, a danada da mulher.

— Ridícula esta conversa e tenho muito trabalho a fazer.

Era realmente cativante o modo como a voz dele podia ser tão formal.

— Por minha causa não é, então não posso prender você. Vou espalhar estes desenhos na cozinha para secar, se você concordar.

— Quanto mais longe ficarem do meu caminho, melhor. — E a autora deles também, pensou. Cometeu o erro de dar uma olhada, prestando atenção aos desenhos. — O que você fez aqui?

— Fiz um pouco de desordem, como você já apontou, mas arrumarei tudo rapidamente.

Sem uma palavra, ele pegou um dos desenhos pelas pontas. Podia ver claramente o que a havia inspirado, como ela tencionava empregar a arte indígena americana e transformá-la em algo audacioso e unicamente dela.

Independentemente do quanto e como ela o exasperava, era forçado a admitir seu talento.

— Pelo visto, você não perdeu tempo.

— É uma das poucas coisas que temos em comum. Então, o que você acha?

— Que você entende muito de arrogância e beleza.

— É um bom elogio, Rogan. — Ela sorriu. — Muito bom mesmo.

— Seu trabalho revela você, Maggie, e faz com que confunda mais as pessoas. Sensível e arrogante, compassiva, impiedosa. Sensual e indiferente.

— Se você está dizendo que sou temperamental, não discuto. — O sobressalto veio de novo, rápido e penoso. Imaginava se haveria um momento em que ele olharia para ela como olhava para seu trabalho. E o que criariam entre eles, quando e se ele quisesse. — Para mim, não é um defeito.

— Apenas torna você uma pessoa difícil de conviver.

— Ninguém é obrigado a isso, só eu mesma. — Ela ergueu uma das mãos e desconcertou-o ao tocar seu rosto. — Estou pensando em dormir com você, Rogan, e nós dois sabemos disso. Mas não sou propriamente a sua Srta. Hennessy, procurando um marido para ditar o caminho.

Fechando os dedos em torno do punho dela, ficou agradavelmente surpreso ao sentir que seu pulso batia descompassadamente.

— O que você está querendo?

Ela devia saber a resposta. Devia estar na ponta da língua. Mas ela a tinha perdido em algum lugar, entre a pergunta e as batidas descompassadas do próprio coração.

— Avisarei você quando descobrir! — Inclinando-se para a frente, na ponta dos pés, ela pressionou seus lábios contra os dele. — Mas assim está bom, por enquanto.

Tomou o desenho da mão dele e juntou-o aos outros.

— Margaret Mary — ele disse, quando ela se dirigia à porta —, eu limparia essa mancha de tinta do rosto, se fosse você.

Torcendo o nariz, ela virou os olhos em direção ao borrão vermelho.

— Droga — resmungou e saiu batendo a porta.

A saída explosiva podia ter satisfeito seu orgulho, mas ele não se acalmara, estava amargamente ressentido de que ela podia virá-lo do avesso com um esforço tão pequeno. Simplesmente não havia tempo para as complicações que ela podia causar na vida dele. Se houvesse tempo, simplesmente a arrastaria para alguma sala tranqüila e extin-

guiria dentro dela toda essa frustração, esse desejo, essa fome ensande-
cida, até que se livrasse disso tudo.

Certamente tão logo tivesse controle sobre ela ou, ao menos, sobre
a situação, encontraria seu equilíbrio novamente.

Mas havia prioridades, e a primeira delas, pelo contrato legal e a
obrigação moral, era com a arte dela. Deu uma olhada num dos desenhos que ela deixara para trás. Parecia ter sido executado com pressa,
descuidadamente brilhante, com traços rápidos e cores vibrantes que
chamavam atenção.

Como a própria artista, ele refletiu, era impossível ignorá-lo. Deliberadamente deu as costas ao trabalho e começou a sair. Mas a imagem
permanecia, mexendo com seu cérebro, assim como o gosto dela permanecia, mexendo com seus sentidos.

— Sr. Sweeney! Senhor!

Rogan deteve-se na sala principal, dando uma rápida olhadela
para trás.

O homem magro e grisalho, carregando um portfólio surrado, não
era um desconhecido.

— Aiman! — Rogan saudou o homem vestido com trajes grossei-
ros tão polidamente como se fosse um cliente vestido em seda. — Você
não tem aparecido aqui.

— Estava trabalhando. — Um tique nervoso fazia tremer o olho esquerdo de Aiman. — Tenho uma porção de trabalhos novos, Sr. Sweeney.

Talvez tivesse andado mesmo trabalhando, Rogan pensou. Mas,
com certeza, andara bebendo também. Os sinais estavam todos ali nas
faces enrubescidas, nos olhos vermelhos, nas mãos trêmulas. Aiman bei-
rava os trinta anos, mas a bebida tinha feito dele um velho fraco e desesperado.

Ficou parado ao lado da porta para não atrapalhar os clientes da
galeria. Seu olhar era suplicante. Os dedos fechavam e abriam em
torno do velho portfólio.

— Estava pensando se o senhor teria um tempinho para dar uma
olhada, Sr. Sweeney.

— Tenho um vernissage amanhã, Aiman. Muito importante.

— Eu sei, li nos jornais. — Nervosamente, Aiman lambia os lábios.
Havia desperdiçado o último dinheiro que ganhara com vendas na

calçada, num pub, na noite anterior. Sabia que era loucura. Pior, sabia que era estupidez. Agora, precisava desesperadamente de algumas centenas de libras para o aluguel ou estaria de volta às ruas em uma semana. — Posso deixá-los aqui, Sr. Sweeney. Volto na segunda-feira. Fiz uns trabalhos muito bons. Queria que o senhor fosse o primeiro a vê-los.

Rogan não perguntou se Aiman estava sem dinheiro. A resposta era óbvia e a pergunta humilharia o homem. Um dia, ele fora uma promessa, antes que o medo e o uísque o tivessem derrubado.

— Meu escritório está um tanto desorganizado no momento — — Rogan falou delicadamente. — Vamos subir para você mostrar o que andou fazendo.

— Obrigado. — Os olhos injetados de Aiman brilharam com um sorriso, com uma esperança tão patética quanto as lágrimas. — Obrigado, Sr. Sweeney, não tomarei muito seu tempo, prometo.

— Eu ia tomar uma xícara de chá. — Discretamente, Rogan tomou o braço de Aiman para apoiá-lo ao subirem as escadas. — Você me acompanha enquanto olho seu trabalho?

— Seria um prazer, Sr. Sweeney.

Maggie voltou-se cuidadosamente para que Rogan não a visse observando-o, enquanto ele fazia a curva das escadas. Tivera certeza, absoluta certeza, de que ele iria colocar aquele artista malvestido porta afora. Ou mandaria um de seus subordinados fazer o trabalho sujo por ele. Em vez disso, convidara o homem para o chá e o conduzira pelas escadas como um hóspede bem-vindo.

Quem imaginaria que Rogan Sweeney era capaz de tanta delicadeza?

Ele compraria alguns dos quadros, concluiu. O suficiente para que o artista pudesse manter sua dignidade e uma ou duas refeições no estômago. O gesto era mais significativo para ela, mais importante do que as muitas bolsas de estudo ou doações que imaginava que a Worldwide concedesse anualmente.

Ele era sensível. A conclusão a envergonhou tanto quanto a alegrou. Ele se preocupava tanto com as mãos humanas que criavam arte quanto com a arte em si.

Ela voltou ao escritório para arrumá-lo e para tentar acrescentar esse novo aspecto do caráter de Rogan aos demais.

* * *

Vinte e quatro horas mais tarde, Maggie estava sentada à beira de sua cama, no quarto de hóspedes de Rogan. Com a cabeça entre os joelhos, amaldiçoava-se por sentir-se tão vergonhosamente mal. Era humilhante admitir, mesmo para si mesma, que os nervos podiam descontrolá-la. Mas não havia como negar com aquele nauseante gosto de vômito ainda na garganta, o corpo tremendo em arrepios.

Não importa, repetiu a si mesma, não importa o que eles pensam. Só o que eu penso é que conta.

Ah, Deus! Deus! Por que me deixei envolver assim? Inspirando profunda e lentamente, levantou a cabeça. A onda de tontura atingiu-a, fazendo com que apertasse os dentes. O grande espelho devolvia do quarto sua imagem.

Vestia apenas sutiã e calcinha, a pele muito branca contrastando com a renda preta que escolhera. O rosto estava pálido; os olhos, avermelhados. Deixou escapar um gemido trêmulo quando voltou a abaixar a cabeça.

Em que confusão se metera, pensou. E não era nada, além do espetáculo que iria fazer de si mesma. Ela era feliz em Clare, não era? Pertencia àquele lugar, sozinha e sem grilhões. Só ela e seus vidros, os campos calmos e as manhãs enevoadas. Era lá que estaria agora, não fosse Rogan Sweeney e suas palavras fantasiosas, tentando-a para partir.

Ele era o demônio, pensou, convenientemente esquecendo que começara a mudar sua opinião sobre ele. Um verdadeiro monstro, explorando artistas inocentes para seus próprios fins egoístas. Ele a sugaria e então a deixaria de lado como um tubo de tinta vazio.

Ela o teria assassinado, se tivesse forças para se levantar.

Quando a batida soou suave à sua porta, comprimiu os olhos fechados. Vá embora, gritou mentalmente. Vá embora e deixe-me morrer em paz.

A batida soou de novo, seguida de uma pergunta num tom calmo.

— Maggie, querida, você já está pronta?

A Sra. Sweeney. Maggie pressionou a palma da mão sobre os olhos doloridos e respondeu com um pequeno grito.

— Não, não estou. — Esforçou-se para soar breve e incisiva, mas tudo o que conseguiu foi deixar escapar um choramingo. — Não vou a lugar algum.

Com um farfalhar de sedas, Christine deslizou dentro do quarto.

— Ah, minha querida... — Instintivamente maternal, correu para Maggie e abraçou-a. — Está tudo bem, querida, são apenas os nervos.

— Estou bem. — Mas Maggie abandonou o orgulho e encostou o rosto no ombro de Christine. — Apenas não vou.

— Claro que vai... — Animadamente, Christine levantou o rosto de Maggie à altura do seu. Sabia exatamente que botão devia pressionar e o fez sem piedade: — Você não quer que pensem que está com medo, quer?

— Não estou com medo. — Maggie ergueu o rosto, mas as náuseas revolveram seu estômago. — Apenas não estou interessada.

Christine sorriu, afagou os cabelos de Maggie e esperou.

— Não consigo enfrentar isso, Sra. Sweeney. — Maggie desabafou. — Simplesmente não posso! Vou me humilhar e odeio isso mais do que qualquer coisa no mundo. Prefiro ser enforcada.

— Compreendo perfeitamente, mas você não se humilhará. — Tomou as mãos geladas de Maggie entre as suas. — É verdade que você estará tão exposta quanto seu trabalho. Esta é a tolice do mundo da arte. Vão querer saber tudo a seu respeito, falarão sobre você, especularão. Mas deixe pra lá.

— Não é só isso, embora isso não me deixe muito confortável. É que não estou habituada a ser observada e não creio que vá me fazer bem. Mas é o meu trabalho... — Apertou os lábios. — É o que há de melhor em mim, Sra. Sweeney. Se deixar a desejar... Se não for bom o bastante...

— Rogan afirma que é.

— Ele conhece bastante.

— É verdade. Ele realmente conhece bastante. — Christine sacudiu a cabeça. A criança precisava de um pouco de carinho materno... E carinho materno não era sempre delicadeza: — Você quer que eu desça e diga a ele que está muito insegura, e com medo demais para enfrentar o vernissage?

— Não! — Desamparada, Maggie cobriu o rosto com as mãos. — Ele preparou essa armadilha para mim. Aquela cobra traiçoeira. O desgraçado... Desculpe-me... — Recompondo-se, Maggie baixou as mãos.

Christine engoliu uma risada.

— Está tudo bem — disse calmamente. — Agora você espere aqui. Vou descer e dizer a Rogan que vá sem nós. Ele já está abrindo uma vala no hall com seus passos.

— Nunca vi ninguém tão obcecado por horário.

— É um traço dos Sweeney. Michael me deixava louca com isso. Que Deus o tenha! — Afagou a mão de Maggie. — Voltarei em seguida para ajudá-la a se vestir.

— Sra. Sweeney. — Desesperada, Maggie agarrou a mão de Christine. — A senhora não poderia apenas dizer que morri? Eles fariam uma pausa na exposição. E, como costuma acontecer, o lucro seria maior com um artista morto do que com um vivo.

— Ora, vamos. — Christine soltou os dedos de Maggie. — Você já está se sentindo melhor. Agora vá e lave o rosto.

— Mas...

— Estou pronta para a sua grande noite de hoje. — Christine disse com firmeza. — Creio que Sharon gostaria que eu fizesse isso. E já disse para ir lavar esse rosto, Margaret Mary!

— Sim senhora. Sra. Sweeney? — Sem outra alternativa, Maggie levantou-se trêmula. — A senhora... não dirá a ele... Quero dizer, eu ficaria grata se a senhora não contasse a Rogan que eu...

— Para uma das mais importantes noites de sua vida, supõe-se que uma mulher demore para se vestir.

— Suponho que sim... — A sombra de um sorriso brincava em torno da boca de Maggie. — Isto me faz sentir uma tola frívola, mas é a melhor alternativa.

— Deixe Rogan comigo.

— Só mais uma coisa. — Tinha de admitir qua andara adiando aquilo. Mas podia enfrentar agora, quando se sentia tão por baixo, como nunca imaginara que fosse capaz de se sentir. — A senhora poderia conseguir aqueles recortes de que falou? Aqueles sobre minha mãe?

— Acho que posso. Eu deveria ter pensado nisso antes. Naturalmente você gostaria de lê-los.

— Gostaria sim. Ficaria muito grata.

— Verei isso para você. Agora, dê um jeito nesse rosto. Direi a Rogan para ir. — Lançou um sorriso cúmplice a Maggie e fechou a porta.

Quando Christine o encontrou, Rogan ainda estava caminhando furiosamente no hall de entrada.

— Onde, diabos, ela está? — vociferou, mal viu a avó. — Faz duas horas que está se arrumando.

— É claro. — Christine fez um gesto pomposo. — É muito importante a impressão que ela vai causar esta noite, não acha?

— É óbvio que é importante. — Se ela se apresentasse mal, seus sonhos desmoronariam, levando os de Maggie. Precisava dela ali, agora, pronta para ficar deslumbrante. — Mas por que está demorando tanto? Ela só tinha de se vestir e ajeitar os cabelos.

— Você está solteiro há tempo demais, meu querido, se realmente acredita nesse absurdo.

Afetuosamente, Christine aproximou-se para ajeitar a já perfeita gravata dele.

— Como você fica bonito neste smoking.

— Vovó, você está me enrolando.

— Não, de maneira alguma. — Sorrindo, ela alisou a lapela impecável. — Desci justamente para lhe dizer que vá na frente. Iremos assim que Maggie estiver pronta.

— Ela já devia estar pronta agora.

— Mas não está. De qualquer modo, terá um efeito muito maior se ela chegar um pouquinho atrasada, para fazer uma entrada triunfal. Você gosta de um certo ar teatral nessas ocasiões, Rogan.

Havia um tom de verdade naquilo.

— Muito bem, então. — Olhou o relógio e praguejou baixo. Se não saísse naquele minuto, com certeza chegaria atrasado. Era sua responsabilidade estar lá, lembrou-se, cuidar de todos os detalhes dos últimos momentos, apesar de querer ardentemente conduzir Maggie à galeria. — Vou deixá-la em suas mãos mais do que competentes. Mandarei o carro vir buscá-las logo que eu chegue à galeria. Você cuidará para que ela esteja lá na hora, não é?

— Pode contar comigo, querido.

— Sempre conto. — Beijou-a no rosto e deu um passo atrás. — A propósito, Sra. Sweeney, não cheguei a lhe dizer como está bonita.

— Não, não disse. Já estava quase sucumbindo de decepção.

— Será, como sempre, a mulher mais atraente da festa.

— Assim é que se fala. Agora, vá e deixe Maggie por minha conta.

— Com todo prazer. — Lançou um olhar para as escadas, enquanto se dirigia para a porta. Não foi um olhar gentil. — Desejo-lhe boa sorte com ela.

Logo que a porta se fechou, Christine deixou escapar um suspiro. Imaginava que precisaria mesmo de toda a sorte do mundo.

Capítulo Nove

enhum detalhe fora esquecido. A iluminação estava perfeita, registrando as rápidas alternâncias das curvas e dos movimentos dos vidros. A música, uma valsa agora, fluía como delicadas e felizes lágrimas através do espaço. Borbulhantes taças de champanhe enchiam as bandejas de prata levadas graciosamente por garçons uniformizados. O som dos cristais nos brindes e as vozes murmuradas formavam um gracioso contraponto à melodia dos violinos.

Tudo estava, numa palavra, perfeito, nenhum detalhe esquecido. Exceto a própria artista, Rogan pensou sombriamente.

— Está maravilhoso, Rogan. — Patricia parou ao lado dele, elegante numa saia branca justa com contas tremeluzentes em forma de gota. — Um enorme sucesso.

Ele virou-se para ela, sorrindo.

— É o que parece.

Seus olhos demoraram-se nos dela bastante tempo e de forma tão intensa que se sentiu pouco à vontade.

— O que foi? Meu nariz está sujo?

— Não... — Ergueu seu copo rapidamente, amaldiçoando Maggie por colocar pensamentos ridículos em sua cabeça e fazê-lo desconfiar de uma de suas amigas mais antigas.

Apaixonada por ele? Absurdo!

— Desculpe, mas estava com o pensamento longe. Não posso imaginar o que está atrasando Maggie.

— Tenho certeza de que ela vai chegar a qualquer momento. — Patricia apoiou uma das mãos em seu braço. — Enquanto isso, todos estão fascinados com nosso trabalho conjunto.

— Sorte nossa. Ela está sempre atrasada — acrescentou respirando fundo. — Senso de horário como o de uma criança.

— Rogan, querido, aqui está você. Vejo que minha Patricia o encontrou.

— Boa-noite, Sra. Connelly. — Rogan tomou a mão delicada da mãe de Patricia. — Estou encantado por vê-la. Nenhuma exposição na galeria poderia ser bem-sucedida sem a sua presença.

— Gentileza sua... — Satisfeita, ela tirou sua estola de mink. Anne Connelly cuidava atentamente tanto de sua beleza quanto de sua vaidade. Considerava um dever da mulher preservar sua aparência tão importante quanto manter a casa e tolerar os filhos. Nunca, nunca mesmo, negligenciava seus deveres e, como resultado, tinha uma pele hidratada e a aparência de uma garota. Mantinha uma batalha constante contra os anos e havia já meio século que saía vitoriosa.

— E seu marido? Dennis não veio com a senhora?

— Claro que veio, mas já se enfiou em algum lugar para fumar um de seus charutos e discutir finanças. — Sorriu quando Rogan fez sinal a um garçom e lhe ofereceu uma taça de champanhe. — Nem mesmo a admiração que tem por você é capaz de alterar a indiferença dele em relação à arte. É um trabalho fascinante. — Apontou para a escultura ao lado deles, uma explosão de cores, multiplicando-se a partir de uma base trançada. — Maravilhosas e perturbadoras, todas elas. Patricia me disse que encontrou a artista rapidamente ontem. Estou ansiosa para conhecê-la também.

— Ela já deve estar chegando. — Rogan escondeu, polidamente, a própria impaciência. — Acredito que a senhora achará a Srta. Concannon tão contraditória e interessante quanto seu trabalho.

— E também fascinante, tenho certeza. Não o temos visto muito ultimamente, Rogan. Vivo implorando a Patricia para levar você para uma visita. — Lançou à filha um olhar silencioso, que falou mais do que mil palavras.

Mexa-se, menina, parecia dizer. *Não o deixe escapar.*

— Receio que andei tão obcecado por esta exposição que acabei me esquecendo dos amigos.

— Você está perdoado, desde que possamos esperá-lo para jantar conosco uma noite qualquer da semana.

— Eu adoraria. — Rogan percebeu o olhar de Joseph. — Com licença por um momento, sim?

— Precisa ser tão óbvia, mãe? — Patricia murmurou disfarçando com um copo de vinho, enquanto Rogan se misturava à multidão.

— Alguém tem de ser. Por Deus, menina, ele trata você como a uma irmã! — Sorrindo aos conhecidos, Anne continuou a sussurrar: — Um homem não casa com uma mulher se pensa nela como irmã, e já é hora de você casar novamente. Você não poderia querer um marido melhor. Continue a perder tempo assim que alguém ainda vai apanhá-lo bem debaixo do seu nariz. Agora vamos lá, sorria. Por que precisa estar sempre com essa cara de luto?

Obedientemente, Patricia forçou seus lábios num sorriso.

— Encontrou-as? — Rogan perguntou ao se aproximar de Joseph.

— Dei meu jeito. — O olhar de Joseph esquadrinhou o salão, detendo-se em Patricia por alguns instantes. — Estarão aqui em um momento.

— Mais de uma hora atrasada. Bem significativo.

— Calma... ficará contente em saber que já vendemos dez peças e temos, no mínimo, a mesma quantidade de ofertas para *Rendição.*

— Aquela peça não está à venda. — Rogan estudou a vistosa escultura que permanecia no centro da sala. — Nós a exibiremos antes em nossas galerias de Roma, Paris e Nova York, mas, como outras peças que escolhemos, esta não é para ser vendida.

— É você quem decide — Joseph falou displicentemente —, mas devo lhe dizer que o General Fitzsimmons ofereceu vinte e cinco mil libras por ela.

— Verdade? Pois faça com que essa notícia circule por aí.

— Pode deixar comigo. Enquanto isso, estou entretendo alguns críticos de arte. Acho que você deveria... — Joseph interrompeu-se quando viu os olhos de Rogan se anuviarem, enquanto olhava atentamente para algo por sobre seu ombro. Virou-se, observou o objeto que atraíra o olhar de seu patrão e não pôde evitar um assovio baixinho. — Ela pode estar atrasada, mas é certamente de fechar o comércio.

Joseph olhou para Patricia e, pela expressão de seu rosto, percebeu que ela também tinha observado a reação de Rogan. Seu coração confrangeu-se um pouco por causa dela. Ele sabia, por experiência própria, o quanto era terrível amar alguém que via você somente como um amigo.

— Devo trazê-la para cá? — Joseph perguntou.

— O quê? Não... não. Deixe que eu cuido disso.

Rogan nunca imaginou que Maggie pudesse ficar assim — estonteante, atraente e sensual como um pecado. Escolhera um vestido preto, sem adornos ou acessórios. O modelo mostrava seu estilo pelo corpo que cobria. Era todo drapeado do pescoço aos tornozelos, mas ninguém o acharia formal, não com aqueles botões lustrosos que enfatizavam o comprimento, botões que ela tinha deixado ousadamente desabotoados até a curva dos seios e logo após o início da coxa elegante.

Os cabelos eram uma coroa de fogo, circundando descuidadamente o rosto. Aproximando-se, notou seus olhos examinando e absorvendo todo o ambiente.

Ela parecia sem medo, desafiadora e totalmente no controle da situação.

Assim ela estava agora. O ataque de nervos tinha servido para embaraçá-la tanto que ela o dominara com nada mais do que absoluta obstinação.

Ela estava aqui. E isso significava que vencera.

— Você está terrivelmente atrasada. — A reclamação emitida num resmungo foi o último gesto de defesa quando ele tomou a mão dela e levou aos lábios. Seus olhos se encontraram. — E incrivelmente bonita.

— Você aprova o vestido?

— Não usaria esta palavra, mas, sim, aprovo.

Ela sorriu então.

— Estava com medo de que eu fosse usar botas e jeans surrados.

— Não com minha avó a seu lado.

— Ela é a pessoa mais maravilhosa do mundo. Você tem sorte em ter uma avó como ela por perto.

A intensidade emocional da afirmação, mais do que as próprias palavras, levou Rogan a observá-la curiosamente.

— Tenho consciência disso.

— Não, você não pode ter. Realmente não pode, pois nunca conheceu nada diferente. — Respirou profundamente. — Bem... — Já havia olhares sobre ela, dúzias deles, brilhando com curiosidade. — Estou na toca do leão, não? Não se preocupe — falou antes que ele pudesse abrir a boca. — Vou me comportar. Meu futuro depende disso.

— E isso é apenas o começo, Margaret Mary.

Enquanto ele a conduzia para a sala, num turbilhão de luzes e cores, ela teve muito medo de que ele estivesse certo.

Ela soube se comportar. A noite parecia ir muito bem, enquanto apertava mãos, aceitava cumprimentos, respondia a perguntas. A primeira hora fluiu como um sonho, com o borbulhar do champanhe, o brilho dos vidros, o reluzir das jóias. Era fácil deixar-se levar pelo redemoinho, enquanto se sentia ligeiramente arrastada para fora da realidade, um pouco desconectada, como público e ator numa peça suntuosamente produzida.

— Este, ah, este... — Um homem calvo, com um bigode curvo e um espalhafatoso sotaque britânico, apontava para uma peça. Era uma série de resplandecentes azuis soltos e cobertos com um vigoroso globo de vidro. — *Aprisionado*, assim você o chama. Sua criatividade, sua sexualidade, lutando para deixá-lo livre. A eterna batalha do homem. É triunfante, mesmo com sua melancolia.

— São os seis condados — Maggie disse simplesmente.

O homem calvo piscou.

— Perdão?

— Os seis condados da Irlanda — repetiu com um brilho de maliciosa rebeldia nos olhos. — *Aprisionado*.

— Percebo.

De pé ao lado do pretenso crítico de arte, Joseph abafou uma risada.

— Acho este uso de cores aqui tão intrigante, Lorde Whitfield. A transparência dele cria uma tensão indefinida entre delicadeza e coragem.

— Exatamente — Lorde Whitfield concordou, pigarreando. — Realmente extraordinário. Com licença.

Maggie observou-o afastar-se com um largo sorriso.

— Bem, não creio que ele a comprará para colocá-la em sua caverna, você não acha, Joseph?

— Você é uma mulher malvada, Maggie Concannon.

— Sou irlandesa, Joseph. — Fez uma careta para ele. — Viva os rebeldes!

Ele sorriu encantado e, deslizando um braço em torno da cintura dela, conduziu-a pela sala.

— Ah, Sra. Connelly. — Joseph a apertou sutilmente para lhe mostrar a mulher. — Maravilhosa como sempre.

— Joseph, sempre com uma palavra delicada. E este... — Anne Connelly desviou sua atenção de Joseph, a quem ela considerava um mero empregado de Maggie. — Este foi um passeio criativo. Estou emocionada em conhecê-la, minha querida. Sou a Sra. Dennis Connelly, Anne. Acho que você conheceu minha filha, Patricia, ontem.

— Sim, conheci. — Maggie achou o aperto de mãos de Anne delicado e suave como um toque de cetim.

— Ela deve estar em algum lugar com Rogan. Formam um lindo casal, não acha?

— Verdade. — Maggie ergueu a sobrancelha. Conhecia um aviso quando ouvia um. — Mora em Dublin, Sra. Connelly?

— Moro sim. Apenas algumas casas depois da mansão dos Sweeney. Minha família faz parte da sociedade de Dublin há muitas gerações. E você é do Oeste?

— Sim, do Condado de Clare.

— Paisagens encantadoras. Todas aquelas charmosas vilas pitorescas com telhados de colmo. Ouvi dizer que você é de uma família de fazendeiros.

Anne arqueou uma sobrancelha, obviamente divertida.

— Era.

— Deve ser tão excitante para você, particularmente com sua origem rural. Tenho certeza de que adorou sua visita a Dublin. Vai voltar para casa logo?

— Logo, eu acho.

— Estou certa de que sente falta do campo. Dublin pode ser muito confusa para alguém que não está habituado à vida da cidade. Quase um país estrangeiro.

— Ao menos entendo a língua — Maggie respondeu calmamente. — Espero que aproveite bem sua noite, Sra. Connelly. Com licença.

Se Rogan pensava em vender alguma coisa criada por Maggie para aquela mulher, ele seria enforcado. Danem-se os direitos de exclusividade. Ela esmagaria e transformaria em pó cada peça antes que alguma delas fosse parar nas mãos de Anne Connelly. Falando com ela como se fosse alguma camponesa relaxada com palha nos cabelos.

Procurou se controlar, enquanto se dirigia a outra sala. Todas estavam cheias de gente conversando, rindo, falando sobre ela. Sua cabeça começou a latejar, quando se dirigia às escadas. Decidiu ir tomar uma cerveja na cozinha, para ter alguns minutos de paz.

Saiu direto, para chegar logo à cozinha, quando viu um homem corpulento fumando charuto e segurando uma cerveja.

— Fui apanhado — disse ele e sorriu acanhadamente.

— Nós dois, então. Vim tomar uma cerveja sossegada.

— Deixe que eu pego uma pra você. — Galantemente, levantou seu enorme corpo da cadeira para buscar uma cerveja para ela. — Você não quer que eu apague o charuto, quer? — O tom de súplica na voz fez com que ela risse.

— Não, de maneira alguma. Meu pai costumava fumar o pior cachimbo do mundo. Fedia como o quê. E eu adorava.

— Grande garota! — Entregou-lhe a cerveja e um copo. — Detesto estas coisas. Minha esposa me traz à força.

— Detesto também!

— Bom trabalho, suponho... — disse, enquanto ela tomava a cerveja. — As cores e formas. Não que eu entenda alguma coisa. Minha esposa é a expert. Mas gosto do jeito deles e acho que é o bastante.

— Também acho.

— As pessoas estão sempre tentando explicar tudo de um jeito infernal. O que o artista tinha em mente etc. Simbolismo. — Enrolou a língua como se falasse de um prato estranho que não estava querendo experimentar. — Não entendo nada dessa droga que falam.

Maggie concluiu que o homem estava meio alto e que gostava dele.

— Nem eles entendem.

— Isso mesmo! — Levantou o copo, tomando um grande gole. — Nem eles! Ficam só se exibindo. Mas se disser isso a Anne, que é minha esposa, ela me lançaria um daqueles seus olhares.

Ele estreitou os olhos, baixou as sobrancelhas e fez uma carranca. Maggie explodiu numa gargalhada.

— Quem se importa com o que eles pensam? — Maggie colocou o cotovelo sobre a mesa e apoiou o queixo no punho. — Não é nada, se a vida de alguém não depende disso. — Exceto a minha, pensou, e afastou o pensamento para longe. — Não acha que negócios como esse são só uma desculpa para as pessoas se vestirem bem e se sentirem importantes?

— Acho, com certeza. — Tão veemente foi seu comentário que ela brindou com ele. — Quanto a mim, sabe o que eu desejaria estar fazendo esta noite?

— O quê?

— Estar sentado na minha cadeira, com os pés para cima, bebendo um uísque e vendo televisão. — Ele respirou pesarosamente. — Mas não posso desapontar Anne... ou Rogan.

— Conhece Rogan, então?

— Como meu próprio filho. Uma ótima pessoa foi o que ele se tornou. Ainda não tinha vinte anos quando o vi pela primeira vez. O pai dele e eu tínhamos negócios juntos e o rapaz parecia não poder esperar para tomar parte neles. — Gesticulou vagamente, apontando a galeria. — Rápido como um chicote.

— E qual é seu ramo de negócios?

— Finanças.

— Com licença. — Uma voz feminina interrompeu a conversa. Eles levantaram a cabeça e viram Patricia parada na porta, as mãos elegantemente cruzadas.

— Ah, aqui está meu amor.

Enquanto Maggie olhava com olhos arregalados, o homem levantou-se e envolveu Patricia num abraço que teria derrubado uma mula. A reação dela, em vez de uma firme rejeição ou um frio desagrado, foi uma risada viva e musical.

— Papai, assim você me quebra ao meio.

Papai?, Maggie pensou. Papai? Pai de Patricia Hennessy? Marido de Anne? Aquele homem agradável era casado com... com aquela pedra de gelo? Isso só prova que as palavras *até que a morte nos separe* são as mais idiotas que os seres humanos são forçados a proferir, concluiu.

— Venha conhecer minha garotinha. — Com orgulho evidente, Dennis rodopiou Patricia. — Bonita, não? Minha Patricia.

— Sim, realmente. — Maggie levantou-se, sorrindo. — Prazer em vê-la novamente.

— O prazer é todo meu. E parabéns pelo maravilhoso sucesso de sua exposição.

— Sua exposição? — Dennis perguntou surpreso.

— Não chegamos a nos apresentar. — Rindo agora, Maggie avançou e estendeu a mão a Dennis. — Sou Maggie Concannon, Sr. Connelly.

— Ah. — Ele não conseguiu dizer nada por um momento, enquanto dava tratos à bola, tentando lembrar se dissera algo grosseiro. — Um prazer... — conseguiu dizer quando suas idéias clarearam.

— Foi um prazer, realmente. Obrigada pelos melhores dez minutos que tive desde que cheguei.

Dennis sorriu. A mulher parecia humana demais para uma artista.

— Gosto mesmo das cores e formas — ele disse sinceramente.

— E este foi o melhor cumprimento que recebi durante toda a noite.

— Papai, mamãe está procurando você.

Patricia tirou uma cinza da lapela dele. O gesto — o mesmo que ela tantas vezes fizera automaticamente com o próprio pai — atingiu em cheio o coração de Maggie.

— Melhor que ela me encontre, então. — Olhou para Maggie e retribuiu-lhe o sorriso.

— Espero encontrá-la de novo, Srta. Concannon.

— Eu também.

— Você não vem conosco? — Patricia perguntou.

— Não, não agora. — Maggie respondeu, não desejando encontrar-se de novo com a mãe de Patricia.

O olhar brilhante desvaneceu-se no momento em que Patricia se afastou caminhando sobre o piso polido. Sentou-se, sozinha, na cozinha iluminada. O lugar era calmo, tão calmo que quase podia, tolamente, crer que o prédio estava completamente vazio.

Desejava acreditar que estava sozinha. Mais ainda, desejava acreditar que a tristeza que sentira de repente era apenas a saudade de seus campos verdes e das plácidas colinas, das intermináveis horas de silêncio em que somente o rugido do seu forno e sua imaginação podiam guiá-la.

Mas não era somente isso. Nesta noite, uma das mais promissoras de sua vida, ela não tinha ninguém. Nenhuma daquelas pessoas, que conversavam na brilhante multidão no andar de cima, a conheciam, a entendiam ou se importavam com ela. Ninguém, no pavimento de cima, esperava por Maggie Concannon.

Mas tinha a si mesma, pensou, levantando-se. E isto era tudo de que uma pessoa necessitava. Seu trabalho fora bem recebido. Não era tão difícil agüentar as frases fantasiosas e pomposas para chegar ao mais importante. Os clientes de Rogan tinham gostado do que ela fizera e esse era o primeiro passo.

Estava no caminho certo, disse a si mesma, enquanto deslizava para fora da cozinha. Estava trilhando o caminho para a fama e a fortuna, o caminho que iludira os Concannon durante as duas últimas gerações. E ela o trilharia sozinha.

A luz e a música invadiam a escadaria como poeira mágica depois da curva do arco-íris. Parou ao pé da escadaria, a mão segurando o corrimão, o pé no primeiro degrau. Então, num rompante, saiu rapidamente para a escuridão.

Quando o relógio bateu uma hora, Rogan arrancou o smoking e praguejou. Ela merecia morrer, pensou, enquanto caminhava pela sala escura. Simplesmente desaparecera feito fumaça no meio de uma festa cheia de gente, organizada em sua homenagem. Deixou-o, lembrou explodindo de ressentimentos, tendo de inventar desculpas idiotas.

Devia saber que não se podia esperar que uma mulher com o temperamento dela tivesse um comportamento razoável. Ele, certamente, devia ter pensado nisso, antes de dar tantos créditos a ela e nutrir tantas esperanças no futuro de seus negócios.

Como, diabos, podia ter esperanças de construir uma galeria para a arte irlandesa, quando a primeira artista que selecionara pessoalmente, promovera e expusera tinha abandonado seu próprio vernissage como uma criança irresponsável?

Agora, no meio da noite, não tinha nenhuma notícia dela. O brilhante sucesso da mostra e sua própria satisfação com um trabalho bem-feito foram encobertos por nuvens pesadas. Não havia nada a fazer senão esperar.

E se preocupar.

Ela não conhecia Dublin. Apesar de toda a beleza e charme da cidade, havia lugares perigosos para uma mulher sozinha. E sempre havia a possibilidade de um acidente. Só de pensar nisso lhe veio uma latejante dor na base da nuca.

Já fizera duas longas caminhadas até o telefone, ligando para hospitais, quando ouviu o clique da porta da frente. Girou nos pés e correu para a entrada.

Ela estava salva e, sob a luz do candelabro da sala, ele pôde ver que não estava ferida. Imagens de assassinato voltaram à sua cabeça dolorida.

— Onde, diabos, você esteve?

Ela esperava que ele estaria fora, em algum bar sofisticado, brindando com seus amigos. Mas, já que não estava, ofereceu um sorriso e deu de ombros.

— Ah, por aí... Dublin é uma cidade adorável à noite.

Enquanto olhava fixamente para ela, as mãos dele se fecharam em punhos.

— Você está dizendo que estava perambulando por aí até uma da manhã?

— Já é tão tarde, então? Devo ter perdido a noção da hora. Bem, só me resta dizer boa-noite.

— Não, não é bem assim. Deu um passo em direção a ela. — Você me deve explicações sobre seu comportamento.

— Existem coisas que não devo explicar a ninguém, mas, se você for mais claro, talvez eu faça uma exceção.

— Havia cerca de duzentas pessoas reunidas, esta noite, por sua causa. Você foi inacreditavelmente rude.

— Não fui não. — Mais temerosa do que gostaria de admitir, passou por ele em direção à sala, desceu dos miseráveis e desconfortáveis saltos e colocou os pés cansados sobre um banquinho enfeitado. — A verdade é que fui tão inacreditavelmente gentil que meus dentes quase caíram da boca... Espero, por Deus, não ter que sorrir a nenhuma maldita alma por um mês. Não me incomodaria com um de seus conhaques agora, Rogan. Lá fora está congelando a esta hora da noite.

Ele notou, pela primeira vez, que ela não tinha nada sobre o vestido preto fino.

— Diabos!... Onde está seu agasalho?

— Não tenho nenhum. Você precisa anotar isso no seu caderninho. Providenciar para Maggie um agasalho adequado para a noite. — Pegou o cálice que ele havia servido.

— Droga, suas mãos estão congeladas. Você não raciocina não?

— Elas logo vão esquentar. — Suas sobrancelhas arquearam-se quando ele se dirigiu para a lareira e agachou-se para acender o fogo. — O que é isso? Nenhum empregado?

— Cale a boca. A única coisa que não tolerarei de você esta noite é sarcasmo. Já tive a minha cota.

Chamas se acenderam, devorando avidamente a madeira seca. Na luz bruxuleante, Maggie viu que o rosto dele estava tenso de raiva. Ela sempre achou que a melhor maneira de enfrentar o mau humor era atiçá-lo.

— Não lhe dei motivos para isto. — Sorveu o conhaque. Teria suspirado para festejar o calor da bebida, se ela e Rogan não estivessem fitando um ao outro. — Fui a seu vernissage, não fui? Com um vestido adequado, com um adequado sorriso tolo estampado no rosto.

— Era seu vernissage — ele vociferou. — Sua pirralha ingrata, egoísta, sem consideração!

Por mais que estivesse exausta, não permitiria que a tratasse daquele jeito com aquela linguagem. Levantou e o encarou.

— Não vou contradizer você. Sou exatamente como você disse e tenho ouvido isso durante toda minha vida. Felizmente para nós dois, é somente meu trabalho que deve interessá-lo.

— Você tem idéia de quanto tempo, quanto esforço e quanto dinheiro foram investidos para a organização dessa exposição?

— Este é seu território. — A voz estava tão dura como a espinha dorsal. — Como você sempre faz questão de dizer. E eu estive lá, fiquei umas duas horas no meio de estranhos.

— Melhor seria você aprender que um empresário não é um estranho e que grosseria nunca é algo atraente.

O tom calmo e controlado dele derrubou sua armadura defensiva como uma espada.

— Não disse, em momento algum, que ficaria lá a noite toda. Precisava estar um pouco sozinha, é tudo.

— E andar pelas ruas durante toda a noite? Sou responsável por você enquanto estiver aqui, Maggie. Por Deus, quase chamei a polícia.

— Você não é responsável por mim. Eu sou. — Mas agora podia ver que não era somente a raiva que escurecia os olhos dele, mas preocupação também. — Se deixei você preocupado, peço desculpas. Simplesmente saí para dar uma volta.

— Sai para passear e abandona sua primeira exposição importante, sem nenhuma explicação, sem nem ao menos se despedir?

— Sim. — O cálice voou de suas mãos e atingiu a pedra da lareira antes que ela se desse conta. O vidro espatifou-se, caindo como uma chuva de vidro. — Eu tinha que sair! Eu não podia respirar. Não pude agüentar aquilo. Todas aquelas pessoas olhando para mim, para o meu trabalho, e música, e luzes! Tudo tão lindo, tão perfeito. Não imaginei que aquilo fosse me aterrorizar tanto. Pensei que superaria tudo desde o primeiro dia, quando você me mostrou a galeria, e meu trabalho se transformou em algo como um sonho.

— Você ficou assustada...

— Sim, sim, maldição! Você está contente por ouvir isso? Fiquei apavorada quando você abriu a porta, olhei e vi o que você tinha feito.

Eu quase não podia falar. — Ela soava furiosa. — Você abriu esta caixa de Pandora e expôs todos os meus sonhos, meus medos, minhas necessidades. Você não pode sequer imaginar o que é ter necessidades, necessidades terríveis que nunca imaginou que teria.

Ele a estudou agora, marfim e chamas no elegante vestido preto.

— Ah, mas eu posso... Poderia... Você devia ter me dito, Maggie. — A voz era gentil agora, quando ele caminhou em sua direção.

Ela estendeu as duas mãos para afastá-lo.

— Não, não! Não posso tolerar que você seja gentil logo agora. Especialmente quando sei que não mereço. Errei saindo daquele jeito. Fui egoísta e ingrata. — Deixou as mãos caírem, desamparadamente. — Mas não havia ninguém lá por minha causa. Ninguém. E isso partiu meu coração.

Ela parecia tão frágil de repente. Então ele fez o que ela pediu, não tocou nela. Teve medo de que, se o fizesse, mesmo delicadamente, ela pudesse quebrar em suas mãos.

— Se você tivesse me dito como era importante para você, Maggie, eu teria providenciado para sua família estar aqui.

— Você não poderia trazer Brianna. Deus sabe que não pode trazer meu pai de volta... — Sua voz fraquejou, envergonhando-a. Com um som abafado, ela apertou a mão contra a boca. — Estou muito cansada, é isso. — Travou uma batalha amarga para controlar a voz: — Muito estressada com toda a agitação. Devo desculpas a você por ter saído daquele jeito e sou grata por todo o trabalho que teve por minha causa.

Ele preferia vê-la raivosa ou chorando, sem manifestar essa polidez formal. Não teve outra opção, exceto responder com gentileza:

— O importante é que a exposição foi um sucesso.

— Sim. — Os olhos brilharam à luz do fogo. — É o que importa. Se você me der licença agora, vou me deitar.

— Claro. Maggie? Só mais uma coisa...

Voltando-se, ela o viu parado perto do fogo, as chamas faiscando por sua causa atrás dele.

— Sim?

— Eu estava lá. Talvez na próxima vez você se lembre disso e fique contente.

Não houve resposta. Ele ouviu somente o farfalhar do vestido quando ela atravessou o hall correndo e subiu as escadas, e então o ruído seco da porta do quarto sendo fechada.

Ele fitou o fogo, observou uma tora de lenha se partir, atravessada pela chama e pelo calor. A fumaça subiu, empurrada pelo vento. Ele continuava a olhar, quando uma chuva de faíscas se jogou contra a tela da lareira, dispersando-se na pedra.

Ela era tão caprichosa, temperamental e brilhante como aquele fogo, concluiu. Tão perigosa e tão incontrolável.

E ele estava desesperadamente apaixonado por ela.

Capítulo Dez

— O que você quer dizer com foi embora? — Rogan empurrou a escrivaninha e esquadrinhou Joseph com um olhar ultrajado. — Claro que ela não foi.

— Foi sim. Passou aqui na galeria só para dar tchau, uma hora atrás. — Remexendo o bolso, Joseph entregou a ele um envelope. — Pediu-me para dar isso a você.

Rogan pegou o envelope e atirou-o sobre a mesa.

— Está dizendo que ela foi embora, voltou para Clare? Na manhã seguinte ao seu vernissage?

— Sim, e numa pressa danada. Nem tive tempo de lhe mostrar as críticas. — Joseph brincou com a fina argola de ouro em sua orelha. — Ela havia reservado um vôo para Shannon. Disse que só tinha tempo para dar um tchau, deu-me esse envelope para entregar a você, me deu um beijo e saiu correndo. — Ele sorriu. — Parecia que estava sendo empurrada por um pequeno tornado. — Deu de ombros. — Perdoe, Rogan. Se eu soubesse que você queria que ela ficasse, teria tentado detê-la. Acho que não conseguiria, mas teria tentado.

— Não importa. — Deixou-se cair pesadamente na cadeira, outra vez. — Como ela estava?

— Impaciente, apressada, enlouquecida. Como sempre. Queria voltar logo para casa. Foi tudo o que disse. Voltar para o trabalho. Eu não estava certo de que estava sabendo disso, então resolvi vir contar pessoalmente. Tenho um compromisso com o General Fitzsimmons e estou indo.

— Obrigado. Devo estar na galeria por volta das quatro. Cumprimente o general por mim.

— Sim. A propósito, ele ofereceu mais cinco mil por *Rendição*.

— Não está à venda.

Logo que Joseph fechou a porta, Rogan pegou o envelope sobre a mesa. Ignorando o próprio trabalho, abriu-o com a espátula de marfim negro. O papel creme de seu quarto de hóspedes estava coberto pelos rabiscos apressados e bonitos de Maggie.

Querido Rogan,

Imagino que você ficará irritado com minha saída tão abrupta, mas não pude evitar. Preciso voltar para casa e para o trabalho, e não me desculparei por isso. Agradeço a você. Tenho certeza de que logo você vai começar a me bombardear com telegramas, mas já vou avisando que pretendo ignorá-los, ao menos por algum tempo. Por favor, dê minhas lembranças à sua avó. Não me incomodaria se você pensasse em mim de vez em quando.

Maggie

Ah, mais uma coisa. Talvez você se interesse em saber que estou levando uma meia dúzia de receitas de Julien, este é o nome de seu cozinheiro, se não souber. Ele me acha encantadora.

Rogan passou os olhos na carta mais uma vez, antes de deixá-la de lado. Assim foi melhor, concluiu. Os dois seriam mais felizes e mais produtivos com toda a Irlanda entre eles. Ele, certamente, seria. É difícil ser produtivo perto de uma mulher quando se está apaixonado por ela, e ela o frustrava de todos os modos possíveis.

E, com alguma sorte, quem sabe os sentimentos que haviam crescido dentro dele diminuiriam e se desvaneceriam com o tempo e a distância?

Então dobrou a carta e colocou-a ao lado. Estava contente por ela ter ido embora, satisfeito de ter cumprido a primeira etapa de seus planos para a carreira dela, feliz porque ela, inadvertidamente, lhe dera algum tempo para lidar com suas confusas emoções.

Inferno, pensou. Já sentia falta dela.

O céu tinha uma cor esplendorosa e estava claro como um riacho da montanha. Maggie sentou-se no pequeno degrau da porta da frente, os cotovelos nos joelhos, e apenas respirou. Além do portão de seu jardim e da trepadeira florida de brincos-de-princesa, podia ver o verde exuberante da montanha e do vale. E mais adiante, como o dia estava tão claro, tão iluminado, divisou os distantes montes escuros.

Admirou uma pega voar na linha de seus olhos, mergulhar numa sebe e subir. Direta como uma seta, ela voou até que sua sombra se perdesse no verde.

Uma das vacas de Murphy mugiu e outra respondeu. Havia um zunido constante, que podia ser do trator dele, e um rumor mais insistente, como ondas do mar, do forno que havia acendido logo que chegara.

Suas flores estavam brilhantes sob o sol: vívidas begônias vermelhas, misturadas a tulipas que haviam florescido tardiamente, e as delicadas fileiras de esporinhas. Podia sentir o aroma do alecrim e do tomilho e o perfume forte das rosas silvestres que se agitavam como dançarinas à brisa doce e leve.

Um mensageiro dos ventos que ela tinha feito com pedaços de vidro entoava música sobre sua cabeça.

Dublin, com suas ruas agitadas, parecia muito distante.

Na faixa da estrada, bem lá embaixo, no vale, ela viu um caminhão vermelho, pequeno e brilhante como um brinquedo, acelerar, dobrar na alameda e subir em direção à cabana.

Bem a tempo para o chá, pensou, deixando escapar um suspiro de puro contentamento.

Primeiro ela ouviu o cachorro, o latido forte ecoando no vale, então um leve farfalhar que a fez saber que ele havia afugentado um pássaro. A voz da irmã soou no ar, divertida e indulgente:

— Deixe o coitadinho, Con, seu brigão.

O cachorro latiu outra vez e, momentos depois, pulou o portão do jardim. Contente, sua língua balançou quando avistou Maggie.

— Saia daí! — Brianna ordenou. — Quer que ela chegue em casa e encontre seu jardim todo estragado, e... ah... — Ela parou, uma das mãos descansando sobre a macia cabeça do cachorro, quando viu a irmã. — Não sabia que você estava em casa. — O sorriso surgiu em seu rosto enquanto abria o portão.

— Acabei de chegar.

Maggie passou os minutos seguintes sendo cumprimentada por Concobar, lutando com ele e aceitando suas muitas lambidas, até que ele obedecesse aos comandos de Brianna para sentar. Ele acabou sentando, a pata da frente sobre os pés de Maggie, como para garantir que ela ficaria ali.

— Estava com um tempinho livre... — Brianna começou. — Então achei que poderia vir e cuidar do seu jardim.

— Para mim ele está ótimo.

— Você sempre pensa assim. Trouxe um pouco de pão que assei esta manhã. Vou colocá-lo no seu freezer. — Sentindo-se embaraçada, Brianna estendeu-lhe a cesta. Havia alguma coisa ali, deduziu. Alguma coisa por trás do olhar frio e calmo da irmã. — Como está Dublin?

— Cheia. — Maggie deixou a cesta a seu lado no degrau. O aroma por baixo do guardanapo limpo era tão tentador que Maggie levantou o pano e partiu um grande naco do pão quentinho. — Barulhenta.

Pegou um pedacinho do pão e atirou-o no ar. Concobar, após abocanhá-lo, arreganhou os dentes.

— Você é um grande guloso, não é, seu danado? Não é? — Atirou outro naco para ele antes de se levantar. — Olhe, tenho uma coisa para você.

Entrou na casa, deixando Brianna junto da porta. Quando voltou, estendeu para Brianna uma caixa e um envelope.

— Você não tinha que me trazer nada. — Brianna disse, mas se conteve. Era culpa o que ela sentia, percebeu. E culpa era algo que estava decidida a sentir. Aceitando isso como um fato, ela abriu a caixa. — Ah, Maggie, é lindo! A coisa mais linda que já tive! — Ergueu o broche contra o sol e olhou-o brilhar. — Você não devia ter gasto seu dinheiro.

— É meu e serve para gastar — Maggie disse laconicamente. — E espero que você o use com alguma outra coisa que não seja um avental.

— Não uso avental em todos os lugares. — Brianna disse calmamente e guardou o broche com cuidado na caixa, enfiando-a no bolso. — Obrigada, Maggie, espero...

— Você não abriu o outro. — Maggie sabia o que a irmã esperava e não precisava ouvir. Desculpa por não ter ido a Dublin para a exposição importaria muito pouco agora.

Brianna examinou o rosto da irmã e não encontrou sinais de brandura.

— Está bem, então. — Abriu o envelope e desdobrou a folha. — Ah! Ah, meu Deus! — Toda a beleza e o brilho do broche não eram nada comparados com aquilo. Ambas sabiam disso. — Receitas! Muitas! Suflês, tortas e... ah! Olhe para este frango! Deve ser maravilhoso.

— E é. — Maggie sacudiu a cabeça à reação da irmã e suspirou baixinho. — Eu o provei. E esta sopa aqui, me disseram que as ervas são o segredo.

— Onde você as conseguiu? — Brianna mordeu o lábio, estudando as folhas manuscritas como se fossem tesouros de outras eras.

— Com o cozinheiro de Rogan. Ele é francês.

— Receitas de um chef francês... — Brianna disse num tom de reverência.

— Prometi a ele que você mandaria o mesmo número de receitas suas, em troca.

— Das minhas? — Brianna piscou como se acordasse de um sonho. — Como assim? Ele não pode querer minhas receitas.

— Pode e quer. Elogiei seu caldo irlandês e sua torta de cerejas até não poder mais. E dei a ele minha palavra de que você as mandaria.

— Mandarei, claro, mas não poderia imaginar... Obrigada, Maggie. É um presente maravilhoso! — Avançou para abraçar a irmã, mas recuou, diante de sua reação fria. — Não vai me contar como foi tudo? Fiquei tentando imaginar, mas não conseguia.

— Foi tudo bem. Havia muita gente. Rogan parece saber como agradar seus interesses. Havia uma orquestra e garçons vestidos de branco servindo taças de champanhe e canapés em bandejas de prata.

— Deve ter sido lindo. Estou tão orgulhosa de você.

Maggie lançou-lhe um olhar gelado. — Está mesmo?

— Você sabe que estou.

— Só sei que precisava de você lá. Raios, Brie!! Precisava tanto de você lá!

Con ganiu ao ouvir o grito e olhou inquieto de Maggie para a sua dona.

— Eu estaria lá, se pudesse.

— Não havia nada impedindo você, a não ser ela. Uma noite da sua vida era tudo o que eu pedia. Uma. Eu não tinha ninguém lá, nem família, nem amigos, ninguém que me amasse. Porque você a escolheu, como sempre faz, em vez de a mim, em vez de ao papai, e até mesmo em vez de a si mesma!

— Não era uma questão de escolha.

— É sempre uma questão de escolha. — Maggie falou friamente. — Você a deixou matar o seu coração, Brianna, da mesma maneira que ela matou o dele.

— Isto é cruel, Maggie.

— Sim, é. Ela seria a primeira a dizer que cruel é o que eu sou. Cruel, marcada pelo pecado e amaldiçoada pelo demônio. Bem, estou feliz por ser má. Escolhi o inferno num piscar de olhos, em vez de me ajoelhar nas cinzas e sofrer silenciosamente pelo céu, como você. — Dando um passo atrás, agarrou a maçaneta da porta com dedos rígidos. — Bem, passei a minha noite sem você, e sem ninguém, e foi tudo bem. Acho que venderam mais do que o esperado. Terei dinheiro para você em poucas semanas.

— Desculpe se magoei você, Maggie. — O próprio orgulho de Brianna endureceu sua voz: — Não me importo com o dinheiro.

— Eu me importo. — Maggie fechou a porta.

* * *

Durante três dias ela ficou tranqüila. O telefone não tocou, ninguém bateu à porta. Mesmo que tivesse sido chamada, ela teria ignorado. Passava praticamente todos os minutos, desde que se levantava, no estúdio, apurando e aperfeiçoando as imagens na mente, transformando em vidro seus esboços.

Apesar dos comentários de Rogan de que eram valiosos, ela pendurara os desenhos com alfinetes ou ímãs, de modo que um canto do estúdio logo se parecia com uma câmara escura, com fotos secando.

Em sua agitação queimara-se duas vezes, uma delas a obrigando a parar para fazer um curativo. Agora, estava sentada em sua cadeira, examinando atentamente o esboço de uma vestimenta apache.

Fora um trabalho exaustivo e obsessivamente rigoroso. Sangrar cor na cor, forma na forma, como ela desejava, exigia centenas de idas ao glory hole*.

Mas aqui, ao menos aqui, poderia ser paciente.

Chamas branco-avermelhadas lambiam a porta aberta do forno, despejando calor para fora. O exaustor zunia como uma locomotiva para manter a fumaça passando ao vidro — e não a seus pulmões —, até se tornar iridescente.

Por dois dias, ela trabalhara com produtos químicos, misturando e experimentando, como um cientista louco, até chegar às cores que desejava. Cobre para um turquesa profundo, ferro para um amarelo vibrante, magnésio para um púrpura-azulado. O vermelho, o verdadeiro rubi que desejava, tinha dado trabalho, como dava a qualquer artista em vidro. Trabalhava com esse agora, prensando a fatia entre duas lâminas de vidro claro. Tinha usado cobre novamente, com agentes reduzidos na fusão para garantir a cor pura. Embora fosse venenoso e potencialmente perigoso, ainda que sob controle, tinha escolhido cianureto. Mesmo com ele, era necessária alguma proteção para evitar que o vermelho escapasse.

A primeira junção da fatia nova foi soprada, girada e então cuidadosamente retirada do ferro. Ela usava longas pinças para moldar o vidro amolecido, numa forma sutil de pluma.

---

* Forno específico para reaquecer a peça que está sendo modelada. (N.T.)

O suor pingava da bandana de algodão que amarrara acima das sobrancelhas, enquanto trabalhava na segunda junção, repetindo o processo.

Outra vez e outra vez, ela foi ao *glory hole* para reaquecer, não somente para manter o vidro quente, mas para evitar que o estiramento térmico quebrasse um vaso e o coração do artista. Para não se queimar, colocou água sobre o tubo. Só a extremidade precisava ficar quente.

Queria que a peça ficasse fina o bastante para que a luz pudesse penetrar e ser refratada através dela. Isso exigia mais algumas fases de aquecimento e trabalho cuidadoso e paciente com ferramentas, para aplainar e adicionar a curva leve que planejara.

Horas após ter soprado o primeiro conjunto, colocou a peça no forno para recozer e usou o pontil.

Só quando atingiu a temperatura e o tempo desejados, sentiu câimbras nas mãos, nós nos ombros e no pescoço.

E um vazio no estômago.

Nada de enlatado esta noite, decidiu. Celebraria com um jantar e um caneco de cerveja no pub.

Maggie não se perguntou por que, depois de desejar tanto a solidão, agora corria em busca de companhia. Ficara em casa durante três dias, sem falar com ninguém, a não ser com Brianna. E mesmo assim, breve e rispidamente.

Estava triste por isso agora, triste por não se ter esforçado para entender a posição de Brianna. Sua irmã estava sempre no meio, a desafortunada segunda filha de um casamento infeliz. Em vez de pular no pescoço da irmã, ela mostrava uma solidariedade sem limites em relação à mãe. Devia ter contado a Brianna o que ouvira de Christine Sweeney. Seria interessante observar a reação dela às novidades do passado da mãe.

Mas isso teria de esperar. Queria uma hora despreocupada, com pessoas que conhecia, comida quente e uma cerveja gelada. Isto afastaria sua mente do trabalho que a envolvera por dias e do fato de que sentia vontade de ter alguma notícia de Rogan.

Como a noite estava agradável e queria se livrar de suas piores esquisitices, montou na bicicleta e começou o trajeto de quatro quilômetros até a vila.

Os longos dias de verão tinham começado. Sol brilhante e agradavelmente quente, trazendo muitos fazendeiros para o campo depois do jantar. O caminho estreito e curvo tinha sebes altas em ambos os lados e Maggie tinha a impressão de dirigir em um longo e perfumado túnel. Passou por um carro, acenou e sentiu a brisa agitar seu jeans.

Pedalando firmemente, mais por divertimento do que por pressa, saiu do túnel de cercas para a beleza absoluta do vale, que sempre a deixava sem fôlego.

O sol, que se derramava sobre o teto de estanho de um celeiro de feno, ofuscou-a. A estrada era lisa agora, além de mais larga, mas ela reduziu a marcha, apenas para desfrutar o pôr-do-sol e a brisa da noite.

Sentiu o perfume das madressilvas, do feno, da grama cortada. Seu humor, que andava obsessivo e agitado desde que voltara, começou a se tranqüilizar.

Passou por casas com roupas secando na corda e crianças brincando no pátio, ruínas de castelos, ainda majestosos em suas pedras cinzentas e legendários habitantes fantasmas, o testemunho de um modo de vida que ainda permanecia.

Fez uma curva, apreciou o brilho fulgurante do rio fluindo pela grama alta e afastou-se dele em direção à vila.

Havia mais casas agora, próximas umas das outras. Algumas das mais novas a fizeram suspirar, desapontada. Eram maciças e planas demais para os olhos de um artista e geralmente numa cor desbotada. Apenas os jardins, vivos e exuberantes, salvavam-nas da completa feiúra.

A última grande curva levou-a à vila. Passou pelo açougueiro, pelo farmacêutico, pela pequena mercearia dos O'Ryan e pelo simpático hotelzinho que havia pertencido a seu avô.

Maggie parou para observar o prédio, por um momento, tentando imaginar sua mãe morando lá na infância. Uma garota adorável, de acordo com o relato de Christine Sweeney, e com voz de anjo.

Se era verdade, por que houvera tão pouca música na casa? E por que, Maggie pensou, nunca se fizera qualquer menção ao talento de Maeve?

Ela perguntaria, decidiu. E para isso não havia lugar melhor do que o pub de Tim O'Malley.

Logo que colocou sua bicicleta na guia, observou uma família de turistas que caminhava tirando fotos, parecendo muito contentes por estarem registrando uma pitoresca vila irlandesa.

A mulher segurava a máquina, pequena e moderna, e ria enquanto focava o marido e os dois filhos. Maggie devia ter sido enquadrada também, pois a mulher levantou a mão e cumprimentou-a.

— Boa-noite, senhorita.

— Boa-noite.

Contando pontos para si mesma, Maggie nem mesmo riu, quando a mulher cochichou no ouvido do marido.

— O sotaque dela não é maravilhoso? Pergunte sobre um local para comer, John. Estou morrendo de vontade de bater mais fotos dela.

— Ah... desculpe.

Turismo não iria prejudicar a vila, Maggie decidiu, e virou-se para entrar naquele jogo.

— Posso ajudá-los em alguma coisa para esta noite?

— Se você não se incomodar... Estamos querendo achar um lugar para comer na cidade. Se pudesse recomendar algo...

— Claro que posso! — Como olhavam tão extasiados para ela, acentuou um pouco mais seu sotaque do Oeste quando falou: — Ora, se vocês estão procurando algo fantástico, o melhor é seguir adiante, nesta rua, ah... uns quinze minutos, e vão encontrar o verdadeiro rei da comida no castelo Dromoland. Será meio pesado para a carteira, mas seu paladar irá aos céus.

— Não estamos vestidos adequadamente para um restaurante mais requintado — a mulher ponderou. — Na verdade, estávamos querendo algo simples aqui mesmo na vila.

— Agora, se estiverem a fim de uma bóia de pub... — Ela piscou os olhos para as duas crianças, que a olhavam como se tivesse descido de uma nave espacial — ... aposto que vão adorar o O'Malley. Suas chips são as melhores do mundo.

— Isto significa batatas fritas — a mulher traduziu. — Acabamos de chegar dos Estados Unidos nesta manhã — falou para Maggie. —

Receio que não conheçamos os hábitos locais. Crianças podem entrar em bares... pubs?

— Estamos na Irlanda! Crianças são bem-vindas em qualquer lugar, qualquer lugar mesmo. Ali está o O'Malley. — Apontou para o prédio de paredes de reboco com janelas e portas escuras. — Eu mesma estou indo para lá. Eles ficarão contentes em receber você e sua família para uma refeição.

— Obrigado. — O homem sorriu para ela, as crianças a fitaram e a mulher teve de afastar a câmera da frente do seu rosto. — Vamos experimentar.

— Então aproveitem o jantar e o resto de sua estada.

Maggie voltou-se e caminhou lentamente até o pub. Estava à meia-luz, enfumaçado e cheirava a cebolas fritas e cerveja.

— Como vai, Tim? — Maggie perguntou, enquanto se sentava no bar.

— Olhe só quem apareceu. — Tim riu para ela enquanto servia uma caneca de Guinness. — Como vai, Maggie?

— Estou ótima e faminta como um urso.

Cumprimentou um casal em uma minúscula mesinha atrás dela e os dois homens que serviam cerveja atrás do balcão.

— Você prepara para mim um de seus sanduíches de carne, Tim, com fritas? E quero também uma caneca de Harp enquanto espero.

O proprietário enfiou a cabeça atrás do bar e gritou o pedido de Maggie.

— Bem, então, como está Dublin? — perguntou, enquanto servia a cerveja.

— Vou contar tudo.

Apoiando o cotovelo no balcão, começou a descrever sua viagem para os fregueses do bar. Enquanto falava, a família americana chegou e acomodou-se a uma mesa.

— Champanhe e fígado de ganso? — Tim sacudiu a cabeça. — Não é uma maravilha? E todas aquelas pessoas vindo para ver seu trabalho em vidro. Seu pai deve estar orgulhoso de você, menina Maggie. Orgulhoso como um pavão.

— Espero. — Aspirou profundamente quando Tim colocou o prato na frente dela. — Mas a verdade é que não troco seus sanduíches nem por um quilo de fígado de ganso.

Ele riu, calorosamente.

— Esta é nossa garota!

— Imagine que lá acabei descobrindo que a avó do homem que está gerenciando as coisas para mim era uma amiga de minha avó, vovó O'Reilly.

— Não diga! — Com um suspiro, Tim esfregou a barriga. — Este mundo é mesmo pequeno.

— Verdade... — Maggie concordou, em tom casual. — Ela é de Galway e conheceu vovó quando elas eram crianças. Trocaram cartas por anos, depois que vovó mudou pra cá, mantendo a relação, sabe?

— Isto é bom. Nenhum amigo é como um velho amigo.

— Vovó escreveu sobre o hotel, a família e tudo o mais. Comentou como minha mãe costumava cantar.

— Ah, isso faz muito tempo. — Enquanto se recordava, Tim pegou um copo para polir. — Antes de você nascer, para dizer mais precisamente. De fato, agora que estou pensando nisso, me lembro de que ela cantou aqui neste mesmo pub, uma das últimas vezes, antes de desistir da carreira.

— Aqui? Ela cantou aqui?

— Sim, cantou. Tinha uma voz doce, a Maeve. Viajou por todo o país. Quase não a vi, ah, por mais de dez anos, eu diria. Então ela voltou para ficar um tempo. Parece-me que a Sra. O'Reilly estava doente. Então, perguntei a Maeve se gostaria de cantar uma noite ou duas, não que tivéssemos um lugar como Dublin, e Cork e Donnegal, onde ela tinha feito shows.

— Ela fez shows? Por dez anos?

— Ah, bem... não sei se fez muitos no início... Tudo que me lembro é que ela estava doida para ir embora daqui. Ela não era feliz fazendo camas num hotel, numa vila como a nossa, e não escondia isso de ninguém. — Piscou, imprimindo um toque de malícia às suas próprias palavras. — Mas ela estava indo muito bem na época em que voltou e cantou aqui. Então ela e Tom... bem, eles só tinham olhos um para o outro, a partir do momento em que ele entrou e a ouviu cantando.

— E depois que casaram? — Maggie inquiriu cautelosa. — Ela não cantou mais?

— Não importa. Não diria isso. O fato é que faz tanto tempo, até você tocar agora nesse assunto, que quase já tinha esquecido.

Maggie duvidava que a mãe tivesse esquecido, ou pudesse esquecer. Como se sentiria se uma reviravolta em sua vida a obrigasse a desistir de sua arte?, imaginou. Brava, triste, ressentida. Olhou para as mãos, pensando em como seria se não pudesse mais usá-las. Como ficaria se subitamente, justo quando estava perto de consagrar seu trabalho, tudo lhe fosse tirado?

Se a renúncia à carreira não era uma desculpa para os anos amargos que tinha passado com a mãe, pelo menos era uma razão.

Maggie precisava de algum tempo para se equilibrar antes de falar com Brianna. Brincou com a cerveja e começou a juntar as peças da mulher que sua mãe teria sido com a personalidade que se tornara.

Quanto de cada uma, Maggie se perguntava, Maeve teria passado para a filha?

— Você tem que comer o sanduíche, e não examiná-lo. — Tim ordenou, enquanto deslizava outra caneca no balcão.

— Estou comendo...

Como prova, Maggie mordeu-o com vontade. O pub estava quente e aconchegante. Amanhã, teria tempo de sobra para tirar a poeira de velhos sonhos, decidiu.

— Me traz outra caneca, Tim?

— É pra já — disse e ergueu a mão, quando a porta do pub abriu novamente. — Pelo jeito, hoje é a noite dos forasteiros. Por onde tem andado, Murphy?

— Puxa, tenho sentido falta de você, rapaz! — Ao ver Maggie, Murphy sorriu e juntou-se a ela no bar. — Posso sentar junto de uma celebridade?

— Acho que vou deixar. Pelo menos desta vez. Então, Murphy, quando vai começar a namorar minha irmã?

Era uma velha piada entre eles, mas ainda fazia os fregueses do pub rirem. Murphy tomou um gole da caneca de Maggie e suspirou.

— Agora, querida, você sabe que só há lugar para você em meu coração.

— Só sei que você não presta. — Tomou de volta a cerveja.

Ele era um homem rudemente bonito, bem-apessoado, forte e queimado pelo sol e pelo vento, como um carvalho. Os cabelos escuros encaracolavam na gola, sobre as orelhas, e os olhos eram azuis como um vidro de cobalto em seu estúdio.

Não refinado como Rogan, pensou. Murphy era rude como um cigano, mas com um coração tão grande e tão doce como o vale que ele amava. Maggie nunca tivera um irmão, mas Murphy era muito próximo disso.

— Casaria com você amanhã — declarou, fazendo todo o pub, com exceção dos americanos, que olhavam avidamente, cair na gargalhada. — Se você me quisesse.

— Pode descansar então, pois não estou a fim de você. Mesmo assim, vou beijá-lo e deixá-lo pensando nisso.

Cumpriu a palavra, beijando-o intensa e demoradamente, até que se afastaram sorrindo.

— Então sentiu saudades de mim? — perguntou.

— Nem um pouquinho. Tim, quero uma caneca de Guinness e a mesma coisa que nossa celebridade está comendo. — Roubou uma das fritas dela. — Ouvi que você estava de volta.

— Ah... — A voz dela esfriou um pouco. — Viu Brie?

— Eu *ouvi* que você estava de volta — ele repetiu. — Seu forno.

— Ah...

— Minha irmã mandou alguns recortes de Cork.

— Humm, como vai Mary Ellen?

— Ah, está ótima. Drew e as crianças também.

Murphy procurou nos bolsos, franziu uma sobrancelha, bateu na outra.

— Ah, aqui estão. — Pegou dois recortes de jornal dobrados. — "Mulher de Clare faz sucesso em Dublin" — ele leu. — "Margaret Mary Concannon impressiona o mundo da arte com uma exposição na Galeria Worldwide de Dublin, domingo à noite."

— Deixe-me ver isto. — Maggie arrancou o papel da mão dele. — "A Srta. Concannon, artista em vidro soprado, arrancou elogios e cumprimentos da platéia na mostra de suas arrojadas e complexas esculturas e desenhos. A artista é uma pequena...", pequena, ah! — Maggie deteve-se.

— Devolva! — Murphy tomou o recorte e continuou a ler em voz alta: — "uma pequena jovem mulher de excepcional talento e beleza." Ah, é você mesma! — acrescentou, zombando dela. — "A ruiva de olhos verdes, compleição de marfim e considerável charme foi tão fascinante quanto seu trabalho para este amante da arte. Worldwide, uma das galerias mais importantes do mundo, considera-se afortunada em expor o trabalho da Srta. Concannon."

"'Acredito que ela está apenas começando a dar vazão à sua criatividade', disse Rogan Sweeney, presidente da Worldwide. 'Trazer o trabalho da Srta. Concannon para o conhecimento do mundo é um privilégio.'"

— Ele disse isto? — Quis pegar o recorte de novo, mas Murphy levantou-o, fora do seu alcance.

— Disse. Está aqui, literalmente. Agora me deixe terminar. As pessoas querem ouvir.

Realmente, o pub havia silenciado. Todos os olhares estavam presos em Murphy, enquanto ele terminava de ler a notícia:

— "A Worldwide estará gerenciando várias peças da Srta. Concannon, durante o próximo ano, e manterá outras, pessoalmente escolhidas pela artista e pelo Sr. Sweeney, em permanente exposição em Dublin."

Satisfeito, Murphy colocou o recorte sobre o balcão e Tim esticou o pescoço para ver.

— E há fotos — acrescentou desdobrando o segundo recorte. — De Maggie, com sua pele de marfim e suas magníficas esculturas. Algo a dizer, Maggie?

Respirando profundamente, passou a mão pelos cabelos.

— Acho que só posso dizer uma coisa: drinques para todos os meus amigos!

— Você está quieta, Maggie Mae.

Ela sorriu ao ouvir o apelido, um dos que seu pai costumava usar para chamá-la. Estava mais do que confortável no caminhão de Murphy, com a bicicleta na carroceria e o motor ronronando, como todas as máquinas de Murphy, como um gato satisfeito.

— Acho que estou um pouquinho tonta, Murphy. — Espreguiçou-se e suspirou. — E que gosto muito desta sensação.

— Bem, você merece. — Estava mais do que um pouquinho tonta, motivo que o fizera colocar a bicicleta no caminhão, antes que ela pensasse em dizer uma palavra sequer. — Estamos todos orgulhosos de você e olharei aquela garrafa que você fez para mim com mais respeito de agora em diante.

— É um vaso para plantas, não uma garrafa. Pode colocar lindos raminhos e flores silvestres nele.

Por que alguém levaria raminhos, lindos ou não, para casa estava além de sua compreensão.

— Então você vai voltar a Dublin?

— Não sei... Não por algum tempo, pelo menos. Não posso trabalhar lá, e trabalhar é o que quero fazer agora. — Fez uma careta diante de alguns tojos caídos, agora prateados pela lua crescente. — Ele nunca agiu como se aquilo fosse um privilégio, sabe?

— O quê?

— Ah, não, era sempre como se *eu* fosse a privilegiada por ele ter olhado duas vezes para o meu trabalho. O grande e poderoso Sweeney dando à pobre artista batalhadora uma oportunidade para conquistar fama e fortuna. Bom, pedi fama e fortuna, Murphy? É o que quero saber. Pedi isso?

Ele conhecia bem aquele tom, belicoso e defensivo, e respondeu cautelosamente:

— Não posso dizer, Maggie. Mas você não quer?

— Claro que quero. Pareço uma cabeça de pulga? Mas pedi isso? Não, não pedi. Nunca pedi nada a ele, a não ser que me deixasse em paz. E ele deixou? Rá-rá-rá! — Cruzou os braços sobre o peito. — Não, ele me tentou, Murphy, e nem mesmo o próprio demônio poderia ser mais astucioso e persuasivo. Agora estou presa e não posso voltar atrás.

Murphy franziu os lábios e parou suavemente junto ao portão dela.

— Bem, e você quer voltar atrás?

— Não, e isto é o pior de tudo. Quero exatamente o que ele disse que posso ter, e desejar tanto isso parte meu coração. Mas também não quero que as coisas mudem, isso é que é o inferno! Quero ficar sozinha para trabalhar, para pensar e apenas viver. Não sei se posso ter tudo.

— Pode ter o que quiser, Maggie. É muito teimosa para ter menos.

Ela riu ao ouvir aquilo e se virou para beijá-lo.

— Ah, amo você, Murphy. Por que não desce e dança comigo à luz da lua?

Sorrindo, ele despenteou os cabelos dela.

— Vou tirar sua bicicleta do caminhão e pôr você na cama.

— Eu mesma faço isto. — Ela desceu do caminhão, mas ele foi mais rápido. Levantou a bicicleta e colocou-a na rua. — Obrigada por me trazer em casa, Sr. Muldoon.

— Foi um prazer, Srta. Concannon. Agora vá para a cama.

Rodando a bicicleta através do portão, ela ouviu quando ele começou a cantar. Parando no jardim, ouviu sua voz de tenor, forte e doce, flutuando pela noite calma até desaparecer:

— Só, completamente só, junto à onda lavando a praia, tão só num hall apinhado. O hall é alegre, e as ondas são grandiosas, mas meu coração não está aqui.

Ela sorriu e completou a canção mentalmente: *Voa pra longe, noite e dia, para tempos e alegrias que se foram.*

"Slievenamon" era a canção, ela conhecia. Mulher da montanha. Bem, não estava numa montanha, mas podia entender o espírito daquela canção. O hall em Dublin estivera alegre, mas seu coração não estava lá. Estivera sozinha. Completamente sozinha.

Rodou a bicicleta pelos fundos, mas, em vez de entrar, Maggie se afastou da casa. Era verdade que estava um pouco tonta, que não estava muito firme sobre os pés, mas não queria desperdiçar aquela noite na cama. Completamente sozinha na cama.

E bêbada ou sóbria, de dia ou de noite, era capaz de encontrar seu caminho na terra que um dia fora sua.

Ouviu o pio de uma coruja e o rastejar de algo que caçava ou se escondia na noite, na grama mais alta do leste. No céu, a lua cheia brilhava como um farol num mar de estrelas. A noite cochichava em volta dela, secretamente. Um riacho balbuciava algo em resposta.

Isto era parte do que queria. Aquilo de que mais precisava, tanto quanto o ar que respirava, era a glória da solidão. Ter os pastos verdes fluindo à sua volta, prateados agora pela luz da lua e das estrelas, apenas o brilho pálido ao longe da lâmpada na cozinha de Murphy.

Lembrava-se de caminhar ali com seu pai, sua mão de criança calorosamente presa à dele. Ele não falava de plantio ou arado, apenas de sonhos. Sempre falava de sonhos.

Ele, na realidade, nunca descobrira os seus.

De certo modo, ainda mais triste, pensava, era perceber que a mãe tinha encontrado os seus somente para perdê-los de novo.

Como seria ter o que se deseja tão perto como os próprios dedos, e então ver tudo desaparecer? Para sempre.

E não seria exatamente disso que ela mesma tinha medo?

Deitou de costas na grama, a cabeça girando com tantos drinques e sonhos. As estrelas deslizavam em sua dança de anjos, e a lua, brilhante como uma moeda de prata, olhava para ela. O ar estava adocicado pelo canto de um rouxinol. E a noite era só sua.

Sorriu, fechou os olhos e adormeceu.

Capítulo Onze

Foi uma vaca que acordou Maggie. Os olhos grandes e aquosos estudavam a forma encolhida, adormecida no pasto. Havia algo na existência de uma vaca além de *pensar* em sua alimentação e na necessidade de ser ordenhada. Então ela cheirou o rosto de Maggie, uma, duas vezes, e depois resfolegou e começou a pastar.

— Ah, por Deus, que barulho é esse?

A cabeça latejando como as batidas de um grande tambor, Maggie rolou no chão, até bater solidamente nas pernas da vaca. Então abriu os olhos turvos e injetados.

— Santo Deus!

O grito de Maggie reverberou em sua cabeça como um gongo, obrigando-a a tapar os ouvidos, como se estivessem prestes a explodir enquanto engatinhava na grama. A vaca, tão atônita quanto ela, mugiu e revirou os olhos.

— O que você está fazendo aqui? — Segurando firmemente a cabeça, Maggie a colocou entre os joelhos. — E o que eu estou fazendo aqui? — Deixou-se cair sentada, e ela e a vaca estudaram-se perplexas. — Devo ter caído no sono. Oh! — Numa dolorosa defesa

contra a violenta ressaca, tirou as mãos dos ouvidos e cobriu os olhos.
— Ah, esse é o castigo para quem bebe demais. Se você não se importar, vou ficar aqui um pouquinho até ter forças para levantar.

A vaca lançou-lhe um último olhar e voltou a pastar.

A manhã estava radiante e quente, cheia de sons. O barulho de um trator, o latido de um cachorro e o canto cheio da alegria de um pássaro giravam na cabeça dolorida de Maggie. O gosto na boca era como se tivesse passado a noite comendo turfas num pântano, e as roupas estavam cobertas do orvalho da manhã.

Ora, é ótimo desmaiar no pasto como um vagabundo bêbado.

Firmou-se nos pés, oscilou um pouco, deixando escapar um gemido. A vaca agitou o rabo no que parecia um gesto de solidariedade. Cautelosa, Maggie se espreguiçou, tanto quanto os seus músculos podiam suportar, e deixou os olhos doloridos percorrerem o campo.

Mais vacas pastavam, desinteressadas do visitante humano. Na fazenda próxima ela podia ver o círculo de pedras alinhadas, antiqüíssimas, que o pessoal chamava de Druid's Mark. Lembrava agora o beijo de boa-noite de Murphy, a canção suave fluindo em sua cabeça, andando sob a lua.

E o sonho que tivera, dormindo sob a luz prateada, voltou tão vividamente, tão fortemente, que ela esqueceu o latejar na cabeça e a rigidez nas articulações.

A lua, brilhando em sua brancura, pulsava como um coração batendo. Transbordava no céu e na terra abaixo dela, com sua luz branca e fria. Então se incendiou como uma tocha, até explodir em cores. Azuis e vermelhos sangrentos e dourados intensos, tão encantadores que até no sono ela havia chorado.

Ela subira, mais e mais, e acima, até tocá-la. Sentira-a macia, sólida e fria quando a segurou com as mãos. Naquela esfera, tinha visto a si mesma, e em algum lugar profundo, inundado de cores, lá estava seu coração.

A visão girando na cabeça aumentava a ressaca. Levada por ela, correu pelo pasto, deixando as pacíficas vacas ruminando, e a manhã, para a canção dos pássaros.

Em uma hora ela estava no estúdio, desesperada para transformar a visão em realidade. Não precisava desenhar, não com aquela imagem tão forte impressa no cérebro. Não comera nada, nem precisava. Com a excitação da descoberta brilhando sobre ela como um manto, fez a primeira fusão.

Alisou-a sobre o mármore para esfriar e centrar. Então deu a ela seu sopro.

Quando se tornou quente e fluida novamente, surpreendeu a bolha com corantes poderosos. Voltou às chamas até a cor fundir-se na parede do vaso.

Repetiu e repetiu o processo, adicionando vidro, fogo, sopro, cor. Virando e revirando a haste contra e a favor da gravidade, ela alisou, com bastões, a esfera brilhante para manter sua forma.

Logo que transferiu o vaso do tubo para o pontel, esquentou-o bastante o *glory hole*. Poderia usar um bastão molhado agora, segurando-o fortemente na boca da peça, de modo que a pressão do vapor alargasse a forma.

Todas as energias dela estavam concentradas ali. Sabia que a água no bastão evaporaria. A pressão poderia rebentar as paredes do vaso. Deveria trabalhar com um ajudante no pontel, agora. Alguém com outro par de mãos para alcançar ferramentas, fundir mais vidro, mas nunca havia contratado alguém para trabalhar.

Começou a resmungar consigo mesma, enquanto era forçada a fazer tudo sozinha. Voltar ao forno, voltar ao marver*, de volta à cadeira.

O sol ficou mais alto, fluindo pelas vidraças, envolvendo-a numa aura de luz.

Assim Rogan a viu quando abriu a porta. Sentada na cadeira, com uma bola de cores fundidas abaixo das mãos e a luz do sol a envolvê-la.

Ela lançou-lhe um olhar rápido e cortante.

— Tire este maldito paletó e a gravata. Preciso de suas mãos!

— Como?

— Preciso de suas mãos, droga. Faça exatamente o que eu disser e não fale comigo.

Ele não sabia se seria capaz. Não era comum sentir-se estúpido, mas, naquele momento, com o estrepitar do fogo, o brilho do sol, ela

---

* Espécie de fôrma, feita de pedra ou ferro, para moldar o vidro. (N.T.)

parecia um tipo de deusa feroz, forte, criando novos mundos. Ele deixou a pasta ao lado e tirou o paletó.

— Você vai segurar isto bem firme — disse, enquanto se levantava da cadeira. — E vai girar o pontel assim como eu faço. Vê? Lentamente e sem parar. Sem movimentos bruscos ou interrupções, ou mato você. Preciso de uma ferramenta.

Estava tão atônito, por ela confiar a ele seu trabalho, que sentou na cadeira dela sem dizer uma palavra. O tubo estava quente em suas mãos, mais pesado do que imaginara. Ela manteve os olhos fixos nele, até sentir que ele pegara o ritmo.

— Não pare — avisou. — Pode acreditar no que estou dizendo, sua vida depende disso.

Ele não duvidou. Ela foi até o forno, apanhou a ferramenta e voltou.

— Vê como eu faço isto? Quero que faça isto para mim, na próxima vez.

Quando a parede estava fina, ela apanhou outra ferramenta e empurrou no vidro.

— Faça isto agora! — Tirou o tubo dele e continuou a trabalhá-lo. — Não posso cortar fora se você juntar demais.

O calor do forno lhe tirou o ar. Mergulhou a pipeta, seguindo as ordens diretas dela, girando-a abaixo da fusão. Observou o vidro se unir e se colar, como lágrimas quentes.

— Você o trará para mim pegando pelas duas pontas.

Antecipando-se a ele, pegou o par de pinças, controlando o pontel até que ele o virou para ela. Repetiu o processo, esparramando pingos de cera, fundindo vidro no vidro, cor na cor. Quando se satisfez com o design interno, ressoprou o vaso, colocando-o numa esfera de novo, moldando-o com ar.

O que Rogan via era um perfeito círculo, talvez do tamanho de uma bola de futebol. O interior do globo de vidro claro explodia em formas e cores, sangrando e vibrando com elas. Se fosse um homem fantasioso, diria que o vidro vivia e respirava como ele. As cores rodopiavam inacreditavelmente vivas no centro, até deslizarem nos mais delicados matizes em direção às paredes.

Sonhos, ele pensou. Um círculo de sonhos.

— Me traga aquela lima — ela falou bruscamente.

— Aquela o quê?

— A lima, droga.

Ela já estava se movendo para uma bancada coberta com material à prova de fogo. Enquanto segurava o pontel com uma pinça de madeira, ela levantou a outra mão, como um cirurgião exigindo um escalpelo. Rogan jogou a lima.

Ele ouviu a respiração dela, lenta, firme, fazer uma pausa, manter o ar, enquanto empurrava o vidro com a lima. Empurrou o pontel. A bola rolou suavemente sobre a bancada.

— Luvas — ordenou. — As grossas, na minha cadeira. Rápido!

Com os olhos ainda presos na bola, ela enfiou as luvas abruptamente. Ah, ela queria segurá-la. Retê-la nas palmas nuas, como no sonho. Em vez disso, ela escolheu um garfo de metal, coberto com abesto, e carregou a esfera para o forno aquecido.

Ajustou o timer, esperou por um minuto, fitando o vazio.

— É a lua, entende? — disse baixinho. — Ela puxa a maré no mar, em nós. Caçamos de acordo com ela, colhemos de acordo com ela e dormimos de acordo com ela. E, se tivermos bastante sorte, poderemos segurá-la nas mãos e sonhar com ela.

— Como você a chamará?

— Não terá um nome. Todos devem ver nela o que bem quiserem. — Como se voltando de um sonho, ela levou a mão à cabeça. — Estou cansada. — Arrastou-se penosamente até sua cadeira, sentou-se e deixou a cabeça pender para trás.

Estava pálida como leite, Rogan observou, esvaziada do fulgor energizado que a cobria enquanto estava trabalhando.

— Trabalhou toda a noite, outra vez?

— Não, dormi a noite passada. — Sorriu para si mesma. — No pasto de Murphy, sob a lua cheia.

— Você dormiu no pasto?

— Estava bêbada. — Bocejou, então riu e abriu os olhos. — Um pouquinho. Foi uma noite e tanto.

— E quem é Murphy? — Rogan perguntou enquanto passava por ela.

— Um homem que conheço. Que teria ficado um pouco surpreso se me encontrasse dormindo em seu pasto. Você me serve um drinque? — Vendo a sobrancelha dele arquear-se, ela sorriu. — Um refrigerante, se você preferir. Tem ali na geladeira. Sirva-se também — ela acrescentou, depois que ele a serviu. Você daria um ajudante de pontel bem passável, Sweeney.

— Não há de quê — disse tomando aquilo por um agradecimento. Enquanto ela bebia de um gole a lata que ele lhe dera, ele esquadrinhou a sala. Ela não ficara ociosa, observou. Havia várias peças novas, sua interpretação da mostra de arte indígena americana. Viu um prato raso de bordas largas, decorado com cores agressivas e profundas.

— Lindo trabalho.

— Humm... Uma experiência que deu certo. Combinei vidros opacos e transparentes. — Bocejou novamente, um bocejo grande. — Depois enfumacei.

— Enfumaçou? Não se preocupe — interrompeu, quando viu que ela ia começar uma longa explicação. — Eu não entenderia mesmo sobre o que estaria falando. Química nunca foi meu forte. Fico contente com o resultado.

— Pensei que você fosse dizer que é tão fascinante quanto eu.

Ele lançou-lhe um olhar e contraiu os lábios.

— Andou lendo as matérias sobre você, não? Deus nos ajude agora. Por que não vai descansar um pouco? Falamos mais tarde. Vou levá-la para jantar.

— Você não fez todo este trajeto para me levar para jantar.

— Eu estaria feliz, mesmo que fosse só por isso.

Havia algo diferente nele. Alguma mudança sutil, em algum lugar, naqueles olhos magníficos. O que quer que fosse, ele tinha sob controle. Algumas horas com ela consertariam isso, Maggie concluiu, e sorriu para ele.

— Vamos até a casa tomar um chá e comer alguma coisa. E você pode me contar por que veio.

— Para vê-la, por uma coisa.

Algo em seu tom de voz alertou-a para afiar sua presença de espírito.

— Bem, você já me viu.

— Vi. — Pegou a pasta e abriu a porta. — Vou aceitar aquele chá.

— Ótimo, você mesmo pode fazê-lo. — Olhou sobre o ombro, enquanto saía. — Se souber como.

— Creio que sei. Seu jardim está lindo.

— Brie tratou dele, enquanto estive fora. O que é isto? — Bateu com o pé numa caixa de papelão perto da porta dos fundos.

— Algumas coisas que eu trouxe comigo. Seus sapatos, por exemplo. Você os deixou na sala.

Entregou a pasta a ela e carregou a caixa até a cozinha. Deixando-a sobre a mesa, olhou ao redor.

— Onde está o chá?

— No armário acima do fogão.

Enquanto ele se ocupava do chá, ela abriu a caixa. Momentos depois, ela estava sentada, morrendo de rir.

— Aposto que você esqueceu uma coisa, Rogan. Se não atendo o telefone, por que deveria ouvir a droga de uma secretária eletrônica?

— Porque eu matarei você se não ouvir.

— Tem mais. — Ela se levantou e puxou um calendário. — Impressionistas franceses — murmurou, estudando as gravuras acima de cada mês. — Bem, ao menos é bonito.

— Use-o — ele disse simplesmente e colocou a chaleira para ferver. — E a secretária e isto também. — Procurou dentro da caixa e puxou um comprido estojo de veludo. Sem cerimônia, abriu-o e tirou um elegante relógio de ouro, seu mostrador âmbar circundado de diamantes.

— Deus! Não posso usar isso! É um relógio para uma dama. Vou acabar esquecendo que estou com ele e entrando no chuveiro.

— É à prova d'água.

— Vou quebrá-lo.

— Então lhe darei outro. — Tomou o braço dela, começou a desabotoar o punho da camisa. — Que diabos é isto? — Assustou-se quando viu a atadura. — O que você andou fazendo?

— É uma queimadura. — Ainda olhando o relógio, não viu seus olhos brilharem de fúria. — Fui um pouco descuidada.

— Diabos, Maggie! Você não tem o direito de ser descuidada. Não tem mesmo. Agora vou ter que ficar me preocupando se você não está se incendiando?

— Não seja ridículo. Você fala como se eu tivesse decepado a mão. — Ela teria afastado sua mão, mas ele apertou seu braço com mais força.

— Rogan, pelo amor de Deus, qualquer artista que trabalhe com vidro se queima de vez em quando. Não é nada demais.

— Claro que não! — falou secamente. Sufocou a fúria que estava sentindo pelo descuido dela e afivelou o relógio em seu pulso. — Não gosto de saber que você se descuidou. — Soltou a mão dela, enfiando a sua no bolso. — Não é nada grave mesmo?

— Não. — Olhou-o com cautela, quando ele foi ver a chaleira que apitava. — Posso preparar um sanduíche para nós?

— Se você quiser.

— Você não disse quanto tempo vai ficar.

— Volto esta noite. Quis falar com você pessoalmente, em vez de tentar encontrá-la no telefone. — Novamente sob controle, terminou de fazer o chá e levou o bule para a mesa. — Trouxe alguns recortes que você havia pedido à minha avó.

— Ah, os recortes. — Maggie fitou a pasta dele. — Puxa, foi muito delicado da parte dela. Vou lê-los depois. — Quando estivesse sozinha.

— Tudo bem. E há mais uma coisa que eu queria dar a você. Pessoalmente.

— Alguma coisa mais. — Cortou uma fatia do pão de Brianna. — Hoje é dia de presentes.

— Não chamaria isso de presente. — Abriu a pasta e pegou um envelope. — Você poderia abrir este agora.

— Vamos lá, então. — Limpou as mãos e rasgou o envelope. Precisou agarrar o encosto da cadeira para manter o equilíbrio quando leu o valor do cheque. — Santo Deus!

— Vendemos todas as peças que expomos. — Mais do que satisfeito com a reação dela, viu-a desabar na cadeira. — Eu diria que a exposição foi um sucesso.

— Todas as peças! — ela repetiu. — Por tudo isto!

Pensou na lua, nos sonhos, nas mudanças. Trêmula, deitou a cabeça sobre a mesa.

— Não consigo respirar. Meus pulmões entraram em colapso. — Realmente, quase não podia falar. — Não posso respirar.

— É claro que pode. — Aproximou-se das costas dela e massageou seus ombros. — Apenas inspire e expire. Espere um pouco para se recuperar.

— Quase duzentas mil libras!

— Quase. Com o interesse que geraremos expondo seu trabalho em outros lugares e oferecendo só uma parte dele ao mercado, elevaremos o preço. — O estranho som que ela emitiu fez com que ele risse. — Inspire e expire, Maggie. Ponha o ar para fora e puxe para dentro de novo. Providenciarei para despachar as peças que você terminou. Marcaremos as exposições para o outono, porque agora já tem muitas peças terminadas. Talvez você queira algum tempo para se distrair. Tirar umas férias.

— Férias. — Ela ergueu a cabeça novamente. — Não posso pensar nisso ainda. Não consigo pensar em nada.

— Você tem tempo. — Afagou sua cabeça e colocou-se a seu lado para servir o chá. — Vai jantar comigo esta noite, para celebrar?

— Sim — murmurou. — Não sei o que dizer, Rogan. Realmente nunca imaginei que poderia... simplesmente não acreditei.

Apertou a boca com as mãos. Por um momento, ele teve medo de que fosse soluçar, mas foi um riso selvagem e triunfante que explodiu de sua boca.

— Sou rica! Sou uma mulher rica, Rogan Sweeney! — Levantou-se da cadeira para beijá-lo, então rodopiou pela cozinha. — Ah, sei que isto é uma gota no oceano para você, mas para mim é a liberdade. As algemas estão quebradas, quer ela queira ou não.

— Do que está falando?

Sacudiu a cabeça, pensando em Brianna.

— Sonhos, Rogan, sonhos maravilhosos. Ah, tenho que contar a ela. Agora mesmo! — Passou a mão no cheque e, impulsivamente, enterrou-o no bolso de trás. — Fique aqui, por favor. Tome seu chá, coma alguma coisa. Use o telefone, que você adora. Faça o que quiser.

— Aonde você vai?

— Não demoro. — Havia asas em seus pés, quando girou e o beijou de novo. Os lábios se desencontraram e ela beijou o queixo dele. — Não vá embora! — Com isso, correu até a porta e disparou pelo pasto.

* * *

Ofegava como um motor a vapor quando pulou o muro de pedras que rodeava o terreno de Brianna. Mas, então, já estava sem ar, antes de começar a correr. Já ia pisando nos amores-perfeitos da irmã — pecado que teria de pagar muito caro — quando escorregou para o estreito caminho de pedras e no meio das flores aveludadas.

Inspirou o ar para gritar, mas não foi preciso, pois viu Brianna na pequena alameda verde atrás do jardim, pendurando lençóis na corda.

Com prendedores na boca, peças molhadas nas mãos, Brianna olhava as columbinas e as margaridas, enquanto Maggie apertava com as mãos o coração acelerado. Sem dizer nada, Brianna apanhou com destreza o lençol e começou a prendê-lo na corda.

Ainda havia mágoa no rosto da irmã, Maggie observou. Raiva. Tudo levemente congelado na mistura característica com que Brianna equilibrava controle e orgulho. O cão soltou um latido feliz e correu em sua direção, mas parou instantaneamente, com a ordem calma de Brianna. Sentou-se aos pés da dona, lançando a Maggie um olhar pesaroso. Brianna apanhou outro lençol do cesto a seu lado, sacudiu-o e pendurou para secar.

— Olá, Maggie.

Então os ventos estão soprando frios por estas bandas, Maggie deduziu, e colocou as mãos nos bolsos traseiros da calça.

— Oi, Brianna. Você está com hóspedes?

— Sim. A casa está cheia no momento. Um casal americano, uma família inglesa e um rapaz da Bélgica.

— Uma espécie de Nações Unidas, então. — Ela aspirou o ar atentamente. — Está assando tortas.

— Já estão assadas e esfriando no parapeito da janela.

Como detestava qualquer tipo de confronto, Brianna mantinha os olhos no trabalho, enquanto falava:

— Pensei no que você falou, Maggie, e quero dizer que sinto muito. Devia ter ido para estar lá com você. Devia ter dado um jeito de ir.

— E por que não deu?

Brianna deixou escapar um leve suspiro, seu único sinal de agitação.

— Você nunca torna as coisas fáceis, não é?

— Não.

— Tenho obrigações... não somente com ela — falou, antes que Maggie dissesse qualquer coisa. — Mas também com este lugar. Você não é a única que tem sonhos e ambições.

As palavras acaloradas que queimavam na língua de Maggie gelaram e sumiram. Voltou-se para observar os fundos da casa. A pintura branca era recente, as janelas brilhavam abertas para a tarde de verão. Cortinas renaadas esvoaçavam, românticas como um véu de noiva. Flores enchiam o terreno e pendiam de potes e vasos de metal.

— Você fez um bom trabalho aqui, Brianna. Vovó teria aprovado.

— Mas você não.

— Está enganada. — Como pedido de desculpas, Maggie pôs a mão no braço da irmã. — Não vou dizer que entendo como você faz as coisas ou por que faz, mas não tenho nada a ver com isso. Se este lugar é seu sonho, Brie, você o fez brilhar. Sinto ter gritado com você.

— Ah, já estou acostumada com isto. — Apesar de seu tom resignado, estava claro que estava magoada. — Se esperar eu terminar aqui, vou preparar um chá. Só mais umas peças para pendurar.

O estômago vazio de Maggie respondeu avidamente, mas ela sacudiu a cabeça.

— Não tenho tempo. Deixei Rogan lá no chalé.

— Deixou? Podia tê-lo trazido com você. Não se pode deixar um hóspede sozinho assim.

— Ele não é um hóspede. É um... Bem, não sei como o chamaríamos, mas não importa, quero mostrar algo a você.

Mesmo se sentindo ofendida em seu bom senso, Brianna parou de estender a última fronha.

— Tudo bem, me mostre logo. E então volte para Rogan. Se não tiver comida em casa, traga-o aqui. O homem veio de Dublin e...

— Pode parar de se preocupar com Sweeney? — Maggie interrompeu-a, impaciente, e puxou o cheque do bolso. — E olhar para isto?

Com uma das mãos ainda na corda, Brianna olhou para o papel. Seu queixo quase caiu e o prendedor de roupas caiu no chão. A fronha despencou logo depois.

— O que é isto?

— Um cheque. Está cega? Um grande, gordo e lindo cheque. Ele vendeu tudo, Brie. Tudo que tinha selecionado para vender.

— Por quanto? — Brianna só conseguia olhar, boquiaberta, para todos aqueles zeros. — Por quanto? Quanto pode ser isto?

— Sou um gênio. — Maggie pegou Brianna pelos ombros e rodopiou com ela. — Você não leu as críticas? Tenho uma fonte inesgotável de criatividade. — Rindo, começou a dançar com Brianna. — Ah, e tem também alguma coisa sobre minha alma e minha sexualidade. Não decorei tudo ainda.

— Maggie, espere. Minha cabeça está rodando.

— Deixe rodar. Estamos ricas, entende? — Caíram no gramado, Maggie retorcendo-se de rir, enquanto Con pulava freneticamente em torno delas. — Posso comprar aquele torno que estou querendo e você pode ter o forno novo que finge que não precisa. E vamos tirar férias. Qualquer lugar no mundo, qualquer um mesmo. Vou ter uma cama nova.

Atirou-se na grama para lutar com Con.

— E você pode até construir uma ala nova na pousada, se quiser.

— Não posso acreditar. Simplesmente não posso.

— Vamos arranjar uma casa. — Levantando-se, Maggie enlaçou um braço no pescoço de Con. — Do jeito que ela quiser. E contrataremos alguém para ser sua acompanhante.

Brianna fechou os olhos e lutou contra o primeiro brilho culpado de júbilo.

— Ela pode não querer...

— Será o que ela quiser. Ouça-me. — Maggie tomou as mãos de Brianna e apertou-as. — Ela vai querer, Brie. E será bem cuidada. Terá o que desejar. Amanhã iremos a Ennis para falar com Pat O'Shea. Ela vende casas. Nós a instalaremos o melhor que pudermos, e bem rapidamente. Prometi a papai que faria tudo por vocês duas e é o que vou fazer.

— Vocês não têm consideração? — Maeve estava parada na entrada do jardim, com um xale nos ombros, apesar do calor do sol. O vestido sob o xale fora engomado e passado pelas mãos de Brianna, Maggie não teve dúvidas. — Aqui fora, nessa algazarra e gritaria, enquanto uma pessoa tenta descansar. — Ajeitou o xale e apontou o dedo para a filha mais nova. — Levante do chão! O que há com você? Comportando-se como uma moleca e com hóspedes em casa.

Brianna levantou-se bruscamente, limpando as calças.

— Está um lindo dia. Talvez a senhora queira sentar-se um pouco ao sol.

— Poderia mesmo. Chame este cachorro selvagem.

— Sente, Con. — Protetora, Brianna pousou a mão na cabeça do cachorro. — Posso lhe trazer um pouco de chá?

— Sim, e prepare-o adequadamente desta vez. — Maeve arrastou-se pesadamente até a mesa e a cadeira que Brianna havia colocado ao lado do jardim. — Aquele garoto belga subiu duas vezes as escadas hoje, na maior algazarra. Você tem que dizer a ele para não fazer barulho. É o que acontece quando os pais deixam os filhos soltos.

— Já trago o chá num minuto. Maggie, você vai ficar?

— Para o chá, não. Mas preciso conversar com mamãe. — Lançou à irmã um olhar de aço para evitar qualquer comentário. — Pode ir a Ennis amanhã, às dez, Brie?

— Eu... sim, posso.

— O que é isto? — Maeve inquiriu, enquanto Brie dirigia-se para a cozinha. — O que vocês duas estão planejando?

— Seu futuro.

Maggie pegou a cadeira ao lado da mãe e jogou-se nela. Gostaria de tratar daquilo de modo diferente. Depois de tudo que descobrira, tinha esperanças de que ela e a mãe pudessem encontrar-se em uma nova fase, para além das mágoas passadas.

Mas as antigas raivas e culpas já turbilhonavam dentro dela. Lembrando a lua da noite passada e seus pensamentos sobre sonhos perdidos, falou calmamente:

— Estamos querendo comprar uma casa para a senhora.

Maeve deixou escapar um gemido de desprezo e apertou as franjas de seu xale.

— Que besteira! Estou bem aqui, com Brianna cuidando de mim.

— Tenho certeza de que está, mas isso vai acabar. Bem, vou contratar uma acompanhante para a senhora. Não precisa se preocupar em ter que fazer as coisas sozinha. Mas não vai continuar usando Brianna por muito mais tempo.

— Brianna entende as responsabilidades que uma filha tem para com a mãe.

— Mais do que isso. — Maggie acrescentou. — Ela tem feito tudo o que pode para deixar a senhora satisfeita, mamãe. Não tem sido suficiente, e talvez eu tenha começado a entender isso.

— Você não entende nada.

— Talvez, mas gostaria de entender. — Soltou um longo suspiro. Embora não conseguisse tocar a mãe, física ou emocionalmente, sua voz suavizou-se. — Gostaria realmente. Sinto pelo que a senhora teve que abandonar. Só fiquei sabendo do canto...

— Não fale nisso! — A voz de Maeve era fria. A pele, já pálida, embranqueceu mais ainda com o choque da dor que nunca esquecera, nunca perdoara. — Não me fale daquela época!

— Só queria dizer que sinto muito.

— Não quero sua piedade. — Com os lábios apertados, Maeve olhava para o lado. Não podia tolerar ter o passado atirado no rosto, terem piedade dela porque pecara e acabara perdendo o que havia de mais importante para ela. — Nunca mais toque nesse assunto.

— Está bem. — Maggie se inclinou para a frente, até seus olhos encontrarem os da mãe. — Mas tenho que dizer isso. A senhora me culpa pelo que perdeu, e talvez isto a conforte de alguma maneira. Não posso desejar não ter nascido. Mas farei o que puder. Terá uma casa, uma boa casa, e uma mulher respeitável e competente para atender às suas necessidades, alguém que, espero, acabe se tornando uma amiga também, não só uma companhia. Farei isso por papai e por Brie. E pela senhora.

— Você nunca fez nada por mim em sua vida, a não ser me atormentar.

Então não haveria nada enternecedor, Maggie concluiu. Nenhum encontro numa nova fase.

— A senhora sempre me diz isso. Vamos encontrar um lugar perto daqui o suficiente para Brie poder visitá-la, pois ela sentirá que deve. E mobiliarei a casa também, do jeito que a senhora quiser. Terá uma mesada, para alimentação, roupas, para qualquer coisa de que necessite.

Mas juro por Deus que a senhora sairá desta casa e irá para a sua antes de o mês terminar.

— Doce ilusão! — O tom dela era cortante e definitivo, mas Maggie percebeu um ligeiro sinal de medo sob ele. — Como seu pai, você está cheia de ilusões vazias e projetos tolos.

— Nem vazios nem tolos. — Novamente, Maggie tirou o cheque do bolso. Dessa vez ela teve a satisfação de ver os olhos da mãe se arregalarem atônitos. — Sim, é real e é meu. Eu o ganhei. Ganhei-o porque papai acreditou em mim o suficiente para me deixar aprender, tentar.

Lançou a Maggie um olhar avaliativo.

— O que ele lhe deu pertencia a mim também.

— O dinheiro para ir a Veneza, para estudar e para pagar um teto sobre a minha cabeça, isto é verdade. O que ele me deu além disso não tem nada a ver com a senhora. Mas terá sua parte disso. — Maggie dobrou o cheque novamente. — Então, não lhe ficarei devendo nada.

— Você me deve a vida — Maeve disparou.

— Minha vida significa muito pouco para a senhora. Sei o motivo, mas isto não altera como me sinto por dentro. Entenda-me, a senhora irá sem reclamar, sem fazer de seus últimos dias com Brianna um inferno para ela.

— Não irei mesmo. — Maeve mexeu no bolso e puxou um lenço debruado de rendas. — Uma mãe precisa do conforto dos filhos.

— A senhora não ama mais a Brianna do que a mim. Nós duas sabemos disso, mãe. Ela pode pensar diferente, mas aqui, agora, ao menos seja honesta. A senhora brinca com o coração dela, é verdade, e Deus sabe que ela merece todo o amor que possa haver neste seu coração gelado. — Depois de um suspiro longo, ela tirou o cartão falsificado que havia guardado por cinco anos. — Você quer que eu diga a ela por que Rory McAvery foi para os Estados Unidos, partindo seu coração?

As mãos de Maeve tiveram um ligeiro tremor.

— Não sei do que está falando.

— Ah, a senhora sabe sim. A senhora o chamou, quando viu que ele estava levando o namoro a sério. E disse que não podia, em sã consciência, deixar que ele entregasse o coração à sua filha. Não quando ela já tinha se entregado a outro. A senhora o convenceu, e ele era apenas um garoto, de que ela tinha dormido com Murphy.

— É mentira! — O queixo de Maeve se projetou para a frente, mas havia medo em seus olhos. — Você é um demônio, uma criança mentirosa, Margaret Mary!

— A senhora é que é mentirosa, e pior, muito pior do que isso. Que espécie de mulher é esta que rouba a felicidade de seu próprio sangue porque não tem a sua própria? Soube por Murphy — Maggie disse concisamente. — Depois que ele e Rory se agrediram até sangrar. Rory não acreditou no desmentido de Murphy. E por que deveria, quando a própria mãe de Brianna havia contado a história a ele toda chorosa?

— Ela era muito nova para casar — Maeve apressou-se em dizer. — Eu não a deixaria cometer o mesmo erro que eu, arruinando sua vida daquela maneira. Garanto a você que aquele rapaz não era bom para ela. Ele nunca seria nada na vida.

— Ela o amava.

— Amor não põe pão na mesa. — Maeve apertou as mãos, torcendo o lenço. — Por que não contou a ela?

— Porque achei que só iria machucá-la mais. Conhecendo o orgulho de Brianna, ele ficaria destroçado. Pedi a Murphy para não contar nada. E talvez porque eu tenha ficado brava por ele acreditar na senhora, pensei que talvez não a amasse bastante, já que não enxergou a mentira. Mas eu lhe direi agora. Vou já para a cozinha e contarei tudo a ela. E, se for preciso, arrastarei o coitado do Murphy para confirmar. Então a senhora não terá ninguém a seu lado.

Ela não sabia que o sabor da vingança podia ser tão amargo. Permaneceu frio e repugnante na língua de Maggie, enquanto ela continuava:

— Não direi nada se a senhora fizer o que eu digo. Prometo que a sustentarei enquanto a senhora viver e farei qualquer coisa para vê-la contente. Não posso lhe devolver o que teve ou dar o que desejou ter antes de me conceber. Mas posso lhe dar qualquer coisa que faça com que se sinta mais feliz do que tem sido desde então. Sua própria casa. Precisa somente aceitar minha oferta para receber tudo o que sempre quis: dinheiro, uma linda casa e uma empregada para atendê-la.

Maeve apertou os lábios. Ah, aniquilava seu orgulho ter de barganhar com aquela garota.

— Como vou saber que cumprirá sua palavra?

— Porque eu a dei. Porque jurei fazer isso pela alma de meu pai. — Maggie levantou-se. — Isso deverá satisfazê-la. Diga a Brianna que passarei amanhã às dez para apanhá-la.

Com estas palavras, Maggie virou-se e saiu.

Capítulo Doze

Voltou sem pressa, escolhendo novamente os campos, em vez da estrada. Enquanto caminhava, colheu flores silvestres, valerianas e rainhas-do-prado que tomavam sol entre a grama. As vacas bem alimentadas de Murphy, com seus úberes cheios e quase prontos para serem ordenhados, pastavam distraidamente, quando pulou o muro de pedra que separava a pastagem do campo arado dos celeiros com feno do verão.

Então ela avistou Murphy sobre o trator com os jovens Brian O'Shay e Dougal Finnian, todos prontos para ceifar o feno crescido. Eles o chamavam *comhair*, em irlandês, mas Maggie sabia que ali, no Oeste, a palavra significava muito mais do que a tradução literal de "socorro". Significava comunidade. Nenhum homem estava sozinho ali, não quando ia cortar feno ou quando abria um aterro de turfa ou plantava na primavera.

Se hoje O'Shay e Finnian estavam trabalhando nas terras de Murphy, amanhã ou depois ele estaria trabalhando na deles. Ninguém precisava pedir. Bastavam mãos fortes e disposição para o trabalho ser feito.

Muros de pedras podiam separar os campos uns dos outros, mas o amor à terra os ligava.

Levantou a mão para retribuir a saudação dos três fazendeiros e, juntando suas flores, continuou no caminho de casa.

Uma gralha voou acima de sua cabeça, reclamando ferozmente. Algum tempo depois, Maggie viu Con correndo, através da margem de feno, balançando a língua, feliz.

— Ajudando Murphy de novo, não? — Baixou a mão para tocar o pêlo do cachorro. — Você também é um bom fazendeiro. Volte então.

Em meio à agitação de latidos, Con voltou correndo em direção ao trator. Maggie ficou olhando à sua volta o feno dourado, o verde da pastagem com suas vacas pastando preguiçosas, e a sombra desenhada pelo sol nos círculos de pedras que gerações de Concannon, e agora Murphy, tinham deixado imóveis por tanto tempo. Observou o fértil marrom da terra onde batatas haviam sido plantadas. Além disso tudo, o céu azul como uma centáurea em pleno desabrochar.

Um riso rápido brotou de sua garganta e ela se descobriu correndo o resto do trajeto.

Talvez tivesse sido o puro prazer do dia, somado à estonteante excitação de seu primeiro sucesso, que fizera seu coração bater bem forte. Poderia ter sido o som dos pássaros cantando como se seus corações fossem estourar ou o perfume das flores silvestres que apanhara com as próprias mãos. Mas, quando parou do lado de fora de sua própria porta e olhou o interior da cozinha, não conseguiu respirar, por algo mais do que a corrida pelos campos.

Ele estava à mesa, elegante em seu terno inglês e seus sapatos feitos à mão. A pasta aberta, a caneta na mão. Sorriu ao vê-lo trabalhar lá, entre a desordem, numa mesa de madeira rústica que ele devia usar como lenha em sua casa.

O sol atravessava as janelas e a porta aberta, refletindo o ouro da caneta dele enquanto escrevia com a mão elegante. Os dedos digitaram nas teclas de uma calculadora, hesitaram, digitaram outra vez. Podia ver o perfil dele, a leve linha de concentração entre as sobrancelhas grossas e escuras, o traço firme da boca.

Alcançando a xícara de chá, bebericou-a, enquanto examinava os números. Largou-a novamente. Escreveu, leu.

Elegante ele era. E bonito também, pensou, de um jeito tão inteiramente masculino, e tão maravilhosamente competente e preciso como a pequena máquina que usava para digitar seus números. Não um homem para correr por campos ensolarados ou para deitar sonhando sob a luz da lua.

Mas ele era muito mais do que ela inicialmente imaginara que fosse, muito mais, agora entendia.

Foi tomada por um impulso irresistível de afrouxar aquele cuidadoso nó na gravata, desabotoar o colarinho impecável e descobrir o homem sob tudo aquilo.

Raramente Maggie controlava os próprios impulsos. Deslizou para dentro. No mesmo instante em que sua sombra caiu sobre os papéis, montou em seu colo e apertou a boca contra a dele.

Choque, prazer e desejo se lançaram dentro dele como uma flecha de três pontas, muito afiada, muito certeira para atingir o alvo. A caneta se soltou de seus dedos e as mãos dele mergulharam fundo nos cabelos dela antes que pudesse respirar. Atordoado, sentiu um puxão na gravata.

— O quê? — ele conseguiu dizer quase num grasnido. A necessidade de manter a dignidade fez com que ele limpasse a garganta e a empurrasse para trás. — O que significa tudo isso?

— Você sabe... — Enfatizou as palavras com beijos delicados no rosto dele. Ele cheirava a produtos caros, sabonetes finos e linho engomado. — Sempre achei gravata uma coisa tola, uma espécie de castigo para um homem, simplesmente por ser homem. Isto não sufoca você?

Não, exceto por seu coração estar na garganta.

— Não. — Afastou as mãos dela, mas o estrago já estava feito. Com seus dedos ágeis, afrouxara a gravata e desabotoara o colarinho. — O que quer, Maggie?

— Devia ser suficientemente óbvio, mesmo para um dublinense. — Sorriu para ele, os olhos enfeitiçadamente verdes. — Trouxe flores para você.

Naquele momento, elas estavam amassadas entre eles. Rogan olhou para as pétalas machucadas.

— Muito bonitas. Acho que estão precisando de água.

Ela jogou a cabeça para trás e riu.

— Para você, o dever sempre em primeiro lugar, não é? Mas, sabe, Rogan, daqui de onde estou sentada posso perceber que na sua cabeça existe outra coisa que não seja encontrar um vaso.

Ele não podia negar sua óbvia e muito humana reação:

— Você reanimou um homem morto — murmurou, segurando firmemente os quadris dela para levantá-la. Ela apenas se moveu, insinuante, para mais perto, torturando-o.

— Ora, pode ter certeza de que isso é um grande elogio. Mas você não está morto, está? — Beijou-o outra vez, usando os dentes para provar que estava certa. — Está pensando que tem trabalho para terminar e nenhum tempo a perder?

— Não. — Suas mãos ainda estavam na cintura dela, mas os dedos agora começavam a massageá-la. Ela cheirava a flores silvestres. Tudo o que podia ver era o rosto dela, a pele branca com toques de rosa, salpicada pelas sardas douradas, o verde profundo dos olhos. Fez um esforço heróico para controlar a voz: — Mas acho que isto é um erro. — Um gemido escapou de sua garganta quando ela passou os lábios pela orelha dele. — E para isso há um lugar e uma ocasião certos.

— E que você deve escolhê-los — ela murmurou, enquanto os dedos, rápidos, deslizavam no resto dos botões da camisa dele.

— Sim... não... — Santo Deus, como um homem pode raciocinar assim? — Que nós dois devemos escolhê-los, depois de definir algumas prioridades.

— Só tenho uma prioridade no momento. — As mãos percorreram o peito dele, amassando as pétalas de flores contra a pele. — Vou ter você agora, Rogan. — O riso dela veio de novo, baixo e desafiante, antes que seus lábios mergulhassem nos dele. — Vamos! Expulse-me!

Ele não pretendia tocá-la. Este foi seu último pensamento coerente antes que suas mãos se precipitassem e se enchessem com os seios dela. O murmúrio rouco dela se derramou na sua boca como vinho, poderoso e entorpecente.

Então ele já estava arrancando a camisa dela e empurrando a mesa.

— Ao inferno com isso! — murmurou contra a boca ávida dela, levantando-a nos braços.

Os braços e pernas dela se enroscaram nele como cordões de seda, a camisa pendurada num dos pulsos, presa pelos botões da manga.

Por baixo ela usava uma camiseta lisa de algodão, tão erótica para ele quanto rendas cor-de-marfim.

Ela era pequena e leve, mas, com sangue borbulhando no cérebro, ele imaginou que poderia remover uma montanha. A boca, acelerada, não parava nunca, indo e voltando do queixo à orelha, enquanto gemidos sensuais lhe brotavam da garganta.

Saindo da cozinha, tropeçou num tapete solto e as costas dela foram de encontro à moldura da porta. Ela apenas riu, sem fôlego agora, e apertou ainda mais as pernas em torno da cintura dele.

Os lábios se fundiram outra vez num selvagem beijo desesperado. Com o umbral da porta e seu próprio corpo sustentando-a, ele libertou a boca para chegar aos seios, sugando, voraz, através do tecido de algodão.

O prazer daquilo, secreto e pecaminoso, atingiu-a como um arpão. Era mais do que isso. Sentia como se o sangue, chiando em suas veias, começasse a zunir como um motor. Era mais do que esperara. Mais do que estava preparada para receber. Mas não havia volta.

Ele deslizou pela parede.

— Depressa! — Foi tudo o que ela conseguiu dizer, enquanto ele corria pelas escadas. — Depressa!

As palavras dela vibravam como a pulsação de seu sangue. *Depressa! Depressa!* Contra o coração trovejante dele, o dela pulsava em resposta furiosa. Com Maggie presa a ele como um ouriço, ele só pôde saltar os degraus, deixando um rastro de flores partidas.

Virou à esquerda, sem errar, até o quarto onde o sol derramava ouro e a brisa perfumada levantava as cortinas. Caiu com ela sobre os lençóis ainda desarrumados.

Se era loucura que o dominava, isso também a subjugara. Não houve pensamentos nem necessidade de gentilezas, de palavras doces ou mãos vagarosas. Lançaram-se um ao outro, insensatamente, como animais, arrancando as roupas, atirando longe os sapatos, saciando-se vorazmente, com beijos violentos.

Seu corpo era como um motor, turbinado para a corrida. Ela se arqueava, inclinava-se, erguia-se, enquanto respirava em ofegos ardentes. Represas se rompiam, necessidades explodiam.

As mãos dele eram macias. Em uma outra vez, elas podiam ter deslizado sobre o corpo dela como água. Mas agora elas agarravam, e machucavam, e espoliavam, revelando-lhe prazeres indescritíveis, que atravessavam seu corpo saturado, como pingos de luz num céu escuro. Ele encheu as mãos com seus seios outra vez, e agora, sem barreiras, colocou um mamilo rígido na boca.

Ela gritou, não de dor, pelo áspero contato dos dentes e da língua, mas pela glória, quando o primeiro rude e vicioso orgasmo explodiu.

Não esperara ser envolvida tão rápida e completamente, nem nunca experimentara o total desamparo que se seguiu, tão imediato ao levante da tormenta. Antes que não fizesse mais do que maravilhar-se, novas necessidades espiralaram como chicotes dentro dela.

Ela falou em gaulês, lembrando-se vagamente de palavras que não sabia que guardara no coração. Nunca acreditara, nunca mesmo, que o desejo pudesse engoli-la e deixá-la trêmula. Mas tremia sob as mãos dele, sob a ânsia selvagem de sua boca. Por outro interlúdio deslumbrado, ela estava totalmente vulnerável, os ossos como que liquefeitos e a mente girando, atordoada na redenção, pelo impacto de seu próprio clímax.

Ele não chegou a perceber a mudança. Sabia apenas que ela vibrara embaixo dele como um arco estirado. Estava úmida, quente e incontrolavelmente provocante. Seu corpo era liso, suave, flexível, com todos os adoráveis declives e curvas para explorar. Sentia apenas o desesperado desejo de conquistar, de possuir, então se fartava do sabor da carne dela, até parecer que a essência dela corria em suas veias como seu próprio sangue.

Apertou sua fraca mão entre as dele e subjugou-a até que ela gritasse uma vez mais, e o nome dele era como um soluço no ar.

Com o quarto girando como um carrossel em torno dela, livrou suas mãos das dele, perdendo os dedos em seus cabelos negros. O desejo jorrou dentro dela, voraz, outra vez. Levantou os quadris.

— Agora! — a exigência rugiu da garganta dela. — Rogan, pelo amor de Deus...

Mas ele já mergulhava nela, profundo e forte. Ela arqueou o corpo para a frente e para trás, numa gloriosa acolhida, quando uma nova onda de prazer inundou-a. Seu corpo encaixava-se ao dele, no mesmo ritmo cadenciado por carícias desesperadas. Ele não sentia os arranhões das unhas dela nas costas.

Com a visão enevoada e confusa, ele a olhou, viu cada sensação de atordoamento estremecer seu rosto. Não será suficiente, pensou numa vertigem. Mesmo que o arrependimento maculasse a couraça polida da paixão, ela abriu os olhos e disse seu nome outra vez.

Então ele mergulhou naquele mar verde e enterrou o rosto no fogo dos cabelos dela, completamente entregue. Com um último lampejo de gloriosa voracidade, ele se esvaziou dentro dela.

Em toda guerra sempre há vítimas. Maggie pensou que ninguém conhecia a glória, a tristeza e o preço de uma batalha como os irlandeses. E embora, como ela temia no momento, seu corpo parecesse estar paralisado para o resto da vida, como resultado daquela maravilhosa, pequena guerra, ela não podia imaginar o custo.

O sol ainda estava brilhando. Agora que seu coração tinha parado de ribombar como um trovão em sua cabeça, ela escutava o gorjeio dos pássaros, o bramido do forno e o zunido de uma abelha contra a vidraça.

Ficou deitada na cama, a cabeça fora do colchão, caída pela força da gravidade. Os braços doíam. Talvez porque ainda estivessem enrolados como fórceps em torno do corpo de Rogan, que estava esparramado sobre ela, como morto.

Ao conter sua respiração, sentiu o coração dele em disparada. Era de admirar que não tivessem matado um ao outro. Contente com o peso dele e a sensação do entorpecimento em seu cérebro, ela olhou a dança do sol no teto.

A mente dele clareou vagarosamente, a névoa avermelhada suavizando-se, então desaparecendo por completo, até que ficasse, outra vez, consciente da luz calma e do pequeno corpo aquecido embaixo do seu. Fechou outra vez os olhos e continuou quieto.

O que deveria dizer?, pensava. Se dissesse a ela que descobrira, para sua própria surpresa e confusão, que a amava, por que ela deveria acreditar? Dizer aquelas palavras agora, quando os dois ainda estavam atordoados e saciados pelo sexo, dificilmente agradaria a uma mulher como Maggie ou a faria enxergar a simples verdade delas.

Que palavras restam depois de um homem atirar-se sobre uma mulher e espoliá-la como um animal? Ah, ele não tinha dúvidas de que ela gostara, mas isso não alterava o fato de que perdera completamente o controle de seu cérebro, de seu corpo ou de qualquer outra coisa que distinga o homem civilizado do selvagem.

Pela primeira vez na vida, tratara uma mulher sem delicadeza, sem cuidado e, pensou com um súbito pavor, sem pensar nas conseqüências.

Começou a se virar, mas ela murmurou protestando e apertou-o ainda mais em seus braços.

— Não vá embora.

— Não, não vou. — Notou que a cabeça dela estava sem apoio e, colocando a mão em concha embaixo dela, rolou na cama para mudar a posição deles. E quase faz com que caíssem do outro lado. — Como pode dormir numa cama deste tamanho? Mal cabe um gato.

— Ah, está boa para mim. Mas estou pensando em comprar outra, agora que tenho dinheiro para gastar. Uma linda, bem grande, como a de sua casa.

Ele imaginou a cama Chippendale de quatro colunas naquele espaço tão pequeno e sorriu. Então os mesmos pensamentos voltaram, afastando o sorriso.

— Maggie. — O rosto dela estava brilhando, os olhos meio fechados. Havia um pequeno sorriso presunçoso naquele rosto.

— Rogan — falou no mesmo tom sério, então riu. — Ah, você não vai começar a dizer que lamenta ter maculado minha honra ou algo assim? Se a honra de alguém foi maculada, foi a sua. E não estou nem um pouquinho preocupada com isto.

— Maggie — falou outra vez, afastando os cabelos emaranhados do rosto dela. — Que mulher você é! É difícil lamentar-se por macular ou ser maculado quando eu... — Parou de súbito. Tinha levantado a mão dela enquanto falava e começara a beijar seus dedos, quando seus olhos caíram sobre manchas escuras no braço dela. Assustado, ele disse num sobressalto: — Machuquei você.

— Hummm, agora que você falou, estou começando a sentir. — Virou o ombro. — Devo ter danificado o batente da porta. Então, o que você ia dizer?

Ele afastou-se dela.

— Sinto muito — falou num tom de voz estranho. — É imperdoável. Desculpar-me não é suficiente diante do meu comportamento.

Inclinando a cabeça, ela olhou-o longamente. Educação, ela pensou outra vez. Como pode um homem nascido em berço de ouro, sentado numa cama desarrumada, aparentar tanta dignidade?

— Seu comportamento? — ela repetiu. — Eu diria que foi mais o *nosso* comportamento, Rogan, e que ambos nos saímos muito bem. — Rindo para ele, levantou-se e enlaçou os braços no pescoço dele. — Você acha que umas pequenas manchas roxas vão me despetalar como a uma rosa, Rogan? Não vão, prometo a você, especialmente quando eu as conquistei.

— A questão é...

— A questão é que derrubamos um ao outro. Agora pare de agir como se eu fosse um botão de flor frágil que não pode admitir ter adorado um sexo bom e tórrido. Porque gostei muito e, meu querido camarada, você também.

Ele percorreu com o dedo a tênue mancha acima do pulso.

— Preferia não ter marcado você.

— Bem, isto não é uma marca permanente.

Não, não era. Mas havia algo mais, em sua falta de cuidado, que poderia ser.

— Maggie, eu não estava pensando antes, e certamente não deixei Dublin hoje imaginando que as coisas terminariam assim. Agora é um pouco tarde para pensar em ser responsável. — Frustrado, passou a mão pelos cabelos. — Posso ter engravidado você?

Piscando, ela sentou-se. Suspirou longamente. Nascida no fogo. Lembrou que seu pai havia contado que tinha nascido do fogo. E isso era o que ele queria dizer.

— Não — respondeu categoricamente. Suas emoções estavam por demais misturadas, incertas e instáveis para que as explorasse agora. — Não estou no meu período fértil. E eu sou responsável por mim, Rogan.

— Eu devia ter pensado. — Levantou a mão, roçando os dedos no rosto dela. — Você me confundiu, Maggie, sentando em meu colo com suas flores. Você me confunde agora.

O sorriso voltou, iluminando primeiro os olhos dela e depois curvando seus lábios.

— Estava caminhando pelos campos na volta da casa da minha irmã. O sol estava lindo, Murphy estava cortando feno no campo e havia flores aos meus pés. Nunca me sentira tão feliz assim depois que meu pai morreu anos atrás. Então, vi você na cozinha, trabalhando. E pode ser que eu tenha ficado confusa também.

Curvou-se, descansando a cabeça no ombro dele.

— Você precisa voltar para Dublin esta noite, Rogan?

Todos os minutos e todos os tediosos detalhes de seu horário desceram como um rio pelo seu cérebro. O perfume dela misturado com o seu envolvia-os como uma neblina.

— Posso adiar alguns compromissos, ir amanhã.

Inclinando a cabeça, ela sorriu.

— E eu preferia não sair para jantar.

— Vou cancelar as reservas. — Olhou em volta do quarto. — Não tem um telefone aqui em cima?

— Para quê? Para tocar nos meus ouvidos e me acordar?

— Não sei por que perguntei. — Afastou-se para pegar as calças do terno amarrotadas. — Vou descer para fazer algumas chamadas. — Olhou para trás, para onde ela estava ajoelhada, no meio da cama estreita e desarrumada. — Chamadas bem rápidas.

— Elas podem esperar — gritou para ele.

— Não quero ser perturbado por nada até amanhã de manhã.

Desceu correndo, delicadamente recolhendo uma florzinha dilacerada que encontrou pelo caminho.

No andar de cima, Maggie esperou cinco, depois seis minutos, antes de sair da cama. Espreguiçou-se, estremecendo um pouquinho ao sentir algumas dores. Observou o roupão, largado negligentemente sobre a cadeira, e então, cantarolando por entre os lábios cerrados, deslizou pela escadaria sem ele.

Ele ainda estava ao telefone, o receptor preso no ombro, enquanto tomava notas na agenda. A luz, mais fraca agora, se projetava em seus pés.

— Remarque isso para as onze. Não, onze — repetiu. — Estarei de volta ao escritório lá pelas dez. E entre em contato com Joseph, sim,

Eileen? Diga-lhe que tenho outra remessa para enviar de Clare. Obras de Concannon, sim, eu...

Ouviu um som atrás dele e voltou-se. Maggie estava parada como alguma deusa coroada por chamas, pele de alabastro, curvas insinuantes e olhos sagazes. A voz da secretária zumbia no ouvido dele como uma mosca enjoada.

— Quê? O quê? — Sua expressão nublou-se primeiro, e então o olhar se acendeu, deslizando por ela uma, duas vezes, até deter-se em seu rosto. — Cuidarei disso quando voltar. — Os músculos do estômago se contraíram quando Maggie deu um passo à frente e abriu o zíper de sua calça, com um puxão. — Não — conseguiu dizer numa voz estrangulada. — Você não poderá mais me encontrar hoje. Estou... — A respiração sibilou entre os dentes quando Maggie o tomou em seus longos dedos de artista. — Meu Deus! Amanhã... — disse num último esforço de controle. — Vejo você amanhã.

Atirou o receptor no gancho, onde ele dançou, antes de cair no balcão.

— Interrompi sua ligação — ela começou, então riu, enquanto ele a puxou de encontro ao seu corpo.

Estava acontecendo de novo. Quase podia manter-se fora de si mesmo e ver o animal interior assumir o controle. Com um gesto desesperado, puxou a cabeça dela para trás, pelos cabelos, e atacou selvagemente sua garganta, sua boca. O desejo de tê-la o dominava furiosamente, como uma droga fatal que se instilasse em suas veias, acelerando os batimentos do coração e nublando sua mente.

Ele a machucaria de novo. Mesmo sabendo disso, não podia parar. Com um som, ao mesmo tempo de fúria e de triunfo, empurrou-a sobre a mesa da cozinha.

Teve a secreta e corrompida satisfação de ver seus olhos se arregalarem de surpresa.

— Rogan, seus papéis.

Arrancou os quadris dela da beirada da mesa, levantando-os com as mãos. Seus olhos fixavam os de Maggie com um brilho de guerreiro, quando se sentiu totalmente dentro dela.

A mão dela esbarrou numa xícara sobre o pires, jogando-os ao chão. A porcelana se espatifou, ao mesmo tempo os sacolejos da mesa atiravam a pasta dele aberta no chão.

Estrelas pareciam explodir diante dos olhos de Maggie, enquanto ela se entregava ao desvario. Sentia a madeira áspera sob as costas, o suor que brotava, deixando a pele escorregadia. E, quando ele suspendeu suas pernas e penetrou-a profundamente, podia jurar que o sentiu tocar o coração dela.

Então ela não sentiu mais nada, a não ser o vento violento que a arremessava cada vez mais para o alto, até os cumes escarpados. Respirava com dificuldade, como uma mulher se afogando, até que expeliu o ar com um longo e langoroso gemido.

Algum tempo mais tarde, quando achou que podia falar, estava aninhada nos braços dele.

— Terminou suas chamadas, então?

Sorrindo, ele a carregou para fora da cozinha.

Era cedo quando ele a deixou. Sol e chuva desenhavam e ondulavam um arco-íris no céu da manhã. Sonolenta, ela se oferecera para lhe preparar uma xícara de chá, mas acabou adormecendo de novo. Então ele fora sozinho para a cozinha.

No armário havia um deplorável pote com café solúvel endurecido. Ainda com um estremecimento, Rogan virou-se com ele e com o único ovo que encontrou na geladeira.

Estava juntando e tentando ordenar seus papéis espalhados quando ela entrou cambaleando na cozinha. Com os olhos sonolentos e amarrotados, quase rosnou para ele, enquanto pegava a chaleira.

Ótimo, ele pensou, para uma despedida de amantes.

— Usei o que parecia ser sua última toalha limpa.

Rosnando outra vez, ela serviu-se de chá.

— E a água quente acabou no meio do meu banho.

Dessa vez ela apenas bocejou.

— Você não tem mais ovos.

Ela resmungou algo que soou como "galinhas de Murphy".

Ajeitou seus papéis e enfiou-os na pasta.

— Deixei os recortes que você queria no balcão. Virá um caminhão hoje apanhar algumas peças. Você precisa empacotá-las antes da uma da tarde.

Não obtendo nenhuma resposta, ele fechou a pasta.

— Preciso ir. — Aborrecido, caminhou até ela com passos largos, segurou seu queixo firmemente nas mãos e beijou-a. — Sentirei sua falta também.

Ele já passara pela porta da frente quando ela conseguiu ativar seu raciocínio e correr atrás dele.

— Rogan, pelo amor de Deus, espere um pouco! Mal consegui abrir os olhos!

Ele voltou-se no mesmo instante em que ela se lançava sobre ele. Perdendo o equilíbrio, ele quase caiu com ela no canteiro de flores. Então ela já estava muito perto e eles se beijaram, ofegantes, em meio à chuva leve e luminosa.

— Vou sentir sua falta, droga! — Apertou o rosto no ombro dele, respirando profundamente.

— Venha comigo. Enfie algumas coisas numa bolsa e venha comigo.

— Não posso. — Ela recuou, surpresa por estar tão triste por ter de recusar. — Preciso tratar de algumas coisas aqui. E eu... eu realmente não consigo trabalhar em Dublin.

— Não, creio que você não pode mesmo — ele disse após um longo momento.

— Você vai poder voltar? Tire um dia ou dois.

— Impossível agora. Talvez eu possa daqui a umas duas semanas.

— Bem, não está tão longe. — Parecia ser uma eternidade. — Nós dois podemos fazer o que tem de ser feito, e então...

— E então... — Curvou-se para beijá-la. — Pense em mim, Margaret Mary.

— Pensarei.

Ficou olhando enquanto ele partia. Viu Rogan colocar a pasta no carro, ligar o motor e seguir pela estrada.

Permaneceu ali parada por bastante tempo depois que o barulho do carro desapareceu, até que a chuva parou e o sol iluminou a manhã.

Capítulo Treze

Maggie andou pela sala vazia, lançou um longo olhar à janela da frente, voltando sobre seus passos. Era a quinta casa que via em uma semana, a única não ocupada por vendedores esperançosos e a última que pretendia ver.

Ficava nos arredores de Ennis, um pouco mais longe do que Brianna teria desejado, e não distante o bastante, para o gosto de Maggie. Era nova, ponto a seu favor, uma casa com todas as peças num mesmo piso.

Dois dormitórios, considerou, enquanto andava por ela novamente. Um banheiro, uma cozinha com espaço para comer, uma sala cheia de luz e uma bonita lareira de tijolos.

Olhando pela última vez, colocou as mãos nos quadris.

— É esta.

— Maggie, com certeza é do tamanho adequado para ela. — Brianna mordia o lábio inferior enquanto vasculhava com os olhos a sala vazia. — Mas não devíamos escolher algo mais próximo de casa?

— Por quê? Ela odeia aquele lugar.

— Mas...

— E esta fica mais perto de algumas conveniências. Lojas de comida, farmácia, lugares para comer fora, se ela estiver disposta.

— Ela nunca sai.

— É hora de sair. E já que ela não vai ter você correndo ao estalar dos dedos, ela precisará sair, não?

— Eu não vou correndo. — Costas retesadas, Brianna caminhou até a janela. — E a questão é que ela pode se recusar a mudar para cá.

— Não se recusará. — Não, Maggie pensou, não com a espada que tenho sobre sua cabeça. — Se você se livrar desta culpa que adora cultivar, vai admitir que é melhor para todos nós. Ela estará mais feliz em sua própria casa, ou tão feliz quanto uma mulher com sua natureza pode estar. Você pode dar a ela tudo o que desejar da casa, se isso acalmar sua consciência, ou lhe darei dinheiro para comprar coisas novas. O que ela preferir.

— Maggie, o lugar não é muito encantador.

— Nossa mãe também não é. — Antes que Brianna pudesse replicar, Maggie caminhou em sua direção, colocando um braço sobre os ombros tensos. — Você fará um jardim aqui, logo depois da porta. Vamos pintar as paredes ou forrar com papel, ou qualquer outra coisa.

— Podemos deixá-la bonita.

— Ninguém mais indicado para isso do que você. Poderá gastar todo o dinheiro que precisar, até que vocês duas estejam satisfeitas.

— Não é justo, Maggie, que você arque com todas estas despesas.

— Muito mais justo do que você pode imaginar. — Chegou a hora, Maggie decidiu, de falar a Brianna sobre a mãe: — Você sabia que ela cantava? Profissionalmente?

— Mamãe? — A idéia era tão absurda que Brianna riu. — De onde tirou esta idéia?

— É verdade. Soube por acaso e chequei para ter certeza. — Procurando na bolsa, Maggie puxou os recortes amarelados. — Veja você mesma. Até escreveram sobre ela algumas vezes.

Muda, Brianna percorria o recorte com os olhos, estarrecida ante a foto desbotada.

— Ela cantou em Dublin — ela murmurou. — Tinha sua própria vida. "A voz, tão clara e suave, como sinos de igreja na manhã de Páscoa", diz aqui. Mas como pode ser? Ela nunca falou sobre isso. Nem papai.

— Tenho pensado muito nisso nos últimos dias. — Dando as costas para ela, Maggie dirigiu-se à janela outra vez. — Ela perdeu o que desejava e, em troca, obteve algo que não queria. Todo o tempo, ela se pune e a todos nós.

Confusa, Brianna baixou o recorte de jornal.

— Mas ela nunca cantava em casa. Nem uma nota sequer. Nunca.

— Penso que não podia tolerar isso, ou considerava a recusa uma penitência por seu pecado. Provavelmente os dois. — Um cansaço se abateu sobre Maggie e ela se empenhou em afastá-lo. — Estou tentando desculpá-la por isso, Brie, tentando imaginar o quanto deve ter ficado arrasada quando soube que estava grávida de mim. E, sendo como é, não havia outra possibilidade para ela, além do casamento.

— Foi um erro dela culpar você, Maggie. Sempre foi. E isso não é menos verdade hoje.

— Talvez. Mas isto faz com que eu entenda por que ela nunca me amou. E nunca me amará.

— Você... — Cuidadosamente Brianna dobrou o recorte e o guardou em sua bolsa. — Falou com ela sobre isso?

— Tentei. Ela não quer tocar no assunto. Poderia ter sido diferente. — Maggie voltou-se, odiando o peso da culpa que não podia afastar. — Poderia sim. Mesmo que não pudesse ter a carreira que desejava, ainda assim poderia ter havido música. Ela precisava abandonar tudo, por não poder ter exatamente o que desejava?

— Não sei a resposta. Algumas pessoas não se contentam com menos, se não podem ter tudo.

— Isto não pode ser mudado. Mas nós lhe daremos isto, todos nós lhe daremos isto.

Como o dinheiro se esvai rapidamente, Maggie pensava poucos dias depois. Parece que, quanto mais você tem, mais você precisa. Mas a escritura da casa estava, agora, no nome de Maeve, e os detalhes, dúzias deles que aparecem ao se montar uma casa, estavam sendo negociados, um a um.

Era uma pena que alguns detalhes de sua vida pessoal parecessem estagnados num limbo. Quase não havia falado com Rogan, pensou, enquanto se sentava à mesa da cozinha, mal-humorada. Ah, havia mensagens transmitidas por Eileen ou por Joseph, mas ele raramente se importava de fazer contato com ela diretamente. Ou voltar, como tinha dito que faria.

Bem, tudo certo, pensou. De qualquer maneira, estava muito ocupada. Tinha alguns esboços que começavam a se transformar em vidro. Se estava começando um pouquinho mais tarde naquela manhã, era porque tinha de decidir qual projeto desenvolveria primeiro.

Com certeza não era por estar esperando o maldito telefone tocar.

Levantou-se e foi até a porta, quando viu, pela janela, Brianna com o devotado cachorro em seus calcanhares.

— Que bom. Queria alcançar você antes que começasse o trabalho do dia. — Brianna tirou a cesta do braço quando entrou na cozinha.

— Pois conseguiu. Tudo bem?

— Tudo. — Rápida e eficiente, descobriu os bolinhos de milho, ainda fumegantes, que trouxera. — Ter achado Lottie Sullivan foi um presente de Deus. — Sorriu pensando na enfermeira aposentada que haviam contratado para fazer companhia a Maeve. — Ela é simplesmente maravilhosa, Maggie. Como alguém da família. Ontem, enquanto eu trabalhava nos canteiros da frente, a mamãe começou a dizer que já passara da época de plantar e que a cor da tinta do exterior da casa não era apropriada. Só para contrariar. E Lottie ficou rindo e discordou de tudo o que ela dizia. Juro, as duas estão se divertindo.

— Gostaria de ter visto isso. — Maggie partiu um bolinho ao meio. O aroma dele e a cena que Brianna projetara em sua cabeça compensaram o atraso do seu trabalho da manhã. — Você encontrou um tesouro, Brie. Lottie a manterá na linha.

— Mais do que isso. Ela realmente gosta de seu trabalho. Sempre que a mamãe diz alguma coisa horrível, Lottie apenas sorri, pisca o olho e continua seu serviço. Nunca pensei que algum dia diria isto, Maggie, mas realmente acredito que vai dar certo.

— Claro que vai. — Maggie atirou um pedaço do bolinho a Con, paciente e esperançoso. — Perguntou a Murphy se ele vai poder ajudar a levar a cama dela e outras coisas que ela queira?

— Nem precisei. Já espalharam a novidade de que você comprou uma casa para ela perto de Ennis. Dúzias de pessoas passaram por lá, "casualmente", esta semana. Murphy já ofereceu sua força e seu caminhão.

— Então ela mudará com Lottie antes do fim da próxima semana. Comprei uma garrafa de champanhe para nós e tomaremos um porre quando tudo estiver acabado.

Os lábios de Brianna se contraíram, mas sua voz estava calma:

— Não é motivo para comemorar.

— Então passarei lá, casualmente — Maggie disse com um sorriso malicioso. — Com uma garrafa de espumante embaixo do braço.

Embora Brianna sorrisse, seu coração não estava ali.

— Maggie, tentei falar com ela sobre ela ter sido cantora. — Ficou triste ao ver que o brilho desapareceu dos olhos da irmã. — Achei que devia.

— É claro que achou. — Perdendo o apetite pelo bolinho, atirou o resto para Con. — Teve mais sorte que eu?

— Não, ela não quis falar comigo. Só ficou brava. — Não valia a pena repetir as agressões verbais, palavra por palavra, Brianna pensou. Fazer isso só serviria para aumentar ainda mais a tristeza. — Ela se retirou para o quarto, mas levou os recortes consigo.

— Bom, já é alguma coisa. Talvez eles a confortem. — Maggie estremeceu quando o telefone tocou e voou da cadeira tão rápido que Brianna ficou boquiaberta. — Alô! É Eileen, não é? — O desapontamento na voz era inconfundível. — Sim, recebi as fotos que você enviou para o catálogo. Estão ótimas. Acho melhor eu mesma falar com o Sr. Sweeney que... ah, uma reunião. Não, tudo bem, pode dizer a ele que eu as aprovei. Não, por nada. Até logo!

— Você atendeu o telefone! — Brianna comentou.

— Naturalmente ele tocou, não foi?

O tom irritado da irmã fez Brianna arquear as sobrancelhas.

— Está esperando algum telefonema?

— Não. Por que acha isso?

— Bem, o jeito como você saiu correndo, como se fosse tirar uma criança da frente de um carro.

Ah, ela fizera isso?, pensou. Fizera mesmo? Era humilhante.

— Não suporto esta maldita coisa tocando em meus ouvidos, é só isso. Agora, tenho que trabalhar — disse isso como uma despedida e saiu da cozinha.

Não a incomodava de jeito algum se ele ligava ou não, Maggie disse a si mesma. Cerca de três semanas que ele voltara para Dublin e talvez ela só tivesse falado com ele umas duas vezes, mas isso não tinha importância alguma para ela. Estava muito ocupada para ficar tagarelando ao telefone ou entretendo-o, se ele viesse vê-la.

Embora ele tivesse, diabos, dito que viria, pensou silenciosamente, e bateu a porta do estúdio atrás de si.

Não precisava da companhia de Rogan Sweeney, nem de ninguém. Tinha a si mesma.

Pegou sua pipeta e foi trabalhar.

A formal sala de jantar dos Connelly lembraria a Maggie um cenário que vira numa novela melosa, na televisão, no dia em que seu pai falecera. Tudo brilhava e resplandecia. Vinho de ótima safra cintilava ouro no cristal, emitindo arco-íris na lapidação. Velas finas e brancas se somavam à elegância da luz projetada pelo candelabro de cinco braços.

As pessoas circundando a mesa adornada estavam tão polidas como a sala. Anne, em seda, safira e diamantes de sua avó, era o protótipo da anfitriã graciosa. Dennis, ruborizado pela boa comida e boa companhia, sorria para a filha. Patricia estava particularmente adorável, e tão delicada como as pérolas creme e rosa-pastel que usava.

Na frente dela, Rogan sorvia o vinho e esforçava-se para manter sua mente distante do longínquo Oeste de Maggie.

— É tão bom fazer uma refeição em família, calmamente. — Anne serviu uma porção miserável de faisão em seu prato. A balança avisara que ela ganhara um quilo no último mês, e isto nunca deveria acontecer. — Espero que você não esteja desapontado por não termos organizado uma festa, Rogan.

— Naturalmente que não. É um prazer, muito raro para mim, nestes dias, desfrutar uma noite entre amigos.

— Exatamente o que eu disse a Dennis. — Anne prosseguiu. — Deus, quase não vimos você nos últimos meses. Você trabalha demais, Rogan.

— Um homem nunca trabalha demais naquilo que ama — Dennis acrescentou.

— Ah! Você e seu trabalho de homem. — Anne riu levemente e quase não resistiu à vontade de chutar o marido por baixo da mesa. — Muito trabalho deixa o homem tenso, especialmente se ele não tem uma esposa para acalmá-lo.

Sabendo bem aonde aquela conversa iria chegar, Patricia fez o máximo esforço para mudar o assunto:

— Você obteve um grande sucesso com a exposição da Srta. Concannon, Rogan. E ouvi falar que a de arte indígena americana foi muito bem aceita.

— Sim, as duas foram bem. A de arte indígena está indo para a galeria de Cork esta semana, e a de Maggie, da Srta. Concannon, vai para Paris brevemente. Ela terminou algumas peças extraordinárias no mês passado.

— Vi algumas delas. Acredito que Joseph está desejando o globo. Aquele com todas as cores e formas dentro. É realmente fascinante. — Patricia cruzou as mãos sobre o colo, enquanto as sobremesas eram servidas. — Fico imaginando como aquela peça foi feita.

— Aconteceu de eu estar lá quando ela a fez. — Lembrava o calor, as cores sangrentas, os reflexos faiscantes. — E, mesmo assim, não saberia explicar a você.

O brilho nos olhos dele colocou Anne em alerta.

— Saber muito sobre o processo artístico pode quebrar o encantamento, não acha? Tenho certeza de que é pura rotina para a Srta. Concannon. Patricia, você ainda não nos contou sobre o seu pequeno projeto? Como vai indo a escola?

— Bem, obrigada.

— Imagine nossa Patricinha montando uma escola. — Anne sorriu indulgentemente.

Rogan se deu conta, com um início de culpa, de que havia semanas que não perguntava nada a Patricia sobre o projeto.

— Encontrou um local, então?

— Sim, é uma casa próxima a Mountjoy Square. O prédio precisa de algumas reformas, é claro. Contratei um arquiteto. O terreno é mais do que adequado, cheio de espaços para áreas de recreação. Espero que esteja pronta para os alunos na próxima primavera.

E já podia imaginá-la. Os bebês e as crianças pequenas, cujas mães necessitavam de um lugar confiável para deixar os filhos enquanto trabalhavam. As crianças mais velhas que viriam após a escola, durante o expediente de trabalho dos pais. Isso preencheria um pouco da dor e do vazio que trazia dentro de si própria. Ela e Robert não tinham tido filhos. Estavam certos de que haveria muito tempo para isso. Tão certos...

— Tenho certeza de que Rogan pode ajudá-la com os detalhes do fim da reforma, Patricia — Anne acrescentou. — Afinal, você não tem nenhuma experiência.

— Ela é minha filha, não é? — Dennis interveio com uma careta. — Ela vai se sair bem.

— Tenho certeza que sim. — Anne sentiu novamente vontade de cutucar a canela do marido com o pé.

Esperou até que estivesse sozinha, na sala, com a filha, enquanto os homens deixavam-se ficar com seus cálices de vinho do Porto na sala de jantar, um hábito que Anne se recusava a acreditar que estivesse ultrapassado.

— O que você está esperando, Patricia? Está deixando o homem escapar por entre seus dedos?

— Por favor, não comece com isso. — Patricia já podia sentir o sombrio latejar de uma terrível enxaqueca.

— Você deseja ficar viúva por toda a vida, suponho. — Com um olhar severo, Anne acrescentava creme à sua xícara. — Já lhe disse que é tempo bastante.

— Você me diz isso desde que completou um ano da morte de Robbie.

— E não é nada mais além da verdade. — Anne suspirou. Tinha odiado assistir ao sofrimento da filha, ela própria havia chorado muito, não apenas pela perda do genro que amava, mas pela tristeza que não fora capaz de afastar dos olhos de Patricia. — Querida, por mais que desejemos que isso não tivesse acontecido, Robert se foi.

— Sei disso. Aceitei o fato e estou tentando seguir em frente.

— Iniciando um serviço diário de cuidados aos filhos dos outros?

— Sim, em parte. Estou fazendo isso por mim mesma, mãe. Porque preciso trabalhar, preciso da satisfação do trabalho.

— Desisti de tentar convencer você a mudar de idéia. — Anne levantou a mão num gesto de paz. — E se realmente é isso que você deseja, é o que desejo também.

— Obrigada. — O rosto de Patricia abrandou-se ao se inclinar para beijar a mãe. — Sei que você só quer o melhor para mim.

— Sim. E é exatamente por isso que desejo Rogan para você. Não, não se feche para mim, menina. Não pode me dizer que você também não o quer.

— Eu gosto dele. Muito. Sempre gostei.

— E ele de você. Mas você está sempre recuando, muito pacientemente, esperando que ele dê o próximo passo. E, enquanto você espera, ele está ficando confuso. Até uma cega pode ver que ele está interessado em algo mais do que apenas na arte desta tal de Concannon. E ela não faz o tipo ideal. Ah, não mesmo. Vendo um homem com a educação e os recursos de Rogan, ela o abocanhará antes que ele pisque os olhos.

— Duvido muito que Rogan possa ser abocanhado — Patricia retrucou secamente. — Ele sabe o que quer.

— Em muitos aspectos — Anne concordou. — Mas os homens precisam ser guiados, Patricia. Seduzidos. Você não se dedicou a seduzir. Rogan Sweeney. Precisa fazer com que ele a veja como uma mulher, e não como a viúva do seu amigo. Você o quer, não?

— Acho...

— Claro que quer. Agora faça com que ele queira você também.

Patricia falou pouco quando Rogan a levou para casa. Casa que ela dividira com Robert, casa que ela não conseguira abandonar. Ela não mais caminhava pelos cômodos, imaginando encontrá-lo à sua espera, nem sofria aqueles golpes de dor em momentos estranhos, quando subitamente lembrava a vida conjugal. Era apenas uma casa que guardava boas lembranças.

Mas desejava realmente viver nela sozinha, pelo resto da vida? Desejava dedicar seus dias a cuidar dos filhos de outras mulheres quando não havia nenhum seu para dar brilho à sua vida?

Se sua mãe estava certa, e era Rogan que queria, então que mal havia em um pouco de sedução?

— Quer entrar um pouquinho? — perguntou, quando ele a levou até a porta. — É cedo ainda e estou um pouco agitada.

Ele pensou na própria casa vazia e nas horas que faltavam para começar o novo dia de trabalho.

— Se você me servir um conhaque.

— No terraço, então — ela concordou e entraram.

A casa refletia a elegância discreta e o gosto inegável de sua dona. Embora sempre se sentisse completamente à vontade lá, Rogan pensou no chalé atulhado de Maggie e em sua cama estreita e desarrumada.

Até o cálice de conhaque trouxe Maggie à lembrança. Lembrou quando ela jogara um deles contra a lareira, numa fúria de paixão. E no pacote que chegara dias depois contendo um outro, para substituir o que havia quebrado.

— A noite está linda... — A voz de Patricia o trouxe de volta.

— Como? Ah... sim. Está sim. — Ele girava o conhaque nas mãos, mas não o bebia.

Uma lua crescente flutuava no céu, encoberta parcialmente pelas nuvens, surgindo depois, branca, fina e clara, quando a brisa as afastava. O ar quente e perfumado era perturbado apenas pelo ruído do tráfego, além da cerca viva.

— Fale-me mais sobre a escola — ele falou. — Que arquiteto escolheu?

Ela mencionou uma firma, que ele aprovou.

— Eles trabalham bem. Temos usado os serviços deles.

— Eu sei. Joseph os recomendou. Ele tem sido muito prestativo, embora eu me sinta culpada por afastá-lo do trabalho.

— Ele é capaz de fazer uma dúzia de coisas ao mesmo tempo.

— Ele nunca parece se importar quando apareço na galeria. — Testando-o e a si mesma, Patricia aproximou-se dele. — Tenho sentido sua falta.

— As coisas têm andado bem agitadas. — Afastou os cabelos dela, pondo-os atrás da orelha, num gesto bem antigo, que ele fazia sem perceber. — Precisamos arranjar algum tempo. Faz semanas que não vamos ao teatro, não é?

— Verdade. — Pegando a mão dele, manteve-a entre as suas. — Mas estou contente por termos tido algum tempo agora. Sozinhos.

Um sinal de alerta soou na mente dele. Afastou-o, considerando-o ridículo, e sorriu para ela.

— Teremos mais. Por que não apareço nesta propriedade que você comprou e dou uma olhada para você?

— Você sabe que eu considero muito sua opinião. — O seu coração disparou. — Considero muito você.

Antes que mudasse de idéia, ela se inclinou e pressionou os lábios contra os dele. Se havia alarme em seus olhos, ela se recusou a ver.

Não um beijo doce ou platônico, desta vez. Patricia fechou a mão nos cabelos dele e entregou-se toda no beijo. Desejava, desejava desesperadamente sentir alguma coisa novamente.

Mas os braços dele não se fecharam em torno dela. E os lábios também não se aqueceram. Continuou parado como uma estátua. Não havia prazer nem desejo entre eles. Só a frieza do choque.

Dando um passo atrás, ela notou o olhar atônito, e pior, muito pior, notou o sentimento de pena nos olhos dele. Ferida, afastou-se.

Rogan largou seu conhaque ainda intacto.

— Patricia...

— Não. — Ela apertou os olhos com força. — Não diga nada.

— Claro que direi. Tenho que dizer. — Os dedos hesitaram acima dos ombros dela e finalmente os tocaram gentilmente. — Patricia, você sabe o quanto eu... — O que dizer? O que seria possível dizer?, pensou ansioso. — Gosto de você — falou e odiou-se por isso.

— Deixe como está. — Apertou as mãos até os dedos doerem. — Já me sinto bastante humilhada.

— Nunca pensei... — Amaldiçoou-se outra vez e, porque ele se sentia tão miserável, amaldiçoou-a por estar certa. — Patty... — ele disse, impotente. — Sinto muito.

— Tenho certeza de que sente. — A voz era fria de novo, apesar de ele ter usado seu apelido de infância. — E eu também sinto por ter colocado você nessa situação constrangedora.

— A culpa é minha. Eu devia ter entendido.

— Por que deveria? — Gelada, separou-se das mãos dele e se obrigou a voltar o olhar. À luz das estrelas, o rosto dela era frágil como o vidro, os olhos vazios. — Estou sempre aqui, não é? Em casa, disponível para qualquer noite livre que você tenha. Pobre Patricia, sem rumo, sonhando com seus projetinhos para se manter ocupada. A jovem viúva que se contenta com um afago na cabeça e um sorriso indulgente.

— Não é verdade. Não é como me sinto.

— Não sei como se sente. — A voz dela se elevou, cortante, alarmando a ambos. — Não sei como eu me sinto. Só sei que quero que você vá embora. Antes de dizermos um ao outro algo que nos deixe mais embaraçados do que já estamos.

— Não posso deixar você assim. Por favor, vamos entrar e sentar. Vamos conversar.

Não, ela pensou, acabaria chorando para completar sua mortificação.

— Verdade, Rogan — falou decidida. — Quero que você vá embora. Nada mais temos a nos dizer, a não ser boa-noite. Você conhece o caminho. — Precipitou-se diante dele e entrou na casa.

Malditas sejam todas as mulheres!, Rogan pensava na tarde seguinte, ao entrar na galeria. Malditas todas elas, pela excepcional habilidade que têm de fazer um homem se sentir culpado e carente como um idiota.

Perdera uma amiga, uma amiga que lhe era muito querida. Perdera-a por ter sido cego aos sentimentos dela. Sentimentos, lembrou com um ressentimento crescente, que Maggie tinha visto e entendido num piscar de olhos.

Subiu as escadas, furioso consigo mesmo. Por que não tinha nenhuma idéia de como lidar com duas mulheres que significavam tanto para ele?

Partira o coração de Patricia, sem o menor cuidado. E Maggie, Deus a amaldiçoasse também, tinha o poder de quebrar o seu.

As pessoas nunca se apaixonavam por alguém que quisesse, ansiosamente, retribuir?

Bem, não seria tolo a ponto de atirar seus sentimentos aos pés de Maggie para que ela pisasse neles. Não agora. Não depois de ter, inadvertidamente, crucificado a si mesmo. Ele ficaria bem, obrigado.

Entrou na primeira sala e franziu a testa. Puseram mais algumas peças do trabalho dela em exposição. Um mero flash do que poderia ser mostrado nas diversas galerias ao longo dos próximos doze meses. O globo, que ela tinha criado na frente de seus olhos, refletia luz, parecendo conter todos os sonhos que ela afirmara estarem ali escondidos, sonhos que agora zombavam dele, enquanto olhava em sua profundidade.

Foi bom que ela não tivesse atendido o telefone quando ele ligara na noite anterior. Talvez precisasse dela naquele momento, quando a culpa miserável por causa de Patricia o dilacerara. Tivera necessidade de ouvir a voz dela, acalmar-se com ela. Em vez disso, ouvira só a própria voz, cortante e precisa na secretária eletrônica. Ela se recusara até mesmo a deixar a própria gravação.

Então, em vez de uma conversa calma, talvez íntima, tarde da noite, ele deixara uma breve mensagem que, sem dúvida, irritaria Maggie, tanto quanto ele ficara irritado.

Deus!, como a desejava.

— Ah, justo o homem que eu queria encontrar. — Alegre como um passarinho, Joseph irrompeu na sala. — Vendi *Carlotta*. — O sorriso orgulhoso de Joseph transformou-se em curiosidade quando Rogan se virou. — Dia ruim, hein?

— Já tive melhores. *Carlotta*, você disse? Para quem?

— Para uma turista americana que apareceu hoje de manhã. Ficou absolutamente enfeitiçada por *Carlotta*. Vamos despachá-la, o quadro. quero dizer, para um lugar chamado Tucson.

Joseph sentou-se no pequeno sofá e acendeu um cigarro para celebrar.

— A americana explicou que adora nus primitivos, e nossa *Carlotta* era, com certeza, primitiva. Eu, pessoalmente, sou fã de nus, mas *Carlotta* nunca fez meu tipo. Quadris muito largos e seios muito pequenos. Bem, faltou sutileza ao artista, eu diria.

— Era um óleo excelente — Rogan falou, ausente.

— No seu estilo. Como prefiro algo menos óbvio, não ficarei incomodado de despachar *Carlotta* para Tucson. — Tirou um pequeno cinzeiro portátil do bolso e enfiou o cigarro nele. — Ah, e aquela série de aquarelas do escocês? Chegaram há uma hora. Belo trabalho, Rogan. Acho que você descobriu outra estrela.

— Pura sorte! Se não tivesse andado checando a fábrica em Inverness, nunca teria visto as aquarelas.

— Artista de rua. — Joseph sacudiu a cabeça. — Bem, não por muito tempo, posso garantir. Há algo de maravilhosamente rústico no trabalho, ao mesmo tempo frágil e austero. — Seu dente de ouro refulgiu num sorriso. — E o nu também, para substituir a perda de *Carlotta*. Mais a meu gosto, sou obrigado a confessar. Ela é elegante, um tanto delicada e só com um pouquinho de tristeza no olhar. Apaixonei-me desesperadamente.

Interrompeu-se, corando um pouco em torno do colarinho, quando viu Patricia na porta. O coração bateu desenfreado. Fora do seu alcance, rapaz, lembrou a si mesmo. Fora do seu alcance. Seu sorriso estava desaparecendo, quando se levantou.

— Oi, Patricia. Que bom ver você!

Rogan virou-se, decidido que devia ser açoitado por ter colocado aquelas olheiras em Patricia.

— Oi, Joseph. Espero não estar atrapalhando vocês.

— De maneira alguma. A beleza é sempre bem-vinda aqui. — Tomando a mão dela, beijou-a e chamou a si mesmo de idiota. — Aceita um chá?

— Não, não se incomode.

— Não é incômodo algum, verdade. Estamos quase fechando.

— Eu sei. Esperava... — Patricia tomou coragem: — Joseph, você se importa? Preciso de um momento a sós com Rogan.

— Não, claro. — Tolo. Imbecil. Estúpido. — Estava mesmo descendo. Colocarei a chaleira no fogo, se por acaso mudar de idéia.

— Obrigada. — Esperou que ele saísse e fechou a porta. — Espero que não se incomode com minha visita, já que estão quase fechando.

— Não, claro que não. — Rogan descobriu novamente que não sabia como se comportar. — Estou contente que você tenha vindo.

— Não, não está. — Sorriu um pouquinho quando falou, para amenizar o golpe. — Você está aí parado, tentando ansiosamente pensar no que dizer, como se comportar. Conheço você há muito tempo, Rogan. Podemos sentar?

— Sim, claro. — Começou a oferecer a mão, mas deixou-a cair ao longo do corpo. Patricia arqueou a sobrancelha ao seu movimento. Sentou-se, cruzando as mãos no colo. — Estou aqui para me desculpar.

Agora sua angústia era completa.

— Por favor, não. Não é necessário.

— É necessário sim. Você vai fazer a gentileza de me ouvir.

— Patty. — Sentou-se ao lado dela, sentindo o estômago revirar.

— Fiz você chorar. — Era óbvio demais agora que estavam perto. Embora ela tivesse caprichado na maquiagem, ele podia ver os sinais.

— Sim, fez. E depois que parei de chorar, comecei a pensar. Por mim mesma. — Suspirou. — Não tenho muita prática em pensar por mim mesma, Rogan. Mamãe e papai sempre cuidaram bem de mim. E eles têm algumas expectativas. Eu sempre tive medo de não poder realizá-las.

— Isto é um absurdo...

— Pedi a você que me escutasse — falou num tom que fez com que ele a olhasse surpreso. — E você me escutará. Você estava sempre por perto, desde que eu tinha catorze, quinze anos? E então veio Robbie. Eu estava tão apaixonada que não havia necessidade de pensar, não havia lugar para isso. Tudo era ele. Ele e nós, montando casa, construindo um lar. Quando o perdi, pensei que fosse morrer também. Deus sabe que desejei isso.

Rogan não podia fazer nada além de segurar a mão dela.

— Eu o amava também.

— Eu sei. E foi você que me ajudou a superar tudo isso. Você me ajudou a viver meu luto e me ajudou a suportar essa dor. Eu podia falar sobre Robbie com você e rir ou chorar. Foi o melhor dos amigos, então era natural que eu o amasse. Parecia sensato esperar até que você passasse a me ver como uma mulher, e não como uma velha amiga. Então, não teria sido natural que você se apaixonasse por mim, me pedisse em casamento?

Os dedos dele se moviam, sem descanso, sob os dela.

— Se eu tivesse prestado mais atenção...

— Não teria visto nada que eu não desejasse que você visse. Por motivos que prefiro não mencionar, decidi que eu mesma daria o próximo passo, na noite passada. Quando eu o beijei, esperava sentir, ah!, o brilho das estrelas e a luz da lua. Lancei-me naquele beijo, esperando que fosse tudo que eu estivera esperando, a maravilhosa sensação de puro êxtase. Eu desejava demais sentir isso outra vez. Mas não senti.

— Patricia, não é que eu... — Interrompeu-se bruscamente, estreitando os olhos. — Como?

Ela riu, confundindo-o mais.

— Quando terminei minha bem merecida sessão de choro, pensei em todo o episódio. Não foi só você que foi apanhado de surpresa, Rogan. Me dei conta de que não senti absolutamente nada quando beijei você.

— Nada mesmo — ele repetiu depois de um momento.

— Nada mais do que embaraço por ter colocado a nós dois em tal situação tão horrorosa. Entendi que, mesmo que eu goste muito de você, não estou, de maneira alguma, apaixonada. Estava simplesmente beijando meu melhor amigo.

— Entendo. — Era ridículo sentir como se sua masculinidade tivesse sido impugnada. Mas, afinal, ele era um homem. — É uma sorte, não é?

Ela o conhecia bem. Rindo, apertou a mão dele contra o seu rosto.

— Agora insultei você.

— Não. Estou aliviado em razão de as coisas terem se acertado. — O olhar gentil dela o fez praguejar. — Muito bem, diabos! Você me insultou sim. Ou, ao menos, feriu meu orgulho masculino. — Ele sorriu de volta. — Amigos, então?

— Sempre. — Suspirou longamente. — Nem consigo dizer o quanto estou aliviada com o fato de que *tudo isso* esteja terminado. Sabe, vou encontrar Joseph para aquele chá. Quer nos acompanhar?

— Não, desculpe. Acabamos de receber uma remessa de Inverness que quero conferir.

Ela levantou-se.

— Sabe, tenho que concordar com mamãe numa coisa. Você trabalha demais. Já está mostrando os sintomas. Precisa de uns dias para relaxar.

— Daqui a um mês ou dois.

Sacudindo a cabeça, abaixou-se para beijá-lo.

— Você sempre diz isso. Gostaria de acreditar dessa vez. — Ela inclinou a cabeça e sorriu. — Imagino que sua vila no Sul da França seja um lugar excelente não somente para relaxar, mas também para inspirações criativas. As cores e as texturas, sem dúvida, são atraentes para um artista.

Ele abriu a boca, mas fechou-a de novo.

— Você realmente me conhece muito bem — murmurou.

— Conheço sim. Pense nisso. — Deixou-o refletindo e desceu para a cozinha. Como Joseph estava na galeria principal com os últimos clientes, ela mesma começou a preparar o chá.

Joseph entrou na cozinha no exato momento em que estava servindo a primeira xícara.

— Desculpe — disse. — Não poderia apressá-los, nem pude convencê-los a deixar nenhuma libra. Pensei que terminaria o dia vendendo aquela escultura de cobre. Sabe, aquela que parece um pouco com uma árvore, mas eles me escaparam.

— Tome um chá e se console.

— Farei isso, obrigado. Você... — Parou quando ela virou-se, e pôde ver seu rosto em plena luz. — O que é isto? O que houve?

— Ora, nada. — Colocando as xícaras sobre a mesa, ela quase as deixou cair, quando ele a pegou pelos braços.

— Você andou chorando. E seus olhos estão com olheiras. — A voz dele era firme.

Com um suspiro impaciente, ela empurrou as xícaras.

— Por que os cosméticos são tão caros, se não cumprem seu papel? Uma mulher não pode se dar ao luxo de dar uma boa chorada, se não pode confiar em seu pó. — Começou a sentar, mas as mãos dele continuaram firmes em seus ombros. Surpresa, olhou para ele. O que viu naqueles olhos a fez gaguejar: — Não é nada... realmente. Só algumas tolices. Eu... eu estou bem agora.

Ele não pensou. Já a tinha segurado antes, naturalmente. Já tinham dançado juntos. Mas agora não havia música. Somente ela. Lentamente, ele levantou a mão, passou gentilmente o polegar sobre as leves olheiras sob os olhos dela.

— Você ainda sente falta dele. Robbie.

— Sim, sempre vou sentir. — Mas o rosto do marido, tão amado, se desvaneceu. Viu apenas Joseph. — Não estava chorando por Robbie. Realmente, não. Não sei exatamente por quê.

Ela era tão adorável, pensou. Os olhos tão suaves e confusos. E a pele — ele nunca ousara tocá-la assim antes, era como seda.

— Não deve chorar, Patty... — ele se ouviu dizendo. E então ele a estava beijando, sua boca buscando a dela como uma flecha, a mão mergulhando na onda macia de seus cabelos.

Ele se perdeu, levado por seu perfume, sofrendo pelo modo como seus lábios se abriam, surpresos, permitindo um longo saborear de todo o corpo dela.

Seu corpo deu a ele um delicado balanço de fragilidade, o que aumentou os desejos insuportáveis e conflitantes. De tomar, de proteger, de confortar e de possuir.

Foi o suspiro dela, em parte de choque, em parte de devaneio, que o sacudiu de volta, como um golpe de água gelada no rosto.

— Eu... me perdoe — ele gaguejou, então se enrijeceu de arrependimento, enquanto ela apenas o fitava. Emoções entravam em conflito de um modo doentio enquanto dava um passo atrás. — Foi indesculpável.

Voltou-se e saiu, antes que a cabeça dela parasse de girar.

Deu um passo em sua direção, seu nome nos lábios. Então parou, apertou com a mão o coração descompassado e deixou que as pernas, bambas, a jogassem numa cadeira.

Joseph? A mão dela tremia, indo do seio ao rosto ruborizado. Joseph, pensou de novo, desconcertada. Como? Era ridículo. Não eram mais do que simples amigos casuais que dividiam a afeição por Rogan e pela arte. Ele era... bem, a coisa mais próxima de boêmio que ela conhecia. Charmoso certamente, como qualquer mulher que entrasse na galeria podia confirmar.

E fora apenas um beijo. Só um beijo, disse a si mesma, enquanto alcançava sua xícara. Mas a mão trêmula derramou o chá sobre a mesa.

Um beijo, sentiu com um sobressalto, que tinha trazido a ela o brilho das estrelas e a luz da lua, a maravilhosa sensação de puro êxtase que tanto desejara.

Joseph, pensou outra vez, e saiu correndo da cozinha para procurá-lo.

Viu-o de relance, do lado de fora, e disparou deixando Rogan sem nenhuma palavra.

— Joseph!

Ele parou, praguejou. Cá estamos, pensou amargamente. Ela acabaria com ele e — como não conseguiria escapar a tempo — em público. Disposto a arcar com as conseqüências, virou-se, atirando os cabelos lisos sobre os ombros.

Ela deslizou até parar a poucos centímetros dele.

— Eu... — Esquecera completamente o que tencionara dizer.

— Você tem todo o direito de estar zangada. Pouco importa que eu nunca pretendi... quer dizer, eu só queria... Diabos, o que esperava? Você entrou tão triste e tão linda. Tão perdida. Não consegui me controlar e peço desculpas por aquilo.

Andara se sentindo tão perdida. Será que ele poderia entender o que era saber onde estava, acreditar saber aonde estava indo e, mesmo assim, sentir-se perdida? Achou que ele poderia.

— Quer jantar comigo?

Piscando, ele deu um passo atrás. Fitou-a.

— Como?

— Você quer jantar comigo? — ela repetiu. Sentia-se leviana, quase imprudente. — Esta noite. Agora.

— Você quer jantar? — falava lentamente, espaçando cada palavra. — Comigo? Esta noite?

Ele olhava tão desconcertado, tão desconfiado, que ela riu.

— Sim. Na verdade, não, isto não é o que quero mesmo.

— Está bem então. — Concordou rigidamente e saiu andando.

— Não quero jantar! — gritou, alto o bastante para fazer algumas cabeças virarem. Quase imprudente? Ah, não, completamente imprudente. — Quero que você me beije outra vez.

A frase o fez parar de supetão. Virou-se, ignorando a piscadela e uma palavra de encorajamento de um homem de camisa florida. Como um cego, tateando o caminho, andou em direção a ela.

— Não tenho certeza se entendi bem.

— Então vou falar claramente. — Engoliu uma tola fisgada de orgulho. — Quero que me leve para casa com você, Joseph. E quero que me beije outra vez. E a não ser que eu esteja muito enganada sobre o que nós dois sentimos, quero que faça amor comigo. — Deu um último passo em direção a ele. — Entendeu agora? E a idéia o agrada?

— Agradar? — Tomando o rosto dela nas mãos, olhou firmemente em seus olhos. — Você perdeu o juízo? Obrigado, Deus! — Rindo, apertou-a de encontro a si. — Ah, é muito mais do que me agradar, Patty, querida. Muito mais.

Capítulo Catorze

$\mathcal{M}$aggie cochilava na mesa da cozinha, a cabeça sobre os braços dobrados.

O dia da mudança fora um inferno absoluto.

A mãe reclamando constante e implacavelmente de tudo, desde a chuva, que caía sem parar, até as cortinas que Brianna pendurara na janela da frente da casa nova. Mas valeram a pena os tormentos do dia para ver Maeve instalada em seu próprio espaço. Maggie cumprira sua palavra e Brianna estava livre.

Contudo, Maggie não esperara a onda de culpa que a invadiu, quando Maeve chorou — as costas curvadas, o rosto enterrado nas mãos, lágrimas quentes escapando por entre os dedos. Não, ela não esperara sentir-se culpada ou tão terrivelmente preocupada com a mulher que acabara de amaldiçoá-la, antes de romper em soluços.

Por fim, foi Lottie, com sua viva e inabalável alegria, que manteve o controle da situação. Conduziu Maggie e Brianna para fora de casa dizendo que não deviam se preocupar, não, nem um pouquinho, pois as lágrimas eram tão naturais quanto a chuva. E que o lugar era lindo, não parava de repetir, enquanto as empurrava delicadamente para a porta. Tudo tão arrumadinho como uma casa de bonecas. Elas ficariam bem, felizes como gatos. Ela praticamente as empurrou para dentro do caminhão de Maggie.

Então estava feito e muito bem-feito. Mas não estourariam um champanhe naquela noite.

Maggie entornou uma dose revigorante de uísque e simplesmente sucumbiu à avalanche de emoções, caindo exausta sobre a mesa, enquanto a chuva tamborilava no telhado e o crepúsculo aumentava a melancolia.

O telefone não a acordou. Tocou, insistente, enquanto ela cochilava. Mas a voz de Rogan atingiu-a em meio à fadiga, despertando-a num sobressalto:

— Espero receber notícias suas pela manhã, já que não tenho tempo nem paciência para ficar atrás de você.

"O quê?"

Grogue, ela piscou como uma coruja e olhou a escuridão ao seu redor. Poderia jurar que ele estivera ali, atormentando-a.

Irritada porque seu cochilo fora interrompido e porque a interrupção a fizera lembrar-se de que estava faminta, mas o que havia para comer em casa não satisfaria nem a um passarinho, levantou-se da mesa.

Iria à casa de Brie, decidiu. Atacar a cozinha dela. Talvez elas pudessem alegrar uma à outra. Procurava uma capa, quando percebeu a impaciente luz vermelha da secretária eletrônica.

— Droga — praguejou, mas apertou os botões até que a fita voltasse. Então ouviu:

— Maggie.

A voz de Rogan novamente encheu a sala. Sorriu ao se dar conta de que fora ele mesmo quem a acordara.

— Por que diabos você nunca atende esta coisa? É meio-dia, preciso que me ligue logo que chegue ao estúdio. Quer dizer, há umas coisas que preciso conversar com você. Bem... eu... Estou com saudades. Droga! Maggie, sinto tanto sua falta.

A mensagem acabou e, antes que tivesse tempo de ficar convencida por causa dela, outra começou:

— Acha que não tenho nada melhor para fazer do que ficar falando com esta maldita máquina?

— Não acho — ela respondeu. — Mas foi você que a colocou aqui.

— São quatro e meia agora e preciso ir à galeria. Talvez não tenha sido bem claro. Preciso falar com você hoje. Estou na galeria até as seis, depois pode me encontrar em casa. Não dou a mínima importância se está enrolada com seu trabalho. Maldito seja o fato de você estar tão longe.

— O cara passa mais tempo me agredindo — reclamou. — E você está tão longe de mim quanto eu de você, Sweeney.

Como se em resposta, a voz dele soou novamente:

— Sua idiota, irresponsável, garota insensível! Devo ficar preocupado, achando que você acabou explodindo suas misturas químicas e pôs fogo nos cabelos? Agradeça à sua irmã, que atende ao telefone. Sei perfeitamente que você está aí. São quase oito da noite e tenho um jantar de trabalho. Agora me escute, Margaret Mary. Venha para Dublin e traga seu passaporte. Não vou gastar meu tempo explicando a razão, apenas faça o que estou dizendo. Se não conseguir um vôo, mandarei um avião buscá-la. Espero receber notícias suas pela manhã, já que não tenho tempo nem paciência para ficar atrás de você.

— *Ficar atrás de mim?* Como se você pudesse. — Deteve-se por alguns instantes, fazendo uma careta para a máquina. Então devia ir para Dublin, não é? Só porque ele mandou. Nenhum "por favor" ou "se quiser", apenas "faça o que estou dizendo".

Gelo iria flutuar no inferno antes que ela lhe desse alguma satisfação.

Esquecendo a fome, subiu as escadas correndo. Venha para Dublin, rosnou. Muito atrevimento querer lhe dar ordens assim.

Arrancou a mala do guarda-roupa e atirou-a sobre a cama.

Será que ele achava que estava tão louca para vê-lo que largaria tudo e iria correndo cumprir suas ordens? Veria que a coisa era bem diferente! Ah, sim, decidiu, enquanto atirava roupas dentro da mala. Mostraria a ele que a coisa era bem diferente, pessoalmente. Cara a cara.

Duvidava que ele fosse agradecer por isso.

* * *

— Eileen, preciso que Limerick me envie um fax com os valores reajustados, antes do fim do dia.

Atrás da mesa, Rogan checava uma linha de sua lista, massageando a tensão na nuca.

— É preciso ver o relatório da obra, logo que chegue aqui.

— Está prometido para o meio-dia.

Eileen, uma morena alinhada que gerenciava o escritório tão habilmente como ao marido e aos três filhos, anotou alguma coisa.

— O senhor tem uma reunião às duas horas com o Sr. Greenwald. A respeito de algumas alterações no catálogo de Londres.

— Sim, eu sei. Ele vai querer martínis.

— Vodca. Duas azeitonas. Devo providenciar uma tábua de queijos para mantê-lo sóbrio?

— É melhor. — Rogan tamborilava os dedos na mesa. — Nenhuma chamada de Clare?

— Nenhuma esta manhã. — Ela deu uma olhada rápida e interessada, sob os cílios. — Fique certo de que o avisarei logo que a Srta. Concannon ligar.

Ele grunhiu o equivalente sonoro a um dar de ombros.

— Bem, pode ir e faça aquela ligação para Roma, se puder.

— Agora mesmo. Ah, estou com o rascunho da carta para Inverness em minha mesa, se o senhor quiser aprovar.

— Ótimo. E seria bom contactarmos Boston. Que horas são lá? — Ia olhar o relógio, quando um vulto colorido na porta o fez parar. — Maggie...

— Sim-sim. Maggie. — Atirou a mala no chão e colocou as mãos na cintura. — Tenho umas poucas palavras para lhe dizer, Sr. Sweeney. — Controlou-se por um instante para cumprimentar a mulher que se levantava da cadeira em frente à mesa de Rogan. — Você deve ser Eileen?

— Exato, é um prazer conhecê-la finalmente, Srta. Concannon.

— Muito gentil de sua parte falar assim. Devo dizer que você parece muitíssimo bem para uma mulher que trabalha para um tirano. — A voz elevou-se na última palavra.

Os lábios de Eileen se contraíram. Ela pigarreou e fechou seu bloco.

— Muito gentil de sua parte falar assim. Mais alguma coisa, Sr. Sweeney?

— Não. Atenda minhas ligações, por favor.

— Sim, senhor. — Eileen saiu, fechando a porta, discretamente, atrás de si.

— Então... — Rogan inclinou-se para trás na cadeira, batendo com a caneta na palma da mão. — Recebeu minha mensagem...

— Recebi.

Ela caminhou pela sala. Não, Rogan pensou, ela disparou pela sala, mãos ainda na cintura, olhos chamejantes.

Ele não se envergonhava de admitir que sua boca enchera d'água ao olhar para ela.

— Quem, afinal, você pensa que é? — Bateu com as mãos na mesa dele, sacudindo as canetas. — Assinei um contrato com você, Rogan Sweeney, e, verdade, dormi com você... do que me arrependo mortalmente. Mas nada disso lhe dá o direito de me dar ordens ou me amaldiçoar a cada cinco minutos.

— Há dias que não nos falamos — ele lembrou a ela. — Então, como posso ter amaldiçoado você?

— Por aquela sua máquina horrorosa que joguei no lixo, nesta manhã.

Muito calmamente, ele tomou nota em um bloco.

— Não comece com isto!

— Só anotei que preciso substituir sua secretária eletrônica por outra. Pelo visto, você não teve problemas para conseguir um vôo.

— Não tive problemas? Você não tem representado outra coisa que não problemas, desde que entrou no meu estúdio. Você acha que pode mandar em tudo, não apenas em meu trabalho, o que já é bem ruim, mas em mim também. Estou aqui para lhe dizer que não pode. Eu não... aonde, diabos, você vai? Ainda não terminei.

— Não achei que tivesse terminado.

Continuou caminhando para a porta e, depois de trancá-la, voltou.

— Abra essa porta!

— Não.

O fato de ele estar sorrindo quando voltou não a acalmou.

— Não se atreva a botar suas mãos em mim.

— Estou louco para fazer isso. Aliás, estou a fim de fazer uma coisa que nunca fiz durante os doze anos em que trabalho neste escritório.

O coração começou a bater descompassado na garganta dela.

— Você não vai não.

Então, pensou, afinal conseguira mexer com ela. Observou seu olhar rápido para a porta e então a agarrou.

— Pode ficar furiosa comigo, depois que eu acabar com você.

— Acabar comigo?

Mesmo quando ela girou o corpo, a boca de Rogan manteve-se colada à sua.

— Tire essas mãos nojentas de mim, seu grosseiro!

— Você gosta das minhas mãos. — E usou as duas para arrancar o suéter dela. — Você já me disse isso.

— É mentira. Não quero isto, Rogan. — Mas a recusa terminou num gemido, quando os lábios dele deslizaram, quentes, por sua garganta. — Vou gritar! — Maggie vociferou, logo que recuperou o fôlego.

— Grite então. — Ele mordeu-a, sem qualquer delicadeza. — Gosto quando você grita.

— Maldito! — ela praguejou, mas não ofereceu qualquer resistência quando ele a derrubou no chão.

Foi tudo muito veloz e ardente, uma cópula frenética que terminou mal havia começado. Mas a velocidade não diminuiu sua força. Ficaram enlaçados por mais algum tempo, o corpo vibrando. Rogan girou a cabeça para beijar seu queixo.

— Que bom que você veio, Maggie.

Juntando todas as forças, ela socou o ombro de Rogan.

— Saia de cima de mim, seu bruto.

Ela o teria empurrado, mas ele já estava mudando de posição, levando-a grudada nele até que estivesse em seu colo.

— Melhor assim?

— Em relação a quê? — Riu e então lembrou que estava furiosa com ele. Afastando-se, sentou no tapete e arrumou suas roupas.

— Você é mesmo muito atrevido, Rogan Sweeney.

— Só porque a atirei no chão?

— Não. — Agarrou o jeans. — Seria tolo dizer isto, quando é óbvio que gostei...

— Muito óbvio. — Lançou-lhe um olhar penetrante, quando se levantou e ofereceu-lhe a mão.

— Isso não vem ao caso. Quem você pensa que é, me dando ordens, me dizendo o que fazer sem um "se você quiser" ou coisa assim?

Rogan inclinou-se e puxou-a.

— Você está aqui, não está?

— Estou aqui, seu porco, para dizer que não vou tolerar isso! Faz quase um mês que você deixou minha casa, assoviando e...

— Você sentiu falta de mim?

— Não — ela rosnou. — Tenho mais do que o suficiente para ocupar meu tempo. Ah, endireite esta gravata estúpida. Está parecendo um bêbado.

— Sentiu minha falta, Margaret Mary — ele insistiu —, mesmo que você nunca tenha se preocupado em dizer isto, todas as vezes em que tentei falar com você pelo telefone.

— Não posso falar ao telefone. Como vou dizer alguma coisa a alguém que não posso ver? E você está fugindo da questão.

— Qual é a questão? — Apoiou-se confortavelmente contra a mesa.

— Não recebo ordens. Não sou um de seus empregados, meta isso em sua cabeça. Anote isso naquela sua linda caderneta de couro para se lembrar. Mas nunca mais me diga o que tenho que fazer. — Deixou escapar um suspiro curto e satisfeito. — Agora que deixei isso bem claro, vou embora.

— Maggie, se não tinha a intenção de ficar, por que trouxe uma mala?

Ele a apanhara. Pacientemente, esperou que irritação, desânimo e confusão passassem pelo rosto dela.

— Talvez eu queira ficar em Dublin um ou dois dias. Posso ir e vir quando quiser, não posso?

— Trouxe seu passaporte?

Ela o olhou desconfiada.

— E daí se tiver trazido?

— Ótimo. — Deu a volta na mesa e sentou-se. — Vai economizar tempo. Achei que talvez tivesse deixado em casa por teimosia. Seria uma chatice ter que voltar para pegá-lo. — Recostou-se sorrindo. — Por que não senta? Quer que eu peça a Eileen para trazer um chá?

— Não quero sentar e não quero chá. — Cruzando os braços, afastou-se dele e ficou parada olhando fixamente para um Georgia O'Keeffe na parede. — Por que não voltou?

— Por duas razões. Primeira, estava atolado de trabalho. Tinha uma porção de coisas pendentes para resolver, antes de ter algum tempo livre. Segunda, queria ficar um pouco longe de você.

— Ah, você queria isso. — Manteve os olhos fixos nas cores ousadas do quadro. — E agora?

— Porque eu não queria admitir o quanto desejava ficar com você. — Esperou, sacudiu a cabeça. — Pelo visto, nenhuma resposta a isso. Nenhum "também-queria-estar-com-você"?

— Eu queria. Não que não tenha minha própria vida. Mas houve alguns momentos em que desejei sua companhia.

Pelo jeito, ele teria de se contentar com isso.

— Você terá. Poderia se sentar agora, Maggie? Há algumas coisas que precisamos discutir.

— Está bem então. — Voltou-se e sentou-se na frente da mesa.

Ele parecia perfeito ali, pensou. Digno, competente, responsável. Em nada parecido com um homem que se entregara a uma selvagem luta no tapete do escritório. A idéia a fez sorrir.

— O que foi?

— Estava só imaginando o que sua secretária deve estar pensando.

Ele ergueu uma sobrancelha.

— Tenho certeza de que ela supõe que estamos tendo uma civilizada discussão de negócios.

— Ah! Ela me pareceu uma mulher bem sensata, mas continue acreditando nisso. — Satisfeita com o modo como seus olhos correram para a porta, ela se acomodou, colocando o tornozelo sobre o joelho.

— Então, o que temos que discutir?

— Ah, seu trabalho nas últimas semanas foi excepcional. Como você sabe, separamos dez peças da primeira exposição com o objetivo de viajar com elas, no próximo ano. Gostaria de deixar algumas das peças novas em Dublin, mas o resto já está a caminho de Paris.

— Isso sua eficientíssima e sensata Eileen já me disse. — Começou a bater com os dedos no tornozelo. — Você não me fez vir a Dublin para dizer isso outra vez, e também não creio que me chamou aqui para uma sessão de sexo ardente no tapete do escritório.

— Não. Teria preferido discutir os planos com você pelo telefone, mas você não se preocupou em responder às minhas chamadas.

— Estava fora a maior parte do tempo. Você pode ter direitos exclusivos sobre meu trabalho, mas não sobre mim, Rogan. Eu realmente tenho minha própria vida, como já expliquei.

— Diversas vezes. — Podia sentir o mau humor infiltrar-se, outra vez, dentro dele. — Não estou interferindo em sua vida pessoal. Estou gerenciando sua carreira. E com esta finalidade, estou viajando a Paris para supervisionar o andamento da exposição.

Paris. Não tinha ficado nem uma hora com ela e já falava em partir. Atormentada por seu coração machucado, falou rispidamente:

— É de admirar que mantenha seus negócios bem-sucedidos, Rogan. Pensei que se cercasse de pessoas capazes de gerenciar detalhes como esses, sem ter necessidade de ficar espiando sobre os ombros delas.

— Asseguro a você que tenho pessoas muito competentes. Mas acontece que investi muito em seu trabalho e quero cuidar desses detalhes pessoalmente. Quero tudo bem feito.

— O que significa que seja feito à sua maneira.

— Precisamente. E quero que você venha comigo.

O pequeno comentário sarcástico que assomara em seus lábios desapareceu.

— Com você? Para Paris?

— Entendo que tenha algumas objeções artísticas ou possivelmente morais em promover o próprio trabalho, mas você se saiu muito bem no vernissage em Dublin. Seria vantajoso que você aparecesse, ainda que brevemente, em sua primeira exposição internacional.

— Minha primeira exposição internacional... — repetiu, num murmúrio de surpresa, muda, enquanto a frase penetrava em sua mente. — Eu... eu não falo francês.

— Isso não será problema. Você daria uma olhada na galeria de Paris, distribuiria um pouco de charme e teria bastante tempo para passear. — Esperando pela resposta dela, não recebeu nada mais do que um olhar vazio. — Então?

— Quando?

— Amanhã.

— Amanhã. — A primeira pontada de pânico fez com que levasse a mão ao estômago. — Quer que eu vá a Paris com você amanhã?

— A não ser que já tenha assumido algum compromisso urgente.

— Não, não tenho nada.

— Então está combinado. — O alívio era quase brutal. — Depois que estivermos bem satisfeitos com o sucesso da exposição em Paris, gostaria que você fosse para o Sul comigo.

— Sul?

— Tenho uma vila no Mediterrâneo. Quero ficar sozinho com você, Maggie. Sem distrações nem interrupções. Só você.

Seus olhos buscaram os dele.

— O tempo livre que você estava trabalhando para conseguir.

— Isso.

— Não teria gritado com você, se tivesse me explicado.

— Tinha que explicar a mim mesmo primeiro. Você vem?

— Sim, vou com você. — Ela sorriu. — É só pedir.

Uma hora mais tarde, ela irrompeu na galeria, mas teve de se conter, quase explodindo de frustração, ao ter de esperar que Joseph terminasse de atender uma cliente. Enquanto ele jogava charme para uma mulher que poderia ser sua mãe, Maggie andava pela sala principal, observando que a exposição de arte indígena americana fora substituída por uma seleção de esculturas de metal. Fascinada pelas formas, esqueceu-se de toda a sua ansiedade, perdida em admiração.

— Um artista alemão. — Joseph estava atrás dela. — Este trabalho singular é, na minha opinião, ao mesmo tempo visceral e jubiloso. Uma celebração das forças elementares.

— Terra, fogo, água, a sugestão de vento nas plumas de cobre. — Falou num tom animado para combinar com o dele. — Poderoso realmente, no enfoque, mas com certa malícia nas entrelinhas que sugere sátira.

— E pode ser seu por meras duas mil libras.

— Uma pechincha. Pena que estou sem um tostão sequer. — Virou-se, rindo, e beijou-o. — Você está ótimo, Joseph. Quantos corações partiu desde que o deixei?

— Nenhum. O meu já pertence a você.

— Ah! Melhor para nós dois que eu saiba que você é um galanteador. Tem um minuto livre?

— Para você, dias. Semanas. — Beijou a mão dela. — Anos.

— Um minuto é o bastante. Joseph, o que vou precisar em Paris?

— Um suéter preto bem justinho, uma saia curta e saltos bem altos.

— Vai ser difícil. Verdade, estou indo para lá e não faço idéia do que vou precisar. Tentei encontrar a Sra. Sweeney, mas ela está fora hoje.

— Então sou sua segunda opção. Estou arrasado! — Fez um sinal a alguém de sua equipe para tomar o lugar dele. — Tudo o que precisa em Paris, Maggie, é de um coração romântico.

— Onde posso comprar um?

— Você já tem o seu. Não pode escondê-lo de mim, vi seu trabalho. Fazendo uma careta, ela enlaçou o braço dele.

— Preste atenção, não vou admitir isso para ninguém, mas nunca viajei a passeio. Em Veneza, só precisava me preocupar em aprender e não vestir nada que pudesse pegar fogo. E pagar o aluguel também. Se vou viajar para Paris, não quero fazer papel de boba.

— Não fará. Você vai com Rogan, não vai? Ele conhece Paris como um nativo. Basta você manter um ar meio arrogante, meio entediada, que vai estar perfeita.

— Vim procurar você atrás de umas dicas de moda. Ah, é humilhante dizer, mas não posso ir assim. Não é que eu queira me arrumar como uma modelo, mas também não quero parecer a prima camponesa de Rogan.

— Humm... — Joseph levou a coisa a sério, fazendo com que ela recuasse para examiná-la cuidadosamente. — Você está bem assim, mas...

— Mas?

— Compre uma blusa de seda, bem cortada, mas leve. Cores vivas, minha garota, nada pastel para você. Calças do mesmo tipo. Use seu olho para escolher as cores. Nada combinadinho, mas tons bem chocantes. E a saia curta é essencial. E aquele seu vestido preto?

— Não o trouxe comigo.

Estalou a língua como uma tia solteirona.

— Você devia estar sempre preparada. Bem, esse está fora de cogitação. Então escolha alguma coisa bem brilhante dessa vez. Algo que ofusque os olhos. — Bateu de leve na escultura ao lado deles. — Estes tons metálicos combinam com você. Não escolha o clássico, mas o ousado. — Satisfeito com a idéia, sacudiu a cabeça. — E então?

— Estou confusa. Fico envergonhada por isto me incomodar.

— Não há por que se envergonhar. É só uma questão de apresentação.

— Tudo bem, mas ficaria grata se não contasse isso a Rogan.

— Me considere seu confessor, querida. — Olhou sobre o ombro dela e Maggie viu a alegria brilhar em seus olhos.

Patricia entrou, hesitante, e então atravessou os ladrilhos brilhantes.

— Olá, Maggie. Não sabia que vinha para Dublin.

— Nem eu. — Que mudança era aquela? Desaparecera a tristeza sombria, a reserva frágil. Só levou um minuto, ao ver o modo como os olhos de Patricia se encontraram com os de Joseph, para ter a resposta. Ah, então é para cá que o vento sopra.

— Desculpe por interromper. Só queria dizer a Joseph... — Patricia estacou hesitante. — Ah, quer dizer, ia passando por aqui e me lembrei daquele negócio que estávamos combinando. Encontro às sete horas?

— Sim. — Joseph enfiou as mãos nos bolsos para evitar tocá-la. — Sete horas.

— Receio ter de adiá-lo para as sete e meia. Estou meio enrolada. Quero ter certeza de que não vou atrapalhar seu horário.

— Eu dou um jeito.

— Bom. Que bom! — Parou por um momento, olhando tolamente para ele, antes de lembrar-se de Maggie e das boas maneiras. — Ficará na cidade por algum tempo?

— Na verdade, não. Viajo amanhã. — Do jeito que a atmosfera estava pegando fogo, Maggie pensou, era de admirar que as esculturas não derretessem. — De fato, já estou indo.

— Não, ah, por favor, não se apresse por minha causa. Tenho que ir. — Patricia lançou mais um olhar ardente na direção de Joseph. — Estão esperando por mim. Só queria... bem, adeus.

Maggie esperou um momento.

— Vai ficar parado aqui? — sibilou para Joseph, quando Patricia se encaminhou para a porta.

— Humm? Como? Com licença. — Atirou-se até a porta em dois segundos. Viu Patricia voltar-se, enrubescer, sorrir. Então estavam um nos braços do outro.

O coração romântico que Maggie se recusava a acreditar que tinha inflou. Esperou até Patricia sair e Joseph ficar olhando para ela, como um homem que tivesse acabado de receber um choque elétrico.

— Então seu coração pertence a mim, não é?

Seu olhar embevecido se desvaneceu.

— Ela é linda, não é?

— Não há como negar.

— Estou apaixonado por ela há tanto tempo, mesmo antes de ela se casar com Robbie. Nunca pensei, nunca acreditei... — Riu um pouco, ainda fascinado pelo amor. — Pensava que fosse Rogan.

— Eu também. É fácil ver que você a faz feliz. — Beijou o rosto dele. — Fico contente por você.

— Bem... Estamos tentando manter isso entre nós. Ao menos até... por enquanto. A família dela... Posso garantir que a mãe dela não vai me aprovar.

— Ao inferno com ela!

— Patricia disse quase a mesma coisa. — Lembrar-se disso trouxe um sorriso aos lábios dele. — Mas não quero ser a causa de nenhum problema por lá. Então gostaria que não comentasse nada.

— Nem com Rogan?

— Trabalho para ele, Maggie. É um amigo, eu sei, mas trabalho para ele. Patricia é viúva de um de seus melhores amigos, uma mulher a quem sempre protegeu. Muita gente pensava que ela seria sua esposa.

— Não acredito que Rogan pense como eles.

— Seja como for, prefiro lhe contar eu mesmo, quando chegar a hora.

— É assunto seu, Joseph. Seu e de Patricia. Vamos trocar confissão por confissão.

— Agradeço a você.

— Não precisa. Se Rogan for teimoso a ponto de censurar isso, merece ser feito de bobo.

Capítulo Quinze

𝒫 aris estava quente, abafada e úmida. O trânsito abominável. Carros, ônibus e motos uivavam, mudavam de direção, corriam, os motoristas parecendo estar se desafiando em infindáveis duelos nas ruas. Nas calçadas, as pessoas passeavam e desfilavam, numa colorida parada de pedestres. As mulheres, usando aquelas minissaias que Joseph adorava, pareciam magras, e enfadadas, e incrivelmente chiques. Os homens, igualmente elegantes, observavam-nas das mesas dos pequenos cafés, bebericando vinho tinto ou café forte.

Flores desabrochavam em todos os lugares, rosas, palmas-de-santa-rita, bocas-de-leão e begônias caíam das bancas de venda, tomavam sol sobre os bancos, derramavam-se dos braços de garotas cujas pernas brilhavam como lâminas sob a luz do sol.

Garotos patinavam com pedaços de pão dourado aparecendo por fora dos sacos de papel. Grupos de turistas apontavam câmeras como se fossem armas explodindo no obturador às vistas da vida parisiense.

E havia cachorros. A cidade parecia um verdadeiro refúgio deles, saltitando nas coleiras, esgueirando-se pelas ruas, disparando das lojas.

Mesmo os mais vagabundos vira-latas pareciam exóticos, maravilhosamente estrangeiros e arrogantemente franceses.

Maggie observava tudo isso de sua janela, olhando do alto a Place de la Concorde.

Estava em Paris. O ar repleto de sons, cheiros e luzes brilhantes. E seu amante dormia como uma pedra ao seu lado na cama.

Ou assim ela pensava.

Ele a observara apreciar Paris durante algum tempo. Ela se inclinava para fora da grande janela, descuidadamente, sem notar que a camisola de algodão caía sobre o ombro esquerdo. Mostrara-se inteiramente indiferente à cidade quando chegaram, na noite anterior. Seus olhos arregalaram-se ao ver o deslumbrante saguão do Hôtel de Crillon, mas não fizera nenhum comentário durante o check-in.

Falou muito pouco quando entraram na suíte grande e luxuosa. Andou ao acaso, enquanto Rogan dava gorjeta ao mensageiro.

Quando ele perguntou se a suíte a agradava, apenas deu de ombros e disse que estava boa.

Aquilo o fez rir e empurrá-la para a cama.

Mas notou que agora ela não estava tão *blasé*. Podia observar a excitação crescendo em torno dela, enquanto olhava pela janela e absorvia a alvoroçada vida da cidade. Nada poderia lhe dar mais prazer do que oferecer Paris a ela.

— Se você se inclinar muito para fora da janela, vai parar o trânsito.

Ela teve um sobressalto e, afastando os cabelos dos olhos, olhou para onde ele estava, deitado entre lençóis desalinhados e uma montanha de travesseiros.

— Uma bomba não seria capaz de parar este trânsito. Por que eles querem se matar?

— É uma questão de honra. O que acha da cidade à luz do dia?

— Tem gente demais. Pior do que Dublin. — Então ela cedeu e sorriu para ele. — É adorável, Rogan. Como uma mulher velha e malhumorada, convidando ao namoro. Há um vendedor lá embaixo com um oceano de flores. E, cada vez que alguém pára, querendo olhar ou comprar algo, ele ignora, como se notá-los estivesse abaixo de sua dignidade. Mas aceita o dinheiro e conta cada centavo.

Jogou-se na cama, estirando-se sobre ele.

— Sei exatamente como ele se sente — ela murmurou. — Nada mais irritante do que vender o que você ama.

— Se ele não vender, vai morrer. — Ele levantou o queixo dela. — Se não vendesse o que ama, parte de você morreria também.

— Bem, a parte que precisa comer morreria, sem dúvida. Vai chamar um daqueles garçons elegantes e pedir nosso café-da-manhã?

— O que gostaria de comer?

Ela revirou os olhos.

— Ah, tudo, começando com isso...

Atirou os lençóis para longe e caiu em cima dele.

Um pouco mais tarde, ela saía do chuveiro, vestindo um felpudo roupão branco que encontrara pendurado atrás da porta. Encontrou Rogan à mesa, próxima da janela da sala, servindo café e lendo o jornal.

— Este jornal é em francês. — Cheirou uma cesta de croissants. — Você lê francês e italiano?

— Hummm... — As sobrancelhas estavam franzidas sobre as páginas financeiras. Estava pensando em ligar para o seu corretor.

— O que mais?

— O que mais o quê?

— O que mais você sabe ler... falar. Línguas, quero dizer.

— Um pouco de alemão. Espanhol, o suficiente para entender.

— Gaélico?

— Não. — Virou a página, procurando anúncios de leilões de arte. — E você fala?

— O pai de minha mãe falava, então aprendi. — Mexia os ombros, impaciente, enquanto espalhava geléia sobre um croissant ainda quentinho. — Não é muito bom, imagino, a não ser para rogar pragas. Não conseguiria a melhor mesa num restaurante francês.

— É uma preciosidade. Perdemos uma grande parte de nossas tradições. — Era algo em que ele pensava com freqüência. — É uma pena que existam apenas poucos lugares onde se possa ouvir a língua irlandesa. — Como isso o fez lembrar-se de algo que o vinha divertin do, dobrou seus papéis, deixando-os de lado. — Fale alguma coisa em gaélico.

— Estou comendo.

— Diga alguma coisa para mim, Maggie, na língua antiga.

Ela fez um gesto de impaciência, mas atendeu. Era musical, exótico e tão estranho para ele como grego.

— O que você disse?

— Que você tem um rosto agradável para se olhar de manhã. — Sorriu. — Viu só, é uma língua tão útil para elogiar quanto para amaldiçoar. Agora, me fale alguma coisa em francês.

Ele fez mais do que falar. Inclinou-se, tocou delicadamente os lábios dela e murmurou:

— *Me reveiller à côté de toi, c'est le plus beau de tous les rêves.*

O coração dela fez um longo e demorado rodopio dentro do peito.

— O que significa?

— Que despertar ao seu lado é melhor do que qualquer sonho.

Ela baixou os olhos.

— Bem, parece que o francês soa mais bonito do que o próprio inglês.

Sua rápida e espontânea reação bem feminina o agradou e seduziu.

— Toquei você. Devia ter tentado o francês antes.

— Não seja bobo. — Mas, de fato, ele a *tocara* profundamente. Ela combateu a fraqueza incômoda, atacando a comida. — O que estou comendo?

— Ovos à Benedict.

— É bom — ela falou com a boca cheia. — Meio coisa de rico, mas bom. O que vamos fazer hoje, Rogan?

— Você ainda está ruborizada, Maggie.

— Não estou. — Estreitou os olhos e encontrou os dele, em tom de desafio. — Gostaria de saber quais são os planos. Imagino que dessa vez vai discuti-los comigo primeiro, em vez de ficar me arrastando como um cachorro idiota.

— Estou me tornando fã desta vespa que chama de língua — disse divertido. — Devo estar ficando louco. E antes que me agrida outra vez, pensei que você gostaria de ver alguma coisa da cidade. Sem dúvida, você vai adorar o Louvre. Então deixei a manhã livre para passeios, compras, o que você quiser. Iremos à galeria à tarde.

A idéia de andar pelo grande museu a agradou. Terminou com o café de Rogan, depois serviu sua própria xícara de chá.

— Acho que gostaria de andar por aí. Quanto a compras, quero encontrar alguma coisa para levar para Brie.

— Deve levar alguma coisa para Maggie também.

— Maggie não precisa de nada. Além disso, eu não posso gastar muito.

— Que absurdo! Não tem por que negar a si mesma um ou dois presentes. Você ganhou pra isso.

— Gastei tudo o que ganhei. — Fez uma careta sobre a borda da xícara. — Eles têm coragem de chamar isto de chá?

— O que quer dizer com gastei tudo? — Ele apoiou o garfo na mesa. — Há apenas um mês dei a você um cheque com seis algarismos. Não pode ter torrado tudo.

— Torrado? — Gesticulou perigosamente com a faca. — Tenho cara de quem torra dinheiro?

— Santo Deus, não.

— E o que isso quer dizer então? Que não tenho gosto ou jeito para gastar bem meu dinheiro?

Ele levantou a mão, num sinal de paz.

— Não quer dizer nada. Mas, se você desperdiçou o que recebeu, gostaria de saber como.

— Não desperdicei nada, se isso é da sua conta, para começar.

— Você é da minha conta. Se não é capaz de gerenciar seu dinheiro, vou fazer isso por você.

— Não vai não. Por que iria, seu arrogante miserável? Isto é meu, não é? E já acabou, ou a maior parte dele. Então, o que você tem a fazer é vender meu trabalho para eu ganhar mais.

— É exatamente o que vou fazer. Então, como ele acabou?

— Acabando. — Furiosa, encabulada, saiu da mesa abruptamente. — Tenho despesas, não tenho? Precisei de mantimentos e fui boba demais comprando um vestido.

Ele cruzou as mãos.

— Em um mês você gastou quase duzentas mil libras em mantimentos e num vestido.

— Tinha uma dívida para pagar — ela enfureceu-se. — E por que
tenho que dar explicações a você? Não há nada escrito sobre como
devo gastar meu dinheiro em seu maldito contrato.

— O contrato nada tem a ver com isso — falou pacientemente,
porque podia ver que não era raiva, mas a humilhação que a estava des-
controlando. — Só perguntei como seu dinheiro acabou. Mas você,
certamente, não tem nenhuma obrigação legal de me responder.

O tom razoável somente tocou mais fundo sua humilhação.

— Comprei uma casa para minha mãe, embora ela nunca vá me
agradecer por isso. E tive que mobiliá-la, não é? De outro modo, ela
não daria sossego a Brianna.

Frustrada, enfiou ambas as mãos nos cabelos, arrepiando-os todo.

— E tive que contratar Lottie e providenciar para que tivessem um
carro. Ela tem que ser paga toda semana. Então dei a Brie o suficiente
para seis meses de salário, alimentação e tudo o mais. Também havia
a hipoteca, embora Brie vá ficar furiosa quando descobrir que eu a
liquidei. Mas era dívida minha, porque papai usou o dinheiro por
minha causa. Mas já está feito. Mantive minha palavra a ele e não
quero que você me diga o que devo ou não devo fazer com meu próprio dinheiro.

Andara irritada pela sala enquanto falava, até se deter agora, perto
da mesa onde Rogan continuava sentado, silenciosa e pacientemente.

— Deixe-me resumir tudo — ele falou. — Você comprou uma
casa para sua mãe, mobiliou, comprou um carro e contratou uma
acompanhante para ela. Liquidou uma hipoteca, o que vai desagradar
sua irmã, mas você sentia que era sua responsabilidade. Deu a Brianna
o bastante para manter sua mãe por seis meses, comprou mantimentos.
E com o que sobrou comprou um vestido.

— É isso. Foi o que eu disse. E daí?

Ela ficou ali, tremendo de fúria, os olhos agudos e brilhantes,
ansiosos pela batalha. Rogan pensou que poderia dizer o quanto admirava sua generosidade inacreditável, sua lealdade em relação à família.
Mas duvidava que ela apreciasse o esforço.

— Isso explica tudo. — Pegou seu café outra vez. — Vou providenciar um adiantamento para você.

Ela não tinha certeza se seria capaz de falar. Quando conseguiu, a voz veio num sibilar perigoso:

— Não quero seu maldito adiantamento. Não quero mesmo. Vou ganhar meu próprio sustento.

— O que você já está fazendo, e muito bem. Não é caridade, Maggie, nem mesmo um empréstimo. É simplesmente uma transação comercial.

— Vá para o inferno com seus negócios. — O rosto estava vermelho de constrangimento agora. — Não quero nenhum centavo até que o tenha ganho. Acabo de quitar minhas dívidas, não quero outras.

— Deus, como você é teimosa. — Bateu com os dedos na mesa, analisando a reação dela, tentando entender sua atitude passional. Se era orgulho o que precisava tão desesperadamente manter, ele podia ajudá-la. — Está bem, faremos isso de um modo inteiramente diferente. Temos recebido várias ofertas pela sua *Rendição*, que tenho recusado.

— Recusado?

— Hum-hum. A última, creio que foi trinta mil.

— *Libras!* — A palavra explodiu de dentro dela. — Ofereceram trinta mil por ela e você não aceitou? Está louco? Pode parecer pouco ou nada para você, Rogan Sweeney, mas eu posso viver maravilhosamente bem com esse valor por mais de um ano. Se é assim que você gerencia...

— Fique quieta. — Como disse aquilo tão casualmente, ela simplesmente obedeceu. — Recusei a oferta porque pretendia eu mesmo comprar a peça, depois de excursionar com ela. Mas vou comprá-la agora e ela continuará excursionando como parte de minha coleção. Vamos fechar em trinta e cinco mil.

Deixou escapar aquela quantia como se fosse um trocado atirado casualmente sobre uma mesa.

Alguma coisa dentro dela tremia como o coração de um pássaro assustado.

— Por quê?

— Não seria ético de minha parte comprar pelo mesmo valor oferecido por um cliente.

— Não, quero saber por que você a quer.

Interrompendo seus cálculos mentais, olhou para ela.

— Porque é uma peça bonita e muito pessoal. E porque toda vez que olho para ela, lembro quando fiz amor com você pela primeira vez. Você não queria vendê-la. Pensa que não vi isso em seu rosto no dia em que a mostrou para mim? Pensa realmente que não posso entender o quanto machuca você o fato de ter de se desfazer dela?

Incapaz de falar, ela só sacudiu a cabeça e recolheu-se.

— Era minha, Maggie, mesmo antes de você terminar. Acho que tanto quanto é sua. E não será de ninguém mais. Nunca pretendi que ela fosse de alguém mais.

Ainda em silêncio, ela caminhou até a janela.

— Não quero que você me pague por ela.

— Não seja insensata...

— Não quero seu dinheiro — falou rapidamente, enquanto ainda era capaz. — Você está certo. Aquela peça era especial demais para mim e agradeço se você aceitá-la. — Inspirou profundamente, olhando fixamente através do vidro. — Fico contente de saber que ela é sua.

— Nossa — falou de um modo que atraiu seu olhar, como um mã. — Como deve ser.

— Nossa, então. — Ela suspirou. — Como posso ficar brava com você? — perguntou calmamente. — Como posso me opor ao que você faz por mim?

— Não pode.

Temia que ele estivesse certo. Mas podia, ao menos, tomar posição numa questão menor.

— Sou grata a você por me oferecer um adiantamento, mas não quero nada. É importante para mim receber só pelo que faço, quando faço. Tenho o bastante para me virar. Não preciso de mais do que isso, por enquanto. O que precisava ser feito está feito. Daqui em diante, o que vier será meu.

— É apenas dinheiro, Maggie.

— É fácil dizer quando se tem mais do que o necessário. — O tom cortante da voz, semelhante ao da mãe, deixou-a gelada. Respirou fundo e deixou escapar tudo o que estava em seu coração: — Dinheiro era como uma ferida aberta em minha casa, a falta dele, a habilidade de meu pai em perdê-lo e a constante cobrança de minha mãe por mais. Não quero depender de algumas libras para ser feliz, Rogan. Me assusta e me envergonha que isso possa acontecer.

Então, ele pensou, olhando para ela, era por isso que vivia lutando com ele.

— Você não me falou, certa vez, que não pegava suas ferramentas a cada dia pensando no lucro ao final de tudo?

— Sim, mas...

— Você pensa nisso agora?

— Não, Rogan...

— Maggie, você está lutando contra fantasmas. — Levantou-se, aproximando-se dela. — A mulher que você é já decidiu que o futuro será diferente do passado.

— Não posso voltar atrás. Mesmo que eu quisesse, não poderia.

— Não, não pode. Sempre será alguém que vai seguir adiante. — Beijou-a delicadamente na sobrancelha. — Quer se vestir agora, Maggie? Deixe que eu lhe dê Paris.

E foi o que fez. Por quase uma semana, deu a ela tudo o que a cidade tinha para oferecer, da magnificência de Notre-Dame à intimidade dos cafés enfumaçados. Todas as manhãs, comprava flores de um vendedor de rua, até que a suíte tivesse o perfume de um jardim. Caminharam ao longo do Sena, à luz da lua, ela com os sapatos na mão e a brisa do rio em seu rosto. Dançaram em boates que tocavam mal a música americana e tiveram jantares e vinhos sublimes no Maxim's.

Ela o observou estudar com interesse a arte nas calçadas, sempre procurando outro diamante no palheiro. E, embora ele tenha feito uma cara feia quando ela comprou uma pintura indiscutivelmente ruim da Torre Eiffel, ela apenas sorriu, dizendo que a arte estava na alma, nem sempre na execução.

As horas que passou na galeria de Paris foram também emocionantes para ela. Enquanto Rogan dava ordens e organizava as coisas, ela via seu trabalho brilhar sob o olhar vigilante dele.

Um interesse pessoal, dissera. Não podia negar que cuidava muito bem dos interesses dele. Fora tão apaixonado e atento em relação à sua arte durante aquelas tardes quanto o foi em relação a seu corpo durante as noites.

Quando tudo estava pronto, e a última peça foi colocada sob os refletores para brilhar, ela pensou que a exposição era mais um resultado do esforço dele do que dela própria. Mas a parceria não era sempre harmônica.

— Que inferno, Maggie! Se você continuar demorando assim para se arrumar, vamos nos atrasar. — Pela terceira vez em alguns minutos, Rogan bateu à porta do quarto que ela trancara.

— E se você continuar me chateando, vamos nos atrasar mais ainda — ela gritou. — Vá embora. Melhor assim. Vá para a galeria sozinho. Vou para lá quando estiver pronta.

— Não se pode confiar em você — ele sussurrou, mas os ouvidos dela eram sensíveis.

— Não preciso de um guarda, Rogan Sweeney. — Estava sem respirar com o esforço para fechar o zíper do vestido. — Nunca vi um homem tão neurótico com os ponteiros do relógio.

— E eu nunca vi uma mulher tão desleixada com os horários. Pode abrir esta porta? É irritante ter que gritar através dela.

— Tá bom, tá bom. — Quase deslocando o braço, conseguiu fechar o vestido. Equilibrando-se nos altos e ridículos saltos de bronze, maldizendo-se por ser tola o suficiente para seguir os conselhos de Joseph, destrancou a porta. — Não teria demorado tanto, se fizessem roupas de mulher com a mesma consideração com que fazem as dos homens. Seu zíper é fácil de alcançar. — Parou e segurou a barra do vestido. — O que acha? Está bom ou não?

Sem falar nada, girou o dedo mostrando que queria que ela desse uma volta. Revirando os olhos, ela obedeceu.

O vestido era sem alças, com as costas quase nuas, a saia terminando, provocantemente, no meio da coxa. Refulgia em bronze, cobre e ouro a cada respiração. Os cabelos imitavam o mesmo tom, de modo que parecia a chama de uma vela esguia, brilhante.

— Maggie, você me deixa sem fôlego.

— A costureira não foi muito generosa com o material.

— Admiro a parcimônia dela.

Como ele continuava parado, olhando-a fixamente, ela levantou as sobrancelhas. — Você não disse que estávamos com pressa?

— Mudei de idéia.

As sobrancelhas dela arquearam-se mais quando ele avançou em sua direção.

— Estou avisando. Se me tirar de dentro deste vestido, será responsabilidade sua me colocar aqui de volta.

— Por mais que isso pareça sedutor, terá de esperar. Tenho um presente para você e parece que o destino guiou minhas mãos. Acredito que vai combinar perfeitamente com seu vestido.

Retirou do bolso interno do seu smoking um estojo de veludo longo e estreito.

— Você já me deu um presente. Aquele enorme frasco de perfume.

— Aquele era para mim. — Inclinou-se para cheirar seu ombro nu. O perfume amadeirado parecia ter sido criado especialmente para ela. — Muito mais para mim. Este é para você.

— Bem, como é muito pequeno para ser outra secretária eletrônica, vou aceitar. — Mas, ao abrir o estojo, a risada morreu em sua garganta. Rubis, chamas quadradas de rubis, engastados com diamantes brancos em uma tripla carreira, presa em fechos de ouro polido. Não uma peça insignificante, mas um feixe de brilho ousado, um cintilar de cor, paixão, fulgor.

— Algo para lembrar Paris. — Rogan disse ao retirá-la da caixa A gargantilha deslizou como sangue e água entre os dedos dele.

— São diamantes, Rogan. Não posso usar diamantes.

— É claro que pode. — Colocou o colar em seu pescoço, os olhos presos aos dela, enquanto o fechava. — Não sozinhos, talvez. Ficariam frios e não combinariam com você. Mas com estas outras pedras... — Deu um passo atrás para avaliar o efeito. — Está perfeito! Você parece uma deusa pagã.

Ela não pôde evitar que as mãos afagassem as pedras. Sentia o toque quente em sua pele.

— Não sei o que lhe dizer.

— Diga "Obrigada, Rogan, são lindas".

— Obrigada, Rogan. — O sorriso inundou seu rosto. — São muito mais do que lindas. São deslumbrantes.

— Você também. — Inclinou-se para beijá-la e deu-lhe uma palmadinha. — Agora, mexa-se ou chegaremos atrasados. Onde está seu agasalho?

— Não trouxe nenhum.

— Típico... — murmurou, puxando-a para a porta.

Maggie achou ter enfrentado sua segunda exposição com muito mais coragem do que tivera na primeira. O estômago quase não estava agitado e não estava de mau humor. Se pensara uma ou duas vezes em escapar, disfarçara bem.

E quando pensava em alguma coisa que não podia ter lembrava-se de que o sucesso às vezes já era o bastante.

— Maggie.

Ela fugia das divagações opressivas de um francês, cujos olhos quase não deixavam seus seios, quando se deparou, muda de surpresa, com a irmã.

— Brianna?

— Eu mesma. — Sorrindo, Brianna envolveu a atônita irmã num abraço. — Era para eu ter chegado há uma hora, mas houve um atraso no aeroporto.

— Mas como? Como você chegou aqui?

— Rogan mandou seu avião para mim.

— Rogan? — Desconcertada, Maggie vasculhou a sala com os olhos até encontrá-lo. Ele apenas sorriu para ela, depois para Brianna, antes de voltar sua atenção para uma mulher enorme em renda fúcsia. Maggie levou a irmã para um canto da sala. — Você veio no avião de Rogan?

— Pensei que iria deixá-la triste de novo, Maggie. — Fascinada pela visão do trabalho de Maggie resplandecendo numa sala cheia de estrangeiros exóticos, Brianna deslizou sua mão na da irmã. — Então tentei achar um jeito de resolver isso. Mamãe está muito bem com Lottie, é claro, e sabia que poderia deixar Con com Murphy. Até pedi à Sra. McGee para tomar conta de Blackthorn por um dia ou dois. Mas ainda havia o problema de como chegar aqui.

— Você quis vir — Maggie disse suavemente. — Você mesma quis.

— Claro que quis. Não havia nada que eu quisesse mais do que estar com você. Mas nunca imaginei que seria assim. — Brie fitou o garçom vestido de branco que lhe oferecia champanhe numa bandeja de prata. — Obrigada.

— Não imaginava que isso fosse importante para você. — Para aliviar a tensão que oprimia sua garganta, Maggie bebeu com vontade. — Ainda há pouco estava aqui pensando que gostaria que você desse importância a isso.

— Estou orgulhosa de você, Maggie, muito orgulhosa. Já lhe falei isso.

— Não acreditei. Ah, meu Deus. — Sentindo as lágrimas aflorarem, piscou os olhos furiosamente.

— Devia se envergonhar de ignorar meus sentimentos — Brie repreendeu-a.

— Você nunca mostrou nenhum interesse — Maggie revidou.

— Mostrei todo o interesse que pude. Não entendo o que faz, mas isso não significa que não me orgulho de seu trabalho. — Serenamente, Brianna bebericou sua taça. — Humm — falou, olhando o champanhe borbulhante. — Mas é uma delícia. Quem poderia imaginar que algo assim pudesse ser tão gostoso?

Com uma risada, Maggie beijou a irmã direto na boca.

— Por Deus, Brie, o que estamos fazendo aqui? Nós duas bebendo champanhe em Paris!

— Antes de mais nada, vou me divertir. Tenho de agradecer a Rogan. Acha que posso interrompê-lo por um momento?

— Só depois de me contar tudo. Quando ligou para ele?

— Não liguei, ele me ligou. Uma semana atrás.

— Ele ligou para você?

— Sim, e antes que eu pudesse dizer bom-dia, ele já estava falando o que eu deveria fazer e como.

— Esse é Rogan.

— Falou que mandaria o avião e que eu devia encontrar seu motorista no aeroporto, em Paris. Tentei dizer alguma coisa, mas ele não deixou. O motorista iria me levar ao hotel. Já tinha visto alguma coisa como aquele lugar, Maggie? É como um palácio.

Quase engoli a língua quando entrei. Continue.

— Então eu deveria me aprontar e o motorista me traria aqui. O que realmente fez, embora eu tivesse certeza de que me mataria no caminho. E encontrei isso no quarto do hotel, com um bilhete dizendo que ele gostaria que eu vestisse. — Alisou, de leve, a seda azul-pastel do vestido de noite que usava. — Eu não o teria aceitado, mas ele colocou o pedido de tal forma que me sentiria rude se recusasse.

— Ele é bom nisso. E você está maravilhosa nele.

— E me *sinto* maravilhosa nele. Confesso, minha cabeça ainda está girando com aviões, carros e tudo isto. Tudo isto... — repetiu, olhando ao redor da sala. — Estas pessoas, Maggie, estão aqui por você.

— Fico contente que você esteja aqui. Vamos dar uma volta. Aí então você poderá agradá-las por mim.

— Elas já estão encantadas apenas vendo vocês duas. — Rogan aproximou-se e tomou as mãos de Brianna. — É ótimo vê-la de novo.

— Muito obrigada por ter cuidado de tudo. Nem sei como lhe agradecer.

— Já agradeceu. Se não se incomodar, gostaria de apresentar você a algumas pessoas. Sr. LeClair, aquele homem vistoso próximo do *Momentum*, de Maggie, acabou de me confessar que se apaixonou por você.

— Com certeza ele se apaixona com facilidade, mas ficarei contente em conhecê-lo. Gostaria de andar um pouco pela sala também. Nunca vi o trabalho de Maggie apresentado assim.

Não se passaram dois minutos e Maggie conseguiu levar Rogan para um canto novamente.

— Não vá me dizer que preciso circular... — falou, antes que ele pudesse dizer exatamente isso. — Preciso contar uma coisa a você.

— Desde que fale rapidamente. Não pega bem eu monopolizar a artista.

— Não vou demorar muito para lhe dizer que isto foi a coisa mais delicada que alguém já fez por mim. Nunca vou esquecer.

Ignorou a confusão do francês rápido que uma mulher tagarelava em seu ombro, tomou a mão de Maggie e levou-a aos lábios.

— Não queria vê-la infeliz outra vez, e a coisa mais simples do mundo era trazer Brianna até aqui.

— Pode ter sido simples. Mas não diminui a delicadeza do gesto. — Lembrou o artista esfarrapado que ele escoltara nas escadas da elegante galeria. Aquilo também tinha sido simples. — E para mostrar o que isso significa para mim não só ficarei toda a noite, até que o último dos convidados tenha saído, como vou falar com cada um deles.

— De boa vontade?

— De boa vontade. Não importa quantas vezes eu ouça a palavra *visceral.*

— Esta é a minha garota! — Beijou-lhe a ponta do nariz. — E agora, vamos ao trabalho.

Capítulo Dezesseis

Se Paris a desconcertara, o Sul da França, com suas praias majestosas e montanhas cobertas de neve, deixou Maggie assombrada. Não havia barulho de tráfego na deslumbrante vila de Rogan, pairando sobre as águas azuis do Mediterrâneo, nem multidões apressadas indo às lojas e aos cafés.

As pessoas que pontilhavam a praia eram não mais do que parte da pintura que incluía água, areia, o balanço dos barcos, o infinito céu sem nuvens.

A zona rural, que podia avistar de um dos muitos terraços que circundavam a vila, espalhava-se em áreas quadradas bem arrumadas, limitadas por muros de pedras semelhantes a uns que via de sua própria porta em Clare. Mas ali o terreno se erguia em plataformas inclinadas, dos pomares ensolarados até o verde das florestas, aos pés das colinas dos magníficos Alpes.

As terras de Rogan eram exuberantes, com flores e ervas floridas, exóticas, com oliveiras, cercas vivas e o brilho das fontes. A quietude era perturbada apenas pelo grito das gaivotas e pelo som das águas caindo.

Contente, Maggie acomodou-se em uma das cadeiras almofadadas num terraço invadido pelo sol e começou a desenhar.

— Imaginei que a encontraria aqui. — Rogan se aproximou e beijou-a no alto da cabeça, de um modo íntimo e casual.

— Impossível ficar dentro de casa num dia assim. — Olhou para ele com os olhos semicerrados, até ele pegar os óculos escuros que ela atirara sobre a mesa e colocá-los em seu nariz. — Concluiu seus negócios?

— Por enquanto. — Sentou-se ao lado dela, tomando cuidado para não bloquear sua visão. — Sinto ter demorado tanto. Uma ligação parece levar a outra.

— Sem problema. Gosto de ficar sozinha.

— Já notei. — Ele espiou o bloco de desenho. — Uma marinha?

— Não dá para resistir. E também pensei em desenhar a paisagem para mostrar a Brie. Ela se divertiu tanto em Paris!

— Pena ela só ter podido ficar um dia.

— Um dia adorável. É difícil acreditar que andei pelas margens do Sena com minha irmã. As irmãs Concannon em Paris. — Pensar naquilo ainda a fazia rir. — Ela nunca esquecerá isso, Rogan. — Colocando o lápis atrás da orelha, segurou a mão dele. — Nem eu.

— Você já me agradeceu; aliás, vocês duas. E a verdade é que não fiz nada mais do que dar alguns telefonemas. E, por falar em telefonemas, o que me manteve ocupado até agora foi de Paris.

Erguendo a mão, Rogan apanhou uma uva açucarada de uma cesta de frutas ao lado deles.

— Você recebeu uma oferta, Maggie, do Conde de Lorraine.

— De Lorraine? — Com os lábios franzidos, tentou se lembrar. — Ah, aquele velhinho magro, de bengala, que fala sussurrando.

— Esse mesmo. — Rogan divertiu-se com o modo como ela descreveu um dos homens mais ricos da França. — Ele quer contratá-la para fazer um presente para o casamento de sua neta, em dezembro.

Os cabelos da nuca se eriçaram instintivamente.

— Não aceito encomendas, Rogan. Deixei isso claro desde o início.

— Sim, deixou bem claro. — Rogan apanhou outra uva e colocou-a na boca de Maggie, para mantê-la quieta. — Mas é minha obrigação informar você de todos os pedidos. Não estou sugerindo que concorde, embora você fosse ganhar muitos pontos com isso, e a Worldwide também. Estou cumprindo meu dever como seu empresário.

Mantendo o olhar nele, Maggie engoliu a uva. Observou que sua voz estava tão açucarada quanto a fruta.

— Não vou fazer isso.

— É claro que a decisão é sua. — Mudou completamente de assunto: — Quer que eu peça alguma coisa gelada? Uma limonada ou um chá?

— Não. — Maggie tirou o lápis de trás da orelha e bateu com ele no bloco. — Não estou interessada em nada sob encomenda.

— E por que deveria estar? — ele respondeu compreensivo. — Sua exposição em Paris teve tanto sucesso quanto a de Dublin. Tenho certeza de que isso se repetirá em Roma e nas outras cidades. Você está indo bem, Margaret Mary. — Abaixou-se e beijou-a. — Mas o pedido do conde não tem nada a ver com encomenda. Ele gostaria de deixar tudo em suas mãos.

Cautelosa, Maggie baixou os óculos no nariz e olhou-o atentamente.

— Você está tentando me seduzir.

— Nada disso. — Mas é claro que estava. — Devo acrescentar, entretanto, que o conde, aliás um respeitabilíssimo especialista em arte, está disposto a pagar generosamente...

— Não estou interessada. — Colocando os óculos no lugar novamente, praguejou. — Quanto é generosamente?

— Algo em torno de cinqüenta mil libras. Mas sei o quanto você é radical quando o assunto é dinheiro. Então não precisa pensar mais nisso. Gostaria de descer até a praia? Dar uma volta?

Antes que ele pudesse levantar-se, Maggie agarrou o colarinho de sua camisa.

— Ah, você é bem ardiloso, não é, Sweeney?

— Quando preciso ser.

— Poderia ser sobre qualquer coisa? Qualquer idéia que eu tivesse?

— Qualquer uma. — Ele deslizou o dedo sobre o ombro descoberto dela, que já começava a adquirir uma cor de pêssego sob o sol. — Exceto que...

— Ah, eu sabia.

— Azul.. — Rogan falou e riu. — Ele deseja algo azul.

— Azul, é? — Ela não conteve a gargalhada. — Algum tom especial?

— O mesmo dos olhos da neta. Diz que são azuis como o céu do verão. Parece que é sua predileta, e depois que viu seu trabalho em Paris, só pensa em lhe dar algo feito especialmente para ela por suas mãos adoráveis.

— Palavras dele ou suas?

— Um pouco de cada. — Rogan respondeu beijando uma das adoráveis mãos.

— Vou pensar.

— Espero que sim. — Não mais se preocupando em encobrir a paisagem, ele se inclinou para mordiscar o lábio dela. — Mas pense nisso mais tarde, está bem?

— *Excusez-moi, monsieur.* — Um empregado de fisionomia suave parou na entrada do terraço, mãos ao lado do corpo e olhos discretamente voltados para o mar.

— *Oui, Henri?*

— *Vous et mademoiselle, voudriez-vous déjeuner sur la terrasse maintenant?*

— *Non, nous allons déjeuner plus tard.*

— *Très bien, monsieur.* — Henri desapareceu silencioso como uma sombra dentro de casa.

— O que foi? — Maggie perguntou.

— Ele queria saber se desejávamos almoçar. Respondi que comeríamos mais tarde. — Quando Rogan começou a se inclinar novamente, Maggie interrompeu-o com a mão em seu peito. — Algum problema? — murmurou. — Posso chamá-lo de volta e dizer que, afinal, queremos sim.

— Não, não quero que o chame. — Sentia-se desconfortável ao pensar em Henri ou em qualquer outro empregado, esperando nos cantos, prontos para servir. Virou-se na cadeira. — Você nunca tem vontade de ficar sozinho?

— Estamos sozinhos. Foi exatamente por isso que quis trazer você aqui.

— Sozinhos? Você deve ter meia dúzia de pessoas zanzando pela casa. Jardineiros e cozinheiros, copeiras e mordomos. Se estalasse meus dedos agora mesmo, um deles viria correndo.

— É esta a finalidade de ter empregados.

— Bem, não preciso deles. Acredita que uma de suas empregadas queira lavar minhas roupas de baixo?

— É porque é função dela cuidar de você, não porque deseje bisbilhotar em suas gavetas.

— Posso cuidar de mim mesma, Rogan. Queria que você os dispensasse. Todos eles.

Ele se revoltou:

— Você quer que eu demita todos eles?

— Não, por Deus. Não sou nenhum monstro para atirar pessoas inocentes nas ruas. Só quero que lhes dê uma folga, é isto. Umas férias ou seja lá como você queira chamar.

— Certamente posso dar a eles um dia de folga, se você quiser.

— Não um dia, toda a semana... — Ela suspirou, vendo a perplexidade dele. — Não faz sentido para você, e por que faria? Está tão habituado a eles que nem mesmo os vê.

— Aquele era Henri, o cozinheiro é Jacques e a empregada que tão insolentemente se ofereceu para lavar sua lingerie é Marie. — Ou talvez Monique, pensou.

— Não estava querendo começar uma discussão. — Aproximou-se, suas mãos buscando as dele. — Apenas não consigo relaxar como você com toda essa gente zanzando por aí. Simplesmente não estou habituada a isso e acho que não quero me habituar. Faça isso por mim, Rogan. Dê a eles alguns dias de folga.

— Espere aqui um momento.

Quando ele saiu, ela ficou no terraço, sentindo-se uma boba. Ali estava, estirada numa vila mediterrânea, com tudo o que podia querer a seu alcance. E ainda não estava satisfeita.

Percebeu que havia mudado. Nos poucos meses desde que conhecera Rogan, mudara significativamente. Não somente desejava mais agora, importava-se mais com o que não tinha. Desejava as facilidades e os prazeres que o dinheiro podia oferecer, e não só para a sua família. Desejava tudo isso para si mesma.

Usara diamantes e dançara em Paris.

E desejava fazer isso novamente.

No entanto, bem no seu íntimo, ainda existia aquela necessidade forte de ser apenas ela mesma, não necessitar de nada nem de ninguém. Se perdesse isso, teria perdido tudo, pensou com uma pontada de pânico.

Apanhou o bloco de desenhos e virou as folhas. Mas, por um momento, um terrível momento, sua mente ficou tão branca como a folha de papel à sua frente. Então começou a desenhar freneticamente, com uma intensidade violenta que explodia de dentro dela num vendaval.

Desenhava a si mesma. As duas partes, entrelaçadas, separadas e tentando desesperadamente encontrar-se outra vez. Mas como poderiam, sendo uma completamente oposta à outra?

Arte simplesmente pela arte, solidão pela sanidade, independência pelo orgulho. E, do outro lado, ambição, desejos e necessidades.

Contemplou o desenho completo, muda de espanto, vendo como aquilo brotara de si mesma tão rapidamente. E agora que extravasara, estava estranhamente calma. Talvez fossem aquelas duas forças opostas que a faziam como era. E talvez, se ela estivesse sempre em paz, seria menos do que poderia.

— Eles já se foram.

Com a cabeça ainda girando, olhou para Rogan sem entender.

— Como? Quem já foi?

Com um meio-sorriso, ele sacudiu a cabeça.

— Os empregados. Não era o que você queria?

— Os empregados? Ah... — A mente clareou. — Você os mandou embora? Todos eles?

— Sim, embora só Deus saiba o que vamos comer nos próximos dias. Ainda... — Parou de repente, quando ela se atirou em seus braços. Como ela se atirou sobre ele como a bala de um revólver, ele recuou, equilibrando-se para evitar que os dois se chocassem contra a porta de vidro atrás dele, quase os derrubando sobre o muro baixo.

— Você é um homem maravilhoso, Rogan. Um verdadeiro príncipe!

Girando-a nos braços, olhou cautelosamente sobre o muro.

— Sou quase um homem morto.

— Estamos sozinhos? Completamente sozinhos?

— Estamos, e conquistei a gratidão eterna de todos, a partir do mordomo. A copeira chegou a chorar de alegria. — Como ele supôs que aconteceria, com aqueles dias de folga para ela e os outros. — Agora estão livres para ir à praia, ao campo ou aonde mais seus corações os levarem. E temos a casa só para nós.

Ela o beijou apaixonadamente.

— E podemos explorar cada milímetro dela. E vamos começar por aquele sofá da sala.

— Vamos? — Divertido, não protestou quando ela começou a desabotoar-lhe a camisa. — Está cheia de desejos hoje, Margaret Mary.

— A questão dos empregados foi só um pedido. O sofá é que é um desejo.

Ele levantou a sobrancelha.

— A espreguiçadeira está mais perto.

— Tudo bem. — Riu enquanto ele a deitava nela. — Tudo bem mesmo!

Nos dias que se seguiram, bronzearam-se no terraço, caminharam pela praia e nadaram preguiçosamente na piscina em forma de lagoa, embalados pela música das fontes. Houve refeições improvisadas na cozinha e passeios de carro ao campo, durante as tardes.

Na opinião de Maggie, houve telefonemas demais.

Poderiam ter sido umas férias, mas Rogan estava sempre ao alcance de um telefone ou fax de negócios. Havia algo sobre a resposta de uma fábrica em Limerick, alguma coisa sobre um leilão em Nova York e ininteligíveis resmungos sobre domínios que estava buscando para abrir mais uma filial das Galerias Worldwide.

Aquilo poderia ter incomodado Maggie, se ela não tivesse começado a observar que o trabalho era uma parte da identidade dele, como o dela era para si mesma. Diferenças à parte, ela dificilmente poderia reclamar que ele passava uma hora ou duas encerrado no escritório quando aceitava tão bem os momentos em que ela ficava totalmente absorta por seus desenhos.

Se acreditasse na possibilidade de um homem e uma mulher encontrarem uma harmonia que durasse a vida toda, diria que era o que descobrira em Rogan.

— Deixe-me ver o que você fez.

Com um resmungo de satisfação, Maggie ofereceu a ele seu bloco. O sol estava desaparecendo, projetando cores que tingiam o céu do Oeste. Entre eles, uma garrafa de vinho, que tinham escolhido na adega, se aninhava num balde de prata com gelo. Maggie ergueu a taça, bebericou-o e acomodou-se para desfrutar sua última noite na França.

— Você estará ocupada quando voltar para casa. — Rogan comentou, enquanto estudava cada esboço. — Como escolherá qual será o primeiro trabalho?

— Ele me escolherá. Por mais que tenha gostado desses dias preguiçosos, estou doida para voltar e acender meu forno.

— Posso mandar emoldurar os desenhos que você fez para Brianna. Para simples esboços a lápis, estão muito bons. Eu gosto, particularmente... — Deteve-se, quando virou a folha e se deparou com algo inteiramente diferente de um desenho do mar ou uma paisagem. — E o que temos aqui?

Preguiçosa demais para se mover, olhou de relance.

— Ah... sim, este. Não sou de fazer retratos, mas este foi irresistível.

Era ele próprio, estirado na cama, o braço levantado, como se estivesse procurando por alguma coisa. Por ela.

Tomado de surpresa e não completamente satisfeito, franziu o rosto olhando o desenho.

— Desenhou isso enquanto eu estava dormindo.

— Bem, não queria acordar você e estragar o momento. — Escondeu o riso atrás da taça. — Você dormia tão calmamente. Talvez queira expor isso na sua galeria em Dublin.

— Estou despido.

— *Nu* é a palavra certa, quando se trata de arte. E está um ótimo nu artístico, Rogan. Assinei o desenho, viu? Você pode conseguir um bom preço por ele.

— Acho que não.

Ela empurrou a bochecha com a língua.

— Como meu empresário, é seu dever negociar meu trabalho. Está sempre dizendo isso. E este, posso garantir, é um dos meus melhores desenhos. Observe a luz e veja como ela incide sobre os músculos do seu...

— Já vi — falou numa voz sufocada. — E é o que todo mundo veria.

— Não seja modesto. Você tem formas bonitas. Acho que captei isso melhor neste outro.

O sangue dele simplesmente gelou.

— Outro?

— Sim. Vamos ver. — Ela se aproximou para virar as folhas. — Aqui está. Mostra um pouco mais... de contraste, quando você está em pé, eu acho. E um pouquinho desta arrogância parece muito bem.

As palavras morreram em sua boca. Ela o desenhara em pé no terraço, um braço descansando no muro atrás dele, o outro segurando um cálice de conhaque. E um sorriso — um sorriso particularmente presunçoso — no rosto. Era tudo o que ele vestia.

— Nunca posei para isto. E nunca fiquei parado, nu, no terraço, tomando conhaque.

— Licença artística — ela falou graciosamente, deliciada por tê-lo desconcertado completamente. — Conheço seu corpo bem o suficiente para desenhá-lo de memória. Colocar roupas teria estragado o tema.

— O tema? E qual é o tema?

— O *Dono da Casa*. Na verdade, acho que este vai ser o título dos dois. Você poderia oferecê-los em conjunto.

— Não quero vendê-los.

— E por que não? Posso saber? Vendeu vários de meus desenhos que não eram tão bem-feitos. Aqueles que eu não queria que você vendesse, mas assinei o contrato e você vendeu. *Quero* que você negocie estes. — Os olhos dela dançavam. — De fato, insisto, como acredito que é meu direito, contratualmente falando.

— Vou comprá-los, então.

— Qual é a sua oferta? Meu agente falou que meus preços estão subindo.

— Está me chantageando, Maggie.

— Ah, sim... — Fez um brinde a ele e bebericou mais vinho. — Você tem que pagar meu preço.

Olhou para o desenho outra vez, antes de fechar firmemente o bloco.

— Qual é?

— Vamos ver... acho que, se eu for levada lá para cima e fizer amor até a lua despontar, podemos fazer negócios.

— Você é bem esperta para fazer negócios.

— Aprendi com um mestre. — Ela começou a se levantar, mas ele sacudiu a cabeça e tomou-a nos braços.

— Não quero deixar nenhum furo nessa negociação. Creio que, em seus termos, estava incluído ser levada para cima.

— Ponto para você. Suponho que é por isso que preciso de um empresário. — Tomou uma mecha dos cabelos dele entre os dedos, enquanto ele a carregava para dentro de casa. — É claro que você está sabendo que, se eu não ficar satisfeita com o resto das condições, o negócio será desfeito.

— Ficará satisfeita.

No topo das escadas, ele parou para beijá-la. A resposta dela, como sempre, foi rápida e urgente, e, como sempre, seu sangue acelerou. Entrou no quarto, onde a luz delicada do pôr-do-sol trespassava as janelas. Logo a luz se tornaria cinza com o crepúsculo.

Sua última noite a sós não poderia ser vivida no escuro.

Pensando nisso, ele a deitou na cama e, quando ela quis alcançá-lo, deslizou para acender as velas. Elas estavam distribuídas pelos quartos, algumas menores e mais grossas, outras longas e afiladas, todas queimadas em alturas variáveis. Maggie ajoelhou-se na cama, enquanto Rogan acendia as chamas e fazia a luz dourada dançar.

— Romance. — Sorriu e se sentiu estranhamente tocada. — Parece que um pouco de chantagem vale a pena.

Ele deteve-se, um fósforo aceso entre os dedos. — Tenho dado a você tão pouco romance, Maggie?

— Estava só brincando... — Jogou para trás os cabelos desalinhados pela brisa. A voz dele fora séria demais: — Não preciso de romance. Um desejo honesto é suficiente para mim.

— É isto que temos? — Cuidadosamente, ele acendeu um pavio com o fósforo e apagou-o. — Desejo.

Rindo, ela estendeu os braços.

— Se parar de andar pelo quarto e vier aqui, vou mostrar a você exatamente o que temos.

Ela parecia fascinante à luz das velas e com as últimas cores do dia atravessando a vidraça ao lado da cama. Os cabelos incendiando, a pele dourada pelos dias ao sol e os olhos atentos, divertidos e, sem dúvida, convidativos.

Em outros dias e outras noites, ele teria mergulhado neste convite, deliciando-se com ele e com o incêndio que podiam provocar entre eles. Mas seu humor havia mudado. Aproximou-se lentamente dela, tomando-lhe as mãos, antes que elas pudessem puxá-lo avidamente para a cama, levando-as aos lábios, enquanto seus olhos a fitavam.

— Aquilo não era uma barganha, Margaret Mary. Eu tinha de fazer amor com você. Era a hora de fazer. — Manteve as mãos dela presas nas suas, baixando seus braços ao lado do corpo, enquanto se inclinava para brincar com os lábios dela. — É hora de você deixar.

— Que bobagem é esta? — A voz dela não estava firme. Ele a beijava como já fizera uma vez, vagarosamente, gentilmente e com extrema concentração. — Já deixei você fazer o que quis tantas vezes...

— Não assim. — Ele sentiu as mãos dela dobrarem-se contra as suas e seu corpo recuar.

— Você tem tanto medo de ternura, Maggie?

— Claro que não. — Ela não conseguia controlar a respiração, embora pudesse escutá-la, sentir o ar entrando e saindo devagar e forte pelos lábios. Todo seu corpo vibrava, embora ele mal a estivesse tocando. Algo estava fugindo dela.

— Rogan, não quero...

— Ser seduzida? — Ele afastou os lábios dos dela, deixando-os percorrer lentamente seu rosto.

— Não. não quero. — Mas a cabeça pendeu para trás, enquanto ele deslizava a boca pela sua garganta.

— Você vai ser.

Soltou as mãos dela para poder trazê-la mais para perto. Nenhum abraço fervoroso dessa vez, mas uma inescapável posse. Seus braços pareciam impossivelmente pesados, enquanto enlaçavam o pescoço dele. Não conseguiu fazer nada além de apertá-lo, enquanto ele acariciava seus cabelos, seu rosto, com dedos gentis que não pareciam mais substanciais do que um sussurro no ar.

A boca de Rogan voltou à dela num beijo úmido, profundo, ardente, que se prolongou infinitamente até que ela se tornasse uma cera maleável nos braços dele.

Iludira a ambos, Rogan sentiu, enquanto a deitava na cama. Deixando apenas o fogo tomar conta deles, não havia permitido que experimentassem todo o calor, todo o carinho da ternura.

Esta noite seria diferente. Ele a teria através de um labirinto de sonhos, antes das chamas do fogo.

O gosto dele escorria dentro dela, aturdindo-a, confundindo-a com ternura. Voracidade, que sempre predominara quando faziam amor, suavizava-se numa paciência indolente a que ela não podia nem resistir nem recusar. Muito antes que ele abrisse a blusa dela e deslizasse aqueles dedos sedosos e sensíveis sobre sua pele, ela já estava flutuando.

Sem força, as mãos escorregaram dos ombros dele. Ela prendia e soltava o ar, enquanto ele banhava a língua na dela, buscando pequenos sabores secretos, demorando-se em cada um deles. Saboreando. Arrastada pelo ritmo lento da sensação, ela sentia pulsar todos os pontos que ele acordava, na longa, calma busca dentro dela. Tão diferente de uma explosão. Tão mais devastador.

Murmurou o nome dele, enquanto ele amparava sua cabeça com uma das mãos e levantava seu corpo fundido ao dele.

— Você é minha, Maggie. Ninguém mais tirará você de mim.

Ela deveria ter protestado contra essa nova exigência por exclusividade. Mas não podia. Porque a boca dele viajava por cima dela outra vez, como se tivessem anos, décadas, para completar a exploração.

O candelabro tremulava fantasmagoricamente sobre suas pálpebras pesadas. Ela podia sentir o perfume das flores que havia apanhado naquela manhã e colocado num vaso azul, na janela. Podia ouvir a brisa trazendo a noite mediterrânea, com o perfume dos botões de flores e da água. Embaixo dos dedos e dos lábios dele, sua pele se suavizava, seus músculos tremiam.

Como podia não ter notado que a queria assim? Todo fogo se apagou e restaram apenas brasas cintilantes e fumaças sinuosas. Ela se movia sob as mãos dele, desamparada, incapaz de agir, além de absorver o que ele dava a ela, acompanhá-lo aonde a levava.

Mesmo quando o sangue latejou em sua cabeça, em seus quadris, ele manteve as carícias, provocando-a, esperando por ela, observando-a passar de uma para outra sensação de fusão.

Quando ela estremeceu, quando um novo suspiro escapou de seus lábios, ele tomou as mãos dela outra vez, envolveu-as com uma das suas, de modo que estava livre para estimulá-la até a primeira explosão.

O corpo dela se curvou, seus cílios bateram. Ele observou como aquele primeiro impulso roubou a respiração dela. Então, ela fluiu outra vez, lânguida e hesitante. O prazer dela se infiltrou dentro dele.

O sol descera. As velas se extinguiram. Ele a guiou ao ápice de novo, um pico mais alto que a fez gritar fracamente. O som ecoou em desejos e murmúrios. Quando seu coração estava tão completo que também parecia chorar, ele mergulhou dentro dela, tomando-a ternamente, enquanto a lua subia.

Talvez ela tivesse dormido. Sabia que sonhara. Quando abriu os olhos outra vez, a lua estava alta e o quarto estava vazio. Lânguida como um gato, pensou em se enroscar de novo. Mas, mesmo que se aninhasse no travesseiro, sabia que não dormiria sem ele.

Levantou-se, flutuando um pouco, como se a mente estivesse ofuscada pelo vinho. Encontrou um robe, um fino tecido de seda que Rogan insistira em lhe dar. Ele aderiu sedosamente à sua pele, quando foi procurar por ele.

— Sabia que você estaria aqui.

Ele estava sem camisa, parado, na frente do forno refulgente, na cozinha em preto-e-branco.

— Cuidando do estômago?

— E também do seu, minha garota. — Desligou o fogo sob a frigideira, antes de se voltar. — Ovos.

— O que mais seria? — Era tudo o que ambos podiam cozinhar com alguma competência. — Não ficarei surpresa se estivermos cacarejando quando voltarmos para a Irlanda, amanhã.

Sentindo-se surpreendentemente embaraçada, passou a mão pelos cabelos uma, duas vezes.

— Você devia ter me mandado levantar para prepará-los.

— Mandado você? — Ele pegou os pratos. — Seria a primeira vez.

— Quero dizer que eu deveria ter feito isso. Afinal de contas, sinto que não fiz minha parte antes.

— Antes?

— Lá em cima. Na cama. Não fiz exatamente minha parte.

— Uma barganha é uma barganha. — Dividiu os ovos nos pratos. — E, do meu ponto de vista, você fez muito bem, muito bem mesmo. Ver você se liberar foi um prazer incrível para mim. — Algo que ele pretendia experimentar novamente, muito em breve. — Por que não se senta para comer? A lua estará alta por algum tempo ainda.

— Acho que sim. — Mais à vontade, juntou-se a ele à mesa. — E isto vai apenas devolver minha energia. Sabe — falou com a boca cheia —, não tinha idéia de que o sexo pudesse deixar você tão fraco.

— Não foi apenas sexo.

O garfo dela parou a caminho da boca pelo tom de voz dele. Havia mágoa sob a irritação cortante e ela estava triste por ser a causa. E surpresa por poder causar isso a ele.

— Não quis dizer isso, Rogan. Não tão impessoalmente. Quando duas pessoas estão a fim uma da outra...

— Estou muito mais do que a fim de você, Maggie. Estou apaixonado por você.

O garfo escapou dos dedos dela e caiu sobre a mesa. O pânico atacou sua garganta com suas presas afiadas.

— Não, você não está.

— Estou. — Falou calmamente, embora praguejasse contra si mesmo por estar fazendo tal declaração numa cozinha brilhantemente iluminada, diante de ovos mexidos malfeitos. — E você está apaixonada por mim.

— Não, não estou. Você não pode dizer o que estou sentindo.

— Posso, se você é tola demais para dizer a si mesma. O que existe entre nós é muito mais do que atração física. Se não fosse tão rebelde, você deixaria de fingir que é só isso.

— Não sou rebelde.

— Você é, mas descobri que esta é uma das coisas que gosto em você. — Pensava friamente agora, contente de ter recuperado o controle. — Poderíamos ter discutido isso tudo sob circunstâncias mais adequadas, mas, conhecendo você, pouco importa. Estou apaixonado por você e quero que case comigo.

Capítulo Dezessete

asamento? A palavra parou em sua garganta ameaçando sufocá-la. Ela não ousava repeti-la.

— Você perdeu o juízo.

— Acredite, estou pensando nisso. — Segurando o garfo, voltou a comer, aparentando sanidade. Mas a mágoa, inesperada e intensa, se manifestou. — Você é teimosa, muitas vezes rude, mais do que ocasionalmente egocêntrica e não apenas um pouco temperamental.

Por um momento, ela moveu a boca como se fosse um peixe.

— Ah, sou mesmo?

— É claro que é, e um homem precisaria ter perdido a razão para querer carregar esse fardo por toda uma vida. Mas — serviu-se do chá que tinha coado — é isso. Creio que é costume escolher a igreja da noiva. Então casaremos em Clare.

— Costume? Pro diabo seus costumes, Rogan, e você com eles. — Era pânico que sentia, descendo por sua coluna como gelo picado? Absolutamente não. Precisava se controlar. Não tinha nada a temer. — Não vou casar com você nem com ninguém. Nunca!

— Isto é absurdo. Claro que vai casar comigo. Nós nos entendemos surpreendentemente bem, Maggie.

— Um minuto atrás, eu era teimosa, temperamental e rude.

— Você é. E isso combina comigo. — Tomou a mão dela, ignorando sua resistência, e levou-a aos lábios. — Combina maravilhosamente.

— Bem, mas não combina comigo. Nem um pouco. Talvez eu tenha suavizado por sua arrogância, Rogan, mas isso já passou. Compreenda. — Puxou a mão das dele. — Não serei esposa de homem algum!

— De nenhum outro, só minha.

Ela praguejou baixinho. Quando ele apenas riu, ela lutou contra sua fúria. Uma briga poderia ser satisfatória, mas não resolveria nada, pensou.

— Você me trouxe aqui para isso, não é?

— Não, sinceramente não. Planejei levar mais tempo antes de atirar meus sentimentos a seus pés. — Com muita calma e intencionalmente, ele empurrou o prato para o lado. — Sabia muito bem que você os chutaria de volta. — Seus olhos permaneceram fixos nos dela, serenos, pacientes. — Você pode ver que a conheço muito bem, Margaret Mary.

— Não, não conhece. — Fúria e pânico, que não queria admitir, escaparam de dentro dela, dando lugar à tristeza. — Tenho razões para manter meu coração vazio, Rogan, e para nem sequer considerar a possibilidade de um casamento.

Interessava a ele, e o acalmava, entender que não era o casamento com ele que parecia apavorá-la, mas a própria instituição do casamento.

— Quais são elas?

Baixou o olhar para a xícara. Depois de um momento de hesitação, adicionou os costumeiros três cubos de açúcar e mexeu.

— Você perdeu seus pais.

— Sim. — Ele franziu as sobrancelhas. Não esperava que ela enveredasse por esse caminho. — Quase dez anos atrás.

— É duro perder a família. Rompe com toda a sensação de segurança, expõe você ao simples fato da mortalidade. Você os amava?

— Muito, Maggie...

— Não, preciso ouvir o que você tem a dizer sobre isso. É importante. Eles amavam você?

— Sim, amavam.

— Como sabe disso? — Tomou o chá, segurando a xícara com as duas mãos. — Porque eles deram a você uma vida boa, uma linda casa?

— Nada a ver com conforto material. Sei que me amavam porque sentia, porque eles demonstravam isso. E eu podia ver que amavam um ao outro também.

— Havia amor em sua casa. E risos? Havia risos lá, Rogan?

— Um bocado. — Ainda podia lembrar-se disso. — Fiquei arrasado quando eles morreram. Tão de repente, tão brutalmente de repente... — A voz diminuiu, mas se fortaleceu de novo: — Mas depois, quando o pior passou, eu me senti feliz por terem ido juntos. Qualquer um deles teria tido apenas meia vida sem o outro.

— Você não tem idéia do quanto teve sorte, que presente ganhou nascendo e crescendo num lar de amor, numa casa feliz. Nunca vivi isso. Nunca viverei. Não havia amor entre meus pais. Havia só raiva, reclamações e culpa. Havia obrigação, mas não amor. Pode imaginar o que significa crescer numa casa em que as duas pessoas que fizeram você não sentem nada uma pela outra? Apenas estavam lá porque o casamento era uma prisão, mantendo-os aprisionados pela consciência e pela lei da Igreja.

— Não, não posso. — Cobriu as mãos dela com as suas. — Sinto muito que tenha sido assim com você.

— Quando era ainda uma menina, jurei nunca ser trancada numa prisão como aquela.

— Casamento não é somente uma prisão, Maggie — ele falou com ternura. — O de meus pais era só alegria.

— E você pode ter o mesmo, um dia. Mas não eu. Você faz o que conhece, Rogan. Não pode mudar suas origens. Minha mãe me odeia.

Gostaria de contestar aquilo, mas ela falara de forma tão decidida, tão definitiva, que não conseguiu.

— Mesmo antes de eu nascer ela me odiava. O fato de ter engravidado de mim arruinou sua vida, e ela me diz isso sempre que pode. Todos esses anos, eu nunca soube quão profundo isso realmente era, até sua avó me contar que minha mãe tivera uma carreira.

— Uma carreira? — ele recordou. — Como cantora? O que isso tem a ver com você?

— Tudo. Que escolha ela podia ter senão desistir da carreira? Que carreira teria uma moça solteira, grávida, num país como o nosso? Nenhuma. — Gelada, ela estremeceu e deixou escapar um suspiro. Doía falar isso em voz alta, assim. — Ela desejava algo para si mesma. Entendo isso, Rogan. Sei o que é ter ambições. E posso imaginar muito bem o que deve ter sido ter tudo roubado. Você vê, eles nunca teriam casado se eu não tivesse sido concebida. Um momento de paixão, de desejo, só isso. Meu pai tinha mais de quarenta, e ela passava dos trinta. Ela sonhando, suponho, com romance, e ele vendo uma bela mulher. Ela era bonita então. Há fotos. Era bonita antes da amargura que destruiu tudo. E eu fui a semente disso tudo, o bebê de sete meses que a humilhou e arruinou seus sonhos. E os dele também. Sim, e os dele.

— Você não pode, de maneira alguma, culpar a si mesma por ter nascido, Maggie.

— Ah, sei disso. Acha que não sei? Bem aqui? — Subitamente feroz, ela bateu na cabeça. — Mas no meu coração... Não consegue entender? Sei que minha própria existência, minha simples respiração, sobrecarregou a vida de duas pessoas além da medida. Vim só de uma paixão, e cada vez que ela me olha, lembra que pecou.

— Isso não é só ridículo. É uma tolice.

— Talvez seja. Meu pai dizia que a amara, e talvez isso fosse verdade. — Podia imaginá-lo entrando no pub de O'Malley, vendo Maeve, ouvindo-a e deixando seu coração romântico voar.

Mas isso acabou logo. Para ambos.

— Eu tinha doze anos quando ela me disse que eu não tinha sido concebida dentro do casamento. Foi como ela colocou. Talvez ela tivesse percebido que eu estava passando por aquela lenta fase de transição entre menina e mulher. Começara a olhar para os meninos, entende? Tinha tentado um flerte com Murphy e com um ou dois outros meninos da vila. Ela me viu perto do celeiro de feno com Murphy, ensaiando um beijo. Só um beijo, foi tudo, ao lado do celeiro numa tarde de verão, nós dois, jovens e curiosos. Foi meu primeiro beijo e foi adorável, delicado, tímido e inofensivo. E ela nos viu.

Quando Maggie fechou os olhos, a cena voltou vividamente.

— Ela ficou branca que nem papel, gritou e esbravejou, me empurrando para dentro de casa. Eu era má, ela disse, pecadora, e, como meu pai não estava em casa para detê-la, ela me bateu.

— Bateu em você? — O choque fez com que ele se levantasse da cadeira. — Está me contando que ela agrediu você porque beijou um garoto?

— Ela me surrou — Maggie disse sem emoção. — Foi mais do que uma palmada; a isso eu já estava acostumada. Pegou um cinto e me bateu até eu começar a pensar que me mataria. Enquanto me batia, gritava trechos da Bíblia e amaldiçoava o estigma do pecado.

— Ela não tinha o direito de tratá-la assim. — Ajoelhou-se na frente dela, tomou-lhe o rosto entre as mãos.

— Não, ninguém tem esse direito, mas isso não os detém. Pude perceber o ódio nela então, e o medo também. Medo, depois compreendi, de que eu acabasse como ela, com um bebê na barriga e um vazio no coração. Sempre soube que ela não me amava como as mães costumavam amar seus filhos. Observava que ela era mais carinhosa com Brie. Mas, até aquele dia, não sabia por quê.

Não conseguia mais ficar sentada. Levantando-se, caminhou até a porta que dava para um pequeno pátio de pedras, enfeitado com potes de cerâmica cheios de exuberantes gerânios brilhantes.

— Não precisa mais falar sobre isso — Rogan disse atrás dela.

— Vou terminar. — O céu estava bordado de estrelas, a brisa era um sussurro gentil através das árvores. — Ela me falou que eu estava marcada. E me surrou para que a marca estivesse do lado de fora também, para que eu entendesse o peso que uma mulher carrega, porque tinha sido ela quem carregara a criança.

— Isso é cruel, Maggie. — Incapaz de controlar suas próprias emoções, fez com que ela se voltasse, as mãos firmes em seus ombros, os olhos azuis gelados e furiosos. — Você era apenas uma menina.

— Se eu era, deixei de ser naquele dia. Porque entendi, Rogan, que ela queria dizer exatamente o que dizia.

— Era mentira, uma terrível mentira.

— Não para ela. Para ela, era a verdade cristalina. Disse que eu era a sua penitência, que Deus a tinha punido comigo, pela noite de pecado. Ela acreditava nisso totalmente e, toda vez que me olhava, lembrava. Que mesmo a dor e o sofrimento de ter me dado à luz não tinham sido suficientes. Por minha causa, estava presa a um casamento que desprezava, ligada a um homem que não conseguia amar e mãe de uma criança que nunca quisera. E, como acabei de descobrir, arruinara tudo o que desejara. Talvez, tudo o que ela era.

— Ela é que deveria ter sido surrada. Ninguém tem o direito de agredir assim uma criança e, ainda pior, usando uma versão deformada de Deus, enquanto batia.

— Engraçado, meu pai disse quase a mesma coisa quando chegou em casa e viu o que ela fizera. Pensei que ele a agrediria. Foi a única vez em minha vida que o vi chegar perto da violência. Eles tiveram uma briga horrível. Ouvir tudo aquilo foi quase pior do que a surra. Subi para o quarto para fugir do pior e Brie trouxe uma pomada. Ela me atendeu como a uma mãe, falando qualquer coisa, enquanto os gritos e as maldições soavam no alto da escadaria. As mãos dela tremiam.

Maggie não reagiu quando ele a tomou nos braços, mas os olhos permaneceram secos, a voz calma:

— Pensei que ele iria embora então. Eles disseram tantas coisas horríveis um ao outro que imaginei que não poderiam viver sob o mesmo teto depois. Pensava que, se nos levasse junto com ele, se Brie e eu pudéssemos ir com ele para qualquer lugar, tudo ficaria bem outra vez. Então eu o ouvi dizer que ele também estava pagando. Que estava pagando por ter acreditado que a amava e a desejava. Que iria para o túmulo pagando. Naturalmente, ele não foi.

Maggie recuou, afastando-se novamente.

— Ele ainda ficou mais de dez anos, e ela nunca mais me tocou. De nenhuma maneira. Mas nenhum de nós esqueceu aquele dia... acho que nenhum de nós quis esquecer. Ele tentou compensar, me dando mais, me amando mais. Mas não conseguiu. Se ele a tivesse deixado, se tivesse nos levado junto, as coisas teriam mudado. Mas ele não conseguia fazer isso e, então, vivemos naquela casa, como pecadores num inferno. E eu sabia que, mesmo me amando tanto, muitas vezes ele pensava que se não tivesse feito... se não *me* tivesse feito, seria livre.

— Você, honestamente, culpa o bebê, Maggie?

— O pecado dos pais... uma das expressões favoritas de minha mãe. — Ela sacudiu a cabeça. — Não, Rogan, não culpo o bebê. Mas isso não altera os resultados.

Respirou profundamente. Estava melhor por ter contado tudo.

— Nunca vou me arriscar a ficar trancada numa prisão.

— Você é uma mulher bastante inteligente para acreditar que o que aconteceu com seus pais acontece com todo mundo.

— Não, não com todo mundo. Um dia, agora que ela não está mais dominada pelas ordens de minha mãe, Brie se casará. Ela é uma mulher que deseja ter uma família.

— E você não.

— Eu não — falou, mas suas palavras soaram vazias. — Tenho meu trabalho e sinto necessidade de ficar sozinha.

Rogan tomou o queixo dela nas mãos.

— Você está com medo.

— Se estou, tenho o direito de estar. — Desvencilhou-se dele. — Que tipo de mulher ou mãe posso ser com esse passado?

— Você acabou de dizer que sua irmã será as duas coisas.

— Aquilo a afetou de modo diferente. Ela sente tanta necessidade de convívio com pessoas, de ter uma casa, quanto eu de estar sem elas. Você tem razão quando diz que sou teimosa, rude e egocêntrica. Sou mesmo.

— Você, talvez, teve de ser assim. Mas você não é só isso, Maggie. Você é apaixonada, leal e amorosa. Não me apaixonei só por uma parte de você, mas por tudo que é. Quero viver minha vida com você.

Algo estremeceu dentro dela, frágil como o cristal derrubado por uma mão descuidada.

— Você não ouviu uma palavra sequer do que eu disse?

— Ouvi cada uma delas. Agora sei que você não me ama apenas. Você precisa de mim.

Ela enfiou as mãos nos cabelos, remexendo-os com desânimo.

— Não preciso de ninguém.

— É claro que precisa. Está com medo de admitir, mas posso entender. — Ele estava triste, amargurado, pela criança que ela tinha sido. Mas não podia permitir que isso alterasse seus planos em relação à mulher. — Você se fechou numa prisão, Maggie. Quando admitir suas necessidades, a porta se abrirá.

— Estou feliz com as coisas como estão. Por que você tem que mudá-las?

— Porque quero mais do que apenas alguns dias do mês com você. Quero uma vida com você. Filhos com você. — Passou a mão pelos cabelos dela para tocar-lhe a nuca. — Porque você é a primeira e única mulher que amei. Não vou perdê-la, Maggie. E não vou deixar que você me perca.

— Dei a você tudo o que posso dar, Rogan. — A voz estava trêmula, mas ela se manteve firme. — Mais do que já dei a qualquer pessoa. Fique satisfeito com o que sou capaz de dar, porque, se não puder, teremos que terminar.

— Você conseguiria?

— Terei que conseguir.

As mãos dele apertaram mais uma vez sua nuca, então afrouxaram e se afastaram.

— Teimosa! — falou com um ar de divertimento para esconder a dor. — Bem, é isto. Posso esperar que você venha para mim. Não, não me diga que não virá. — Interrompeu-a, quando ela abriu a boca para protestar. — Só ficará mais difícil para você, quando vier. Deixaremos as coisas como estão, Maggie. Com uma pequena alteração.

O alívio que ela sentira se transformou em cautela.

— Qual é?

— Amo você. — Tomou-a nos braços, cobrindo sua boca com a dele. — Terá de se habituar a ouvir isto.

Estava contente de estar em casa. Em casa podia saborear a solidão, desfrutar de sua própria companhia e dos longos, longos dias em que a luz resistia no céu até às dez. Em casa, não necessitava pensar em outra coisa, exceto trabalhar. Para provar isso, deu a si mesma três dias no estúdio, três dias sem interrupção.

Estava se sentindo produtiva, satisfeita com os resultados que via, esfriando no forno. E estava, pela primeira vez, até onde era capaz de lembrar, sozinha.

Aquilo estava nos planos dele, pensou, enquanto olhava o crepúsculo ir se adensando aos poucos, até transformar-se em noite. Ele a fizera gostar de sua companhia, gostar da agitação das cidades e das pessoas. Ele a fizera querer demais.

Casamento. O pensamento fez com que ela estremecesse, enquanto juntava o que queria da mesa da cozinha. Isto, pelo menos, ele nunca poderia fazer com que ela quisesse. Estava certa, em pouco tempo ele veria as coisas do jeito dela. Caso contrário...

Saiu e fechou a porta. Melhor não pensar nos "senões". Rogan era, acima de tudo, um homem sensível.

Tomou o caminho para a casa de Brianna, tão vagarosamente quanto a noite que descia ao redor dela. Uma garoa tardia molhava seus pés e uma brisa espalhava um recado gelado através das árvores.

Como um farol que guia os viajantes, a luz na cozinha de Brianna brilhava na noite. Maggie ajeitou os desenhos que havia emoldurado e apressou o passo.

Quando se aproximou, um grunhido baixo saiu das sombras de um plátano. Maggie chamou em voz baixa e ouviu um latido alegre. Con pulou das sombras, através da garoa, e teria saltado nela para mostrar seu amor e devoção, se ela não tivesse levantado a mão para fazê-lo parar.

— Prefiro não ser derrubada, obrigada. — Afagou a cabeça dele, o pescoço, enquanto a cauda, agitada, rasgava a névoa como farrapos. — Cuidando de sua princesa, não é? Bem, vamos entrar e encontrá-la.

No momento em que Maggie abriu a porta da cozinha, Con se atirou como uma mancha de pêlos e músculos. Estacou na porta que levava ao vestíbulo, a cauda abanando.

— Ela está lá? — Maggie largou os desenhos e caminhou para a porta. Ouviu vozes, um riso leve, um sotaque britânico. — Ela está com hóspedes... — falou a Con e desapontou-o, quando voltou da porta. — Não vamos perturbá-la, então se contente comigo. — Para tornar a proposta mais atraente, foi até o armário onde Brianna guardava os biscoitos de Con. — Bem, o que vai fazer para merecer isso, menino?

Con olhou o biscoito que ela segurava e estalou a língua. Com controlada dignidade, foi até Maggie, sentou-se e levantou a pata.

— Muito bem, camarada.

Com o biscoito entre os dentes, Con caminhou altivamente até o tapete em frente à lareira da cozinha, girou três vezes, sentando-se então, com um suspiro, para desfrutar do presente.

— Eu poderia arranjar alguma coisa para mim.

Uma rápida olhada pela cozinha revelou um tesouro. Metade de um pão de gengibre sob um guardanapo. Maggie comeu uma fatia, enquanto a chaleira esquentava, e sentou-se para comer outra com um acolhedor bule de chá.

Quando Brianna chegou, Maggie catava os farelos do prato.

— Estava me perguntando quando você ia aparecer. — Brianna abaixou-se para afagar o cachorro, que se levantara para se encostar nas pernas dela.

— Teria vindo mais cedo, se soubesse que isso estava me esperando. Vi que você está com hóspedes.

— Sim, um casal de Londres, um estudante de Derry e duas adoráveis senhoras de Edimburgo. Como foram suas férias?

— É um lugar maravilhoso, quente, dias ensolarados, noites quentes. Fiz alguns desenhos para você ver como é. — Apontou para eles.

Brie pegou os quadros, e seu rosto se iluminou com alegria.

— Ah, são maravilhosos!

— Achei que você gostaria mais deles do que de um cartão-postal.

— Gostei mesmo. Obrigada, Maggie. Tenho alguns recortes de sua exposição em Paris.

Maggie ficou surpresa.

— Como os conseguiu?

— Pedi a Rogan que os mandasse para mim. Quer ver?

— Não, agora não. Vão me dar um frio no estômago, e meu trabalho está indo muito bem.

— Irá a Roma quando a mostra for para lá?

— Não sei. Não pensei nisso. Tudo parece tão longe daqui.

— Como um sonho. — Brianna suspirou enquanto se sentava. — Mal posso acreditar que estive em Paris.

— Pode viajar mais agora, se quiser.

— Humm... — Talvez houvesse lugares que gostaria de conhecer, mas a pousada a prendia. — Alice Quinn teve um menino. Chama-se David. Foi batizado ontem. Chorou durante toda a cerimônia.

— E Alice provavelmente se agitou em volta como um pássaro.

— Não, ela segurou o pequeno David no colo, acalmou-o e o levou para fora para amamentar. O casamento e a maternidade a transformaram. Você não acreditaria que é a mesma Alice.

— Casamento sempre muda as pessoas.

— Geralmente para melhor. — Mas Brianna sabia o que Maggie estava pensando. — Mamãe está indo bem.

— Não perguntei nada.

— Não — Brianna disse calmamente. — Mas estou dizendo a você. Lottie tem conseguido levá-la para sentar no jardim todos os dias e também para pequenas caminhadas.

— Caminhadas? — Contra sua vontade, o interesse de Maggie foi despertado: — Mamãe, caminhando?

— Não sei como consegue, mas Lottie tem muito jeito com ela. A última vez em que as visitei, mamãe segurava um fio de lã, enquanto Lottie o enrolava. Quando cheguei, ela atirou-o no chão e começou a reclamar, dizendo que a mulher a estava levando à sepultura. Reclamou que já tinha demitido Lottie duas vezes, mas ela não fora embora. Todo o tempo em que mamãe reclamava, Lottie se balançava na cadeira, sorrindo e enrolando a lã.

— Se a mulher mandar Lottie embora...

— Não, deixe-me terminar. — Brianna inclinou-se, os olhos dançando. — Fiquei lá, pedindo desculpas e esperando o pior. Até que Lottie parou de se balançar. "Maeve", ela disse, "pare de amolar a menina. Você parece uma matraca." Devolveu o fio para mamãe e me contou que a estava ensinando a tricotar.

— Ensinando mamãe a... ah, está pra nascer este dia!

— A verdade é que a mamãe continuou resmungando e discutindo com Lottie. Mas parecia estar gostando daquilo. Você estava certa sobre ela ter sua própria casa, Maggie. Talvez ela ainda nem perceba isso, mas nunca esteve tão feliz.

— O importante é que ela está fora daqui. — Impaciente, Maggie pôs-se a andar pela cozinha. — Só não quero que você se iluda, achando que fiz aquilo por bondade.

— Mas fez — Brianna disse calmamente. — Se não prefere que ninguém além de mim saiba, é opção sua.

— Não vim aqui para falar dela, mas para saber como você está indo. Mudou-se para o quarto perto da cozinha?

— Sim, com isso estou com mais um quarto para hóspedes, no andar de cima.

— Dá mais privacidade a você.

— Isto mesmo. Tem espaço para uma escrivaninha, então posso cuidar da contabilidade. Gosto de ter uma janela diretamente para o jardim. Murphy disse que, se eu quiser, posso colocar uma porta lá. Então vou poder entrar e sair sem passar pelo resto da casa.

— Ótimo! — Maggie pegou um pote de groselhas sobre a mesa e colocou-o no lugar. — Ainda tem o suficiente para o gasto?

— Sim, tenho bastante. Foi um bom verão. Maggie, não vai me dizer o que a está incomodando?

— Nada, não há nada — Maggie respondeu abruptamente. — Estou com muita coisa na cabeça, é só isso.

— Discutiu com Rogan?

— Não. — Aquilo não podia ser chamado de discussão. — Por que imagina que estou pensando nele?

— Porque vi vocês juntos. Vi o quanto um se preocupa com o outro.

— Isso já chega, não é? — Maggie declarou. — Eu me importo com ele, e ele comigo. O negócio que temos juntos está sendo um sucesso e continuará sendo. Isto já chega, não?

— Não sei a resposta para isso. Está apaixonada por ele?

— Não, não estou. — Não deveria estar. — Ele acha que estou, mas não posso ser responsável pelo que o cara acha. Nem vou mudar minha vida por causa dele, nem por qualquer outra pessoa. Ele já fez com que ela mudasse. — Cruzou os braços, sentindo um frio súbito. — E, maldito seja, não posso voltar atrás.

— Voltar para quê?

— Voltar a ser o que eu era, o que eu pensava que era. Ele me fez querer mais. Sei que sempre quis, mas ele me fez admitir isso. Não basta eu acreditar em meu trabalho, preciso dele para isso. Ele se tornou parte dele e, se eu fracassar, não fracassarei sozinha. Quando tenho sucesso, a satisfação não é só minha também. E penso que me comprometi porque coloquei parte de mim, o melhor de mim, nas mãos dele.

— Está falando de sua arte, Maggie, ou de seu coração? — Brianna olhou firmemente para a irmã quando fez a pergunta.

Maggie sentou-se outra vez, derrotada.

— Não tenho um sem o outro. Então, parece que dei a ele um pedaço de ambos.

Rogan teria ficado surpreso ao ouvir aquilo. Tinha decidido, depois de pensar muito, tratar sua relação com Maggie como faria com qualquer negócio com uma companhia relutante. Fizera a sua proposta. Agora era recuar, afastar-se, enquanto a outra parte avaliava a questão.

Não havia nenhum motivo profissional para contatá-la. A mostra ficaria em Paris por duas semanas ainda, antes de se deslocar para Roma. As peças tinham sido escolhidas e o espaço, preparado.

Num futuro previsível, ela tinha o seu trabalho, ele tinha o dele. Qualquer contato profissional poderia ser feito por sua equipe.

Iria, em outras palavras, deixá-la cozinhar em fogo lento.

Era importante, para o seu orgulho e para os seus planos, não deixá-la saber o quanto sua rejeição a seus sentimentos o magoara. Separados, poderiam avaliar seu futuro com mais objetividade. Juntos, simplesmente terminariam na cama. Isso já não bastava.

Paciência e mão firme era o que o momento exigia. Rogan tinha certeza disso. E se Maggie permanecesse tão tolamente obstinada depois de um tempo razoável, ele usaria qualquer recurso que estivesse a seu dispor.

Rogan bateu rapidamente à porta de sua avó. Não era sua hora costumeira de visita, mas, depois de ter voltado a Dublin havia uma semana, precisava do conforto da família.

— Minha avó está em casa? — perguntou à empregada que abriu a porta.

— Sim, Sr. Sweeney. Está na sala da frente. Avisarei que o senhor está aqui.

— Não é necessário. — Atravessou o vestíbulo a passos largos, seguindo para a sala. Christine levantou imediatamente e abriu os braços para ele.

— Rogan! Que surpresa agradável!

— Tive uma reunião cancelada, então pensei em passar aqui e ver como você estava. — Recuou e levantou a sobrancelha enquanto estudava o rosto dela. — Você parece excepcionalmente bem.

— Sinto-me excepcionalmente bem. — Riu e levou-o até uma cadeira. — Posso servir um drinque para você?

— Não, não demorarei muito e só vim pela companhia.

— Soube que tudo correu bem em Paris. — Christine sentou-se ao lado dele, alisando a saia de seu vestido de linho. — Almocei com Patricia, semana passada, e ela me disse que foi um sucesso estrondoso.

— Foi. Embora não possa dizer como ela soube. — Pensou na amiga, com uma demorada sensação de culpa. — Ela está bem?

— Ah, muito. Pode-se dizer que ela está desabrochando. E creio que ela me disse que Joseph lhe contou sobre Paris. Ela está trabalhando bastante em sua escola, e Joseph está lhe dando uma grande ajuda.

— Que bom! Receio não ter ficado muito tempo na galeria, semana passada. O fato é que a filial em Limerick tem tomado todo o meu tempo.

— Como está indo?

— Vai bem. Tivemos algumas complicações. Vou ter de ir até lá para resolvê-las.

— Mas você acabou de chegar.

— Não deve tomar mais do que um ou dois dias. — Inclinou a cabeça, vendo a avó ajeitar a saia, arrumar os cabelos. — Alguma coisa errada?

— Não... — Ela sorriu animadamente e se esforçou para manter as mãos quietas. — Não, nada, embora haja um assunto que eu gostaria de discutir com você. Bem... — Conteve-se, sentindo-se terrivelmente covarde. — Como está Maggie? Gostou de Paris?

— Parece que sim.

— É uma linda época do ano para férias na vila. O tempo estava bom?

— Estava. É sobre o tempo que deseja discutir, vovó?

— Estava apenas... tem certeza de que não quer um drinque?

Um arrepio de susto percorreu-lhe as costas.

— Se há alguma coisa errada, quero que me conte logo.

— Não há nada de errado, querido. Nada de errado, mesmo.

Para sua diversão, ela corou como uma colegial.

— Vovó...

Foi interrompido por um barulho na escadaria e um grito.

— Chrissy? Onde está você, garota?

Rogan levantou-se vagarosamente, enquanto um homem surgia na porta. Era corpulento, careca como um ovo e vestia um horrível terno amarelo. Seu rosto, redondo e enrugado, brilhava como uma lua.

— Cá está você, minha querida. Pensei que a tinha perdido.

— Ia pedir um chá. — Christine ruborizou-se intensamente, quando o homem atravessou a sala e beijou suas agitadas mãos.

— Rogan, este é Niall Feeney. Niall, meu neto, Rogan.

— Então esse é Niall. — Rogan sentiu sua mão ser apertada e sacudida sinceramente. — Puxa, estou mesmo muito contente em, afinal, conhecer você. Chrissy falou muito sobre você, cara. Ora, você é o menino-dos-olhos dela.

— Estou... contente por conhecê-lo, Sr. Feeney.

— Não, não, agora nada de formalidades entre nós. Não com toda a ligação entre nossas famílias. — Piscou e riu até a barriga sacudir.

— Ligação? — Rogan falou debilmente.

— É, eu cresci a não mais que uma cusparada de distância de nossa Chrissy. E agora, depois de cinqüenta anos, o destino faz você cuidar de todos aqueles lindos vidros que mìnha sobrinha faz.

— Sua sobrinha? — A novidade atingiu-o como um soco. — Você é tio de Maggie?

— Sou sim. — Niall sentou-se, muito à vontade, a substancial barriga saltando acima do cinto. — Orgulhoso da garota como um pavão, mesmo não entendendo nada do que ela anda fazendo. Tenho que acreditar na palavra de Chrissy de que ela é ótima.

— Chrissy... — Rogan repetiu com um fio de voz.

— Não é maravilhoso, Rogan? — O sorriso nervoso de Christine contraiu seu rosto. — Parece que Brianna escreveu a Niall, em Galway, para contar que Maggie e você estavam trabalhando juntos. Naturalmente mencionou que você era meu neto. Niall me escreveu e uma coisa levou a outra. Ele veio me fazer uma visitinha.

— Uma visitinha. Em Dublin?

— É uma cidade legal, de verdade, pode crer. — Niall estalou a mão sobre o delicado braço do sofá. — Com as garotas mais bonitas de toda a Irlanda. — Piscou para Christine. — Embora, pra falar a verdade, eu só tenha olhos para uma.

— Deixe de história, Niall.

Rogan viu os dois trocarem beijinhos ante seu olhar espantado.

— Acho que afinal vou querer tomar aquele drinque — ele disse. — Um uísque.

Capítulo Dezoito

Foi muito controlado que Rogan deixou a sala da avó e correu para a galeria logo depois. Ele não queria acreditar que tinha visto o que sabia ter visto. Bem como Maggie dissera uma vez, quando um casal tem intimidade, emite alguns sinais.

Sua avó, pelo amor de Deus, estava flertando com o cara-de-lua do tio de Maggie, de Galway.

Não, decidiu, quando entrou na galeria, não tolerava pensar naquilo. Detectara sinais, mas, com certeza, interpretara-os incorretamente. Afinal, sua avó tinha mais de setenta anos, era uma mulher de gosto incontestável, caráter imaculado, estilo impecável.

E Niall Feeney era... era simplesmente indescritível, Rogan concluiu.

O que ele precisava era de algumas horas de perfeita paz e muita calma em seu escritório da galeria, longe de pessoas, telefones e qualquer outra coisa remotamente pessoal.

Sacudiu a cabeça, enquanto atravessava a sala. Estava falando como Maggie.

Vozes altas o interromperam antes que sua mão tocasse a maçaneta. Estava havendo uma discussão acalorada do outro lado da porta.

Embora as boas maneiras o obrigassem a recuar, a curiosidade falou mais alto.

Abriu a porta, encontrando Joseph e Patricia em plena discussão.

— Repito que você não está usando a cabeça que Deus lhe deu — Joseph gritou. — Não serei a causa de um aborrecimento entre você e sua mãe.

— Não dou a mínima para o que minha mãe pensa. Isso nada tem a ver com ela — Patricia retribuiu o grito, deixando Rogan de boca aberta.

— O fato de você falar assim só comprova minha opinião. Você não está usando a cabeça. Ela é... Rogan! — O rosto furioso de Joseph ficou imóvel como uma pedra. — Não esperava você.

— Obviamente. — Rogan olhou cautelosamente de Joseph para Patricia. — Parece que interrompi algo.

— Talvez você consiga demovê-lo desta idéia orgulhosa. — Com os olhos brilhando de emoção, Patricia jogou os cabelos para trás. — Eu não consigo.

— Isso nada tem a ver com Rogan. — A voz de Joseph estava calma, mas havia nela a frieza de uma advertência.

— Ah, não, não podemos deixar ninguém saber. — A primeira lágrima irrompeu de seus olhos. Patricia secou-a, rapidamente. — Devemos nos esconder sempre como... como adúlteros. Bem, não farei mais isto, Joseph. Estou apaixonada por você e não me importa quem saiba disso. — Virou-se para Rogan. — Então? O que tem a dizer a respeito?

Ele levantou a mão como para recuperar o equilíbrio.

— Acho que devo deixar vocês sozinhos.

— Não precisa. — Tateou procurando a bolsa. — Ele não vai me ouvir. Foi um erro pensar que me ouviria. Que seria o único que me ouviria.

— Patricia...

— Não me chame de Patricia neste tom! — ela vociferou. — Durante toda a vida sempre houve alguém para me dizer o que fazer e como fazer. O que é adequado, o que é aceitável, e estou cheia disso! Tolerei as críticas sobre a abertura da escola e as malditas certezas não externadas de meus amigos e de minha família de que eu fracassaria. Bem, não vou fracassar! — Voltou-se para Rogan de novo, como se ele tivesse falado. — Ouviu? Não vou fracassar! Farei exatamente o que desejo e farei bem! E não vou tolerar críticas sobre a escolha de meus amantes. Nem de você, nem de minha mãe, e muito menos do amante que escolhi.

Com a cabeça erguida, voltou-se para olhar Joseph, os olhos cheios d'água.

— Se você não me quer, seja honesto e diga logo! Mas não ouse dizer o que é melhor para mim!

Joseph se adiantou, mas ela já estava voando pela porta.

— Patty! Maldição! — Melhor deixá-la ir, Joseph disse a si mesmo. Melhor para ela. — Desculpe-me, Rogan — disse secamente. — Eu teria evitado esta cena, se soubesse que você estava vindo.

— Já que não o fez, talvez possa me explicar o que está havendo. — Igualmente seco, Rogan caminhou para a escrivaninha e sentou-se, assumindo posição de autoridade. — Realmente, insisto que me fale.

Joseph não pestanejou diante da visível mudança de amigo para patrão.

— É óbvio que estou saindo com Patricia.

— Creio que o termo que ela usou foi *esconder-se.*

A cor desapareceu do rosto de Joseph.

— Nós... pensei que seria melhor sermos discretos.

— Pensou? — Uma chama brilhou nos olhos de Rogan. — E tratar uma mulher como Patricia como um de seus costumeiros casos é sua idéia de discrição?

— Estava preparado para a sua desaprovação, Rogan. — Sob o casaco bem cortado, os ombros de Joseph eram rígidos como aço. — Esperava por isso.

— Devia esperar mesmo — Rogan disse friamente.

— Eu sei, assim como esperava a reação da mãe de Patricia, quando ela me levou para jantar com eles, noite passada. — Cerrou os punhos. — Um gerente de galeria sem uma gota de sangue azul. Ela podia ter dito isto, pois estava em seus olhos. Sua filha merecia mais. E, por Cristo, ela merece mesmo. Mas não vou ficar aqui ouvindo você dizer que o que há entre nós é apenas um caso. — A voz dele se transformara em grito quando terminou a frase.

— Então, o que é?

— Estou apaixonado por ela. Estou apaixonado por ela desde a primeira vez em que a vi, quase dez anos atrás. Mas, então, havia Robert... e havia você.

— Nunca existi. — Confuso, Rogan passou as mãos pelo rosto. O mundo estava enlouquecendo? Sua avó e o tio de Maggie, ele e Maggie, e agora Joseph e Patricia. — Quando aconteceu?

— Uma semana antes de você embarcar para Paris. — Joseph lembrou aquelas horas estonteantes, aqueles dias e noites maravilhosos, antes do susto da realidade. — Não planejei isso, mas não muda quase nada, não é? Imagino que você vá tomar algumas providências agora.

Rogan deixou as mãos caírem.

— Que providências?

— Para gerenciar a galeria.

O que precisava, Rogan pensou, era ir para casa e encontrar um vidro de aspirinas.

— Por quê? — perguntou desanimado.

— Sou seu funcionário.

— Você é e espero que continue sendo. Sua vida particular não tem nada a ver com seu trabalho aqui. Deus do céu, pareço mesmo o monstro capaz de demitir você só por ter se apaixonado por uma amiga minha? — Inclinou sua cabeça latejante um momento, pressionando as mãos sobre os olhos. — Entrei aqui, no meu próprio escritório, e me deparei com vocês dois brigando como terriers. Antes que eu pudesse respirar, Patricia me agrediu por não acreditar que ela fosse capaz de dirigir uma escola. — Sacudiu a cabeça e baixou as mãos. — Nunca achei que ela fosse incapaz de qualquer coisa. É uma das mulheres mais inteligentes que conheço.

— Você só pegou a rebarba. — Joseph murmurou e cedeu à desesperada necessidade de um cigarro.

— É o que parece. Você tem o direito de me dizer que não é da minha conta, mas, como alguém que o conhece há dez anos, e Patricia há mais do que isso, gostaria de saber. Sobre que diabos estavam discutindo?

Joseph soltou uma baforada.

— Ela quer fugir.

— Fugir? — Se Joseph tivesse dito que Patricia queria dançar nua na St. Stephen Square, não teria ficado mais estarrecido. — Patricia?

— Ela bolou um esquema maluco sobre viajarmos para a Escócia. Parece que teve uma briga com a mãe e chegou aqui enfurecida.

— Nunca vi Patricia enfurecida. Pelo que percebi, a mãe dela não é a favor da relação.

— Nem um pouco. — Sorriu desanimado. — A verdade é que ela acha que Patricia deveria ficar com você.

Rogan estava bastante surpreso com as novidades.

— Ela está condenada ao desapontamento, então. Tenho outros planos. Se ajudar, vou contar a ela.

— Não sei até onde isso pode doer. — Joseph hesitou. Então se sentou como estava habituado, na ponta da mesa de Rogan. — Você não se importa, então? Isso não o incomoda?

— E por que deveria? Quanto a Anne, Dennis se encarregará dela.

— Foi o que Patricia disse. — Joseph examinou o cigarro queimando entre os dedos, tirou o seu pequeno cinzeiro portátil do bolso e apagou-o. — Ela acha que, se fugirmos e casarmos, sua mãe logo aceitará a idéia como se tivesse sido sua.

— Aposto que sim. Ela também não caiu de amores por Robbie, à primeira vista.

— Não? — Joseph tinha a aparência de um homem que está começando a ver a luz.

— Não tinha certeza de que ele era bom o suficiente para a sua querida filha. — Rogan balançou-se na cadeira enquanto refletia. — Não levou muito tempo para começar a adorá-lo. Claro que ele não usava brinco.

O riso de Joseph brilhou quando levou a mão à orelha.

— Patty gosta dele.

— Humm. — Foi tudo o que Rogan encontrou para dizer. — Anne pode ser um pouco difícil... — Ignorou o rosnar rude de Joseph.

– Mas, no fim, tudo o que ela quer é a felicidade da filha. Se você for a resposta para isso, Anne vai querer você também. Bem, podemos nos organizar aqui, se você, subitamente, viajar para a Escócia.

— Não posso. Não seria justo com ela.

— Você é quem sabe, é claro, mas... — Rogan se atirou para trás na cadeira, novamente. — Parece que uma mulher pode achar uma corrida selvagem à fronteira, uma cerimônia em alguma capela antiga e uma lua-de-mel nas montanhas, algo muito romântico.

— Não quero que ela se arrependa. — Joseph estava começando a falar com menos certeza.

— A mulher que saiu daqui, agora mesmo, me pareceu saber muito bem o que quer.

— Ela sabe mesmo e já está sabendo o que quero também. — Afastou-se da mesa. — É melhor eu ir procurá-la. — Parou na porta e lançou um sorriso sobre o ombro. — Rogan, pode me dispensar por uma semana?

— Tire duas. E beije a noiva por mim.

O telegrama que chegou três dias depois, informando a Rogan que o Sr. e a Sra. Joseph Donahoe estavam muito bem e felizes, provou que ele não era um homem de coração duro. Na verdade, ele gostou de acreditar que fizera sua parte para apressar os dois amantes no caminho certo.

Mas havia outros dois amantes que ele daria tudo para ver seus caminhos se separarem. Na verdade, fantasiava diariamente estar mandando Niall Feeney definitivamente de volta a Galway. No início, Rogan tentou ignorar a situação. Quando mais de uma semana se passara e Niall ainda estava confortavelmente estabelecido na casa de Christine Sweeney, tentou ser paciente. Além disso, disse a si mesmo, até quando uma mulher do gosto e da sensibilidade de sua avó poderia ser enganada por um camponês do Oeste, sem charme e entediante?

Após duas semanas, decidiu que era hora de apelar para a razão.

Rogan esperava na sala — a sala que refletia o estilo e berço de uma mulher adorável, sensível e generosa.

— Ora, Rogan! — Christine entrou na sala parecendo, seu neto pensou, bastante atraente para uma mulher de sua idade. — Que surpresa agradável! Pensei que estava a caminho de Limerick.

— E estou. Só dei uma passadinha aqui antes de ir para o aeroporto. — Beijou-a, espiando por sobre o ombro dela, para a porta. — Então... está sozinha?

— Sim, Niall saiu para dar uma voltinha. Você tem tempo para comer alguma coisa antes de ir? A cozinheira preparou uns pasteizinhos deliciosos. Niall encantou-a tanto que ela tem preparado delícias todos os dias.

— Encantou-a? — Enquanto sua avó sentava, Rogan revirou os olhos.

— Ah, sim. Ele está sempre aparecendo na cozinha para dizer como ela tem jeito para fazer uma sopa ou preparar um pato ou outro prato qualquer. Ela faz tudo por ele.

— Ele parece mesmo um homem que come bem.

Christine sorriu indulgente.

— Ah, ele adora comer, adora mesmo.

— Tenho certeza de que tudo é ótimo quando de graça.

O comentário fez Christine levantar uma sobrancelha.

— Você quer que eu cobre uma refeição de um amigo, Rogan?

— Claro que não. Ele está na cidade há algum tempo — ele disse, mudando o rumo da conversa. — Aposto que está sentindo falta de sua casa, de seus negócios.

— Ah, ele está aposentado. Como Niall diz, um homem não pode trabalhar a vida toda.

— Se é que trabalhou mesmo — Rogan disse entre dentes. — Vovó, estou certo de que tem sido bom para a senhora a visita de um amigo de infância, mas...

— Tem mesmo. Tem sido verdadeiramente maravilhoso. Ora, sinto-me jovem outra vez. — Ela riu. — Como uma garota. Ontem à noite, saímos para dançar. Tinha até esquecido como Niall dança bem. E quando nós formos a Galway...

— Nós? — Rogan sentiu-se empalidecer. — *Nós* vamos a Galway?

— Sim, estamos planejando fazer uma longa viagem de volta ao Oeste na próxima semana. Um pouco nostálgico para mim. Naturalmente, estou interessada em ver a casa de Niall.

— Mas não pode. É um absurdo. A senhora não pode ir saindo assim para Galway, com esse homem.

— Por que não?

— Porque é... a senhora é minha avó, pelo amor de Deus. Não quero que...

— Não quer que eu o quê? — perguntou muito calma.

O tom, refletindo o tipo de raiva que raramente dirigia a ele, fez Rogan puxar as rédeas:

— Vovó, estou vendo que se deixou levar por esse homem, pelas lembranças. Sei que não há mal algum nisso. Mas a idéia de você viajar com um homem que não via há mais de cinqüenta anos é ridícula.

Como ele era jovem, Christine pensou. E como era tristemente comportado.

— Acredito que, na minha idade, gostaria de fazer algo ridículo. Entretanto, não acho que fazer uma viagem de volta ao lugar de minha infância, com um homem que admiro, um homem que conheci muito antes de você nascer, se enquadre nesta categoria. Agora talvez... — ela disse levantando a mão, antes que ele pudesse falar — você considere a idéia de eu ter um relacionamento, um relacionamento adulto e satisfatório com Niall, ridícula.

— A senhora não está me dizendo... não está falando... a senhora realmente não...

— Se eu dormi com ele? — Christine se recostou, batendo com suas unhas bem-feitas no braço da linda cadeira. — Com certeza, isso é assunto meu, não é? E não pedi sua aprovação.

— Claro que não. — Ouviu a si mesmo começar a gaguejar. — Naturalmente só estou preocupado.

— Sua preocupação é evidente. — Levantou-se dignamente. — Lamento que esteja chocado com meu comportamento, mas não posso agradar a todos.

— Não estou chocado... droga, claro que estou chocado! A senhora não pode apenas... — Ele não podia articular as palavras, podia? Na sala de sua avó. — Querida, não sei nada sobre este homem.

— Eu sei. Não tenho planos definidos sobre o tempo que ficaremos em Galway, mas pararemos para ver Maggie e a família dela no caminho. Devo dar-lhe suas lembranças?

— A senhora não pode ter pensado nisso tudo.

— Parece que conheço minha mente e meu coração melhor do que você pensa. Faça uma boa viagem, Rogan.

Dispensado, ele não teve outra opção senão beijar o rosto dela e sair. No momento em que chegou ao carro, pegou o telefone.

— Eileen, reagende Limerick para amanhã... É, surgiu um problema — ele murmurou. — Vou ter que ir a Clare.

Quando o primeiro toque de outono aparece no ar e doura as árvores, seria um pecado não desfrutar aquilo. Após duas semanas de trabalho intenso, Maggie decidiu que merecia um dia de folga. Passou a manhã no jardim, plantando com um vigor que teria deixado Brianna orgulhosa. Para se recompensar, decidiu pedalar até a vila para um almoço tardio no O'Malley.

O vento e as nuvens pesadas a oeste prometiam chuva antes do anoitecer. Colocou o boné, encheu o pneu traseiro da bicicleta, que estava murcho, e a guiou em torno da casa, passando pelo portão.

Pedalou suavemente, já imaginando a colheita nos campos. A fúcsia continuava a desabrochar em gotas de vermelho, apesar da ameaça de geada próxima. A paisagem mudaria logo que o inverno chegasse, tornando-se estéril e varrida pelo vento penoso. Mas ainda seria bonito. As noites seriam mais longas, convidando as pessoas para as suas lareiras. As chuvas chegariam, vindas do Atlântico, com o lamento do vento.

Olhou na direção do mar e pensou no trabalho que faria nos meses gelados que viriam pela frente.

Se conseguisse convencer Rogan a ir ao Oeste durante o inverno, presenciaria a beleza nas janelas sacudidas pelo vento, as chamas enfumaçadas da lareira. Esperava que sim. E, quando parasse de puni-la, esperaria que pudessem voltar atrás ao que era antes daquela noite na França.

Ele usaria a razão, disse a si mesma, inclinando-se na bicicleta contra o vento. Ela o faria usar. Ela até o perdoaria por ser autoritário, confiante demais e ditatorial. No momento em que estivessem juntos outra vez, ficaria calma, serena e controlaria a língua. Deixariam esse bobo desentendimento para trás e

Mal teve tempo de gritar e desviar para a sebe, quando um carro derrapou na curva. Freios rangeram, o carro girou na direção oposta e Maggie acabou com o traseiro nas ameixeiras.

— Deus do céu, que diabo de cego louco é esse, tentando matar pessoas inocentes? — Ajeitou o boné, que cobrira seus olhos, e encarou-o. — Ah, claro, só poderia ser você.

— Você se machucou? — Rogan estava fora do carro e ao lado dela, num instante. — Não tente se mexer.

— Posso me mexer, seu maldito! — Afastou as mãos dele. — Por que estava dirigindo nesta velocidade toda? Isto aqui não é uma pista de corrida.

O coração dele, que fora parar na garganta, acalmou-se.

— Eu não estava correndo. Você é que estava sonhando no meio da estrada. Se eu tivesse entrado na curva um segundo antes, teria achatado você como um coelho.

— Eu não estava sonhando. Estava só pensando em minhas coisas, sem poder imaginar que um estúpido qualquer pudesse surgir correndo com seu carrão. — Limpando as calças, chutou a bicicleta. — Olhe só o que você fez. Furou o pneu.

— Você tem sorte de ser o pneu que está furado e não você.

— O que está fazendo?

— Estou colocando este pseudomeio de transporte no carro. — Então se voltou para ela. — Venha, vou levá-la de volta para casa.

— Não estava indo para casa. Se tivesse algum senso de direção, veria que eu estava indo para a vila, onde faria uma refeição.

— Isto terá que esperar. — Tomou o braço dela com um jeito de dono que ela esquecera achar engraçado.

— Ah, terá mesmo? Bem, você pode me levar até a vila ou qualquer outro lugar, porque estou com fome.

— Vou levá-la para casa — ele disse novamente. — Tenho algo para discutir com você, em particular. Se eu tivesse conseguido falar com você esta manhã, teria dito que estava vindo e você não estaria andando de bicicleta pelo meio da estrada.

Então, bateu a porta do carro atrás dela e contornou o capô.

— Se tivesse falado comigo esta manhã e estivesse com esses modos desagradáveis, eu lhe teria dito que não viesse.

— Tive uma manhã difícil, Maggie. — Resistiu à vontade de esfregar a cabeça latejante atrás das têmporas. — Não me provoque.

Ela ia começar, então viu que ele não falara mais do que a verdade. Havia preocupação em seus olhos.

— Problemas no trabalho?

— Não. Na verdade, estou tendo algumas complicações com um projeto em Limerick. Estou indo para lá.

— Então você não vai ficar...

— Não. — Olhou para ela. — Não vou ficar. Mas não é sobre a expansão da fábrica que preciso falar com você. — Parou diante do portão dela, saindo do carro. Se você não tem nada para comer, posso ir até a vila e trazer alguma coisa.

— Isto não é problema. Posso preparar algo. — Ela cedeu o bastante para colocar a mão sobre a dele. — Estou feliz por ver você, embora quase tenha me liquidado.

— Estou feliz por ver você também. — Levou a mão dela aos lábios. — Embora você quase tenha batido em mim. Vou pegar sua bicicleta.

— Pode deixar aí na frente. — Depois de dar alguns passos, ela se voltou. — Tem algum beijo adequado para mim?

Era duro resistir ao brilho fugaz daquele sorriso, ou ao jeito como ela se chegava para lhe enlaçar o pescoço com as mãos.

— Tenho um beijo para você, adequado ou não.

Era fácil encontrar o calor, receber a energia. O difícil era aceitar a ansiedade, o desejo instantâneo de apoiá-la na porta e possuí-la ali mesmo.

— Talvez eu estivesse mesmo sonhando um pouquinho, antes. — Falou, tocando os lábios dele. — Estava pensando em você e imaginando por quanto tempo iria me punir.

— O que quer dizer?

— Mantendo-se longe de mim. — Falava animadamente enquanto empurrava a porta.

— Não estava punindo você.

— Só ficando longe de mim, então.

— Distanciando-me de você, para lhe dar tempo de pensar.

— E tempo para sentir saudade de você.

— Sentir saudade de mim e mudar de idéia.

— Senti saudades de você, mas não mudei de idéia ou qualquer outra coisa. Por que não se senta? Preciso colocar mais carvão no fogo.

— Amo você, Maggie.

Aquilo a deixou estática, fechando os olhos um instante antes de se voltar.

— Acredito em você, Rogan, e mesmo que alguma coisa em mim se abrande ao ouvir isso, não altera nada. — Afastou-se com pressa.

Não viera suplicar nada, ele lembrou a si mesmo. Viera pedir que ela o ajudasse com um problema. Embora, pela reação dela, acreditasse que as coisas estavam mudando mais do que ela estava disposta a admitir.

Caminhou até a janela, até o sofá velho, e voltou para onde estava.

— Você não vai sentar? — perguntou quando voltou com uma pilha de blocos de carvão nos braços. — Assim vai furar o chão. Que negócio é este em Limerick?

— Alguns contratempos, só isso. — Observou quando ela ajoelhou-se na frente da lareira e, competentemente, empilhou o combustível. Ocorreu-lhe que nunca tinha visto ninguém fazer um fogo com carvão antes. Uma visão relaxante, que levava um homem a se aproximar para ver aquele quente coração vermelho. — Estamos expandindo a fábrica.

— Ah, e o que vocês fazem nessa fábrica?

— Porcelana. A maior parte peças baratas para suvenir.

— Suvenir? — Ela deteve-se. — Você quer dizer mesmo suvenir? Como sininhos, pequenas xícaras e essas coisas de lojas para turistas?

— Eles são muito bem-feitos.

Atirando a cabeça para trás, ela riu.

— Ah, que gracinha! Assinei contrato com um homem que faz pratinhos com trevinhos em volta.

— Você tem idéia da percentagem de nossa economia que depende do turismo, da venda de pratinhos com trevinhos em volta ou suéteres feitos à mão, linhos, bordados, terríveis cartões-postais?

— Não. — Riu por trás da mão. — Mas aposto que você pode me dizer cada centavo. Diga-me, Rogan, vocês fazem muitos duendes e caixinhas de plástico?

— Não vim até aqui para justificar meus negócios para você ou para discutir o fato de que esta expansão, que permitirá fabricar algumas das mais finas porcelanas produzidas na Irlanda, criará mais do que uma centena de novos empregos numa parte do país, onde as pessoas necessitam desesperadamente deles.

Ela acenou com a mão, para interrompê-lo.

— Desculpe, insultei você. Sei que há uma demanda crescente de cinzeiros, dedais e xícaras que dizem *Erin Go Bragh*. Só que é difícil imaginar que um homem que veste estes ternos maravilhosos seja dono de um lugar que fabrica isso.

— O fato é que isto permite à Worldwide subsidiar e oferecer bolsas de estudo a um certo número de artistas todo ano. Mesmo que eles sejam esnobes.

Ela esfregou as costas da mão no nariz.

— Isto me põe em meu lugar. E, já que não quero desperdiçar o tempo que temos discutindo, não direi mais nada sobre isso. Vai se sentar ou ficar em pé, olhando para mim? Não que você não fique bem, mesmo com uma carranca no rosto.

Ele se rendeu, num longo suspiro.

— Seu trabalho está indo bem?

— Muito bem. — Cruzou as pernas sobre o tapete. — Vou mostrar a você o que há de novo, antes de você ir, se houver tempo.

— Você está um pouco afastada da galeria. Acho que devo contar a você que Joseph e Patricia fugiram.

— Eu já sei. Recebi um cartão-postal deles.

Ele inclinou a cabeça.

— Você não parece muito surpresa.

— Não estou. Eles estavam loucamente apaixonados.

— Lembro que você disse que Patricia estava loucamente apaixonada por mim.

— De maneira nenhuma. Falei que ela estava meio apaixonada por você e confirmo. Imagino que ela queria estar apaixonada por você.

Seria muito conveniente. Mas apareceu Joseph. Não é isso que está incomodando você, não é?

— Não, admito que isso me pegou de surpresa, mas não me incomoda. Acho que tomei as habilidades de Joseph como garantia. Ele estará de volta amanhã, e estou satisfeito com isso.

— Então o que é?

— Recebeu uma carta de seu tio Niall?

— Brianna recebeu. Ela é que recebe cartas, pois é a única que se lembra de responder. Ele escreveu, contando que iria visitar Dublin e que talvez passasse aqui, no caminho de volta. Você o viu?

— Se o vi? — Com um tom desgostoso, Rogan levantou-se da cadeira novamente. — Não posso chegar perto de minha avó sem esbarrar nele. Instalou-se na casa dela, duas semanas atrás. Temos que decidir o que fazer a respeito.

— Por que temos que fazer alguma coisa?

— Você me ouviu, Maggie? Eles estão vivendo juntos. Minha avó e seu tio...

— Tio-avô, na verdade.

— Qualquer que seja a maldita coisa que ele seja seu, eles estão tendo um caso ardente.

— É mesmo? — Maggie deixou escapar uma risada de aprovação. — Isto é ótimo!

— Ótimo? É insano! Ela está agindo como uma garota tola, saindo para dançar, passando a noite fora, dividindo a cama com um homem cujos ternos são cor de burro quando foge.

— Então você se opõe ao gosto dele para roupas?

— Eu me oponho a ele. Não o quero flanando na casa de minha avó e se aboletando na sala como se pertencesse a ele. Não sei qual é o jogo dele, mas não o quero explorando seu coração generoso, sua vulnerabilidade. Se ele pensa que vai colocar as mãos num centavo do dinheiro dela...

— Pare! — Ela levantou-se como um tigre. — É do meu sangue que você está falando, Sweeney!

— Não é hora de se mostrar exageradamente sensível.

— Exageradamente sensível. — Pressionou o dedo no tórax dele.
— Olhe só quem está falando. Você está com ciúmes porque sua avó colocou mais alguém além de você na vida dela.

— Isto é ridículo!

— Mas é a mais pura verdade. Não acha que um homem pode estar interessado nela, e não apenas em seu dinheiro?

O orgulho de família endureceu seu discurso.

— Minha avó é uma mulher bonita e inteligente.

— Não discordo disso. E tio Niall não é um caçador de fortuna. Aposentou-se com uma situação bem confortável. Pode não ter uma vila na França ou vestir ternos cortados pelos malditos ingleses, mas é independente e não precisa bancar o gigolô. E não quero você falando de algum parente meu desse modo, em minha própria casa.

— Não quis ofendê-la. Procurei você porque, como familiares, podemos fazer alguma coisa a respeito da situação. Como estão planejando uma viagem a Galway nos próximos dias, e pretendem passar por aqui, pensei que você poderia falar com ele.

— É claro que vou falar com ele. É meu parente, não é? Não vou ignorá-lo. Mas não vou ajudar você a interferir. Você é esnobe, Rogan, e puritano também.

— Puritano?

— Está ofendido pela idéia de sua avó ter uma vida sexual ativa e prazerosa.

Ele estremeceu, assoviando entre dentes.

— Ah, por favor. Não quero nem imaginar isso.

— Nem deve mesmo, já que é assunto particular dela. — Ela franziu os lábios. — Mesmo assim... é interessante.

— Não. — Derrotado, desabou na cadeira outra vez. — Se existe alguma imagem, não a quero em minha cabeça, é tudo.

— Realmente, eu mesma não chego a isso. Agora, não seria estranho se eles casassem? Então nós seríamos primos. — Rindo, bateu com a palma da mão nas costas dele quando ele ficou chocado. — Quer um uísque, querido?

— Quero sim, Maggie. — Inspirou várias vezes, profundamente.
— Maggie — chamou-a outra vez, quando ela se dirigia para a cozinha. — Não quero que ela sofra.

— Eu sei. — Voltou com dois copos. — Foi apenas isso que me impediu de acertar seu nariz quando falou mal do tio Niall. Sua avó é uma mulher fina, Rogan, e sábia.

— Ela é... — Finalmente, falou em voz alta. — Ela é tudo o que me restou de minha família.

Os olhos de Maggie se abrandaram.

— Você não vai perdê-la.

Ele suspirou profundamente, os olhos fixos no copo.

— Acho que você pensa que estou sendo idiota.

— Não, não penso... de verdade. — Sorriu quando os olhos dele buscaram os dela. — É natural que um homem fique um pouco nervoso quando a vovó arruma um namorado.

Rogan estremeceu. Ela riu.

— Por que não a deixa ser feliz? Se isso tranqüiliza você, vou prestar bastante atenção nos dois, quando passarem por aqui.

— Pelo menos, já é alguma coisa. — Tocou o copo dela com o seu e beberam o uísque ao mesmo tempo. — Tenho que ir.

— Você quase nem ficou aqui. Por que não vai ao pub comigo e comemos juntos? Ou — passou os braços em torno dele — ficamos aqui e continuamos com fome.

Não, pensou, quando baixou a boca para encontrar a dela. Eles não ficariam com fome por muito tempo. — Não posso ficar. — Deixou o copo vazio ao lado, para pegá-la pelos ombros. — Se eu ficasse, acabaríamos na cama. E isso não resolveria nada.

— Não há nada para resolver. Por que você tem que complicar as coisas? Ficamos bem quando estamos juntos.

— Sim. — Tomou o rosto dela entre as mãos. — Ficamos muito bem juntos. Esta é apenas uma das razões por que quero passar minha vida com você. Não, não fuja. Nada do que me disse vai mudar o que podemos ter. Quando acreditar nisso, você virá para mim. Posso esperar.

— Você já vai e ficará longe de novo? Então é casamento ou nada?

— É casamento. — Beijou-a outra vez. — E tudo. Estarei em Limerick por uma semana. O escritório sabe onde me encontrar.

— Não vou ligar.

Ele desenhou os lábios dela com o polegar.

— Mas desejará. É o bastante, por enquanto.

Capítulo Dezenove

stá sendo teimosa, Maggie.

— Sabe, estou cansada de ter especificamente esta palavra aplicada a mim. — Com óculos protegendo os olhos, Maggie fazia testes sob a lâmpada. Por uma semana, tudo o que havia soprado não a tinha deixado satisfeita. Mudando o ritmo, instalara meia dúzia de tochas, três afixadas de cada lado da bancada, e estava aquecendo um tubo de vidro no fogo.

— Bem, se é aplicada a você freqüentemente, deve ser verdade. — Brianna retorquiu. — É família. Você pode dedicar uma noite para a família.

— Não é uma questão de tempo — Maggie disse isso, embora, por alguma razão sentisse que o tempo estava bafejando no seu pescoço como um cachorro rosnando. — Por que eu deveria me sujeitar a jantar com ela? — Cuidadosamente, sobrancelhas unidas, começou a puxar e girar o vidro frágil. — Posso lhe dizer que não tenho apetite para isso. Nem ela.

— Não é só mamãe que virá... Tio Niall e a Sra. Sweeney estarão aqui. E Lottie, naturalmente. Seria grosseiro se você não viesse.

— Já disseram mesmo que sou grosseira, e também teimosa. — Como tudo em que tocara nos últimos dias, o vidro recusava-se a seguir a forma que tinha na mente. A visão se tornou borrada, enfurecendo-a tanto quanto assustando. Pura obstinação a manteve trabalhando.

— Você não vê tio Niall desde que papai morreu. E ele vem trazendo a avó de Rogan, pelo amor de Deus! Você me falou que gostava muito dela.

— Gosto — Maldição, o que havia de errado com suas mãos? O que havia de errado com seu coração? Ela fundiu uma haste à outra, queimando-as, voltando, queimando. — Talvez uma das razões por que não queira estar lá seja para evitar sujeitá-la a uma de nossas felizes refeições em família.

O sarcasmo era tão quente quanto uma das pontas da ferramenta em brasa. Brianna o enfrentou com gelo.

— Não custaria muito a você deixar seus sentimentos de lado por uma noite. Se tio Niall e a Sra. Sweeney vão desviar o caminho deles para nos visitar, antes de irem para Galway, vamos recebê-los bem. Todas nós.

— Pare de me atormentar, sim? Está pegando no meu pé como um maldito pato. Não vê que estou trabalhando?

— Você só faz mesmo isso, então tenho de interrompê-la quando quero falar com você. Eles ficarão aqui muito pouco tempo, Maggie, e não pedirei desculpas por você. — Num gesto parecido com o da irmã, Brianna cruzou os braços. — Ficarei aqui, pegando no seu pé até que faça o que se espera de você.

— Está bem, está bem! Deus do céu! Irei ao maldito jantar.

Brianna sorriu serenamente. Não esperava outra coisa.

— Às sete e meia. Servirei meus hóspedes mais cedo para termos um jantar em família, particular.

— Ah, que momentos alegres teremos!

— Tudo sairá bem, se prometer segurar esta língua azeda. Estou pedindo só um pequeno esforço.

— Sorrirei, serei delicada. Não comerei com as mãos. — Com um suspiro amargo, Maggie levantou os óculos e segurou a peça pelo final do tubo, fora das chamas.

— O que fez aí? — Curiosa, Brianna se aproximou.

— Fiquei maluca.

— Bonito. É um unicórnio?

— Sim, um unicórnio. Só precisa de um toque dourado no chifre para ficar completo.

Ela riu, virando a figura mítica no ar.

— É uma piada, Brie, uma pobre piada. De mim mesma. Serão cisnes depois, tenho certeza. Ou aqueles cachorrinhos com tufos na cauda.

Deixando o trabalho de lado, apagou as tochas energicamente.

— Bem, acho que é isso. Não farei nada que valha a pena mesmo hoje. Então virei ao seu jantar. Que Deus a ajude!

— Por que não descansa um pouco, Maggie? Parece terrivelmente cansada.

— De repente, descanso depois de encaixotar algumas peças. — Jogou os óculos, esfregando as mãos no rosto. Estava cansada. Terrivelmente cansada. — Não se preocupe, Brie, não precisará mandar os cachorros atrás de mim. Disse que estarei lá.

— Fico grata. — Brianna se aproximou para apertar a mão da irmã. — Tenho que voltar, ver se está tudo no lugar. Sete e meia, Maggie.

— Eu sei.

— Acenou para a irmã. Para manter a mente em assuntos práticos, pegou um dos caixotes que fizera e forrou-o com espuma. Depois de abrir o plástico-bolha sobre a mesa, foi até as estantes, no fim do estúdio. Havia somente uma peça lá. A última que tinha acabado antes da visita de Rogan.

Alto e forte, o tronco se erguia, descendo em elegantes e graciosos ramos que pareciam quase flutuar. Ficaria, ela pensou, como o salgueiro que o havia inspirado. E se inclinaria, dócil, como se se mantivesse verdadeiro. A cor era de um azul profundo e puro, que nascia na base e se tornava pastel nas extremidades delicadas.

Enrolou-o cuidadosamente, porque era mais do que uma escultura. Era o último trabalho que fora capaz de tirar, com sucesso, do seu coração. Nada do que tentara, desde então, tinha progredido. Dia após dia, trabalhara somente fundindo e refundindo. Dia após dia, esteve perto de liberar o pânico que latejava dentro dela.

Culpa dele, disse a si mesma, enquanto segurava o topo da caixa. Culpa dele por tentá-la com fama e fortuna, por expor a vaidade dela ao sucesso deslumbrante e rápido. Agora estava bloqueada, esvaziada. Tão vazia quanto o tubo que ela havia transformado em unicórnio.

Ele a tinha feito querer muito. Querê-lo muito. Então, tinha ido embora, deixando que ela sentisse, brutalmente, o que era não ter nada.

Ela não desistiria, nem se entregaria. Maggie prometeu a si mesma que teria, ao menos, seu orgulho. Enquanto o forno rugia zombeteiramente, sentou-se em sua cadeira, sentindo a familiaridade de sua forma.

Claro que tudo aquilo era apenas porque estava trabalhando demais. Tinha exigido de si mesma fazer o melhor, a cada peça. A pressão para repetir o sucesso a tinha bloqueado, era isso. Não conseguia afastar a idéia de que, quando a exposição deixasse Paris, seria considerada insuficiente.

Que nunca mais pegaria a pipeta somente por ela, somente por prazer. Rogan transformara tudo aquilo. Ele a tinha transformado, como ela dissera que faria.

E como podia ser, pensou fechando os olhos, como podia um homem fazer com que você o amasse indo embora?

— Você tem trabalhado muito bem, não é, querida? — Niall, feliz, estufado em um de seus ternos de cores brilhantes, como uma salsicha, sorriu para Brianna. — Sempre disse que você era uma garota inteligente. Brianna é como minha querida irmã, Chrissy.

— Você tem uma casa adorável. — Christine aceitou o copo que Brianna oferecia. — E seus jardins são simplesmente de tirar o fôlego.

— Obrigada. Eles me dão muita alegria.

— Rogan me falou como gostou de sua rápida estada aqui. — Christine suspirou, satisfeita com o calor do fogo e a luz da lâmpada. — Posso ver por quê.

— Ela tem o dom do toque. — Niall deu um apertão de quebrar ossos em torno dos ombros de Brianna. — No sangue, sabe. O sangue conta, realmente.

— É o que parece. Conheci sua avó muito bem.

— Chrissy estava sempre zanzando por aí. — Niall piscou. — Mas eu nem notava. Tímido, é isso que eu era.

— Você nunca teve um momento sequer de timidez na vida. — Christine falou com uma risada. — Você achava que eu era uma chata.

— Se achava, mudei de idéia. — Inclinou-se para ela e, sob o olhar curioso de Brianna, beijou Christine intensamente na boca.

— Levou mais de cinqüenta anos.

— Parece que foi ontem.

— Bem... — Desconcertada, Brianna pigarreou. — Acho que podemos ver se... Acho que são Lottie e mamãe... — continuou, quando vozes altas soaram no vestíbulo.

— Você parece uma cega dirigindo — Maeve reclamava. — Prefiro voltar a Ennis andando a ter que entrar naquele carro com você outra vez.

— Se pode fazer melhor, você mesma deve dirigir. Então teria a sensação de independência. — Claramente despreocupada, Lottie caminhou para a sala, desenrolando uma echarpe grossa do pescoço. — A noite está congelando. — Anunciou com as bochechas rosadas e sorrindo.

— E você, ao me arrancar de casa, me fará ficar de cama por uma semana.

— Mamãe. — Com os ombros tensos de constrangimento, Brianna ajudou Maeve a tirar o casaco. — Gostaria de apresentá-la à Sra. Sweeney. Sra. Sweeney, esta é minha mãe, Maeve Concannon, e nossa amiga Lottie Sullivan.

— Estou encantada por conhecê-las. — Christine levantou-se para estender a mão para as duas mulheres. — Era amiga de sua mãe, Sra. Concannon. Crescemos juntas, em Galway. Eu era Christine Rogan então.

— Ela falava em você — Maeve disse, laconicamente. — Prazer em conhecê-la. — Seu olhar dirigiu-se para o tio, estreitando-se. — Bem, tio Niall, não é? Você não nos brinda com sua presença há um bom tempo.

— Aquece meu coração poder vê-la, Maeve. — Envolveu-a num abraço, batendo em suas costas com a mão gorda. — Espero que os anos tenham sido suaves para você.

— Por que seriam? — No momento em que se libertou do abraço, Maeve sentou-se em uma cadeira próxima ao fogo. — A lareira está aspirando muito mal, Brianna.

Não estava, mas Brianna foi fazer algum ajuste no cano da chaminé.

— Pare de fazer escândalo. — Niall ordenou com um casual aceno de mão. — Está aspirando muito bem. Todo mundo sabe que Maeve vive para reclamar.

— Vive mesmo — Lottie falou satisfeita, enquanto tirava suas agulhas de tricotar do cesto que tinha trazido. — Não dou a mínima pra isso. Mas deve ser porque criei quatro filhos.

Insegura quanto a que caminho tomar, Christine voltou-se para Lottie.

— Que linda lã, Sra. Sullivan.

— Obrigada. Gosto muito dela também. Teve uma boa viagem de Dublin, então?

— Ah, foi adorável. Já tinha esquecido como é bonita esta parte do país.

— Nada além de campos e vacas. — Maeve retrucou, irritada porque a conversa estava fugindo ao seu controle. — É ótimo morar em Dublin e andar por aqui num lindo dia de outono. Venha no inverno, não vai achar tão bom assim. — Ela teria continuado o assunto, mas Maggie chegou.

— Ora, tio Niall, quem é vivo sempre aparece. — Com uma risada, ela se atirou nos braços dele.

— A pequena Maggie Mae, uma moça.

— Já há algum tempo. — Ela recuou, rindo novamente. — Bem, perdeu quase tudo... — Passou carinhosamente a mão pela cabeça dele.

— É uma boa cabeça, veja só, o bom Deus nem achou necessário cobri-la com cabelos. Ouvi dizer como você está indo bem, querida, estou orgulhoso de você.

— A Sra. Sweeney contou isto a você para poder se gabar do neto dela. É muito bom ver a senhora — Maggie disse a Christine. — Não vá deixar esse moço atazaná-la em Galway.

— Acho que posso controlar a situação. Estava pensando, se não for causar nenhum incômodo a você, que eu poderia dar uma olhada em seu estúdio, amanhã, antes de partirmos.

— Claro, terei prazer em mostrar à senhora. Olá, Lottie, Como vai?

— Não podia estar melhor. — Suas agulhas batiam musicalmente. — Estava esperando você aparecer lá em casa para contar como foi a viagem à França.

Este comentário provocou um resmungo audível de Maeve.

Mostrando boas maneiras, Maggie voltou-se.

— Mãe.

— Margaret Mary. Pelo visto, você anda ocupada com suas próprias coisas, como sempre.

— Ando mesmo.

— Brianna encontra tempo para aparecer duas vezes por semana, para ver se preciso de alguma coisa.

Maggie balançou a cabeça.

— Então não é necessário que eu faça o mesmo.

— Vou servir o jantar agora, se estão todos prontos. — Brianna cortou.

— Sempre estou pronto para uma refeição. — Niall tomou as mãos de Christine na sua, usando a mão livre para apertar o ombro de Maggie, enquanto passavam para a sala de jantar.

Havia uma toalha de linho sobre a mesa, flores frescas e o calor das velas cintilando sobre o balcão. A comida foi lindamente preparada e regiamente servida. Poderia ter sido uma noite agradável, sociável. Mas é claro que não foi.

Maeve estava a postos. Quanto mais leve ficava o clima à mesa, mais ela se deprimia. Invejou Christine por seu lindo e bem cortado vestido, o brilho das pérolas em torno do pescoço, o delicado e caro perfume que emanava de sua pele. E a própria pele, macia e tratada com riqueza.

Amiga de sua mãe, Maeve pensou. Sua companheira de infância, da mesma classe. A vida que Christine Sweeney teve devia ser sua, pensou. Teria sido sua, exceto por um erro. Exceto por Maggie.

Podia ter chorado de raiva, de vergonha. Pela irremediável perda.

Em torno dela, a conversa fluía como um vinho caro, uma falação tola e vazia sobre flores e tempos passados, Paris e Dublin. Sobre filhos.

— Que bom você ter uma família grande! — Christine falava a Lottie. — Sempre lamentei que Michael e eu não tivéssemos tido mais filhos. Embora mimássemos nosso filho, e depois Rogan.

— Um filho... — Maeve resmungou. — Um filho nunca esquece sua mãe.

— Isto é verdade. É uma ligação especial. — Christine sorriu, esperando abrandar a dureza em torno da boca de Maeve. — Mas, confesso, sempre quis ter uma filha. Foi abençoada com duas, Sra. Concannon.

— Amaldiçoada, seria mais adequado.

— Experimente os cogumelos, Maeve. — Deliberadamente, Lottie serviu uma colherada deles no prato de Maeve. — Estão no ponto. Você tem uma ótima mão, Brianna.

— Aprendi os macetes com minha avó. Eu a estava sempre chateando para que me ensinasse a cozinhar.

— E me culpando porque eu nunca chegava perto do fogão. — Maeve jogou a cabeça para trás. — Não tinha jeito para isso. Aposto que não passa muito tempo na cozinha, Sra. Sweeney.

— Receio que não muito. — Notando que sua voz tinha gelado, Christine fez um esforço para animá-la. — E tenho que admitir que nenhum dos meus esforços chega perto do que nos serviu esta noite, Brianna. Rogan está certo ao elogiar sua comida.

— Ela faz disso sua vida. Hospedar e alimentar estranhos.

— Deixe-a em paz — Maggie falou calmamente, mas o brilho em seus olhos era agudo como um grito. — Deus sabe que ela hospedou e alimentou a senhora também.

— Como era seu dever. Ninguém nesta mesa pode negar que é obrigação de uma filha cuidar de sua mãe. O que é muito mais do que você chegou a fazer algum dia, Margaret Mary.

— Ou nunca farei, então dê graças por Brie aturá-la.

— Não tenho graças para dar, com minhas próprias filhas me atirando para fora de minha própria casa. E então me abandonando, doente e sozinha.

— Ora, você não esteve doente nenhum dia, Maeve. — Lottie disse complacente. — E como pode estar sozinha, se estou lá dia e noite?

— E ganha um salário semanal para ficar lá. Devia ter meu próprio sangue cuidando de mim, mas não. Minhas filhas viraram as costas e meu tio, com sua linda casa em Galway, não me dá a mínima.

— O suficiente para ver que você não mudou, Maeve. — Niall olhou-a com pena. — Nem um pouquinho. Desculpe, Chrissy, pelo comportamento infeliz de minha sobrinha.

— Que tal comermos a sobremesa na sala? — Pálida e calma, Brianna levantou-se. — Se vocês quiserem ir sentar-se lá, já vou levá-la.

— Muito mais aconchegante... — Lottie concordou. — Vou ajudar você, Brianna.

— Se me derem licença, tio Niall e Sra. Sweeney, gostaria de trocar uma palavra com minha mãe, antes de nos juntarmos a vocês. — Maggie continuou sentada, até que a sala ficou vazia. — Por que você faz isto? — Maggie perguntou a Maeve. — Por que tem que estragar tudo? Seria tão difícil assim dar a ela a ilusão, por uma noite, de que somos uma família?

O constrangimento apenas afiou ainda mais a língua de Maeve:

— Não tenho ilusões e nenhuma necessidade de impressionar a Sra. Sweeney, de Dublin.

— Mesmo assim, você a impressionou... negativamente. Isto se reflete em todos nós.

— Pensa que pode ser melhor do que nós, Margaret Mary? Melhor porque já vadiou por Veneza ou Paris? — Com os nós dos dedos brancos agarrando a beirada da mesa, Maeve se inclinou para a frente. — Pensa que não sei o que anda fazendo com o neto dessa mulher? Prostituindo-se sem um pingo de vergonha! Ah, ele faz com que você consiga o dinheiro e a glória que sempre quis. Só precisa vender seu corpo e sua alma para conseguir.

Maggie apertou as mãos com força sob a mesa para tentar evitar que tremessem.

— Vendo meu trabalho, então talvez esteja certa quanto à minha alma. Mas meu corpo é meu. Dei-o a Rogan de graça.

Maeve empalideceu quando suas suspeitas foram confirmadas.

— E você pagará por isso como eu paguei. Um homem da classe dele não quer nada mais de alguém como você do que pode encontrar na sarjeta.

— Você não sabe nada a esse respeito. Nada sobre ele.

— Mas sei sobre você. O que acontecerá com sua linda carreira quando descobrir um bebê em sua barriga?

— Se eu me descobrisse com um filho para criar, pediria a Deus que pudesse fazer melhor do que você fez. Não desistiria de tudo e não enfiaria a mim e ao bebê num saco pelo resto de meus dias.

— Você não sabe nada sobre isso — Maeve falou rispidamente. — Mas continue neste caminho e logo saberá. Saberá o que é ver sua vida parar e seu coração se partir.

— Mas não tinha que ser assim. Outros músicos têm família.

— Recebi um dom. — Para sua própria infelicidade, Maeve sentiu as lágrimas saltarem dos olhos. — E porque eu era arrogante como você é, ele me foi tomado. Não houve mais nenhuma música em mim, a partir do momento em que gerei você.

— Poderia ter havido... — Maggie sussurrou. — Se a senhora quisesse de verdade.

Querer? Mesmo agora, Maeve podia sentir a antiga cicatriz latejar em seu coração.

— O que significa querer? — Maeve inquiriu. — Toda a sua vida você quis, e agora se arrisca a perder tudo pela emoção de ter um homem entre as pernas.

— Ele me ama. — Maggie se ouviu dizer.

— Um homem fala facilmente de amor no escuro. Você nunca será feliz. Nascer no pecado, viver no pecado, morrer no pecado. E sozinha. Como eu estou sozinha.

— A senhora fez de seu ódio por mim a razão de sua vida e fez isso muito bem. — Trêmula, Maggie levantou-se vagarosamente. — Sabe o que me apavora, me apavora até os ossos? Você me odeia porque vê a si mesma em mim. Deus me ajude se você estiver certa.

Deixou a sala, mergulhando na noite.

O gole pior de engolir era pedir desculpas. Maggie adiava o momento, distraindo a si mesma, mostrando seu estúdio a Christine e Niall. Na luz fria da manhã, a grosseria da noite anterior dissipara-se um pouco. Podia se acalmar, explicando as várias ferramentas e técnicas, até mesmo, quando Niall insistiu, tentando ensiná-lo a soprar sua primeira bolha.

— Isso não é uma trombeta. — Agarrou a pipeta, quando ele começou a levantá-la para o alto. — Fazendo assim, só conseguirá espirrar vidro quente sobre você.

— Acho que confundi com um taco de golfe. — Ele piscou e devolveu o tubo a ela. — Um artista na família já está bom.

— E você mesma faz seus próprios vidros. — Christine passeava pela sala, com suas elegantes calças compridas e uma camisa de seda.
— Com areia.

— E algumas outras coisas. Areia, soda, cal. Silicato de alumínio, dolomita. Um pouco de arsênico.

— Arsênico! — Christine arregalou os olhos.

— E mais um pouquinho disso e daquilo — Maggie disse com um sorriso. — Mantenho minhas fórmulas bem guardadas, como um bruxo com seus feitiços. Dependendo da cor que você quer, adiciono outros produtos químicos. Vários corantes mudam em diferentes bases de vidro. Cobalto, cobre, manganês. Ainda há os carbonatos e os óxidos. O arsênico é um óxido excelente.

Christine olhava hesitante os produtos químicos que Maggie mostrava.

— Não seria mais simples fundir vidro usado ou industrializado?

— Mas não seria realmente seu, então.

— Não podia imaginar que você precisava ser química além de artista.

— Nossa Maggie sempre foi brilhante. — Niall colocou um braço sobre seu ombro. — Sarah sempre me escrevia contando como ela era brilhante na escola, como Brianna tinha um temperamento doce.

— É exatamente isto — Maggie disse, sorrindo. — Eu era brilhante; Brie era doce.

— Ela dizia que Brie era brilhante também. — Niall emendou, resoluto.

— Mas aposto que ela nunca disse que eu era doce. — Maggie voltou-se, aconchegando o rosto no casaco dele. — Estou tão feliz por ver você outra vez. Não podia imaginar como ficaria feliz.

— Abandonei você desde que Tom morreu, Maggie Mae.

— Não, todos nós temos nossas próprias vidas e Brie e eu entendemos que mamãe não facilitou em nada sua visita. E quanto a isso...

— Ela recuou, inspirando profundamente. — Gostaria de pedir desculpas pela noite passada. Eu não devia tê-la provocado e certamente não devia ter saído sem dar boa-noite.

— Não há necessidade de pedir desculpas, nem de você nem de Brianna, como já disse a ela, hoje. — Niall acariciou o rosto de Maggie. — Maeve já estava de mau humor antes de chegar. Você não provocou nada. Não tem que se culpar pelo modo como ela escolheu viver, Maggie.

— De qualquer modo, desculpe pelo fato da noite ter sido desagradável.

— Eu diria que foi reveladora — Christine falou calmamente.

— Achei também isso — Maggie concordou. — Tio Niall, você chegou a ouvi-la cantar?

— Sim. Adorável como um rouxinol, para falar a verdade. E inquieta, como um daqueles gatos grandes que a gente vê engaiolados no zôo. Nunca foi uma menina fácil, Maggie, só ficava feliz quando as pessoas se calavam para ouvir sua música.

— Então apareceu meu pai.

— Então apareceu Tom. Pelo que ouvi dizer, eles ficaram cegos e surdos a tudo, menos um ao outro. Ou talvez até em relação a um e ao outro. — Ele afagou os cabelos dela com sua mão grande. — Talvez nenhum deles visse o que havia por trás daquilo até que estivessem unidos. E, quando se uniram, o que viram era diferente do que esperavam. Ela deixou que aquilo a amargurasse.

— Você acha que, se eles não tivessem se encontrado, ela teria sido diferente?

Ele sorriu, afagando-a.

— Somos movidos pelo vento do destino, Maggie Mae. Quando chegamos aonde ele nos leva, fazemos de nós mesmos o que queremos.

— Sinto por ela — Maggie disse, suavemente. — Nunca pensei que poderia.

— E você fez muito por ela. — Beijou a testa de Maggie. — Agora é hora de fazer o que você quer.

— Estou me esforçando. — Maggie sorriu outra vez. — Me esforçando bastante.

Satisfeita com o andamento das coisas, Christine falou:

— Niall, você seria um amor se me deixasse um momentinho a sós com Maggie.

— Conversa de meninas, não é? — O rosto redondo enrugou-se em sorrisos. — Fiquem à vontade. Vou dar uma volta.

— Bem — Christine começou, logo que a porta se fechou atrás de Niall. — Tenho uma confissão a fazer. Não fui logo para a sala na noite passada. Voltei, achando que podia ser capaz de acalmar as coisas.

Maggie baixou os olhos, olhando para o chão.

— Eu vi.

— O que eu fiz, indelicadamente, foi apenas ouvir. Usei todo o meu controle para não irromper naquela sala e dizer à sua mãe um pouco do que penso.

— Isso só tornaria a situação pior.

— Por isso não cedi à minha vontade, embora pudesse ter sido altamente gratificante. — Christine tomou Maggie pelos braços, sacudindo-a levemente. — Ela não faz idéia do que tem em você.

— Talvez ela saiba muito bem. Vendi parte do que sou porque sinto necessidade de ter mais, assim como ela sentia.

— Você ganhou mais.

— Se ganhei, ou recebi como um dom, isso não altera as coisas. Gostaria de ficar satisfeita com o que tenho, Sra. Sweeney. Se não ficar, estarei admitindo que não consegui o suficiente. Que meu pai fracassou, e ele não o fez. Antes de Rogan entrar por aquela porta, eu estava satisfeita, ou tinha convencido a mim mesma de que poderia ficar. Mas a porta está aberta agora e provei o gosto disso. Não consegui produzir nada esta semana.

— Você sabe por quê?

— Ele me colocou numa encruzilhada, é por isso. Não consigo mais ser eu mesma. Ele mudou isso. Não sei o que fazer. Sempre soube o que fazer.

— Seu trabalho vem do seu coração. Isso fica claro para qualquer pessoa que o vê. Talvez você esteja bloqueando seu coração, Maggie.

— Se estou, é porque preciso. Não farei o que ela fez. Nem o que meu pai fez. Não serei a causa da infelicidade ou vítima dela.

— Acho que você *é* vítima dela, minha querida Maggie. Você está se sentindo culpada pelo sucesso, mais culpada ainda por acalentar a ambição pelo sucesso. E acho que está se recusando a libertar o que está em seu coração, porque, se o fizer, não poderá voltar atrás, ainda que reprimir isso esteja fazendo você infeliz. Está apaixonada por Rogan, não está?

— Se estou, foi ele mesmo quem provocou.

— Tenho certeza de que ele lidará muito bem com isso.

Maggie se voltou para espalhar algumas ferramentas sobre a bancada.

— Ele não a conhece. Acho que farei tudo para que isso não aconteça, para que ele não perceba que sou igual a ela. Mal-humorada, egoísta, insatisfeita.

— Sozinha. — Christine falou brandamente e fez com que os olhos de Maggie encontrassem os seus. — Ela é uma mulher sozinha, Maggie, e por culpa dela. Como será por sua culpa, se ficar sozinha também. — Aproximando-se, segurou as mãos de Maggie. — Não conheci seu pai, mas também deve haver algo dele em você.

— Ele sonhava. Assim como eu.

— E como sua avó, com sua mente aguçada e sempre bem-disposta. Ela também está em você. Niall, com seu maravilhoso apetite pela vida. Tudo isso está em você. Nada disso corresponde ao todo. Niall está certo sobre isso, Maggie. Muito certo. Você fará de si mesma o que desejar.

— Achava que sim. Achava que sabia exatamente quem eu era e quem queria ser. Agora tudo se confundiu em minha cabeça.

— Quando a cabeça não nos dá a resposta, é melhor ouvir o coração.

— Não gosto da resposta que ele está me dando.

Christine riu.

— Então, minha querida menina, pode acreditar que é a resposta absolutamente certa.

Capítulo Vinte

No meio da manhã, a solidão instalada ao redor dela, Maggie pegou a pipeta outra vez. Duas horas depois, o vaso que tinha soprado estava jogado em meio ao restos para serem fundidos.

Analisou os esboços, rejeitou-os, experimentou outros. Depois de fazer uma careta para o unicórnio que havia deixado em uma estante, voltou das tochas às lâmpadas. Mal pegara uma haste de vidro e a visão já se desvanecera. Ela viu a ponta da haste mergulhar, fundir-se, começar a pingar. Sem pensar no que estava fazendo, deixou pingar as gotas do vidro fundido num recipiente com água.

Algumas se desfizeram, outras sobreviveram. Pegou uma delas para examinar. Embora tivesse sido feita no fogo, estava fria agora, com a forma de uma lágrima. Uma lágrima tosca, apenas a criação de um artista do vidro, que até uma criança poderia criar.

Esfregando uma gota entre os dedos, levou-a até o polariscópio. Através da lente, a tensão interna da gota explodia em um deslumbrante arco-íris. Tanto, ela pensou, dentro de algo tão pequeno.

Colocou a gota no bolso, pescou várias outras do pote. Movendo-se com cuidado, ela fechou os fornos. Dez minutos depois, irrompia na cozinha da irmã.

— Brianna! O que você vê quando olha para mim?

Soprando um fio de cabelo dos olhos, Brianna ergueu os olhos e continuou a sovar a massa do pão.

— Minha irmã, é claro.

— Não, não. Tente alguma coisa não tão literal. O que vê em mim?

— Uma mulher que parece estar sempre à beira de alguma coisa. Que tem energia suficiente para me cansar até os ossos. E raiva.

Brianna olhou novamente para as mãos.

— Raiva, que me deixa triste e preocupada.

— Egoísmo?

Surpresa, Brianna levantou os olhos outra vez.

— Não, isso não. Nunca. É um defeito que nunca vi em você.

— Mas e os outros?

— Você tem bastante. O que significa isso? Está querendo ser perfeita?

O tom de censura fez Maggie estremecer.

— Você ainda está chateada comigo pela noite passada.

— Não estou não. — Com renovado vigor, Brianna começou a sovar a massa. — Comigo mesma, com as circunstâncias, com o destino, se prefere assim. Mas não com você. Não foi você e Deus sabe o quanto me avisou que não daria certo. Mas gostaria que não pulasse sempre para me defender.

— Não consigo evitar.

— Eu sei. — Brianna alisou a massa e colocou-a numa fôrma para crescer uma segunda vez. — Ela se comportou melhor, depois que você saiu. E acho que se sentiu um pouco constrangida. Antes de ir embora, me disse que eu tinha feito um bom jantar. Não que ela tenha comido alguma coisa, mas pelo menos disse.

— Já tivemos noites piores.

— Esta é a santa verdade. Maggie, ela falou mais alguma coisa.

— Ela diz milhares de coisas. Nunca prestei muita atenção.

— Foi sobre os candelabros — Brianna continuou, fazendo Maggie erguer as sobrancelhas.

— Quais deles?

— Aqueles que eu tinha sobre o balcão, os que você fez para mim, ano passado. Ela comentou como eram lindos.

Com uma risada, Maggie sacudiu a cabeça.

— Você deve estar sonhando.

— Estava acordada e de pé no meu próprio vestíbulo. Ela olhou para mim e me falou isso. E continuou ali parada, olhando para mim, até eu entender que ela não conseguia dizer isso a você, mas que queria que você soubesse.

— E por quê? — Maggie disse hesitante.

— Acho que era uma maneira de se desculpar por tudo o que tinha havido entre vocês, na sala de jantar. O melhor que ela conseguia fazer. Quando percebeu que eu havia entendido, ela começou a implicar com Lottie outra vez, então as duas saíram da mesma maneira que chegaram. Discutindo.

— Bem... — Não tinha idéia de como reagir, de como se sentir. Ansiosos, seus dedos remexeram o bolso para brincar com as gotas de vidro liso.

— É um pequeno passo, mas é um passo. — Animada, Brianna começou a limpar a farinha das mãos, preparando-se para sovar o próximo pão. — Ela está feliz na casa que você lhe deu, mesmo que não saiba disso ainda.

— Você pode estar certa. — A respiração dela tremeu um pouco quando expirou. — Espero que esteja. Mas tão cedo não planeje outros jantares em família.

— Não vou fazer isso.

— Brianna... — Maggie hesitou, acabando por lançar um olhar desamparado à irmã. — Estou indo a Dublin hoje.

— Ah, terá um longo dia então. Estão precisando de você na galeria?

— Não, vou ver Rogan. Estou indo para lhe dizer que não o verei mais ou que me casarei com ele.

— Casará com ele? — Brianna pegou a massa seguinte. — Ele pediu você em casamento?

— Na última noite em que estivemos na França. Eu lhe disse não, absolutamente não. Quis dizer isso. Talvez ainda queira. É por isso que estou indo de carro. Para me dar tempo de pensar a respeito. Concluí que tem de ser uma coisa ou outra. — Apalpou com os dedos a gota de vidro no bolso. — Bem, estou indo e queria contar a você.

— Maggie... — Brianna ficou ali com as mãos cheias de farinha, enquanto olhava para a porta dos fundos balançando.

A pior parte foi não encontrá-lo em casa, sabendo que devia ter checado antes de viajar. Na galeria, o mordomo dissera, mas, quando chegou lá, amaldiçoando o trânsito de Dublin por todo o caminho, ele já tinha ido para o escritório.

Novamente ela o perdeu, por não mais que cinco minutos, foi informada. Estava indo para o aeroporto para pegar um vôo para Roma. Ela gostaria de ligar para o telefone do carro dele?

Não poderia, Maggie decidiu, gaguejando, tomar uma das maiores decisões da sua vida pelo telefone. Afinal, retornou ao caminhão e fez o longo e solitário caminho de volta para Clare.

Era fácil chamar a si mesma de idiota. E dizer que teria sido melhor nunca tê-lo encontrado. Exausta pelas horas na estrada, apagou até o meio-dia do dia seguinte.

Então, tentou trabalhar.

— Quero o *Seeker* na parte da frente e a *Tríade* bem no centro.

Rogan parou na sala inundada de sol da Galeria Worldwide em Roma, vendo sua equipe arrumar os trabalhos de Maggie. As esculturas estavam muito bem colocadas em meio à dourada decoração rococó. O pesado veludo vermelho que escolhera para drapear os pedestais e mesas adicionava um toque de realeza. Tinha certeza de que Maggie reclamaria disso, mas era algo que agradava a clientela daquela galeria.

Checou o relógio, resmungando consigo mesmo. Tinha uma reunião em vinte minutos. Não havia como evitar, pensou, enquanto dava outra ordem para um pequeno ajuste. Chegaria atrasado. Influência de Maggie, concluiu. Ela havia corrompido seu senso de horário.

— A galeria abre em quinze minutos — lembrou à equipe. — Esperamos a imprensa e estejam atentos para que todos recebam um catálogo. — Examinou a sala por uma última vez, observando a posição de cada peça, o caimento de cada drapeado. — Muito bom.

Caminhou sob o brilhante sol italiano até onde o motorista o aguardava.

— Estou atrasado, Carlo. — Rogan entrou no carro e abriu a pasta.

Carlo sorriu, baixou o quepe de motorista sobre os olhos e flexionou os dedos como um pianista se preparando para o primeiro acorde de um concerto.

— Não por muito tempo, *signore*.

Fazendo justiça a Rogan, ele nem sequer levantou as sobrancelhas quando o carro saltou como um tigre, rosnando e grunhindo em meio aos carros que cortava. Firmando-se no canto do assento, Rogan desviou sua atenção para um impresso com os números de sua filial de Roma.

Fora um ano excelente. Longe do *boom* dos anos oitenta, mas muito bom. Pensou que talvez fosse mesmo melhor do que aqueles dias em que um quadro custava centenas de milhões de libras ao final de um leilão. A arte, com tais etiquetas de preço alto, acabava freqüentemente escondida em uma caixa-forte até se tornar tão inexpressiva como uma barra de ouro.

Ainda assim, fora um ano lucrativo. Lucrativo e suficiente, pensou, para que pudesse implementar a idéia de abrir outra pequena filial de Worldwide, que só exporia e venderia trabalhos de artistas irlandeses. Acalentara essa idéia nos últimos anos e, afinal, ela vingara.

Uma galeria pequena e até aconchegante, muito acessível, da decoração à arte propriamente dita. Um lugar que convidasse a entrar, com arte de boa qualidade e preços numa escala que induzisse a comprar.

Sim, o momento era perfeito. Absolutamente perfeito.

O carro guinchou num solavanco, empinando como um garanhão. Carlo se apressou para abrir a porta de Rogan.

— Está no horário, *signore*.

— Você é um mágico, Carlo.

* * *

Rogan levou trinta minutos com o gerente da filial de Roma, duas vezes esse tempo num almoço de negócios e depois dando entrevistas para promover a mostra Concannon. Várias horas foram devotadas a estudar as propostas de aquisições de Roma e a encontrar artistas.

Ele planejara voar para Veneza naquela tarde e deixar o trabalho de base para a próxima parada do itinerário. Avaliando seu tempo, escapou para fazer algumas ligações para Dublin.

— Joseph.

— Rogan, como está Roma?

— Ensolarada. Estou terminando aqui. Deveria estar em Veneza às sete, no máximo. Se der tempo, irei até a galeria esta noite. Se não, farei o primeiro contato amanhã.

— Estou com sua agenda aqui. Estará de volta em uma semana?

— Mais cedo, se puder. Algo mais que eu deva saber?

— Aiman esteve aqui. Comprei dois dos seus desenhos de calçada. São razoavelmente bons.

— Está bem. Acho que poderemos vender mais do trabalho dele, depois do primeiro semestre.

— É mesmo?

— Um projeto que vou discutir com você, quando voltar. Algo mais?

— Vi sua avó e o amigo de Galway.

Rogan rosnou.

— Ela o levou à galeria, não é?

— Ele queria ver alguns trabalhos de Maggie, no lugar adequado. Ele é uma figura e tanto.

— Não tenha dúvida.

— Ah, falando em Maggie, ela esteve aqui no início da semana.

— Aí? Em Dublin? Para quê?

— Não disse. Ela meio que entrou e saiu. Nem nos falamos. Ela enviou uma remessa, com o que parece ser um bilhete para você.

— Que bilhete?

— É azul.

Os dedos de Rogan pararam no notebook.

— O bilhete é azul?

— Não, não, o bilhete diz "É azul". É uma peça linda, muito delicada e esguia. Aparentemente, ela pensou que você entenderia.

— Entendo. — Riu para si mesmo, esfregando o nariz. — É para o Conde de Lorraine, em Paris. Um presente de casamento para a neta. Entre em contato com ele.

— Tudo bem. Ah, parece que Maggie foi até seu escritório e sua casa também. Acho que estava procurando por você por algum motivo.

— Parece que sim. — Refletiu por um instante e então agiu por instinto: — Joseph, pode me fazer um favor? Entre em contato com a galeria de Veneza. Diga que vou me atrasar alguns dias.

— Com todo prazer. Algum motivo especial?

— Avisarei você. Dê lembranças à Patricia. Entrarei em contato.

Maggie tamborilava com os dedos sobre uma mesa no pub de O'Malley, bateu com o pé e suspirou profundamente.

— Tim, me traga um sanduíche para acompanhar a cerveja. Não posso esperar por Murphy toda a maldita tarde com o estômago vazio.

— Com prazer. Marcou um encontro, não é? — Riu para ela do bar, juntando as sobrancelhas.

— Ah! O dia em que marcar um encontro com Murphy Muldoon terei perdido o que me resta de juízo. Ele disse que tinha alguns negócios na vila e que o encontraria aqui. — Bateu na caixa que estava no chão. — Trouxe um presente de aniversário para a mãe dele.

— Alguma coisa que você fez?

— É. E se ele não estiver aqui quando eu terminar de comer, terá que ir buscar.

— Alice Muldoon... — disse David Ryan, sentando-se no bar, tragando um cigarro. — Ela está morando em Killarney agora, não é?

— Está — Maggie concordou. — E já faz dez anos ou mais.

— Acho que não soube mais dela. Casou outra vez, depois da morte de Rory Muldoon?

— Sim. — Tim entrou na conversa, enquanto enchia um caneco de Guinness. — Casou-se com um médico rico chamado Colin Brennan.

— Parente de Daniel Brennan... outro freguês completou, olhando pensativo sobre a tigela de cozido. — Você sabe, aquele que tem um mercado em Clarecastle.

— Não, não. — Tim sacudiu a cabeça, enquanto corria para servir o sanduíche a Maggie. — Não é parente de Daniel Brennan não, mas de Bobby Brennan, do Newmarket, em Fergus.

— Acho que você está enganado — David falou, sacudindo a ponta do cigarro.

— Aposto duas libras.

— Fechado. Vamos perguntar ao próprio Murphy.

— Se ele aparecer — Maggie resmungou e mordeu o sanduíche. — Parece que não tenho nada mais a fazer, além de ficar aqui sentada, olhando pro nada.

— Conheci um Brennan, certa vez... — o velho na ponta do balcão falou pausadamente, soprando lentos anéis de fumaça. — Frankie Brennan, ele era de Ballybunion, onde morei quando era criança. Uma noite, ele estava a caminho de casa, vindo do pub. Tinha bebido demais e nunca fora disso. — Soprou outro anel de fumaça. Os minutos passavam, mas ninguém falava. Uma história estava sendo contada.

— Então foi caminhando para casa, cambaleando um pouco, e cortou caminho por um atalho. Havia uma colina encantada e, no seu estado, enveredou por ela. Bem, um homem não ia cair nessa, estivesse ele bêbado ou sóbrio, mas Frankie Brennan não foi muito bem aquinhoado, quando o Senhor distribuiu o bom senso. Então, é claro que as fadas tiveram de lhe ensinar boas maneiras e respeito, e tiraram toda a sua roupa, enquanto ele cambaleava pelo campo. Chegou em casa completamente nu, exceto pelo chapéu e por um sapato. — Parou outra vez e sorriu. — Nunca encontrou o outro sapato.

Maggie deixou escapar uma risada e espichou os pés sobre a cadeira vazia à sua frente. Quem quisesse poderia ficar com Paris, Roma e todo o resto. Ela estava exatamente onde queria estar.

Então Rogan entrou.

Sua entrada atraiu alguns olhares de aprovação. Não era comum um homem, usando um terno tão elegante, irromper no pub, numa tarde nublada. Maggie, o copo próximo aos lábios, gelou como pedra.

— Bom-dia! Deseja alguma coisa? — Tim perguntou.

— Uma caneca de Guinness, por favor. — Rogan se inclinou contra o balcão do bar e sorriu para Maggie, enquanto Tim girava a torneira. — Bom-dia, Margaret Mary.

— O que está fazendo aqui?

— Ora, estou a fim de uma cerveja. — Ainda sorrindo, colocou umas moedas sobre o balcão. — Você parece muito bem.

— Pensei que você estivesse em Roma.

— Estava. Seu trabalho está indo muito bem lá.

— Você deve ser Rogan Sweeney. — Tim empurrou o copo para Rogan.

— Isso mesmo.

— Sou O'Malley. Tim O'Malley. — Depois de secar as mãos no avental, Tim apertou a mão de Rogan. — Fui um grande amigo do pai de Maggie. Ele ficaria feliz com o que você está fazendo por ela. Feliz e orgulhoso. Fizemos um caderno com os recortes, minha Deirdre e eu.

— Prometo que logo vai aumentar seu álbum, Sr. O'Malley.

— Se você veio ver se tenho trabalhos para mostrar... — Maggie falou alto — não tenho nada. E, se fosse você, não ficaria farejando em meu pescoço.

— Não vim ver seu trabalho. —— Com um aceno de cabeça para Tim, Rogan aproximou-se de Maggie. Sentou-se a seu lado, tomou seu rosto entre as mãos e beijou-a delicadamente. E beijou-a demoradamente. — Vim ver você.

Ela deixou escapar a respiração que esquecera que estava prendendo. Um olhar de desaprovação para o bar fez com que os curiosos voltassem a atenção para qualquer outro lugar. Ou fingissem.

— Levou tempo.

— Tempo suficiente para você sentir saudades de mim.

— Quase não trabalhei desde que você foi embora. — Como era difícil admitir isso, ela manteve os olhos fixos no copo. — Começava e parava, começava e parava. Nada saía como eu queria. Não gosto desse sentimento, Rogan. Não gosto mesmo.

— Que sentimento?

Ela lançou-lhe um olhar por sob os cílios.

Senti saudades de você. Fui a Dublin.

— Eu sei... — Brincou com as pontas do cabelo dela. Notou que tinha crescido um pouco e imaginou quanto tempo levaria até que ela o atacasse com a tesoura, como dissera que às vezes fazia. — Foi tão difícil assim me procurar, Maggie?

— Foi. Mais difícil do que qualquer coisa que já fiz na vida. E então, você não estava lá.

— Estou aqui agora.

Estava. E ela não tinha certeza se conseguiria expressar o atropelo em seu coração:

— Tenho algumas coisas para dizer a você... Eu não... — Interrompeu-se quando a porta se abriu e Murphy entrou. — Puxa, a sincronia é perfeita.

Murphy fez um sinal a Tim, antes de se dirigir a Maggie.

— Você já almoçou, então. — Num gesto casual, puxou uma cadeira e roubou uma de suas fritas. — Você trouxe?

— Trouxe, e você me fez esperar metade do dia.

— É apenas uma hora.

Olhando para Rogan, Murphy comeu outra batata de Maggie.

— Você deve ser Sweeney, não é?

— Sim.

— É o terno — Murphy explicou. — Maggie falou que você se veste como se todos os dias fossem domingo. — Sou Murphy Muldoon, vizinho de Maggie.

O primeiro beijo, Rogan lembrou, e apertou sua mão tão cautelosamente quanto Murphy.

— É um prazer conhecer você.

— Também fico contente de conhecer você. — Murphy inclinou a cadeira para trás, enquanto o avaliava. — Pode-se até dizer que sou irmão de Maggie, pois ela não tem um homem para cuidar dela.

— E ela não está precisando de um — Maggie acrescentou. Teria chutado a cadeira de Murphy se ele não tivesse se apressado para colocá-la no lugar de novo. — Cuidarei de mim muito bem, obrigada.

— Ela vive me dizendo isto — Rogan falou para Murphy. — Mas, precisando ou não, ela tem um.

Mensagem passada de homem para homem. Depois de um momento de reflexão, Murphy concordou.

— Que bom, então. Você trouxe ou não, Maggie?

— Já disse que trouxe. — Num movimento impaciente, abaixou-se para pegar a caixa e colocou-a sobre a mesa, entre eles. — Se não adorasse sua mãe, jogaria na sua cabeça.

— Ela ficará contente por você ter se controlado. — Enquanto Tim servia outra cerveja, Murphy abriu a caixa. — É lindo, Maggie! Ela vai adorar!

Rogan imaginou o quanto. O pote rosa-claro era tão fluido como água, as laterais onduladas formando delicadas arestas. O vidro era tão fino, tão frágil, que ele podia ver a sombra das mãos de Murphy através dele.

— Deseje a ela um feliz aniversário por mim também.

— Tudo bem. — Murphy roçou o vidro com um dedo calejado antes de devolvê-lo à caixa. — Cinqüenta libras, era isto?

— Sim. — Maggie estendeu a mão. — Em dinheiro.

Fingindo relutância, Murphy coçou o rosto.

— Parece muito caro por um potinho, Maggie Mae, onde não se pode nem comer. Mas minha mãe gosta de coisas assim bem inúteis.

— Continue falando, Murphy, e o preço vai subir.

— Cinqüenta libras. — Sacudindo a cabeça, Murphy procurou a carteira. Contou as notas na mão aberta dela. — Sabe, com essa grana poderia ter comprado um conjunto de pratos para ela, ou talvez uma linda frigideira.

— E ela teria batido em sua cabeça com ela. — Satisfeita, Maggie guardou as notas. — Nenhuma mulher deseja uma frigideira de presente de aniversário, e qualquer homem que pense nisso merece arcar com as conseqüências.

— Murphy. — David Ryan virou-se em seu banco. — Se já terminou sua transação aí, temos uma pergunta para você.

— Então vou ter que responder. — Pegando a cerveja, Murphy levantou-se. — Bonito terno, Sr. Sweeney. — E afastou-se para definir a aposta sobre Brennan.

— Cinqüenta libras? — Rogan murmurou, acenando com a cabeça para a caixa que Murphy deixara sobre a mesa. — Você e eu sabemos que poderia ganhar mais do que vinte vezes isso.

— E qual é o problema? — Já na defensiva, ela empurrou seu copo para o lado. — É meu trabalho e cobro por ele quanto quiser. Você tem sua maldita cláusula de exclusividade. Então pode me multar por quebrá-la, mas não terá o pote.

— Eu não...

— Dei minha palavra a Murphy — defendeu-se. — E o negócio está feito. Você pode ter seus malditos vinte e cinco por cento das cinqüenta libras. Mas se decidi fazer alguma coisa para um amigo...

— Não é uma reclamação. — Cobriu com sua mão o punho fechado dela. — É um cumprimento. Tem um coração generoso, Maggie.

Com o vento soprando a seu favor, ela suspirou.

— O contrato diz que não farei qualquer coisa sem passar por você.

— Os papéis dizem isso... — ele concordou. — Imagino que você vai continuar reclamando disso e continuar deixando escapar presentes para seus amigos sempre que quiser.

Ela lançou-lhe um olhar tão declaradamente culpado que ele riu.

— Pelo visto, poderia ter processado você uma vez ou duas nos últimos meses. Podemos fazer o que chamaremos de uma negociação. Não ganharei meus vinte e cinco por cento de suas cinqüenta libras e você fará alguma coisa para minha avó para o Natal.

Ela assentiu, baixando os olhos outra vez.

— Sabe, Rogan, não é só pelo dinheiro. Tenho medo de que muitas vezes seja, que eu deixe isso acontecer. Porque gosto do dinheiro, você sabe disso. Gosto muito, e de tudo que vem com ele.

— Não é só pelo dinheiro, Maggie. Não é só pelas exposições com champanhe e notícias em jornais ou festas em Paris. Todas essas coisas são meros acessórios. O que vale é realmente o que está dentro de você, e tudo o que você é se reflete na beleza, na surpresa, na originalidade de sua criação.

— Não posso voltar atrás, entende? Não posso fazer as coisas voltarem a ser o que eram, antes de você. — Olhou para ele então, examinando cada detalhe de seu rosto, enquanto as mãos dele permaneciam quentes sobre as dela.

— Vamos dar uma volta? Quero mostrar uma coisa a você.

— Estou com um carro aí fora. Já coloquei sua "bicicleta" dentro dele.

Ela teve de rir.

— Eu devia saber que você faria isso.

Com um vento de outono no ar, as folhas num turbilhão de cores, tomaram o caminho de Loop Head. Para além da estrada estreita, estendendo-se como o próprio mar, havia campos cultivados e o profundo e delicado verde, tão especial na Irlanda. Maggie viu ruínas das cabanas de pedra em nada diferentes de quando ela passara por aquela estrada havia quase cinco anos. A terra estava lá, as pessoas cuidavam dela, como antes. Como sempre.

Quando ela ouviu o mar, inalou a primeira e aguda ferroada dele no ar, seu coração disparou. Fechou bem os olhos e abriu-os outra vez. E leu o aviso: ÚLTIMO PUB ANTES DE NOVA YORK.

Vamos velejar até Nova York, Maggie, e tomar uma cerveja?

Quando o carro parou, ela não falou nada, apenas desceu, deixando que o vento batesse frio em sua pele. Buscando a mão de Rogan, segurou-a, enquanto desciam o caminho batido para o mar.

A guerra continuava, ondas contra rochas, na eterna sucessão de estrondos e silvos. A neblina tinha baixado, então não havia limite entre mar e céu, apenas a imensurável extensão de cinza-claro.

— Faz cinco anos que não venho aqui. Não sabia se voltaria algum dia e ficaria assim outra vez. — Cerrou os lábios, desejando que o aperto em torno de seu coração afrouxasse, mesmo que só um pouco. — Meu pai morreu aqui. Viemos juntos, só nós dois. Era inverno e estava muito frio, mas ele amava essa paisagem mais do que qualquer outra. Eu tinha vendido algumas peças a um comerciante em Ennis e tínhamos comemorado no pub de O'Malley.

— Estava sozinha com ele? — O horror daquilo golpeou Rogan como uma espada. Não podia fazer nada por ela, apenas abraçá-la forte. — Lamento, Maggie. Lamento muito.

Ela passou o rosto na lã macia do casaco de Rogan, absorvendo o perfume dele. Deixou os olhos se fecharem.

— Falamos sobre minha mãe, o casamento deles. Nunca entendi por que ele continuava. Talvez nunca entenda. Mas ele ainda ansiava por algo, desejava coisas para mim e para Brianna, seja lá o que fossem. Acho que eu tinha o mesmo anseio que ele, mas só que posso alcançá-lo.

Voltou-se para poder ver o rosto dele enquanto falava:

— Tenho algo para você. — Olhando-o, pegou uma das gotas de vidro do bolso, mostrando-a na palma da mão.

— Parece uma lágrima.

— É... — Esperou, enquanto ele a segurou contra a luz e a examinou. Ele esfregou o polegar no vidro liso.

— Está me dando suas lágrimas, Maggie?

— Talvez sim... — Pegou outra de dentro do bolso. — Formam-se com um pingo de vidro quente na água fria. Quando você pinga, algumas se desmancham, mas outras se formam. Fortes. — Abaixou-se e escolheu uma pedra. Enquanto Rogan olhava, ela bateu no vidro com a pedra. — Tão fortes que não quebrarão nem com um martelo. — Levantou-se outra vez, segurando a gota intacta. — Veja como é resistente. Nada mais do que suportar as batidas e brilhar. Mas há uma pontinha aqui que não resiste a um movimento descuidado. — Segurou a frágil ponta entre os dedos. O vidro tornou-se pó. — Foi-se, como se nunca houvesse existido.

— Uma lágrima vem do coração — Rogan disse. — E nunca deve ser tomada sem cuidado. Não quebrarei as suas, Maggie, nem você as minhas.

— Não. — Ela respirou profundamente. — Mas nos bateremos bastante. Somos tão diferentes como a água e o vidro quente, Rogan.

— E também bem capazes de construir algo forte entre nós.

— Acho que sim. Embora fique imaginando quanto tempo você agüentaria ficar num chalé em Clare, ou eu numa casa cheia de empregados em Dublin.

— Podemos mudar para um lugar no meio — ele disse, vendo-a sorrir. — Realmente, tenho pensado muito nisso. A proposta, Maggie, envolve negociação e compromisso.

— Ah, o homem de negócios. Até mesmo nesta hora.

Ele ignorou o sarcasmo.

— Tenho planos de abrir uma galeria em Clare para apresentar artistas irlandeses.

— Em Clare? — Afastando os cabelos emaranhados pelo vento, ela o fitou. — Uma filial da Worldwide aqui, em Clare? Você faria isso por mim?

— Sim. Tenho medo de estragar a nobreza da idéia se lhe disser que já tinha pensado nisso bem antes de conhecer você. A concepção não tem nada a ver com você, mas a localização sim. Ou diria que tem a ver com nós dois.

Como o vento esfriara, ele fechou a jaqueta dela e abotoou.

— Acho que posso viver num chalé, no Oeste, durante uma parte do ano, assim como você pode morar com empregados, durante a outra.

— Já pensou em tudo.

— Sim, pensei. Alguns pontos são, naturalmente, negociáveis. — Examinou a gota de vidro outra vez, antes de deixá-la deslizar para o bolso. — Mas há um que não é.

— E o que seria?

— Exclusividade outra vez, Maggie, na forma de um contrato de casamento. Um termo para a vida inteira, sem cláusulas de fuga.

O aperto em seu coração chegou ao máximo.

— Você é um negociante implacável, Sweeney.

— Sou mesmo.

Voltou-se para olhar o mar outra vez, o incessante rumor da água, a rocha indomável, a magia que havia entre eles.

— Fui feliz sozinha — ela disse mansamente. — E fui infeliz sem você. Nunca desejei depender de ninguém ou me deixar envolver tanto, a ponto de me sentir infeliz. Mas dependo de você, Rogan. — Suavemente, estendeu a mão para tocar o rosto dele. — E amo você.

A doçura de ouvir aquilo se espalhou dentro dele. Levou a palma da mão dela até seus lábios.

— Eu sei.

E o aperto em torno de seu coração, enfim, cedeu.

— Você sabe. — Ela riu, sacudindo a cabeça. — Ah, deve ser ótimo estar sempre certo.

— Nem sempre é o melhor. — Levantou-a do chão, girando-a, antes de seus lábios se encontrarem e se apertarem. O vento se precipitava, vibrando ao redor deles com cheiro de mar. — Se posso fazê-la infeliz, Maggie, então também posso fazê-la feliz.

Ela o abraçou forte.

— Se não fizer, tornarei sua vida um inferno. Deus, nunca quis ser esposa de ninguém.

— Você será a minha, e feliz de ser.

— Serei sua. — Levantou o rosto para o vento. — E feliz de ser.

Fim

Impresso no Brasil pelo
Sistema Cameron da Divisão Gráfica da
DISTRIBUIDORA RECORD DE SERVIÇOS DE IMPRENSA S.A.
Rua Argentina 171 – Rio de Janeiro, RJ – 20921-380 – Tel.: 2585-2000